AF633382

जैम और जिक्की जादुई लालटेन के साथ

जैम और जिक्की
जादुई लालटेन के साथ

ऐहसान खान

GenNext Publication

जैम और जिक्की जादुई लालटेन के साथ

ISBN: 978-93-8022-85-1

मूल्य : ₹ 299/-

भारत में सन् 2016 में प्रकाशित

जैनक्स पब्लिकेशन्स,

5, अन्सारी रोड,

नई दिल्ली–110002

Phone: 9212142040

ई–मेल : gennext@hotmail.com

टंकण : राजेन्द्र वशिष्ठ, दिल्ली

मुद्रित : जी. प्रिंट प्रोसेस, दिल्ली

समर्पण

यह पुस्तक मेरी माँ को समर्पित है,
जिसके संघर्षशील जीवन से मैंने संघर्ष करना सीखा

विषय-सूची

1

बार-बार आनेवाला सपना

जाड़े की सर्द भरी चाँदनी रात थी, बाहर इतना घना कोहरा छाया हुआ था कि घर के बाहर दो पेड़ों के पास लगे खंभे में जलती हुई बल्ब की रोशनी धुंधली नजर आ रही थी, और आसमान मे निकला चाँद भी धुंधला नजर आ रहा था। मि. बार खाना खाकर अपने बिस्तर पर लेटे थे, जो अपने दोनों हाथों के पंजों को एक दूसरे से मिलाकर अपने सिर के पिछे रख लिए थे और अपनी आँखों को सामने की दीवार पर टिकाकर ऐसे देख रहे थे, जैसे कुछ सोच रहे हों। लेकिन दिनभर की थकान के कारण आखिरकार उनका दिमाग सोचना बंद कर रहा था और उन्हें नींद आने लगती है। कुछ देर बाद वह सोचते-सोचते गहरी नींद के आगोश में चले जाते हैं और फिर शुरू हो जाता है वह सच्चा सपना जो उन्हें बार-बार दिखाई देता है।

मि. बार गहरी नींद में सोये हुए थे और उनकी आँखों में आज भी वही सपना आ रहा था जो उन्हें बार-बार दिखाई देता था। बात आज से लगभग 11 वर्षों पहले की है, जब मि. बार अपनी पत्नी के साथ अपने छोटे से घर में खुशी-खुशी रह रहे थे। उनकी पत्नी का नाम मारिया था, वह काफी खूबसूरत महिला थी, उसका स्वभाव भी काफी अच्छा था, उसके लंबे सुनहरे बाल थे और आँखें बड़ी-बड़ी थी, जब वह देखती थी तो ऐसा लगता था कि मानों उसके गहरी काली बड़ी-बड़ी आँखों में पूरा सागर समा गया हो, उनका एक छोटा-सा घर था जो लकड़ियों का बना हुआ था परन्तु वह खूबसूरत था।

मि. बार और उनकी पत्नी मारिया सिर्फ यह दोनों ही उस घर में रहते थे। उनके पास एक खच्चर था जिसका प्यार से उन्होंने नाम फिलिप रखा था, और एक पुरानी खच्चर गाड़ी थी, जो लकड़ी की बनी हुई थी और उसके पहिये भी लकड़ी के बने हुए थे।

मि. बार निक्सन एक बढ़ई थे जो काफी अच्छी फर्नीचर बनाते थे उनका काम काफी अच्छा चल रहा था, उनके हाथों में जैसे जादु था, वह जिस चीज को बनाते थे काफी सुन्दर बनाते थे, जिसके चलते उन्हें दूसरे गाँवों से भी काम के आर्डर मिलते थे। उनके गाँव के पास ही जंगल था, जिससे वह अपनी फर्नीचर के लिए लकड़ियाँ काटकर उसे खच्चर गाड़ी में लादकर लाते थे। वह महीने में एक-दो बार लकड़ियाँ लाने के लिए जंगल जाते और बाकी दिन अपना काम किया करते थे। मि. बार अपनी पत्नी मारिया के साथ खुशी-खुशी जिन्दगी गुजार रहे थे। मि. बार के पास ज्यादा पैसे तो नहीं थे, लेकिन फिर भी उनका गुजारा ठीक-ठाक चल रहा था। मि. बार की जिन्दगी में मारिया के अलावा और कोई नहीं था। वह अपनी पत्नी से बेपनाह मुहब्बत करते थे।

एक दिन वह सुबह-सुबह लकड़ियाँ लाने के लिए जंगल जाने को तैयार होते हैं। मारिया उनके लिए सुबह-सुबह नाश्ता बनाकर तैयार कर देती है और दोपहर के खाने को एक गठरी में पैक कर देती है।

अरे सुनते हो, मैंने तुम्हारे खाने को गठरी में पैक कर दिया है और साथ में चमड़े की थैली में पानी भी दे दिया है- मारिया दरवाजे से बोलती है, जब मि. बार अपनी खच्चर गाड़ी तैयार करने में लगे रहते हैं।

ठीक है, उन्हें अच्छे से बाँध कर दे दो, तब तक मैं अपनी खच्चर गाड़ी तैयार कर लेता हूँ- मि. बार अपनी खच्चर गाड़ी को तैयार करते हुए बोलते हैं।

ठीक है–मारिया बोलती है।

मि. बार खच्चर गाड़ी तैयार कर लेते हैं, और फिर नाश्ता करके खाने की गठरी और पानी अपनी गाड़ी में रखते हैं और जंगल की तरफ चल पड़ते हैं। आज का दिन कुछ अजीब सा लग रहा था, आसमान तो आज पूरा साफ था लेकिन पता नहीं क्यों आज आसमान में एक उदासी सी छाई हुई थी।

धीरे-धीरे चलते-चलते वह गाँव से काफी दूर निकलकर जंगल के रास्ते को पकड़ लेते हैं। कुछ देर चलने के बाद वह घने जंगल में पहुँच जाते हैं। जंगल पहुँचने के बाद वह सबसे पहले अपने खच्चर फिलिप को खच्चर गाड़ी से अलग करते हैं और उसे पास ही में हरी-हरी घास से भरे मैदान में चरने के लिए छोड़ देते हैं, फिर वे अपनी कुल्हाड़ी को बाहर निकालकर उसकी धार को एक पत्थर के पास बैठकर तेज कर लेते हैं। धार को वह अपनी ऊँगलियों से छूकर देखते हैं, उन्हें लगता है कि धार अब तेज हो गई है।

फिर वह कुल्हाड़ी को अपने कंधे पर लेकर आगे बढ़ते हैं और अपने मनमुताबिक पेड़ की तलाश करते हैं, जिससे उनका फर्नीचर बन सके, तभी उन्हें कुछ दूरी पर एक पेड़ दिखता है, जो देखने में काफी पुराना लगता है और उसकी छाल पूरी तरह से काली है और जड़ से तने तक वह बिलकुल सीधा होता है। उस पेड़ की मोटाई के हिसाब से मि. बार को लगता है कि यह उनके काम का पेड़ है। मि. बार उस पेड़ को काटने की तैयारी करते हैं। वह कुल्हाड़ी उठाते हैं और एक जबरदस्त प्रहार उस पेड़ पर करते हैं, जिससे पेड़ की काली छाल उससे अलग हो जाती है, और उस पेड़ से एक लाल द्रव्य बाहर निकलता है, जो देखने में खून की तरह लाल लगता है। तभी किसी के कराहने की आवाज आती है। मि. बार के कानों में कराहने की आवाज जैसे ही पड़ती है, वह अगल-बगल देखने लगते हैं लेकिन वहाँ पर कहीं भी कोई नजर नहीं आ रहा था, उन्हें लगा कि शायद यह उनका वहम है। तभी मि. बार की नजर उस पेड़ से निकलने वाले लाल द्रव्य पर जाती है जो बिलकुल खून की तरह लाल रहता है, उन्होंने आज तक जितने भी पेड़ काटे थे, किसी भी पेड़ से इस तरह का लाल द्रव्य निकलते नहीं देखा था। लेकिन फिर वह इन सब बातों से ध्यान हटाकर अपनी कुल्हाड़ी उठाते हैं और पेड़ पर दुबारा अपनी कुल्हाड़ी चलाने वाले होते हैं कि तभी एक अनजानी आवाज उनके कानों से टकराती है। मि. बार रूक जाओ, मुझे मत मारो।

यह आवाज सूनकर मि. बार एकदम से चौंक जाते हैं, वह अपने चारों तरफ देखते हैं, पर कहीं कोई नजर नहीं आ रहा था। फिर वह अपना सिर ऊपर उठाकर देखते हैं, ऊपर देखते ही वह अचंभित हो जाते हैं। वह देखते हैं कि पेड़ ऊपर से थोड़ा झुक गया है, और वह दया की भीख मांग रहा

है, और उस पेड़ में से बार-बार आवाजें आ रही थी कि – मि. बार मुझे मत मारो, मुझे छोड़ दो। वह समझ जाते हैं कि यह आवाजें उस पेड़ से ही आ रही है जिस पर उन्होंने कुल्हाड़ी चलायी है।

मि. बार अपने सिर को पेड़ की झुकी हुई टहनियों की तरफ उठाते हैं और बोलते हैं–तुम कौन हो। पेड़ से आवाज आती है मि. बार मैं बोलने वाला पेड़ हूँ, मैं बोल सकता हूँ, मैं दर्द महसूस कर सकता हूँ। मि. बार भी यह देखकर हैरान थे, क्योंकि जिंदगी में पहली बार वह बातें करने वाला पेड़ देख रहे थे, लेकिन इससे ज्यादा वह इस बात से हैरान थे कि वह पेड़ उनका नाम लेकर उन्हें पुकार रहा था।

लेकिन तुम हमारा नाम कैसे जानते हो–मि. बार अचम्भित होकर उस पेड़ से पूछते हैं।

मि. बार मैं तुम्हारे ही बारे में नहीं बल्कि तुम्हारी पत्नी मारिया के बारे में भी जानता हूँ–पेड़ से फिर आवाज आती है। मि. बार पेड़ की बात सुनकर फिर चौंकते हैं।

लेकिन तुम मेरी पत्नी का नाम कैसे जानते हो–मि. बार फिर उस पेड़ से पूछते हैं।

मि. बार जो भी इंसान हमारे सामने आता है, हम उसके अतीत और भविष्य के बारे में जान जाते हैं, क्योंकि हम दुनिया के असाधारण पेड़ हैं–पेड़ बोलता है। अच्छा तो तुम भविष्य भी बता सकते हो–मि. बार बोलते हैं। हाँ–पेड़ से आवाज आती है।

अच्छा तो बताओं मेरे भविष्य में क्या होने वाला है–मि. बार उस पेड़ से पूछते हैं। उसके इस सवाल पर पेड़ थोड़ी देर के लिए चुप हो जाता है। थोड़ी देर बाद पेड़ से आवाज आती है–यह मैं नहीं बता सकता।

पर क्यों–मि. बार फिर बोलते हैं।

क्योंकि हमें किसी भी इंसान के भविष्य के बारे में बोलने की मनाही है। अगर हमने भविष्य बताया तो हमें वनदेवता का श्राप पड़ेगा और हमारी शक्तियां हमेशा के लिए खत्म हो जाएंगी–पेड़ बोलता है। लेकिन मि. बार इस बात पर अड़ जाते हैं कि उसे उनके भविष्य के बारे में बताना ही होगा, और अगर उस पेड़ ने उनके भविष्य के बारे में नहीं बताया तो वह उसे काट

डालेंगे। पेड़ के सामने अजीब दुविधा भरी स्थिति पैदा हो गई थी, क्योंकि मरता क्या नहीं करता, अंत में पेड़ को उनकी जिद के आगे झुकना पड़ता है और उसे मि. बार के भविष्य के बारे में बताना पड़ता है।

मि. बार आपके लिए एक अच्छी खबर है कि आपके घर में एक शूरवीर बालक का जन्म होगा, जो एक अच्छा इंसान होगा, वह दुनिया की बुरी ताकतों से लड़ेगा और एक दिन इस दुनिया में बहुत नाम कमाएगा–पेड़ बोलता है। मि. बार यह बात सुनकर गदगद हो जाते हैं और खुशी से फूले नहीं समाते हैं।

लेकिन........–पेड़ से फिर एक आवाज आती है।

लेकिन क्या–मि. बार पेड़ की ओर देखते हुए बोलते हैं। पेड़ काफी उदास हो जाता है और वह जमीन की तरफ थोड़ा और झुक जाता है। क्या हुआ तुम चुप क्यों हो गए–मि. बार फिर पेड़ की तरफ देखते हुए बोलते हैं।

मि. बार आपके भविष्य में एक बहुत बड़ा दुःख आनेवाला है, आप इस बात को बर्दाश्त नहीं कर पाओगे–पेड़ बोलता है।

क्यों ऐसी क्या बात है, जिसे मैं बर्दाश्त नहीं कर पाऊँगा, कृपया तुम मुझे खुलकर बताओ कि आखिर क्या बात है–मि. बार बोलते हैं।

अगर तुम जानना चाहते हो तो सुनो, आगे आने वाले कुछ महीनों में तुम्हारी पत्नी की मृत्यु हो जाएगी–पेड़ बोलता है।

नहीं ऐसा नहीं हो सकता, तुम मुझसे झूठ बोल रहे हो–मि. बार दुःखी होकर बोलते हैं। मैं सच बोल रहा हूँ, कुदरत की यही नियति है और इसे कोई बदल नहीं सकता है–पेड़ बोलता है।

मैं अपनी पत्नी से बहुत प्यार करता हूँ, उसके सिवाय मेरा इस दुनिया में कोई नहीं है, मैं उसे खोना नहीं चाहता हूँ–पेड़ द्वारा की गई भविष्यवाणी पर मि. बार दुःखी मन से बोलते हैं।

मि. बार मैं तुम्हारी पीड़ा को समझ सकता हूँ, लेकिन यह तुम्हारे भविष्य में लिखा है और इसे बदला नहीं जा सकता है। मैं तुम्हारी बस एक मदद कर सकता हूँ। तुम मेरी छाल ले जाओ और उसे पीसकर, बकरी के दूध में मिलाकर अपनी पत्नी को पीला देना–पेड़ बोलता है। लेकिन इससे क्या होगा, मेरी पत्नी बच जाएगी–मि. बार बोलते हैं। नहीं तुम्हारी पत्नी की

मृत्यु निश्चित है वह तो नहीं बचेगी, लेकिन तुम्हारे बच्चे के पैदा होते ही उस पर बुरी ताकतें हमला कर सकती है, लेकिन मेरी छाल की शक्ति से उसे कुछ नहीं होगा, और मैंने भी नियम तोड़ा है, इंसानों को उसके भविष्य के बारे में नहीं बताने का नियम, इसलिए मुझे भी इसकी कीमत चुकानी पड़ेगी, मुझे हमेशा के लिए यहाँ से जाना होगा–इतना कहने के बाद पेड़ वहाँ से गायब हो जाता है और उसकी जगह कुछ काली छाल जमीन पर गिरे रहते हैं।

मि. बार गहरे दुःख में डूब जाते हैं, लेकिन अब किया क्या जा सकता था, क्योंकि सृष्टि के विधान को बदला नहीं जा सकता है। वह दुःखी मन से जमीन पर पड़े कुछ काले छालों को उठाकर अपने थैले में डालते हैं और वहाँ से वापस अपने गाँव मसाबा की ओर निकल पड़ते हैं। आज उन्होंने कोई पेड़ नहीं काटा। वह रास्ते भर यही सोचते जा रहे थे कि मारिया के नहीं रहने पर उनका क्या होगा, वह कैसे अपनी जिंदगी गुजारेंगे। मि. बार दुःखी मन से अपने खच्चर गाड़ी पर सवार होकर जंगल से गाँव की तरफ चलते जा रहे थे। अब शाम भी होनेवाली थी, सूरज भी डूबने वाला था, मि. बार जंगल से निकलकर अपने गाँव पहुँच जाते हैं। कुछ देर में वह अपने घर पहुँच जाते हैं, तब तक दिन ढल चुका था। सूरज डुब जाता है, सारे पक्षी चहचहाते हुए अपने घोंसलों की तरफ जा रहे होते हैं। मारिया घर के दरवाजे पर खड़ी रहती है, जैसे वह मि. बार का ही इंतजार कर रही है। जैसे ही मि. बार घर पहुँचते हैं, मारिया उन्हें देखकर चहकते हुए बोलती है–मेरे प्रिय आप आ गए। तभी उसकी नजर खच्चर गाड़ी की तरफ पड़ती है, वह देखती है गाड़ी खाली है। वह बोलती है–क्या बात है, आज कोई अच्छा पेड़ नही मिला क्या? नहीं आज मेरी तबियत ठीक नहीं लग रही थी, इसलिए कोई पेड़ नहीं काटा–मि. बार इतना बोलते हैं और चुपचाप अपने कमरे में जाकर लेट जाते हैं। मारिया उनके लिए कुछ देर में खाना तैयार करके लाती है और वह एक गिलास दूध लाती है जिसमें हल्दी डाला रहता है, वह मि. बार को पीने को कहती है, जिससे उनकी तबियत ठीक हो जाएगी। मि. बार के चेहरे पर उदासी छाई रहती है, वह खाना तो नहीं खाते हैं लेकिन मारिया के कहने पर दूध पी लेते हैं।

क्या बात है, आप इतना उदास क्यों हैं—मारिया उनके सिर पर अपनी उंगलियाँ फिराती हुई बोलती है।

नहीं कोई बात नहीं है, बस तबियत ठीक नहीं लग रही है—मि. बार उसकी बातों को काटते हुए बोलते हैं और वह सो जाते हैं।

इस घटना को बीते कई हफ्ते हो जाते हैं, लेकिन पेड़ के द्वारा बताई गई बात मि. बार के दिमाग में हरदम घूमती रहती है। वह हमेशा यही सोचते रहते हैं कि क्या उस पेड़ की भविष्यवाणी सच साबित होगी, अगर ऐसा हो गया तो उनकी तो दुनिया ही उजड़ जाएगी। वह बराबर अपने दिमाग में इसी बात को सोचते रहते हैं, जिसके चलते अब उनका अपने काम में भी मन नहीं लगता है। वह हमेशा ईश्वर से यही प्रार्थना करते रहते हैं कि उनकी पत्नी मारिया को कुछ न हो। लेकिन शायद विधि के विधान को कुछ और ही मंजूर रहता है। उधर पेड़ से लायी गई काली छाल को पेड़ के बताये अनुसार वह अपनी पत्नी को यह कहकर पिलाते हैं कि इससे उनके घर में एक शूरवीर बालक का जन्म होगा।

धीरे-धीरे दिन बितने लगते हैं, और इस तरह कई महीने बीत जाते हैं। एक रात अचानक उनकी पत्नी मारिया की तबियत ज्यादा खराब हो जाती है, मि. बार उसे गाँव के नजदीकी अस्पताल में ले जाते हैं जहाँ मिस सुजन जो हॉस्पीटल की नर्स रहती है, बताती है कि मारिया बच्चे को जन्म देने वाली है, यह बात सुनकर मि. बार काफी खुश होते हैं। मारिया को अस्पताल के अंदर ले जाया जाता है, मि. बार बाहर खड़े होकर दुनिया में आने वाले नये मेहमान का इंतजार करने लगते हैं। उस रात कुछ अजीबोगरीब घटना घट रही थी। मौसम पूरा साफ था, लेकिन तभी आसमान में एकाएक बिजली कड़कने लगती है, मि. बार को कुछ समझ में नहीं आ रहा था कि आखिर मौसम पूरा साफ है तो यह एकाएक बिजली क्यों कड़क रही है? थोड़ी देर बाद एक जबरदस्त आवाज के साथ पूरा अस्पताल थर्रा जाता है, ऐसा लगता है कि मानो वह बिजली अस्पताल के ही ऊपर आकर गिर गई हो। मि. बार थोड़ी देर के लिए घबरा जाते हैं और अपनी आँखे बंद कर लेते हैं। थोड़ी देर बाद मौसम पूरा शान्त हो जाता है, और ऐसा लगता है कि यहाँ पर कुछ हुआ ही न हो। वह अभी यह सोच ही रहे थे कि यह सब क्या हो रहा है तभी सुजन उनके पास आती है और उन्हें बताती है कि उनकी पत्नी ने एक लड़के को

जन्म दिया है। यह सुनकर वह खुशी से फूले नहीं समाते, लेकिन उनके चेहरे से वह खुशी काफूर हो जाती है, जब मिस सुजन यह बताती है कि उनकी पत्नी को बचाया नहीं जा सका।

उस बच्चे के जन्म के बाद उसके सिर से उसकी माँ का साया हमेशा-हमेशा के लिए उठ जाता है, मिस मारिया को बचाया नहीं जा सकता है और उनकी मृत्यु हो जाती है। शायद दुनिया में आने के साथ ही वह बच्चा अभागा बन जाता है, उस मासूम को क्या पता कि अब उसकी माँ इस दुनिया में नहीं रही। मिस सूजन की बात सुनते ही मि. बार के पैरों तले जमीन खिसक जाती है। शायद यह उनकी जिन्दगी का सबसे दुःखद् पल था, उनके आँखों से तो आँसू जैसे रूक ही नहीं रहे थे, इस घटना ने उनको झकझोर कर रख दिया था। लेकिन उनसे ज्यादा अभागा तो वह बच्चा हो जाता है, जिसके दुनिया में आते ही उसकी माँ का साया उसके सिर से हमेशा के लिए उठ जाता है। मि. बार का सबकुछ बर्बाद हो चुका था, उनकी तो जैसे दुनिया ही उजड़ चुकी थी।

मारिया की मृत्यु के बाद मि. बार एकदम अकेले पड़ जाते हैं। उनके पड़ोस में रहनेवाली टुन्नी मौसी उसे समझाती है कि उसे बच्चे के लालन-पालन के लिए दूसरी शादी कर लेनी चाहिए। पहले तो वह इस बात के लिए तैयार नहीं होते हैं, क्योंकि वह मारिया के प्यार को भुला नहीं पाते हैं। लेकिन अपनी पड़ोसी टुन्नी मौसी के काफी समझाने के बाद वह दूसरी शादी करने को तैयार हो जाते हैं, और इस तरह उनके घर उनके बच्चे के पास उसकी सौतेली माँ आ जाती है, जिसका नाम मैकेली रहता है।

इस घटना को घटे आज 11 साल हो गए थे, लेकिन आज भी बराबर उनके सपनों में यह घटना बार-बार आती रहती है। तभी उनकी दूसरी पत्नी मैकेली की जोरदार आवाज उनके कानों से टकराती है और उनकी नींद टूट जाती है।

अरे इस लड़के ने तो नाक में दम कर रखा है, पता नहीं सुबह उठते ही कहाँ भाग जाता है, आने दो उसे, आते ही मजा चखाएँगी-मैकेली चीखते हुए रसोई में बर्तन पटकते हुए बोलती है। सुबह उठते ही चीखना-चिल्लाना उसका रोज का काम था। मैकेली एक गुस्सैल स्वभाव की महिला थी, वह

जैम को जरा भी पसंद नहीं करती है, वह उसके हर काम में खामियाँ निकालती रहती है और उसे सताने का बहाना ढूँढ़ती रहती है। जैम भी उससे काफी डरा रहता है, क्योंकि उसने कोई गलती की तो उसकी पिटाई निश्चित है। मैकेली उसकी बदमाशियों की शिकायत हमेशा मि. बार से करती रहती है, जिसे मि. बार अनसुना करते रहते हैं।

मारिया के दुनिया से जाने के बाद मि. बार की आर्थिक स्थिति काफी खराब हो गई थी, उनका काम अब अच्छा नहीं चल रहा था, घर में हमेशा तंगहाली बनी रहती है, कभी-कभी तो स्थिति ऐसी हो जाती है कि घर में एक वक्त ही चूल्हा जलता है। जैम को लगता था कि शायद उसे अपने पिता के काम में हाथ बँटाना चाहिए क्योंकि इससे घर में कुछ ज्यादा पैसे आएँगे जिससे उनकी आर्थिक स्थिति सुधरेगी। इसलिए वह अपने पिता को कहता है–पिताजी मुझे आपके काम में हाथ बँटाना चाहिए क्योकि इससे हमारे पास ज्यादा पैसे आएँगे। मि. बार उसकी भोली-भाली बातों पर सीधा-सा जवाब देते थे–अभी तुम बहुत छोटे हो बेटे, जब तुम बड़े हो जाओगे तो मैं खुद अपने साथ तुम्हें ले जाऊँगा।

जब से जैम की अपनी माँ मरी थी और जैम पैदा हुआ था, उसके साथ दुःख और गरीबी जुड़ गई थी। शायद इसी दुःख और गरीबी ने जैम को काफी समझदार बना दिया था। वह अपने घर के हालात को जानता था इसलिए वह अपने पिता से कभी भी कोई मांग नहीं करता है, और न ही वह किसी चीज की जिद करता है। वक्त और उसके हालात ने उसे अपनी उम्र से ज्यादा समझदार बना दिया था। निक्सन परिवार की हालत इतनी खराब थी कि जैम के स्कूल के ड्रेस और उसे अपनी किताब भी सही से नहीं मिल पाती है। लेकिन जैम इन सब चीजों से ज्यादा अपनी सौतेली माँ के अत्याचार से अधिक परेशान रहता है। वह अपने ऊपर हुए अत्याचारों की शिकायत कभी भी अपने पिता से नहीं करता है।

जैम काफी शांत स्वभाव और समझदार किस्म का लड़का रहता है, वह अपने गाँव के पास ही में सरकारी स्कूल में पढ़ता है। वैसे तो स्कूल में उसके कई दोस्त थे लेकिन उन सबमें उसका एक जिगरी दोस्त रहता है, जो उसके साथ ही स्कूल में उसकी क्लास में पढ़ता है, उसका नाम जिक्की

जोन्स रहता है। जिक्की स्वभाव से जैम के ठीक उल्टा रहता है, वह एक चंचल स्वभाव का लड़का रहता है। जिक्की भी लगभग जैम के ही उम्र का रहता है। वह एक सुनार का बेटा रहता है। उसके पिता व्हाइट जोन्स की सोने की दुकान उस गाँव में रहती हैं, जो काफी अच्छी चलती है। जिक्की के लालन-पालन में उसके माता-पिता कोई कोर-कसर नहीं छोड़ते हैं। उसे अपने जीवन में किसी चीज की कोई कमी नहीं होती है। परन्तु जिक्की को अपने पिता के काम में कोई रूची नहीं रहती है, उसे दुनिया घूमने का बड़ा शौक रहता है। जिक्की अपने दोस्त जैम की हमेशा मदद किया करता था, जब उसके पास स्कूल की किताब खरीदने के पैसे नहीं रहते थे तो वह उसे पैसे दिया करता है। दोनों अपने स्कूल से छूट्टी होने के बाद एक साथ खेलने को जाया करते थे। दोनों अक्सर अपने गाँव के पास ही के जंगल में घूमने जाया करते थे और अपने सुख-दुःख की बात एक दूसरे से किया करते थे।

जैम के घर के पास उसके पड़ोस में टुन्नी मौसी रहती है, वह एक अधेड़ उम्र की महिला रहती है। गाँव के लगभग सभी लोग उसे टुन्नी मौसी के नाम से ही पुकारा करते थे, जैसे वह सारे गाँव वालों की मौसी हो। जैम अक्सर टुन्नी मौसी के घर जाया करता था। टुन्नी मौसी भी उसे बहुत मानती है।

जैम की सौतेली माँ मैकेली अक्सर उसपर ताना कसा करती थी। उसका रोज का काम था, वह सुबह उठते ही जैम पर जैसे लुभ पड़ती थी और उसे भला-बुरा कहना शुरू कर देती। इसी तरह एक सुबह मैकेली जैम पर ताना कसती है, जब वह स्कूल जाने को तैयार हो रहा था। अरे ओ लड़के, बहुत पढ़ाई हो गई, मुझे पता है कि तू पढ़-लिखकर अफसर बन जाएगा, जा कहीं जाकर छोटी-मोटी चाकरी ढूँढ़ ले, कम-से-कम दो वक्त की रोटी तो मिलेगी। बहुत आया पढ़ने वाला.....हूँ- मैकेली अपना मुँह बिचकाते हुए जैम को बोलती है। जैम को उसकी इस बात पर गुस्सा आ जाता है और वह मैकेली को खा जाने वाली नजरों से घुरने लगता है। जैम को अपनी तरफ ऐसे घूरते हुए देख मैकेली और भड़क जाती है और उसे कहती है-

अरे ऐसे मुझे घूर-घूर कर क्यों देख रहा है, पैदा होते ही अपनी माँ को खा गया अब मुझे भी खाएगा क्या–मैकेली चिल्लाती हुई बोलती है। उसकी बातों को सुनते ही जैम की आँखों में आँसू डबडबा जाते हैं।

जैम अक्सर टुन्नी मौसी के घर जाया करता था और उससे अपनी माँ के बारे में पूछा करता था। इसी तरह जैम एक दिन टुन्नी मौसी के घर जाता है, जब वह काफी छोटा रहता है और टुन्नी मौसी से अपनी माँ के बारे में बातें करता है।

टुन्नी मौसी, मेरी माँ मुझे छोड़कर क्यों चली गई–जैम पूछता है। क्योंकि मेरे बच्चे, उसे भगवान ने अपने पास बुला लिया–टुन्नी मौसी उसे जवाब देती है।

लेकिन उसे भगवान ने अपने पास क्यों बुला लिया–जैम फिर पूछता है। क्योंकि उन्हें अच्छे लोगों की जरूरत है–टुन्नी मौसी उसके भोले-भाले सवालों का जवाब देती हुई बोलती है।

मौसी मेरी माँ कैसी थी–जैम फिर दुबारा सवाल पूछता है।

तुम्हारी माँ बहुत सुन्दर थी–टुन्नी मौसी बोलती है। तभी जैम टुन्नी मौसी के चेहरे की तरफ एक उत्सुकता भरी निगाहों से देखते हुए पूछता है–मौसी क्या मेरी माँ मुझे लेने के लिए वापस नहीं आएगी, क्या उसे पता नहीं कि मेरी दूसरी माँ मैकेली मुझे कितना सताती है।

टुन्नी मौसी उसके मासूम चेहरे को देखती है, और उसे झूठ का दिलासा देते हुए बोलती है–हाँ बेटे, वह वापस आएंगी।

कब आएंगी–जैम फिर पूछता है।

जब तुम बड़े हो जाओगे, तब वह तुम्हारे पास आएगी–टुन्नी मौसी बोलती है।

धीरे-धीरे दिन बीतने लगते हैं जैम बड़ा होने लगता है। जब वह छोटा था तो उसे लगता था कि उसकी माँ एक दिन उसे लेने जरूर आएगी और उसे सौतेली माँ के अत्याचारों से निजात दिलाएगी, लेकिन जैसे-जैसे वह बड़ा होता गया, उसे यह एहसास होने लगा कि अब उसकी माँ कभी वापस नहीं आएंगी।

जैम अब 11 वर्षों का हो गया था, वह अपनी माँ के जैसे ही खूबसूरत रहता है। उसने अपनी माँ को नहीं देखा था इसलिए वह अपने आपको बड़ा अभागा मानता था, क्योंकि उसे अपनी माँ के गोद में जाने का एक बार भी मौका न मिला था। बस वह अपने सौतेली माँ के तानों और अत्याचारों को देखता हुआ बड़ा हुआ था। कोई भी दिन ऐसा नहीं था जब उसकी सौतेली माँ उसपर ताना न कसती हो। उसे अपनी जिंदगी जिल्लत भरी हुई लगने लगी थी। उसकी सौतेली माँ अक्सर उसे ताना दिया करती थी जो शायद मैकेली का प्रिय ताना था–"काम का न काज का, दुश्मन अनाज का।" उसके इस तरह के तानों से जैम काफी आहत रहता है और वह घर से भागने के बारे में सोचने लगता है।

जैम बराबर जिक्की के घर जाया करता था जहाँ उसकी मुलाकात जिक्की की माँ निक्की जोन्स से हुआ करती है, वह काफी अच्छी महिला थी। वह जैम को अपने बेटे के ही जैसे मानती थी, वह अक्सर जैम की माँ मारिया के बारे में बातें किया करती थी, वह बोला करती थी कि मारिया बहुत ही अच्छी औार खूबसूरत थी। जैम को भी अपनी माँ के बारे में बातें करने में अच्छा लगता था सो वह भी अक्सर अपनी माँ के बारे में निक्की से पूछा करता था। लगभग हर शाम को वह कोई न कोई बहाना बनाकर जिक्की के घर पहुँच जाता था।

जैम और जिक्की दोनों ही अपने जीवन से असंतुष्ट रहते है। जैम जहाँ अपनी गरीबी और सौतेली माँ के अत्याचारों से परेशान रहता है, वहीं जिक्की का भी पढ़ाई में मन नहीं लगता है और उसे दुनिया की सैर करने का बड़ा शौक रहता है। दोनों दोस्त एक बार मिलकर योजना बनाते हैं कि वह अपने गाँव छोड़कर भागेंगे और कहीं जाकर कुछ नया काम करेंगे।

2

जंगल की भयानक रात

और फिर दोनों एक दिन योजना बनाकर अपने घर से भाग निकलते हैं। दोनों चलते-चलते अपने गाँव से बहुत दूर निकल जाते हैं। थोड़ी देर बाद दिन ढलने लगता है और शाम होने लगती है। लेकिन दोनों बिना रूके हुए आगे बढ़ते रहते हैं और फिर कुछ देर बाद दिन पूरी तरह ढल जाता है और चारों तरफ अंधेरा छा जाता है। रास्ते में रात का अंधेरा और सन्नाटा सभी तरफ छा जाता है, दोनों उस अंधेरे में भी रास्ते पर चलते जाते हैं। उन्हें कुछ समझ में नहीं आ रहा था कि वे किस ओर जा रहे हैं। रात में वे रास्ता भटककर एक भयानक जंगल में जा रहे होते हैं, वे उस जंगल में बहुत दूर तक निकल जाते हैं, लेकिन उन्हें यह पता ही नहीं चलता है कि वह एक बियाबान और भयानक जंगल में जा रहे हैं, तभी जैम को यह कुछ-कुछ आभास होने लगता है कि वह रास्तें में भटककर कहीं दूसरी तरफ निकल गए हैं।

मुझे लगता है कि हम रास्ता भटककर कहीं दूसरी ओर निकल गए हैं-जैम बोलता है।

यह हम कैसे कह सकते हैं कि हम गलत रास्ते पर जा रहे हैं, हो सकता है हम सही रास्तें पर जा रहे हों-जिक्की उसकी बात काटता हुआ बोलता है।

जिक्की की बात पर जैम कोई सवाल नहीं उठाता है, उसे भी लगता है कि वह सही रास्ते पर जा रहे हैं, परन्तु उन्हें उस रात के अंधेरे में पता नहीं चल रहा है। और फिर दोनों चलते-चलते उस अंधेरे रास्ते पर काफी दूर निकल जाते हैं। चलते-चलते काफी देर हो गई थी परन्तु उन्हें दूर-दूर तक न तो कहीं कोई रोशनी नजर आ रही थी और न ही कोई गाँव।

दोनों चलते-चलते काफी थक जाते हैं और आराम करने के लिए एक पेड़ के नीचे बैठ जाते हैं। दोनों को ही भूख और प्यास बड़े जोरों से लगी रहती है। जिक्की को प्यास कुछ ज्यादा ही जोर से लगी रहती है, इसलिए वह जैम को बोलता है कि चलो कहीं पानी ढूंढते हैं। और फिर दोनों आस-पास पानी ढूंढने निकल पड़ते है, परन्तु उन्हें कहीं पीने का पानी नजर नहीं आ रहा था। तभी जैम को कुछ दूरी पर रात के सन्नाटे में पानी के बहते हुए सोत की कल-कल की आवाज सुनाई पड़ती है। दोनों उधर जाते हैं जिधर से बहते हुए पानी की आवाज सुनाई पड़ती है। जैसे ही वह उस अंधेरे जंगल में कुछ दूर बढ़तें हैं, उन्हें कुछ दूरी पर पानी का बहता हुआ सोत नजर आता है। थोड़ी देर में जैम और जिक्की उस बहते हुए सोत के किनारे पर पहुँच जाते हैं। लेकिन जब दोनों उस सोत के पास का नजारा देखते हैं तो दोनों काफी डर जाते हैं। उस सोत में बहुत से जंगली जानवर अपनी प्यास बुझाते नजर आते हैं। अब जिक्की को यह समझ में आ जाता है कि वह दोनों रास्ता भटककर एक भयानक जंगल में आ गए हैं। परंतु अब काफी देर हो गई थी, दोनों अब वापस लौट नहीं सकते थे। दोनों उस सोत के पास वाली झाड़ियों में छुपकर बैठ जाते हैं और यह इंतजार करते हैं कि जब वह जंगली जानवर पानी पीकर चले जाएंगे तो वह जाकर पानी पीयेंगे। थोड़ी देर में जंगली जानवर पानी पीकर उस सोत से चले जाते हैं। जंगली जानवरों के वहाँ से जाते ही दोनों चुपके से झाड़ियों से निकलकर दबे पांव उस सोत की ओर बढ़ते है और अपनी प्यास बुझाते हैं।

तभी जंगल में तरह-तरह की भयानक आवाज आने लगती है, उन आवाजों को सुनकर दोनों काफी डर जाते हैं। परंतु अब किया क्या जा सकता था, क्योंकि दोनों बुरी तरह से उस घनघोर जंगल में फंस चुके थे। दोनों ही एक दूसरे को ढाढस बंधाते हैं और आगे निकल पड़ते हैं। उन्हें भूख भी जोरों से लगी हुई थी, लेकिन वहाँ आसपास कोई खाने की चीज नजर नहीं आ रही थी। तभी रास्तें में चलते-चलते जैम को एक जंगली केन्द का पेड़ नजर

आता है जिसके चारों तरफ जंगली केन्द के फल झूले हुए थे। जंगली केन्द देखते ही दोनों की भूख और बढ़ जाती है। दोनों उस पेड़ पर चढ़ जाते हैं और उस जंगली मीठे केन्द का फल खाने लगते हैं। जब दोनों का पेट पूरी तरह से भर जाता है तो वे पेड़ से नीचे उतरने की सोचते हैं।

लेकिन तभी जैम को नीचे एक विचित्र-सी दो चमकीली आँखें उस ओर आती हुई नजर आती है। जैम उन चलती हुई चमकीली आँखों को देखकर काफी डर जाता है, वह इतना डर जाता है कि उसके मुँह से कोई आवाज तक नहीं निकल पा रही थी। वह जिक्की को अपनी उंगलियों के इशारे से नीचे देखने को कहता है। जिक्की जब नीचे देखता है तो उसकी घिघ्घी बंध जाती है। थोड़ी देर में वे चमकीली आँखें चलते हुए उनके काफी करीब आ जाती है। अब दोनों को साफ-साफ नजर आने लगता है। उनके पेड़ से कुछ दूरी पर एक काले रंग का जंगली जानवर था, जिसकी दोनों आँखें उस अंधेरी रात में भी चमक रही थी। वह जानवर उनकी पेड़ की तरफ ही बढ़ता आ रहा था। दोनों उस जंगली जानवर को देखकर काफी सहम जाते हैं और डर के मारे एक दूसरे से लिपट जाते हैं। दोनों यही सोचने लगते हैं कि अगर उस जंगली जानवर ने उन्हें देख लिया तो आज उनकी मौत निश्चित है। दोनों यह समझ जाते हैं कि वह जंगली जानवर कुछ और नहीं बल्कि वह खतरनाक जंगली तेंदुआ है। उन्होंने अपने गाँव में जंगली तेंदुए के बारे में काफी कहानियाँ सुन रखी थी–जैसे कि जंगल से खतरनाक जंगली तेंदुआ आता है और वह बच्चों को उठाकर भाग जाता है, जिसके कारण वे और भी डर जाते हैं। दोनों एक दूसरे से लिपटकर उस तेंदुए को देख रहे थे जो उनके पेड़ के और करीब आता जा रहा था।

दोनों ही अपनी आँखें बंद कर लेते हैं और ईश्वर से प्रार्थना करने लगते हैं। फिर जब दोनों अपनी आँखें खोलते हैं तो देखते हैं कि वह तेंदुआ उनके पेड़ के काफी करीब आ चुका है, वे सोच लेते हैं कि आज उनकी जान की खैर नही है। लेकिन तेंदुए ने अभी तक उन दोनों को नहीं देखा था। तेंदुआ उनके पेड़ के करीब आता है और नीचे से निकल जाता है। उसके वहाँ से जाने के बाद दोनों की जान में जान आती है। अब दोनों इतना डर गए थे कि वे पेड़ से नीचे उतरने का साहस नहीं कर पा रहे थे। अब दोनों पेड़ के ऊपर ही रहकर रात गुजारने का फैसला करते हैं, क्योंकि पेड़ से नीचे उतरना खतरे से खाली नहीं था। अब दोनों को यह बात समझ में आ गयी थी कि

दोनों बुरी तरह से एक भयानक जंगल में फंस चुके हैं। रात में जंगल में बहुत सारी डरावनी आवाजों के कारण उनको नींद भी नही आ पा रही थी। अब उन्हें अपने गाँव की बहुत याद आ रही थी। जिक्की को अपने घर और अपने माता-पिता की बहुत याद आ रही थी, उसे लग रहा था कि उसने अपने घर से भागकर बहुत बड़ी मूर्खता की है। थोड़ी देर के लिए जैम के मन में भी अपने गाँव वापस लौटने का विचार आता है लेकिन उसे अपनी सौतेली माँ के तानों और अत्याचारों के सामने तेंदुए का शिकार बन जाना ज्यादा अच्छा लगता है। परन्तु अंत में दोनों यह निश्चय कर लेते हैं कि वे अपने गाँव वापस नहीं जाएंगे। किसी तरह दोनों उस पेड़ के ऊपर रहकर ही रात गुजारते हैं।

सुबह हो जाती हैं, सूर्य की लालिमा प्रकाश उनके चेहरे पर पड़ती है। जैम के चेहरे पर प्रकाश पड़ते ही वह अपनी आँखें मलता हुआ उठता है और जब वह उस पेड़ के ऊपर से जंगल को देखता है तो उसे प्रकृति का शानदार नजारा दिखता है, इससे पहले इतना मनोरम नजारा उसने अपने जीवन में कभी नहीं देखा था, उसे प्राकृतिक जंगल की हरियाली दूर-दूर तक नजर आती है, दूर-दूर तक हरे-भरे घने जंगल नजर आते हैं जिस पर सूर्य का लालिमा प्रकाश पड़ने से दूर-दूर का नजारा और खिला नजर आ रहा था। इतना खूबसूरत नजारा देखकर वह काफी चहक जाता है और वह जिक्की को झकझोर कर उठाता है।

क्या है, अरे यार रात भर नहीं सोया हूँ, सोने दो–जिक्की कुनमुनाता हुआ बोलता है।

अरे यार उठो, देखो तो क्या शानदार नजारा है, जिंदगी में ऐसा नजारा तुमने नहीं देखा होगा–जैम उस हरे-भरे जंगल की तरफ देखते हुए बोलता है।

तभी अनमने ढंग से जिक्की उठता है, प्रकृति के इस शानदार नजारे को देखकर उसकी आँखें फटी की फटी रह जाती है और एकाएक उसके मुँह से निकल पड़ता है–वॉव, सचमुच क्या नजारा है यार।

देखा मैने ठीक कहा था ना, ऐसा नजारा तुमने अपनी जिंदगी में कभी देखा है, इतना घना हरा-भरा जंगल, वह पहाड़ कितना सुन्दर लग रहा है, पहाड़ के किनारे से बहता हुआ झरना, सभी तरफ हरियाली ही हरियाली

कितना अच्छा लग रहा है, ऐसा लग रहा है जैसे हम स्वर्ग की गोद में हों–जैम बोलता है।

हाँ यार, सचमुच कितना अच्छा लग रहा है, सचमुच इससे पहले मैंने इतनी खूबसुरत जगह कभी नहीं देखी थी–जिक्की मुँह फाड़कर उन जंगलों की तरफ देखता हुआ बोलता है।

अच्छा चलो, पेड़ से नीचे उतरते हैं और कुछ खा-पीकर इस जंगल से बाहर निकलने का रास्ता तलाशते हैं–जैम बोलता है। ठीक है ऐसा करो इस पेड़ से कुछ फल तोड़ लो, रास्ते में खाने के काम आएगा–जिक्की बोलता है।

फिर दोनों उस पेड़ से कुछ फल तोड़कर नीचे उतरते हैं और उस जंगल से बाहर निकलने के लिए रास्ते की तलाश में चल पड़ते हैं, कुछ दूर जाने पर उन्हें झरना मिलता है, वहाँ दोनों हाथ मुँह धोकर कुछ फल खा लेते हैं और बचे हुए फलों को अपने साथ ले चलते हैं। दोनों रास्ते की खोज में जंगल में भटकने लगते हैं, परन्तु उन्हेंकोई रास्ता नहीं मिल पा रहा था।

तभी जिक्की को दूर एक झोंपड़ी नजर आती है। दोनों दूर से उस झोपड़ी को देखकर काफी खुश होते हैं, उन्हें लगता है कि शायद आगे कोई गाँव है। दोनों तेज कदमों से उस झोपड़ी की तरफ बढ़ने लगते हैं, कुछ दूर चलने पर उन्हें दो तीन मिट्टी की और झोपड़ियाँ दिखाई पड़ती हैं। उन झोपड़ियों को देखकर उन्हें यह विश्वास होने लगता है कि आगे कोई छोटा-मोटा आदिवासियों का गाँव है। यह देखकर उनमें जोश आ जाता है और वे अपनी चाल को दुगुना करते हुए उन झोपड़ियों वाले गाँव के पास जल्दी से जल्दी पहुँचना चाहते हैं। कुछ देर तक जंगल के उबड़-खाबड़ रास्तों पर चलते हुए वह उन झोपड़ियों के पास पहुँच जाते हैं। वहाँ पहुँचकर दोनों को आश्चर्य होता है। उन्हें झोपड़ियों के आस-पास कोई नजर नहीं आ रहा था, झोपड़ियों के पास ही एक बड़ा-सा खुदा हुआ कुंआ नजर आता है, दोनों उस कुंए के पास जाते हैं, दोनों कुंए में झांकते हैं, परन्तु उसमें पानी नहीं रहता है, शायद उसका पानी सूख चुका होता है। फिर दोनों पास की और सभी झोपड़ियों में जाते हैं, लेकिन वहाँ पर भी उन्हें कोई नजर नहीं आता है।

वहाँ की झोपड़ियों में उन्हें एक विचित्र चीज नजर आती है, वे देखते हैं कि वहाँ किसी भी झोपड़ी में दरवाजे नहीं है, उनमें सिर्फ छोटी खिड़कियाँ

ही नजर आ रही थी। दोनों यह देखकर अचंभित होते हैं कि आखिर यह कैसा मकान है जिसमें सिर्फ खिडकियाँ हैं, दरवाजे नही। वह जगह एक सुनसान और डरावनी टापू की तरह लग रही थी। वे दोनों खिड़कियों से घर के अंदर झाँकते हैं, परन्तु उन्हें उनमें अंधेरे के सिवाय कुछ नजर नहीं आता है। दोनों यह नजारा देखकर अंदर से काफी सहम जाते हैं। शुरू में वे यह सोचते हैं कि शायद यह चोरों का घर होगा जो बाहर से चोरी करके लायी गयी वस्तुओं को यहाँ रखते होंगे, परन्तु उनका यह भ्रम भी जल्दी ही खत्म हो जाता है, क्योंकि उस घर के अंदर आने-जाने के लिए दरवाजे थे ही नहीं, और खिड़कियाँ भी इतनी छोटी थी कि उनमें किसी आदमी का अंदर जाना मुश्किल था, तो आखिर यह घर किनका है और इनमें कौन रहता है। इन सवालों के उधेड़बुन में फंसे हुए दोनों उस डरावनी और सुनसान जगह से जल्द से जल्द निकल जाना चाहते हैं। उन्हें ऐसा लगता है कि जंगल में यह भूतों का घर है, दोनों तुरंत उस जगह से आगे की ओर निकल जाते हैं क्योंकि उन्होंने जिंदगी में ऐसा घर पहली बार देखा था और वे काफी डर गए थे। जंगल से बाहर निकलने के रास्ते की तलाश में वे आगे बढ़ते रहते हैं, दोनों उस सुनसान जंगल में काफी देर तक चलते रहते हैं, आखिरकार दोनों चलते-चलते काफी थक जाते हैं और आराम करने के लिए एक जगह बैठ जाते हैं। भूख भी काफी जोरों से लगी रहती है, इसलिए वह अपने पास रखा केन्द का फल निकालकर खाते हैं।

ओह मेरी समझ में नहीं आ रहा है कि आखिर इस जंगल से कैसे निकला जाए–जिक्की बोलता है।

कोई न कोई रास्ता तो इस जंगल से बाहर की ओर जाता होगा–जैम बोलता है।

लेकिन हमें तो अभी तक कोई रास्ता नजर नहीं आया है–जिक्की बोलता है।

चलो आगे बढ़ते हैं, शायद आगे कोई रास्ता हो–जैम बोलता है। फिर दोनों वहाँ से आगे की ओर निकल पड़ते हैं, दोनों काफी देर तक जंगल में चलते रहते हैं, लेकिन उन्हें जंगल से बाहर निकलने का कोई रास्ता नजर नहीं आ रहा था। अब शाम भी होने को आ जाती है। अब दोनों को जंगली जानवरों का डर सताने लगता है। दोनों सोचने लगते हैं कि रात को कहाँ पर

रहें जिससे वे जंगली जानवरों से सुरक्षित रह सकें, क्योंकि अगर इसी तरह भटकते रहे तो कोई भी जंगली जानवर उनपर हमला कर सकता है। अब दोनों रात में रहने के लिए जगह की तलाश में लग जाते हैं, लेकिन दूर-दूर तक उन्हें कोई सुरक्षित जगह नजर नहीं आ रही थी। जंगलों में दूर-दूर तक सिर्फ पहाड़ और घने पेड़ ही नजर आ रहे थे। रात भी होने वाली थी और दोनों को काफी डर भी लगने लगा था। तभी जिक्की को दूर में एक गुफा का द्वार नजर आता है।

जैम वह देखो, दूर में एक गुफा नजर आ रही है–जिक्की पहाड़ की तराई में बने गुफा की तरफ देखता हुआ बोलता है।

लेकिन वहाँ जाना ठीक नहीं है, हो सकता है वहाँ कोई जंगली जानवर रहता हो, वैसे भी जंगलों के बहुत सारे जानवर गुफा में रहते हैं–जैम बोलता है।

परन्तु वहाँ जाकर देखने में हर्ज क्या है, चलो चलकर पास से देखते हैं–जिक्की बोलता है।

फिर दोनों उस गुफा की तरफ चल देते हैं। वह गुफा पहाड़ की तराई में थी। दोनों को डर भी लग रहा था कि कहीं उस गुफा में कोई जंगली जानवर होगा तो उनपर हमला भी कर सकता है। दोनों चलते-चलते गुफा के काफी करीब पहुँच गये थे। परन्तु उनमें अब गुफा के दरवाजे के सामने जाने की हिम्मत नहीं हो रही थी, लेकिन मरता क्या नहीं करता, क्योंकि अगर गुफा के बाहर भी रहेंगे तो हो सकता है कि कोई जंगली जानवर उन पर हमला कर सकता था। बाहर रहने में भी खतरा है और अंदर जाने में भी खतरा है, तो चलो इससे अच्छा है कि अंदर में ही चला जाए, यही सोचकर दोनों डरते हुए गुफा के अंदर चले जाते हैं। गुफा के अंदर घुसने पर उन्हें अंधेरा ही अंधेरा नजर आता है, अंदर कुछ भी दिखाई नहीं पड़ता है। दोनों एक दूसरे का हाथ पकड़कर आगे बढ़ते रहते हैं। वह एक सुरंगनुमा गुफा थी, दोनों गुफा के अंदर बहुत दूर तक चले जाते हैं, परन्तु उन्हें वहाँ सिर्फ अंधेरा ही अंधेरा नजर आता है। तभी दोनों को गुफा के अंदर दूर से एक हल्की सी रोशनी नजर आती है, वे दोनों उस रोशनी की तरफ चल देते हैं। दोनों यही सोच रहे थे कि आखरी यहाँ पर रहता कौन है, यही सोचते हुए दोनों उस रोशनी की तरफ बढ़ने लगते हैं। जैसे-जैसे वे उस रोशनी के करीब जाते

हैं, वैसे-वैसे अंदर चारों तरफ रोशनी बिखरी नजर आती है, उन्हें अब अंदर कुछ-कुछ चीजें नजर आने लगती हैं। जब दोनों रोशनी के काफी करीब पहुँच जाते हैं तो वे उस जगह का नजारा देखकर दंग रह जाते हैं। अंदर में एक महलनुमा बड़ा सा कमरा रहता है, जो शायद किसी हॉल की तरह लग रहा था, उस हॉल में चारों तरफ रोशनी जगमगाती रहती हैं। उस बड़े से हॉल में कीमती सोफे, कुर्सियाँ वगैरह लगी रहती हैं। हॉल के बीचो-बीच एक बड़ा सा टेबल लगा रहता है, जिसमें एक खूबसूरत बर्तन में बहुत सारे फल रखे रहते हैं। उन्हें भूख भी जोरों से लगी रहती है, इसलिए दोनों उस कीमती सोफे पर बैठकर फल को खाने लगते हैं। फल बहुत ही स्वादिष्ट रहता है, इतना स्वादिष्ट फल इससे पहले उन्होंने कभी नहीं खाये थे। दोनों किसी भूखे की तरह दोनों हाथों से उन फलों पर टूट पड़ते हैं। थोड़ी देर बाद उनकी भूख शांत हो जाती है और फिर दोनों सोने की सोचते हैं। घर से भागने के बाद उन्होंने सही से नींद नहीं ली थी, इसलिए अब उन्हें जोरों की नींद आने लगती है। वह किनारे रखे सोफे के पीछे जमीन पर लेट जाते हैं और लेटने के साथ ही उन्हें गहरी नींद आ जाती है। दोनों थकावट से चूर होकर गहरी नींद में सो जाते हैं।

आधी रात हो चुकी थी दोनों गहरी नींद में सोए हुए थे तभी दूर से किसी के आने की आहट सुनाई देती है। उस आहट की आवाज सुनते ही जैम की नींद टूट जाती है, वह सोचने लगता है कि आखिर इतनी आधी रात को इधर कौन आ रहा है। वह कान लगाकर ध्यान से उस आवाज को सुनने लगता है। धीरे-धीरे आहट की आवाज और तेज होती जाती है। जैम को डर लगने लगता है, वह धीरे से जिक्की को उठाता है। जिक्की भी उठ जाता है और वह दोनों उस सोफे के नीचे से उस तरफ ध्यान से देखने लगते हैं जिस तरफ से वह आहट की आवाज आ रही थी। धीरे-धीरे वह आवाज उनके कान के पर्दे से जोर जोर से टकराने लगती है। दोनों काफी डर जाते हैं और वह सोचते हैं कि वह कहाँ पर आकर फँस गए हैं। तभी दूर उन्हें किसी के आने की आवाज के साथ-साथ एक धुंधली सी परछाई दिखाई पड़ती है जो उन्हीं की ओर आ रही थी। धीरे-धीरे वह परछाई और नजदीक आती जा रही थी। दोनों उस तरफ ध्यान से देख रहे थे परन्तु दूर अंधेरे में साफ-साफ नजर नहीं आ रहा था। दोनों उस परछाई को अपनी ओर आते देख काफी सहम जाते हैं। जैसे-जैसे वह परछाई नजदीक आती जा रही थी, धीरे-धीरे रोशनी

में कुछ दिखाई देने लगता है। दोनों को सबसे पहले उस परछाई के लंबे-लंबे बाल जो लहराते हुए उसके बदन से लिपट रहे थे वे नजर आ रहे थे, फिर कुछ नजदीक आने पर उसका धुंधला चेहरा नजर आ रहा था जो साफ नहीं दिख रहा था। उसके कपड़े अस्त-व्यस्त तरीके से नजर आ रहे थे उसकी लंबी-लंबी उंगलियाँ साफ नजर आ रही थी, उसके बड़े-बड़े पैर भी नजर आ रहे थे। जब वह पूरी तरह से रोशनी में आ गई तो उसे देखकर द़ोनों काफी डर गए। उसका चेहरा काफी भयानक लग रहा था, ऐसा लग रहा था जैसे उसका चेहरा पूरी तरह से झुलसा हुआ हो, वह एक भिखारिन की तरह फटे-चिटे कपड़े पहने हुई थी, उसके हाथ की उंगलियाँ काफी लम्बी थी और उसके नाखून काफी बढ़े हुए थे। उसके पैर लंबे-लंबे और काफी चौड़े थे। उसके बाल सफेद और लंबे थे। उसके चेहरे पर बड़ी-बड़ी झुर्रियाँ नजर आ रहीं थी। दिखने में वह बेहद बूढ़ी औरत लग रही थी। ऐसा लग रहा था कि वह एक बूढ़ी चुड़ैल है। उसका खौफनाक चेहरा देखकर दोनों काफी डर गए थे। उनकी स्थिति ऐसी हो गई थी कि मानो काटो तो खून नहीं। उनके माथे से डर के मारे पसीना निकलने लगता है वह बूढ़ी चुड़ैल उन्हीं की तरफ बढ़ती आ रही थी, दोनों उसे अपनी तरफ आता देख कर और सहम जाते हैं। बुढ़ी चुड़ैल आकर उस बड़े से हॉल में खड़ी हो जाती है और इधर-उधर कमरे के चारों ओर अपनी नजरें दौड़ाकर देखती है। फिर वह हॉल के एक ओर बने सुरंगनुमा रास्ते की तरफ चल पड़ती है।

अब दोनों को लगने लगता है कि वह उस बियाबान जंगल में किसी चुड़ैल की तिलिस्मी गुफा में आकर फंस गए हैं। अब उनकी आँखों से नींद जैसे गायब हो गई थी। दोनों वहाँ से उठकर निकलना चाहते हैं, लेकिन उन्हें रास्ता समझ में नहीं आ रहा था, क्योंकि वहाँ पर बहुत से रास्ते नजर आ रहे थे, उन्हें समझ में नहीं आ रहा था कि वे किस रास्ते से आए थे। वे बुरी तरह से उस जादुई और तिलिस्मी गुफा में फंस गए थे।

फिर वे अपनी नजरें घुमा-घुमाकर उस बड़े हॉल को गौर से देखने लगते हैं। वह हॉल किसी राजशाही महल की तरह लग रहा था, वहाँ तरह-तरह की दुर्लभ चीजें नजर आ रहीं थीं, हॉल की दीवारों पर खूबसूरत नक्काशी की हुई थीं। आसपास बहुत सारे जानवरों की मूर्तियाँ भी रखी हुई थी, जो देखने में एकदम जीवित जानवरों की तरह लग रहीं थीं, मानो अब

वे चलने को तैयार हों। उन्हें वहाँ कुछ सोने चांदी के बर्तन भी नजर आ रहे थे। दोनों उस खूबसूरत हॉल की सभी चीजों को बहुत गौर से देखते रहते हैं।

अभी दोनों खूबसूरत हॉल में रखी चीजों को निहार ही रहे थे कि तभी किसी के आने की आहट सुनाई पड़ती है। दोनों फिर से पीछे जाकर छुप जाते हैं। कुछ देर में उन सुरंगनुमा रास्ते से वही बूढ़ी चुड़ैल चलती हुई उस बड़े से हॉल में पहुँचती है और वह एक दूसरे सुरंगनुमा गुफा के एक अंधेरे रास्ते की तरफ चल देती है। जैम और जिक्की को लगता है कि वह उस गुफा से बाहर निकलने का रास्ता है, इसलिए वह भी उस चुड़ैल के पीछे-पीछे उस अंधेरे सुरंगनुमा रास्ते पर चल पड़ते हैं। गुफा का रास्ता अंधकार-भरा होता है, कहीं-कहीं पर दीवारों पर टंगे मशाल पर हल्की रोशनी जलती रहती है जिससे गुफा के रास्ते पर हल्का-हल्का प्रकाश होता रहता है। चुड़ैल आगे-आगे जा रही थी और दोनों उसके पीछे-पीछे छुपते हुए जा रहे थे। थोड़ी देर बाद चुड़ैल एक हॉल में पहुँच जाती है, जो पहले के हॉल से कुछ छोटा रहता है, लेकिन खूबसूरत रहता है। उस हॉल में भी चारों तरफ रोशनी जगमगा रही थी। जैम और जिक्की भी चुड़ैल के पीछे-पीछे उस खूबसूरत हॉलनुमा कमरे में प्रवेश करते हैं। वह चुड़ैल उस हॉल में जाकर खड़ी हो जाती है। दोनों बुरी तरह फंस जाते हैं, और चुड़ैल की नजरों से बचने के लिए छुपने को एक तरफ भागते है, तभी जिक्की एक सुराही जो कि चमचमाते सोने जैसी रहती है, उससे टकरा जाता है और सुराही हॉल के फर्श पर गिर जाती है। सुराही के गिरते ही टन से आवाज होती है और चुड़ैल पीछे मुड़कर देखती है। चुड़ैल दोनों को देखती है, तभी दोनों वहाँ से भागने लगते हैं।

जिक्की भागो, उस चुड़ैल ने हमें देख लिया है, अब वह हमें नहीं छोड़ेगी। मैं तुम्हें पहले ही इस गुफा में घुसने से मना कर रहा था, मुझे पहले से ही लग रहा था कि इस गुफा में कुछ गड़बड़ है—जैम दहशत के मारे बोलता है।

जैम और तेजी से भागो, देखो वह चुड़ैल हमारे पीछे-पीछे ही आ रही है—जिक्की उन सुरंग के रास्ते पर भागते हुए बोलता है।

देखो हम लोग ज्यादा दूर नहीं भाग सकते हैं, इसलिए चलो कहीं छुप जाते हैं—जैम बोलता है।

फिर दोनों उस सुरंग के एक अंधेरे कोने में छुप जाते हैं, तभी वह बुढ़ी चुड़ैल भी उन्हें खोजते हुए वहाँ पहुँच जाती है, वह उन्हें वहाँ न देखकर दूसरी तरफ निकल जाती है। उसके जाने के बाद दोनों कोने से निकलकर उस अंधेरे गलियारे में दूसरी तरफ भागते हैं। उन्हें कुछ समझ में नहीं आ रहा था कि क्या करें वे बस बदहवास होकर डर के मारे उस अंधेरे गलियारे में भागे जा रहे थे। तभी भागते-भागते वे एक दरवाजे के पास पहुँचते हैं, जब वह दरवाजा खोलते हैं तो उन्हें एक पुराना खण्डहर मिलता है, वे उसमें प्रवेश कर जाते हैं। वहाँ मकड़ों का बहुत सारा जाला लगा रहता है और आसपास बहुत सारे चमगादड़ों का डेरा रहता है। कुछ चमगादड़ उड़ते रहते हैं।

तभी उन्हें किसी के हँसने की आवाज आती है, वह चारों तरफ देखने लगते हैं परन्तु उन्हें कोई नजर नहीं आ रहा था। तभी उन्हें वह बूढ़ी भयानक चुड़ैल उनकी तरफ आती हुई नजर आती है। दोनों आमने-सामने होते हैं। जैम और जिक्की समझ जाते हैं कि अब वह कहीं भाग नहीं सकते, इसलिए अब एक ही रास्ता है कि उस चुड़ैल से मुकाबला किया जाए। जैम पास ही में पड़े हुए डंडे को उठा लेता है। चुड़ैल भी उसका साहस देखकर अचंभित हो जाती है। ऐ बच्चों, तुम्हें मुझसे डर नहीं लगता है, क्या तुम मुझे इस डंडे से मारोगे–चुड़ैल जोर से हँसते हुए बोलती है।

अगर तुमने हमें नुकसान पहुँचाने की कोशिश की तो, हम तुम्हें नहीं छोड़ेंगे–जैम भी उस डंडे को चुड़ैल की तरफ तानते हुए बोलता है, चुड़ैल हवा में उड़ती हुई उनकी तरफ झपटती है। जैम और जिक्की भी उसकी तरफ दौड़ते हैं। तभी वह चुड़ैल अपने पंजे से दोनों को पकड़कर दूर पीछे उछाल देती है। दोनों उठकर फिर उसे मारने के लिए दौड़ते हैं। इस तरह दोनों में घमासान लड़ाई शुरू हो जाती है। कुछ देर बाद जैम और जिक्की को यह समझ में आ जाता है कि वे उस ताकतवर चुड़ैल के आगे टिक नहीं पायेंगे।

जिक्की यह चुड़ैल बहुत शक्तिशाली है, हम इससे बहुत देर तक नहीं लड़ सकते हैं–जैम बोलता है।

मेरे पास एक आइडिया है। मेरे पास गुलेल है, मैं इस गुलेल से, उड़ते हुई पक्षियों को मार देता था, मैं इससे उसकी आँख फोड़ दूँगा–जिक्की अपने हाथों में लकड़ी की गुलेल लेते हुए बोलता है। तभी जिक्की अपनी गुलेल

से उस चुड़ैल पर निशाना साधता है और उसकी एक आँख को फोड़ डालता है। चुड़ैल की आँख से खून बहने लगता है और वह जमीन पर गिर जाती है। उसके जमीन पर गिरते ही दोनों उसकी ओर भागते हैं, तभी वह चुड़ैल गायब हो जाती है। दोनों हक्के-बक्के रह जाते हैं कि आखिर वह चुड़ैल गई कहाँ।

तभी वे सामने देखते हैं, एक बहुत ही खूबसूरत परी उनके सामने खड़ी होती है। उसके चारों तरफ से रोशनी फूट रही थी, मानो वह अभी आसमान से उतरी हों। दोनों दंग होकर उस परी को देखते रहते हैं। बच्चों मैं एलीजारूथ हूँ, तुम प्यार से मुझे एली भी बोल सकते हो। मैं एक परी हूँ, मैं अच्छे लोगों की मदद करती हूँ। मैं तुम दोनों की बहादुरी और साहस से बहुत खुश हुई। मैं तुम्हारा इम्तिहान ले रही थी, तुम डरे नहीं और तुमने मुझसे लड़ने की कोशिश की जिससे मैं बहुत खुश हुई। तुम दोनों बहुत ही अच्छे और नेक इंसान हो, इसलिए आज मैं तुम्हें एक जादुई तोहफा दूँगी–उनके सामने खड़ी वह खूबसूरत परी बोलती है। दोनों उसकी बातों को एकटक सुनते रहते हैं।

तभी वह परी अपने हाथ को ऊपर उठाती है और उसके हाथ में एक चांदी की सी चमचमाती लालटेन आ जाती है।

वह परी उनकी तरफ वह लालटेन बढ़ाती हुई बोलती है–यह एक जादुई लालटेन है, इसकी रोशनी में बुरी ताकतें टिक नहीं पाएंगी। इसे रात में जलाने पर इससे बहुत ही तीव्र प्रकाश निकलेगा जो चारों तरफ फैलेगा। जहाँ तक इसकी रोशनी जाएगी, वहाँ तक बुरी ताकतें तुम्हारे सामने टिक नहीं पाएंगी। उस रोशनी में तुम दोनों में एक अद्‌भुत शक्ति आ जाएगी जिससे तुम उन बुरी ताकतों से लड़ सकते हो और वे बुरी ताकतें उस रोशनी में तुमसे जीत नहीं पाएंगी।

लेकिन तुम यह लालटेन हमें क्यों देना चाहती हो–जैम बोलता है। क्योंकि मुझे लगता है कि यह लालटेन तुम्हारे हाथों में सुरक्षित है–परी बोलती है।

परन्तु तुम्हें ऐसा क्यों लगता है कि यह लालटेन हमारे हाथों में सुरक्षित है–जैम फिर सवाल भरे लहजे में बोलता है।

क्योंकि तुममें कोई लालच नहीं है और मुझे पूरा विश्वास है कि तुम इसका गलत इस्तेमाल नहीं करोगे–परी बोलती है।

ठीक है अगर तुम्हें ऐसा लगता है तो हम इस लालटेन को अपने पास जरूर रखेंगे–जैम उस चांदी-सी चमचमाती छोटे से लालटेन को अपने हाथों में लेते हुए बोलता है।

लेकिन इस लालटेन को कोई हमसे चुरा भी तो सकता है–जिक्की पूछता है।

यह कोई साधारण लालटेन नहीं है, जिसे कोई चुरा लेगा, क्योंकि जो कोई भी लालच में आकर इस लालटेन को हासिल करने की कोशिश करेगा, उसे इसकी नकारात्मक शक्तियों से जलना होगा। लेकिन याद रहे कि इस लालटेन को गहरे काले जादु से वश में किया जा सकता है, इसलिए तुम्हें इसे गहरे काले जादू से बचाना होगा–परी बोलती है।

अगर तुम बुरा न मानो तो क्या मैं एक बात पूछ सकता हूँ–जिक्की बड़े अदब से बोलता है।

हाँ, पूछो–परी बोलती है।

क्या हम यह जान सकते हैं कि यह लालटेन तुम्हें कहाँ से मिली–जिक्की पूछता है।

परी थोड़ी देर के लिए अचरज भरी निगाहों से जिक्की को देखती है और फिर बोलती है–असल में यह लालटेन मेरी माँ को मिली थी, जैसा उन्होंने मुझे बताया था कि आज से हजारों वर्ष पहले जब पृथ्वी पर देवताओं और दानवों का राज था, तभी कुछ दुष्ट दानवों ने देवताओं पर हमला कर दिया, देवताओं के पास बहुत से जादुई और शक्तिशाली अस्त्र थे, उन्हें छीनने के लिए देवताओं और दानवों के बीच एक जबरदस्त युद्ध होता है। अंत में कुछ देवता यह तय करते हैं कि वह अपनी जादुई अस्त्रों की शक्ति को किसी चीज में छुपाकर उसे ऐसी जगह फेंक दें, जिसे दानव ढूंढ न सकें क्योंकि अगर दानव उन जादुई अस्त्रों को पाने में कामयाब हो गए तो वह पृथ्वी पर आतंक मचा देंगे। इसी के चलते देवता अपनी सारी जादुई अस्त्रों की शक्ति को एक लालटेन में डालकर, उस लालटेन को एक अज्ञात जगह पर फेंक देते हैं।

हजारों वर्षों बाद यह जादुई लालटेन संयोगवश मेरी माँ को मिल जाती है, वह इसकी शक्तियों को समझ जाती है और इसे अपने पास छुपाकर रखती है, लेकिन मरते समय वह यह जादुई लालटेन मुझे देती है और मुझसे वादा लेती है कि यह जादुई लालटेन मैं किसी नेक इंसान को दूँगी, जो बुराइयों से लड़ने के लिए इसका इस्तेमाल करेगा।

ओह सचमुच इस जादुई लालटेन की कहानी बहुत दिलचस्प है–जिक्की परी की पूरी बात सुनने के बाद बोलता है।

लेकिन यह जादुई लालटेन जलेगी कैसे, क्या माचिस की तिल्ली से–जैम पूछता है।

नही बस यह एक फूंक मारते ही जल जायेगी–परी बोलती है।

ओह सच में अद्‌भुत, पहली बार कोई ऐसी लालटेन देख रहा हूँ जो बस एक फूंक मारते ही जल उठेगी–जिक्की उस चाँदी सी चमचमाती हुई लालटेन को गौर से देखते हुए बोलता है।

ठीक है बच्चों, अब मैं चलती हूँ–परी बोलती है।

ओह सच में तुमसे मिलकर बहुत अच्छा लगा एली, क्या हम दुबारा भी तुमसे कभी मिल पाएंगे–जैम बोलता है।

जब भी तुम हमें दिल से याद करोगे, मैं जरूर आऊँगी–परी बोलती है।

और इतना कहने के बाद परी वहाँ से गायब हो जाती है। उसके गायब होने के साथ ही उसका छोटा-सा तिलिस्मी महल भी गायब हो जाता है। अब दोनों को वहाँ चारों ओर अंधेरा जंगल नजर आ रहा था। जैम और जिक्की उस जादुई लालटेन को अपने पास रखते हैं और उस अंधेरे जंगल में आगे की ओर चल पड़ते हैं।

3

मौज मस्ती भरे दिन

थोड़ी देर में सुबह की पौ फूटने लगती है। चारों तरफ हल्का-हल्का उजाला फैलने लगता है। दोनों रात की लड़ाई के कारण काफी थक चुके होते हैं, उन्हें जोरों की नींद आने लगती है, और फिर दोनों एक जगह पर रूककर सो जाते हैं। वे काफी देर तक वहाँ गहरी नींद में सोए रहते हैं।

सूरज की किरणें अब तेज होने लगी थी। उनके चेहरे पर तेज धूप लगने लगती है जिससे जैम की नींद टूट जाती है। जैम आँख मलता हुआ उठता है और आसमान की तरफ देखता है, धूप तेज होने के कारण उसकी आँखें चौंधिया जाती हैं। जिक्की उठो, सुबह हो गयी है, सूर्य का प्रकाश अब तेज होता जा रहा है–जैम, जिक्की को झकझोरता हुआ बोलता है। जिक्की आँख मलता हुआ उठता है और धूप तेज होने के कारण उसकी भी आँख चौंधिया जाती है।

चलो उठो, कहीं पानी देखते हैं, हाथ-मुँह धोकर कुछ खाने की व्यवस्था करते हैं–जैम बोलता है।

दोनों उठकर इधर-उधर देखते हैं, तभी उन्हें कुछ दूरी पर एक बहता हुआ झरना नजर आता है, दोनों वहाँ जाकर हाथ-मुँह धोते हैं और फिर उस जंगल में कुछ खाने की तलाश करते हैं। दोनों उस जंगल में फल के पेड़ ढूंढ़ते हैं। कुछ ही देर में उन्हें एक फल का पेड़ नजर आ जाता है। वे वहाँ पहुँचकर पेड़ से फलों को तोड़कर अपनी भूख मिटाते हैं। उसके बाद वे जंगल से बाहर निकलने के रास्ते की तलाश में निकल पड़ते हैं।

दोनों काफी देर तक उस बियाबान जंगल में चलते रहते हैं, लेकिन उन्हें जंगल से निकलने का कोई रास्ता नजर नहीं आ रहा था। चलते-चलते अब दिन भी ढलने लगा था, और कुछ देर में शाम होने लगती है। तभी दोनों को दूर कहीं घंटी की टन-टन की आवाज सुनाई पड़ती है। दोनों चौंकते हैं कि इस बियाबान जंगल में घंटी बजने की आवाज कहाँ से आ रही है।

ऐसा लग रहा था कि कोई बड़े से घंटे को बार-बार बजा रहा है। दोनों उस ओर चल पड़ते हैं जिधर से घंटे के बजने की आवाज आ रही थी। थोड़ी ही देर में वे देखते हैं कि दूर उस जंगल में एक बड़ी-सी सफेद रंग की इमारत नजर आ रही है, दोनों उस ओर चल पड़ते हैं। थोड़े ही देर में वे देखते हैं कि उस सफेद इमारत के आसपास और भी कई मकान नजर आ रहे थे। ऐसा लग रहा था कि मानो वहाँ पर कोई गाँव है। दोनों यह सोचने लगते हैं कि कहीं यह भी भूतों के घर वाला कोई गाँव तो नहीं है, जिसमें दरवाजे नहीं रहते हैं। परन्तु फिर भी वे उस ओर चल देते हैं। थोड़ी ही देर में वे उस गाँव के करीब पहुँच जाते हैं। गाँव के करीब पहुँचने पर उन्हें कुछ लोग नजर आने लगते हैं, यह देखकर उनके जान में जान आती है कि वे उस जंगल से बाहर निकलकर किसी गाँव में पहुँच गए हैं। फिर वे गाँव के किनारे पर बनी उस सफेद इमारत की तरफ बढ़ते हैं। जब उस इमारत के करीब पहुँचते हैं तो देखते हैं कि वह कोई इमारत नहीं है, बल्कि एक चर्च है, जिसके बाहर एक बड़ी सी घंटी लगी हुई थी और कुछ लोग आकर उस घंटी को बजा रहे थे। दोनों चलते-चलते उस चर्च के करीब पहुँच जाते हैं और चर्च के बाहर बैठ जाते हैं। कुछ ही देर में चर्च से एक अधेड़ उम्र का व्यक्ति निकलता है, जो सादा लिबास पहने रहता है और उसके गले में एक चमकीला क्रूस झूलता रहता है। दोनों को यह समझते देर नहीं लगती है कि यह उस चर्च का पादरी है। थोड़ी ही देर में वह पादरी चलता हुआ दोनों के पास पहुँचता है।

बच्चों तुम दोनों कौन हो और इधर कैसे आए हो, मुझे लगता है कि तुम दोनों शायद परदेशी हो और इस गाँव में पहली बार आए हो-चर्च का पादरी बड़ी ही सौम्यता से दोनों से पूछता है।

हाँ सर, हम दोनों रास्ता भटककर इधर आ गए हैं, क्या हमें रहने के लिए यहाँ पर जगह मिल सकती है-जैम भी बड़े शिष्टाचार से बोलता है।

हाँ, हाँ क्यों नहीं बच्चों। यहाँ पास में ही मैं रहता हूँ, अगर तुम दोनों चाहो तो मेरे साथ रह सकते हो–चर्च का पादरी बोलता है।

शुक्रिया सर–दोनों उस पादरी का शुक्रिया अदा करते हुए बोलते हैं। और फिर दोनों उस पादरी के साथ उसके मकान की तरफ चल पड़ते हैं। अब दिन भी ढल चुका था। चारों तरफ अंधेरा छाने लगा था। दोनों उस पादरी के साथ चलते हुए उसके मकान में पहुँच जाते हैं, दोनों काफी थके हुए थे। इसलिए पहले हाथ–मुँह धोते हैं, उसके बाद पादरी उन्हें कुछ पकवान लाकर देते हैं। दोनों को भूख भी लगी हुई थी इसलिए वे उस पकवान को खाकर अपनी भूख मिटाते हैं फिर दोनों आराम से बैठकर पादरी से बातें करने लगते हैं।

सर क्या हम जान सकते हैं, आपका नाम क्या है–जैम पादरी से पूछता है।

ओ हाँ, मेरा नाम मि. जोसेफ है, मैं चर्च का पादरी हूँ–पादरी अपना परिचय देते हुए बोलते हैं। और फिर मि. जोसेफ से काफी देर तक दोनों बातें करते हैं। अब दोनों उनसे काफी घुलमिल जाते हैं।

मुझे लगता है बच्चों तुम दोनों काफी थके हुए हो, तुम्हें आराम करना चाहिए–चर्च के पादरी दोनों से बोलते हैं। और फिर मि. जोसेफ दोनों को एक कमरे में ले जाते हैं, जहाँ उनके सोने का इंतिजाम रहता है। वहाँ बड़े से पलंग में मखमली गद्दा लगा रहता है। दोनों को मखमली गद्दे देखते ही नींद आने लगती है और कुछ देर में दोनों उस गद्दे पर गहरी नींद में सो जाते हैं।

सुबह हो जाती है, चर्च की घंटियों की जोरदार आवाज जैम के कानों में गूंजती है, तभी जैम की नींद टूट जाती है, जैम खिड़की से बाहर की तरफ देखता है, सूरज अपनी खूबसूरत लाली लिए हुए आसमान से निकल रहा था। जैम अंगड़ाई लेते हुए उठता है और फिर वह जिक्की को झकझोरता है। जिक्की उठो, देखो सुबह हो गई है–जैम बोलता है।

अरे यार कितना अच्छा सपना देख रहा था कितनी प्यारी नींद लगी थी, बहुत दिनों के बाद इतनी अच्छी नींद आई थी, और तुमने उठा दिया–जिक्की कुनमुनाता हुआ बोलता है।

चलो उठ जाओ, देखो गाँव के लोग उठ गए हैं, सारे किसान अपने खेतों में जा रहे हैं और चर्च के पादरी प्रार्थना करने चर्च चले गए हैं, एक हम ही हैं जो सोए हुए हैं, चलो उठो–जैम बोलता है।

अच्छा बाबा उठता हूँ–जिक्की उठता हुआ बोलता है। तभी इतनी देर में मि. जोसेफ भी चर्च से प्रार्थना करके वापस लौट आते हैं।

अरे बच्चों तुम उठ गये। अच्छा तुम नहा-धो लो, मैं तुम्हारे नाश्ते का इंतिजाम करता हूँ–मि. जोसेफ बोलते हैं।

दोनों उठकर नहा-धो कर थोड़ी देर ईश्वर की प्रार्थना करते हैं और फिर नाश्ता करते हैं।

बच्चों जब तक तुम दोनों यहाँ पर रहना चाहो आराम से रहो, यहाँ पर तुम लोगों को किसी चीज की दिक्कत नहीं होगी–मि. जोसेफ बोलते हैं।

तभी जिक्की मि. जोसेफ से कहता है कि क्या वे दोनों बाहर गाँव जाकर घूम सकते हैं। मि. जोसेफ हाँ में सिर हिला देते हैं और फिर दोनों बाहर गाँव घूमने निकल पड़ते हैं। वे दोनों गाँव के हरे-भरे खेतों में घूमते हैं। उन्हें वह गाँव काफी अच्छा लग रहा था।

दोनों कई दिनों तक उस गाँव में रहते हैं। उन्होंने उस गाँव में अपने कई दोस्त बना लिये थे, जिनके साथ वे अक्सर खेलते-कूदते और घूमा करते थे। दोनों अपने नए दोस्तों के साथ उस गाँव में काफी मौज-मस्ती से रह रहे थे। जैम जहाँ कुछ देर के लिए अपनी सौतेली माँ के तानों को भूल गया था, वहीं जिक्की को भी उस गाँव के हरे-भरे खेतों में आजाद घूमने में बड़ा मजा आ रहा था।

दोनों के दिन काफी मौज-मस्ती वाले बीत रहे थे। वैसे तो उस गाँव में उनके कई दोस्त थे, लेकिन उनमें उनका सबसे प्रिय दोस्त था रूनी रूज, जो उन्हीं की उम्र का था। दोनों अपना अधिक से अधिक समय रूनी के साथ ही बिताते थे। रूनी दोनों को गाँव की सभी जगहों पर घूमाने ले जाता था। तीनों मिलकर काफी शरारत भी किया करते थे।

एक बार तो उन्होंने गाँव के पड़ोसी मि. लूम के घर की छत के खपड़े, पके हुए बेल तोड़ने के चक्कर में तोड़ दिए थे, हुआ यूँ कि बेल के पेड़

में पके हुए बेल लटक रहे थे, पेड़ पर चढ़ना मुश्किल लग रहा था, वे तीनों नीचे से पत्थर मारकर थक गए थे लेकिन पके हुए बेल गिर नहीं रहे थे, तभी उन्होंने देखा पेड़ की एक मोटी सी डाली मि. लूम के घर के छत के ऊपर है और उनके घर के बगल में एक मोटी-सी दीवार है, जिसपर चढ़कर वह छत पर चढ सकते हैं, अगर वे छत पर चढ़ जाते हैं तो मोटी डाली पर चढ़कर वह पेड़ पर चढ़ जाएंगे और बेल तोड़ लेंगे। जिक्की और रूनी उस मोटी दीवार पर चढ़ते हुए उस छत पर पहुँच जाते हैं। उनके छत पर चढ़ने से छत के ऊपर लगे मिट्टी के खपड़े टूटने लगते हैं। जैम नीचे ही खड़ा रहता है ताकि अगर कोई उधर आए तो वह दोनों को पहले बता दे। दोनों के छत पर चढ़ने से मि. लूम के घर की छत के कई खपड़े टूट जाते हैं। वे एक पके हुए बेल को तोड़ लेते हैं तभी जैम नीचे से दोनों को इशारा करता है कि मि. लूम आ रहे हैं। जैम के इशारा करते ही दोनों जल्दी से पेड़ से उतरकर छत पर आते हैं और दौड़कर उस मोटी दीवार पर चढ़कर दोनों नीचे छलांग लगाते हैं और फिर तीनों वहाँ से भाग जाते हैं।

इस तरह की कई शरारत तीनों करते हैं, और इस काम में उन्हें बड़ा मजा भी आता है। धीरे-धीरे उस गाँव में इसी तरह दिन बीतने लगते हैं। कुछ दिनों के बाद एक अजीब-सी चीज दोनों को उस गाँव में नजर आने लगती है। वे देखते हैं कि गाँव के सारे लोग दुःखी नजर आने लगते हैं। सभी गाँव वालों के चेहरे से हँसी गायब हो जाती है। गाँव वालों के चेहरे पर एक अजीब-सा डर का भाव नजर आने लगता है। दोनों को यह बात समझ में नहीं आती है। वे गाँव के कुछ लोगों से इसका कारण जानने की कोशिश करते हैं, लेकिन इस विषय पर कोई कुछ भी बताने को तैयार नहीं होता है।

एक रात दोनों यह सोचते हैं कि इस विषय वह मि. जोसेफ से पूछेंगे। दोनों घर पर मि. जोसेफ का इंतजार करते रहते हैं, थोड़ी देर में मि. जोसेफ भी घर आ जाते हैं। दोनों खाना खाकर मि. जोसेफ से इस बात की चर्चा करते हैं।

मि. जोसेफ एक बात मेरी समझ में नहीं आ रही है, मैं कुछ दिनों से गाँव के सभी लोगों को उदास देख रहा हूँ, किसी के चेहरे पर खुशी के भाव

नजर नहीं आ रहे हैं, सारे लोग दुःखी नजर आ रहे हैं, आखिर क्या बात है–जैम, मि. जोसेफ से पूछता है।

पहले तो मि. जोसेफ उनकी बात को टालते हैं, लेकिन अंत में विवश होकर उन्हें बोलना पड़ता है।

हाँ बच्चों, एक ऐसी बात है जिसके कारण गाँव के सारे लोग दुःखी नजर आ रहे हैं, इस गाँव में कुछ दिनों में एक मुसीबत भरी रात आने वाली है–मि. जोसेफ थोड़ा उदास होते हुए बोलते हैं।

मुसीबत भरी रात, मैं कुछ समझा नहीं–जैम फिर बोलता है।

कुछ दिनों बाद पूरी पूर्णिमा की रात आने वाली है, उस दिन पहाड़ी वाले जंगलों की तरफ से कुछ दुष्ट शैतान आते हैं और वे गाँव से किसी नौजवान बालक को उठाकर ले जाते हैं–मि. जोसेफ बोलते हैं।

लेकिन वे ऐसा क्यों करते हैं–जिक्की पूछता है।

यह बात तो मुझे पता नहीं है, मैं बस इतना सुना हूँ कि कोई दुष्ट जादूगर है जो अपने शैतानी दूतों को यहाँ भेजता है, जो लड़कों को उठाकर यहाँ से ले जाते हैं–मि. जोसेफ बोलते हैं।

लेकिन वह जादूगर है कौन–जैम बोलता है।

यह तो मुझे नहीं पता, बस मैं इतना सुना हूँ कि वह दुष्ट जादूगर अपने काले जादू की शक्ति से पूरी दुनिया पर राज करना चाहता है। अगर ऐसा हो गया तो वह पूरी दुनिया को काले जादू की शक्ति से अपना गुलाम बना लेगा और एक दिन पूरी दुनिया में उसकी बुरी ताकतें राज करेंगी–मि. जोसेफ बोलते हैं।

क्या आपने उन दुष्ट शैतानों को कभी देखा है–जिक्की थोड़ा उत्सुक होता हुआ पूछता है।

नहीं मैंने अभी तक तो उन्हें नहीं देखा है, लेकिन गाँव के कुछ लोगों से सुना है कि वे दुष्ट शैतान अपना रूप बदलकर किसी भी वेश में आ सकते हैं, कभी वे जानवर बनकर आते हैं, कभी वह परिन्दा बनकर आते हैं, और तो और कुछ गाँव वालों ने खूबसूरत औरत को भी उस चांदनी रात में इस गाँव में अकेले घूमते हुए देखा है–मि. जोसेफ उन्हें बताते हैं।

अच्छा तो अब समझ में आया कि गाँव के लोग इतने दुःखी क्यों हैं–जिक्की बोलता है।

हाँ, बच्चों, इस गाँव के लोग इतनी दुःखी इसलिए हैं कि अब कुछ ही दिनों में पूरी चांदनी वाली रात आने वाली है और वह जादूगर अपने किसी दुष्ट शैतान को यहाँ भेजेगा। अच्छा बच्चों बहुत रात हो गई है, अब तुम लोग सो जाओ–मि. जोसेफ बोलते हैं।

मि. जोसेफ की बात सुनकर दोनों की आँखों से नींद गायब हो गई थी। दोनों उस दुष्ट जादूगर के बारे में सोच रहे थे, उन्हें मानो मि. जोसेफ की बातों पर यकीन ही नहीं हो रहा था। परन्तु यह सोचते-सोचते उनकी आँख कब लग जाती है, उन्हें पता ही नहीं चलता है।

दूसरे दिन फिर वे दोनों गाँव में अपने दोस्तों से मिलने निकलते हैं।

दोनों रास्ते में जा रहे थे, तभी जिक्की को आम का पेड़ नजर आता है जिसमें बहुत सारे सिंदूरी रंग के आम लटके हुए थे। उन आमों को देखकर जिक्की का मन ललचा जाता है। उसे आम खाने का मन कर रहा था, इसलिए वह जैम को बोलता है।

अरे यार जैम कितना अच्छा गाँव है, यहाँ पर काफी हरे-भरे खेत हैं, वह देखो आम के पेड़ आम से लदे हुए हैं, वह देखो वह कौन सा आम का पेड़ है जिसके आम सिंदुरी रंग के हैं। काफी मीठे आम होंगे, क्यों न उसका स्वाद चखा जाए–जिक्की अपनी जीभ ललचाते हुए बोलता है। जैम समझ जाता है कि जिक्की उन आमों को खाना चाहता है। इसलिए वह भी मना नहीं करता है।

हाँ जिस तरह के वे आम दिख रहे हैं, काफी मीठे होंगे, तो फिर चलो उन आमों को तोड़ते हैं–जैम बोलता है। जिक्की तो यही चाह रहा था और जैम ने उसकी दिल की बात कह दी। और फिर दोनों आम के पेड़ पर चढ़ जाते हैं।

अरे जिक्की डालियों पर ठीक से चढ़ना, ज्यादा पतली डालियों पर नहीं चढ़ जाना क्योंकि डाली टूट सकती हैं–जैम जिक्की को सतर्क करता हुआ बोलता है।

नहीं चढ़ूँगा पतली डालियों पर–जिक्की बोलता है। जिक्की को पेड़ों पर चढ़कर आम तोड़ने में बड़ा रोमांच लग रहा था, इससे उसे अपने गाँव की याद आ रही थी जब वह पेड़ों पर चोरी से चढ़कर आम तोड़ा करता था। पेड़ पर चढ़ने के बाद उन्हें पूरा गाँव नजर आ रहा था।

अरे जैम देखो यहाँ से पुरा गाँव नजर आ रहा है, कितना खूबसूरत गाँव है, चारों तरफ हरियाली ही हरियाली नजर आ रही है, वह देखो मि. जोसेफ का घर जहाँ हम रहते हैं और वह देखो चर्च भी नजर आ रहा है, कितना खूबसूरत लग रहा है न–जिक्की बोलता है।

लेकिन जैम का ध्यान कहीं और ही था, वह कहीं और देख रहा था, तभी जिक्की मुड़ा और उसने जैम को बोला–अरे यार! कहाँ देख रहे हो तुम, इधर देखो यहाँ से गाँव कितना खूबसूरत लग रहा है। परन्तु जैम उसकी बात को अनसुना कर रहा था और वह कुछ और देखने में खोया हुआ था। तभी जिक्की उसे झकझोरता है।

अरे यार कहाँ खोए हुए हो, क्या देख रहे हो–जिक्की उसे झकझोरता हुआ बोलता है।

जिक्की मैं उस छोटी नदी को देख रहा हूँ, जो बहती हुई जंगलों की तरफ जा रही है, और दूर उस पहाड़ी को देख रहा हूँ, जो जंगलों में नजर आ रही है, वहाँ एक छोटी पहाड़ी और दूसरी बड़ी पहाड़ी नजर आ रही है–जैम उन जंगलों के पहाड़ों की तरफ देखते हुए बोलता है। हाँ तो क्या हुआ–जिक्की बोलता है।

उन दोनों पहाड़ों के बीच एक घाटी भी नजर आ रही है–जैम फिर बोलता है। हाँ बाबा, यह तो मैं भी देख रहा हूँ, लेकिन उसमें खास बात क्या है–जिक्की भी देखता हुआ बोलता है।

पता है मि. जोसेफ ने हमें बताया था कि उन पहाड़ी जंगलों की तरफ से ही वे दुष्ट शैतान इधर आते हैं–जैम बोलता है।

अरे हाँ यार, मुझे भी लग रहा है कि यह वही पहाड़ी होगी, जिधर से वे दुष्ट शैतान आते हैं–जिक्की भी अब गौर से उन पहाड़ियों की तरफ देखते हुए बोलता है।

पता नहीं, मुझे ऐसा क्यों लग रहा है कि इन पहाड़ों के पार एक अजीब सी अनजानी दुनिया है, जो मुझे अपनी ओर बुला रही है–जैम उन पहाड़ों की तरफ ध्यान से देखते हुए बोलता है।

कैसी दुनिया–जिक्की बोलता है।

पता नहीं ऐसा क्यों लग रहा है कि इन पहाड़ों के पार कुछ राज छुपे हैं, जो शायद मेरी जिन्दगी से जुड़े हुए हैं और मुझे अपनी तरफ पुकार रही है–जैम बोलता है।

कैसे राज– जिक्की बोलता है शायद उसे जैम की बात कुछ समझ में नहीं आ रही थी।

मुझे ऐसा लग रहा है कि पहाड़ों के उस पार कोई है, जो मुझे जानता है, और मुझे दिल की गहराइयों से पुकार रहा है–जैम बोलता है।

मैं जब भी उन पहाड़ों की तरफ देखता हूँ, मुझे कुछ अलग-सा एहसास होता है, पता नहीं ऐसा क्यों होता है–जैम फिर बोलता है।

लेकिन उन पहाड़ों के पार कौन हो सकता है जो तुम्हें याद कर रहा है–जिक्की बोलता है।

कोई उस पार है जो मुझे दिल से याद कर रहा है–जैम बोलता है।

और फिर दोनों ध्यान से उस पहाड़ी की ओर देखने लगते हैं। उनमें शायद अब एक रोमांच आने लगा था कि वह उस जंगल में पहाड़ों के पार जाएँ और उस जादूगर के तिलिस्मी महल को देखें जिसकी चर्चा उन्होंने अपने कुछ दोस्तों से सुनी थी। पता नहीं वे सच बोलते थे या झूठ, लेकिन वे बोलते थे कि जो कोई भी उस पहाड़ी के पार जाता है वह फिर कभी लौटकर वापस नहीं आता है। जिसके डर से गाँववाले उस पहाड़ी की तरफ नहीं जाते थे। उनके दोस्त यह भी कहते थे कि जो कोई भी उस दुष्ट जादूगर की तिलिस्मी महल की चर्चा करता है, तो वह दुष्ट जादूगर उन्हें मार डालता है, इसलिए गाँव के सभी लोग उस जादूगर के बारे में बात करने से बचते थे। जैम और जिक्की भी यही सोच रहे थे कि आखिर उस जादुई महल में ऐसा क्या है, जिसकी चर्चा करने से कोई भी डरता है।

दोनों ये सारी बातें पेड़ पर सोच ही रहे थे कि नीचे से आवाज आती है, कोई गाँव वाला नीचे से उन्हें बोल रहा था–अरे बच्चों कितने आम

तोड़ोगे, काफी देर से तुम दोनों पेड़ पर चढ़े हो, अब नीचे उतर जाओ। तभी उनका ध्यान टूटता है कि नीचे कोई गाँव वाला उन्हें पेड़ से उतरने को बोल रहा है। वह गाँव वाला इतना कहकर चला जाता हैं, दोनों पेड़ से नीचे उतरते हैं। उन्हें अब जादूगर का रहस्यमयी महल देखने का रोमांच अंदर ही अंदर गुदगुदा रहा था।

दोपहर हो चुकी थी, सूर्य आसमान के बीचों-बीच छाया हुआ था, धूप तेज थी, सूर्य की किरणें उनके चेहरे को झुलसा रही थी। दोनों शांत दिख रहे थे और वे एक दूसरे से बात किये बिना मि. जोसेफ के घर की तरफ बढ़े जा रहे थे। अब दोनों को न भूख लग रही थी और न प्यास। दोनों बस यही सोचते हुए चले जा रहे थे कि कैसे वे उस पहाड़ी की तरफ जाएँ और जादूगर के तिलिस्मी महल को देखें।

यही सोचते-सोचते दोनों मि. जोसेफ के घर पहुँच जाते हैं, मि. जोसेफ जैसे उनके इंतजार में ही थे। जैसे ही वह घर के अंदर जाते हैं, मि. जोसेफ पूछते हैं–अरे बच्चों कहाँ चले गए थे, मैं तुम्हारा ही इंतजार कर रहा था, खाना तैयार है, चलो जल्दी से हाथ मुँह धो लो और खाना खा लो।

दोनों हाथ-मुँह धोकर खाना खाने बैठ जाते हैं। लेकिन अब वे तेजी से खाना नहीं खा रहे थे बल्कि काफी धीरे-धीरे खाना खा रहे थे, मानों जैसे वे कुछ सोच रहे हों। तभी मि. जोसेफ उनकी तरफ देखते हुए पूछते हैं–क्या बात है, तुम दोनों आज खाना बहुत धीरे-धीरे खा रहे हो।

नहीं, कुछ नहीं–जैम बोलता है।

तुम लोग कुछ खोये-खोये से लग रहे हो, क्या सोच रहे हो–मि. जोसेफ बोलते हैं।

तभी जिक्की बोलता है–नहीं मि. जोसेफ कोई बात नहीं है, बस आज भूख नहीं लगी है।

मि. जोसेफ ने उनकी तरफ एक सरसरी निगाह से देखा और कहा–अच्छा मैं चलता हूँ और इतना कहकर वह घर से बाहर चले गए।

दोनों खाना खाकर अपने कमरे में लेट गए और जादूगर के रहस्यमयी महल और उसके काले जादू की दुनिया के बारे में सोचने लगे। जैसे-जैसे वे उसके महल और उसके काले जादू की दुनिया के बारे में सोचते थे,

वैसे-वैसे उनका रोमांच और बढ़ता जा रहा था। वे सोच रहे थे कि आखिर उसका तिलिस्मी महल कैसा होगा, उसकी शैतानी दुनिया और उसकी शैतानी ताकतें कैसी होगी। अब उनकी आँखों से जैसे नींद गायब हो गई थी, उन्हें नींद नहीं आ रही थी।

तभी जिक्की बोलता है–जैम अब कुछ ही दिनों में पूरी चाँदनी वाली रात आनेवाली है, और उस दिन जादूगर के दुष्ट शैतान यहाँ जरूर आएँगे।

हाँ जिक्की तुम ठीक बोल रहे हो, मि. जोसेफ ने बताया है कि कुछ ही दिनों में पूरी चांदनी वाली रात आने वाली है। उस दिन हम भी देखेंगे कि उसकी शैतानी ताकतें कैसी हैं। उस रात को हम नहीं सोएंगे बल्कि उस रात को हम दोनों जागेंगे–जैम बोलता है।

इस तरह दिन बीतने लगते हैं और फिर वह दिन आ जाता है, यानी कि पूरी चाँदनी वाली रात। उस दिन दोनों यह फैसला कर लेते हैं कि आज रात दोनों में से कोई भी नहीं सोएगा बल्कि आज रात को दोनों जागेंगे।

धीरे-धीरे शाम होने लगती है और सूरज अपनी लाली लिए हुए आसमान की दूसरी ओर डूबने लगता है। आज गाँव में बहुत जल्दी सन्नाटा छाने लगता है, लोग अपने-अपने घरों की ओर जल्दी लौटने लगे थे। आज लोग खेतों से जल्दी लौट गए थे। लोग जानवरों को जल्दी बांधने लगे थे। और बच्चों को आज जल्दी घर में लेकर जा रहे थे, मानो कुछ देर बाद उस गाँव का वक्त एकदम थम जाने वाला था। दोनों यह सब नजारा अपने घर की खिड़कियों से देख रहे थे, तभी बाहर से दरवाजा खटखटाने की आवाज आती है। वह डर जाते हैं कि शाम को अभी कौन दरवाजा खटाखटा रहा है, वे दरवाजे के पास पहुँचते हैं, तभी उन्हें एक जानी-पहचानी आवाज सुनाई पड़ती है। वे दरवाजा खोलते हैं, सामने मि. जोसेफ खड़े थे। आज मि. जोसेफ चर्च से जल्दी आ गए थे। उन्होंने आकर दोनों को बोला–बच्चों तुम्हें पता है न, आज पूरी चांदनी वाली रात है, तुममें से कोई भी अब घर से बाहर नहीं निकलेगा। अपने घर की सारी खिड़कियाँ और दरवाजे बन्द कर लेना, क्योंकि आज जादूगर अपनी शैतानी ताकतों को यहाँ पर जरूर भेजेगा। तुम समझ गए न। तभी दोनों ने 'हाँ' में सिर हिला दिया।

और हाँ, मैं अभी चर्च जा रहा हूँ और थोड़ी देर में वापस लौटूँगा। ध्यान रहे कोई भी अजनबी अगर तुम्हें दरवाजा खोलने को बोले तो कभी भी मत

खोलना, जब तक मैं न आ जाऊं। उसके शैतान इतने चालाक होते हैं कि वे घर वालों की आवाज निकालकर दरवाजा खोलने को बोलेंगे, तब भी नहीं खोलना–मि. जोसेफ दोनों को बताते हैं।

तभी जिक्की बोलता है–लेकिन मि. जोसेफ, जब दरवाजे पर आप आकर आवाज देंगे तब हम कैसे जानेंगे कि वह आप हो या कोई शैतान है?

हाँ तुमने यह सही कहा, मैं तुम्हें एक गुप्त कोड बता रहा हूँ और जब मैं यह गुप्त कोड बोलूँ तभी दरवाजा खोलना–मि. जोसेफ दोनों के कानों में गुप्त कोड फुसफुसाते हैं और चले जाते हैं।

दिन ढल चुका था, सूरज डूब चुका था और चाँद फलक पर अपनी चाँदनी बिखेरते हुए धीरे-धीरे निकल रहा था। जैसे-जैसे चाँद अपनी चाँदनी को उस गाँव पर बिखेर रहा था, वैसे-वैसे जैम और जिक्की का रोमांच भी बढ़ता जा रहा था। दोनों यही सोच रहे थे कि आज रात को कैसी शैतानी शक्ति इस गाँव में आएगी, वे आज उसे जरूर देखेंगे। चाँद फलक पर धीरे-धीरे छाता जा रहा था। जैन और जिक्की की बेचैनी भी धीरे-धीरे बढ़ती जा रही थी। दोनों उस जादूगर के शैतानी दूत को देखने की योजना बनाने लगते हैं। दोनों यह तय करते हैं कि वे घर की छत पर जाकर उस शैतानी दूत को छुपकर देखेंगे। दोनों छत पर जाने का प्लान बनाते हैं और सीढ़ियों से होते हुए घर के छत पर चले जाते हैं। घर के छत पर चढ़कर वे उस गाँव के नजारे को पूरी तरह देखने लगते हैं। पूरा गाँव चाँद की दूधिया रोशनी में नहाया हुआ था, परन्तु पूरे गाँव में एक अजीब सी खामोशी छाई हुई थी, कहीं पर भी कोई नजर नहीं आ रहा था, सारे लोग अपने घरों में डरके मारे दुबके हुए थे। जैम और जिक्की अपने सिर को उठाकर आसमान की तरफ देखते हैं, चाँद अपनी पूरी गोलाई लिए हुए आसमान में निकला हुआ था और उस चाँदनी में नहाया हुआ वह गाँव पूरी तरह खामोश नजर आ रहा था बस उन्हें कुछ दूरी पर एक रोशनी नजर आ रही थी जो उस चर्च से आ रही थी। दोनों ने चाँदनी रात तो बहुत देखी थी, लेकिन आज की चाँदनी रात शायद उनकी जिंदगी की सबसे रोमांचक रात लग रही थी। दोनों आसमान में चंदा मामा को देख रहे थे और उसकी तारीफों में कसीदे पढ़े जा रहे थे।

यार एक बात बताएँ, मैंने अपनी जिन्दगी में जितनी भी चाँदनी रातें देखी हैं, यह उन सबसे खूबसूरत है। अ..हा..हा.., हल्के ठंडी हवा के झोंकें, चाँदनी में नहाया पूरा गाँव, कितना अच्छा नजारा है–जिक्की बोलता है।

हाँ यार मैंने भी आज तक अपनी जिंदगी में जितनी रातें देखी हैं, यह उनमें सबसे रोमांचकारी और शानदार रात लग रही है, और शायद यह रात रोमांचकारी इसलिए भी लग रही है क्योंकि आज हम एक ऐसी चीज का इंतजार कर रहे हैं, जिसके बारे में हमने कभी सोचा भी नहीं था– जैम बोलता है।

वे दोनों छत पर चाँदनी रात का मजा ले ही रहे थे कि तभी नीचे से किसी के दरवाजा खटखटाने की आवाज आती है। दोनों उस आवाज को सुनकर थोड़ा सहम जाते हैं। दोनों के मन में यह शंका होने लगती है कि पता नहीं वह कौन है। दोनों जल्दी से छत के नीचे उतरते हैं और डरते हुए घर के मुख्य दरवाजे की तरफ बढ़ते हैं। जैम, जिक्की का हाथ पकड़ लेता है और कहता है कि अभी दरवाजा मत खोलना, पहले हम उनके बताए हुए गुप्त कोड को सुन लेंगे तभी दरवाजा खोलेंगे।

और जैम उस दरवाजे के पास जाकर बोलता है–"कौन है।"

तभी बाहर से आवाज आती है–"दो पत्ते"। और जैम दरवाजा खोल देता है। सामने मि. जोसेफ रहते हैं।

बच्चों तुम्हें डर तो नहीं लग रहा था–मि. जोसेफ दोनों के चेहरे को देखते हुए बोलते हैं। दोनों एक साथ 'ना' के इशारे में अपने सिर को हिलाते हैं। मि. जोसेफ यह देखकर थोड़ा आश्चर्यचकित होते हैं कि जहाँ आज गाँव के सारे बच्चे डर के मारे अपने-अपने घरों के बिस्तर में दुबक कर सोए हुए हैं, वहीं ये दोनों बहुत दिलेरी से अपने सिर को 'ना' में हिला रहे हैं और उनके चेहरे पर डर के भाव भी नजर नहीं आ रहे हैं। मि. जोसेफ एक सरसरी निगाह से दोनों को देखते हैं और बोलते हैं–अच्छा बच्चों चलो अब खाना खा लेते हैं।

हाथ–मुँह धोकर सभी खाना खाने बैठ जाते हैं। खाना खाने के बाद मि. जोसेफ अपने कमरे में चले जाते हैं। मि. जोसफ तो अपने कमरे में जाने के कुछ ही देर बाद सो जाते हैं, लेकिन जैम और जिक्की को नींद नहीं आ

रही थी, वे तो बस जादूगर के शैतानी दूत को देखने के बारे में ही सोचते रहते हैं।

थोड़ी देर बाद जब उन्हें लगता है कि मि. जोसेफ गहरी नींद में सो गए हैं, तब दोनों धीरे से दरवाजे को खोलते हैं और दबे पांव बिल्लियों की तरह चलते हुए छत की तरफ जानेवाली सीढ़ियों की तरफ चल देते हैं और सीढ़ियों पर चलते हुए खुली छत के ऊपर पहुँच जाते हैं।

दोनों छत के एक कोने में जाकर छुप जाते हैं और आसपास चारों तरफ देखने लगते हैं। मौसम पूरी तरह शांत रहता है। तभी उनके बदन से एक हल्का ठंडी हवा का झोंका टकराता है, जिससे उन्हें हल्की ठंढ लगती है और उनके रोंगटे भी खड़े होने लगते हैं, क्योंकि यह एक सामान्य सा हवा का झोंका नहीं लग रहा था बल्कि ऐसा हवा का झोंका होता है मानों वह किसी के आने की आहट का एहसास दिला रहा हो। दोनों डर के मारे खुली छत के एक कोने में दुबके रहते हैं और बिल्लियों की तरह अपनी आँखें गड़ाकर चारों तरफ देखते रहते हैं, परन्तु उन्हें दूर-दूर तक कोई नजर नहीं आ रहा था, क्योंकि चाँदनी रात में दूर-दूर तक साफ दिखाई दे रहा था। तभी जैम को पहाड़ियों के रास्ते की तरफ से एक रहस्यमयी चीज गाँव की ओर आती हुई दिखाई पड़ती है। दोनों नजरें गड़ाकर उस ओर देखने लगते हैं। शुरू में तो उन्हें लगता है कि कोई जंगली जानवर पहाड़ी की तरफ से उतरकर गाँव की तरफ आ रहा है। लेकिन जैसे-जैसे वह चीज नजदीक आती जा रही थी, वैसे-वैसे दोनों को कुछ-कुछ साफ नजर आने लगता है। जब वह चीज चलती हुई उनके घर के कुछ पास आ जाती है तो वे उसे देखकर भौंचक्का रह जाते हैं, क्योंकि वह कोई जंगली जानवर नहीं था बल्कि वह एक औरत थी जो बला की खूबसूरत लग रही थी। वह सादे लिबास में थी जो चांद की चांदनी में चमक रहा था और उसकी खुबसूरती में चार चांद लगा रहा था। जैम और जिक्की की तो मानो उस पर नजर ही ठहर गई थी और दोनों मुँह फाड़े उसे ऐसे देख रहे थे जैसे उन्होंने इतनी खूबसूरत औरत को कभी देखा ही न हो। उस औरत के चेहरे पर एक रहस्यमयी मुस्कान नजर आ रही थी।

अरे यार इतनी खूबसूरत औरत तो मैंने शायद ही कभी देखी होगी–जिक्की धीरे से जैम के कानों में बोलता है।

लेकिन जैम बहुत ही गंभीर था, और वह सोच रहा था कि आखिर यह औरत जंगलों की तरफ से इधर गाँव में इतनी रात को क्यों आई है और क्या करने आई है। वह इन्हीं सवालों की उधेड़बुन में फंसा हुआ था कि तभी जिक्की फिर बोलता है–अरे यार जैम तुमने एक चीज पर ध्यान दिया।

किस चीज पर–जैम धीरे से बोलता है।

अरे यार इस औरत की परछाई तो दिख ही नहीं रही है, जैसे इसकी कोई परछाई हो ही नहीं–जिक्की बोलता है।

इस बात ने जैम का भी ध्यान खींचा क्योंकि अभी तक उसने इस ओर ध्यान नहीं दिया था। अब जैम भी ध्यान से उसकी ओर देखने लगा और उसे एक चौंकानेवाली चीज नजर आई जिसपर अभी तक जिक्की का भी ध्यान नहीं गया था। उसने उस खूबसूरत औरत के पैरों की तरफ ध्यान से देखा तो पाया कि उसके पैर किसी बड़े पक्षी के पंजे जैसे थे, और वे पूरी तरह लाल था मानो उससे अब खून टपक जाएगा। यह देखकर जैम हैरान रह जाता है क्योंकि उसने पहले कभी ऐसी औरत नहीं देखी थी। जिसके पांव की जगह पक्षी जैसे पंजे हों और वह भी खून की तरह लाल।

जैम ने जिक्की को अपनी कोहनी मारते हुए धीरे से उसके कानों में कहा–तुमने एक और चीज पर गौर किया।

किस चीज पर–जिक्की बोलता है।

उसके पैरों की तरफ देखो–जैम बोलता है और फिर जिक्की की नजर जैसे ही उसके पैरों की तरफ गई वह अपने दोनों हाथों को अपने मुँह पर रखकर चौंक पड़ता है।

अरे हां यार, यह तो सचमुच में एक अजूबा ही है, क्योंकि मैंने भी इससे पहले किसी ऐसी औरत को नहीं देखा है, जिसके पैर की जगह पर पक्षियों जैसे पंजे हों–जिक्की अचरज होते हुए बोलता है।

अच्छा चुप हो जाओ और देखो कि यह आखिर यहाँ पर क्या करने आई है–जैम बोलता है और फिर दोनों उसकी हरकतों पर ध्यान देने लगते हैं।

वह औरत एक जगह पर खड़ी थी और अपनी नजरें चारों तरफ घुमाकर इधर-उधर देखने लगती है, मानों जैसे वह कोई मुआयना कर रही

हो। उसकी नजरें तीखी और तेज तर्रार थी, उसके माथे पर एक रहस्यमयी माया नजर आ रही थी। उसके चेहरे पर कोई मासूमियत नजर नहीं आ रही थी, जैसे कि उस परी में थी।

थोड़ी देर बाद वह औरत गाँव के एक ओर चल पड़ती है। दोनों उसे जाते हुए देखते रहते हैं और यह सोचते हैं कि आखिर वह कहाँ जा रही है। वह औरत चली जा रही थी, दोनों को पीछे से बस उसके खुले हुए लम्बे बाल लहराते हुए नजर आ रहे थे। धीरे-धीरे चलते हुए वे उनकी नजरों से ओझल हो जाती है। दोनों का मन तो करता है कि वह धीरे से घर के बाहर निकल जाएँ और उसका पीछा करके यह जानने की कोशिश करें कि वह यहाँ पर क्या करने आई है, परन्तु उन्हें मि. जोसेफ की बात याद आ जाती है कि उन्होंने कहा है कि शाम के बाद घर से बाहर मत निकलना। दोनों यह बात सोचकर अपना मन मसोसकर रह जाते हैं। दोनों छत पर बैठे उस तरफ टकटकी लगाकर देखते रहते हैं कि शायद वह औरत वापस आएगी। लेकिन काफी देर बीत जाने के बाद भी वह पापस नहीं आती है। दोनों बैठे-बैठे जम्हाइयाँ लेने लगते हैं, क्योंकि उन्हें नींद आने लगी थी। थोड़ी देर बाद दोनों छत से नीचे उतरकर धीरे से अपने कमरे में सोने चले जाते हैं। देर रात तक जागने के कारण उन्हें कब नींद आ जाती है, पता ही नहीं चलता है। सुबह हो जाती है लेकिन दोनों देर तक जागने के कारण गहरी नींद में सोए रहते हैं। तभी उनके कमरे के दरवाजे खटखटाने की आवाज आती है। जैम की नींद टूट जाती है, उनके सामने मि. जोसेफ खड़े रहते हैं।

अरे बच्चों तुम ठीक तो हो, मैं तो घबरा गया था कि कहीं तुम्हें कुछ हुआ तो नहीं-मि. जोसेफ थोड़ा घबराए हुए बोलते हैं।

क्यों क्या हुआ मि. जोसेफ-जैम भी थोड़ा चौंकता हुआ बोलता है। नहीं कुछ नहीं-मि. जोसेफ बोलते हैं।

तो फिर आप इतना घबराए हुए क्यों हैं-जैम बोलता है।

कल रात को.......और इतना बोलकर मि. जोसेफ रूक जाते हैं। इतना सुनते ही जैम धड़ से उठकर खड़ा हो जाता है, जैसे उसके आँखों से नींद ही गायब हो गई।

क्यों क्या हुआ कल रात को, क्या हुआ मि. जोसेफ बताइए–जैम पूछता है। जिसका डर था, वही हुआ। कल रात को अपने गाँव से एक लड़का गायब हो गया, पूरे गाँव में अफरा-तफरी मची हुई है, मैं घबराकर तुम दोनों को देखने आ गया कि तुम ठीक तो हो न–मि. जोसेफ बोलते हैं। लेकिन वह कैसे, कहाँ, कौन गायब हो गया–जैम भी थोड़ा घबराता हुआ बोलता है।

तब तक जिक्की की भी नींद टूट जाती है, और उसे भी जब सारी बात पता चली तो वह भी भौंचक्का रह गया।

तुम्हें पता है वह अपने ही गाँव के मि. जैकब का बेटा है, जिसका नाम शायद रूनी है। वह रात में अपने घरवालों के साथ ही सोया था, लेकिन जब घर के लोग सुबह जागे तो उन्होंने उसे नहीं देखा, पता नहीं वह कहाँ गायब हो गया, गाँव में तो हल्ला हो रहा है कि उसे जादूगर के शैतानी दूत उठाकर ले गए हैं–मि. जोसेफ बोलते हैं।

इस बात को सुनते ही दोनों को यह समझने में देर नहीं लगी कि हो न हो यह उस रात में आई खूबसूरत औरत यानी कि वह एक शैतान थी, और यह उसी ने किया है। परन्तु अपने प्रिय दोस्त रूनी को खोने का उन्हें काफी दु:ख हो रहा था। क्योंकि वह उनका सबसे प्रिय दोस्त था, वे उसके साथ गाँव में साथ-साथ खेलते थे। अपना ज्यादा समय दोनों उसी के साथ बिताते थे, वह गाँव में सभी जगह पर उन्हें घुमाता था।

उनकी नजरों के सामने उसके साथ बिताए हुए पल याद आने लगते हैं, जब वे गाँव के खेतों में दौड़ लगाया करते थे, पेड़ों पर फल तोड़ने चढ़ जाते थे, और मि. लूम के घर के पास पके हुए बेल तोड़ने के लिए उनकी छत पर चढ़ जाते थे। यह सारी शरारत भरी मस्ती अब उनकी आँखों के सामने तैरने लगती है। ये सारी बातें याद करते-करते उनकी आँखों में आँसू आ गए, परन्तु उन्होंने अपने आपको संभाला और अपने आँसू पोंछे। उन्हें यह विश्वास नहीं हो रहा था कि वह दुष्ट शैतान उनके सबसे प्रिय दोस्त को उठाकर ले गया है। दोनों काफी उदास हो गए थे। बच्चों चलो उठो, हाथ-मुँह धोकर नाश्ता कर लो, तुम्हारा नाश्ता टेबल पर है, मैं बाहर गाँव से होकर आता हूँ–इतना कहकर मि. जोसेफ गाँव में चले जाते हैं।

लेकिन दोनों को अब भूख कहाँ लगती, उनकी तो इस चिन्ता में भूख ही मर गयी थी कि रूनी कहाँ होगा, वह कैसा होगा। परन्तु मि. जोसेफ का

मन रखने के लिए उन्होंने हल्का-फुल्का नाश्ता कर लिया। थोड़ी ही देर में मि. जोसेफ वापस आते हैं।

उनके आते ही जिक्की उनसे पूछ बैठता है—मि. जोसेफ रूनी का कुछ पता चला वह कहाँ है?

मि. जोसेफ ने ना में सिर हिलाया। यह देखकर दोनों और भी ज्यादा उदास हो जाते हैं। मि. जोसेफ उन्हें बताते हैं कि कुछ लोग जंगल की तरफ उसे ढूंढ़ने निकले हैं।

जैम और जिक्की भी थोड़ी देर में अपने घर से गाँव में निकल पड़ते हैं। पूरे गाँव में आग की चिंगारी की तरह रूनी के गुम होने की खबर फैल गयी थी, जिधर देखो सारी जगह उसी की चर्चा हो रही थी। कुछ लोग दबे मुँह से बोल रहे थे कि कल पूरी चाँदनी वाली रात थी, जरूर कोई शैतान इस गाँव में आया होगा और वह उस लड़के को उठाकर ले गया होगा। परन्तु किसी ने भी उस शैतान को नहीं देखा था सिवाय जैम और जिक्की के। जैम और जिक्की भी अब पूरी तरह से समझने लगे थे कि यह काम उसी शैतान का है जो रात में औरत के भेष में आया था। उन्होंने अपने दोस्तों से भी यह जानने की कोशिश की क्या कोई उस रात को किसी अनजान औरत को देखा था, परन्तु किसी ने भी कोई अनजानी औरत को देखने की बात नहीं बताई। किसी से भी कुछ पता या सुराग नहीं लग पाया कि आखिर रूनी रूज कहां गायब हो गया। अन्त में पूरे गाँव में घूमने के बाद वे थक कर घर आ गए।

दोनों यह सोच रहे थे कि शायद शाम तक कुछ पता चल जाए, क्योंकि जंगल में कुछ लोग उसे ढूढ़ने निकले हैं।

दोनों इस बात का इंतजार कर रहे थे कि कब जंगल से गाँव वाले लौटकर आएंगे और कोई अच्छी खबर सुनाएंगे। वे इसी इंतजार में घर पर बैठे थे।

कुछ देर बाद दिन ढल जाता है, शाम हो जाती है। तभी बाहर से दरवाजा खटखटाने की आवाज आती है, दोनों दौड़कर दरवाजा खोलते हैं, उनके सामने मि. जोसेफ थे जिनके चेहरे पर उदासी छाई हुई थी।

तभी जैम पूछता है—मि. जोसेफ क्या हुआ, जंगल से गाँव वाले वापस आ गए, रूनी का कुछ पता चला।

उसके इस सवाल का मि. जोसेफ कोई जवाब नहीं देते, वह बस चुप रहते हैं। मि. जोसेफ को कुछ नहीं बोलता देख दोनों का दिल बैठा जा रहा था। परन्तु दोनों के बार-बार पूछने पर आखिर मि. जोसेफ को सच्चाई बतानी पड़ती है। मि. जोसेफ बोल पड़ते हैं—नहीं बच्चों रूनी का कुछ पता नहीं चला। गाँव के लोग जंगल में ढूँढ़कर वापस आ गए हैं, लेकिन उसका कुछ पता नहीं चला। बच्चों! अब तुम लोग खाना खा लो और अपने कमरे में जाकर आराम करो। नहीं मि. जोसेफ, जब तक रूनी का पता नहीं चल जाता, तब तक हम अन्न का एक दाना भी अपने मुँह में नहीं डालेंगे—जिक्की मि. जोसेफ को जवाब देता हुआ बोलता है।

दोनों इस जिद पर अड़ जाते हैं, परन्तु मि. जोसेफ के काफी समझाने के बाद दोनों थोड़ा-सा खाना खाते हैं और अपने कमरे में चले जाते हैं। दोनों कमरे में जाकर बिस्तर पर लेटते हैं और यही सोचते हैं कि आखिर रूनी को वह खूबसूरत चुड़ैल कहाँ ले गई होगी, पता नहीं रूनी कैसा होगा, वह किस हाल में होगा?

तभी जिक्की बोलता है—जैम तुम्हें क्या लगता है, वह चुड़ैल रूनी को लेकर कहाँ गई होगी?

पता नहीं मुझे तो लगता है, वह जंगल की तरफ से आई थी, शायद उसे उधर ही लेकर गई होगी—जैम बोलता है।

रात में दोनों सोते समय रूनी को ढूँढ़ने का प्लान बनाते हैं। इसके लिए उन्हें उस ओर जाना होगा, जिधर से वह शैतान चुड़ैल आई थी। दोनों मिलकर रात में यही प्लान बनाते रहते हैं कि आखिर रूनी को वे कैसे ढूँढ़े। इस काम में काफी खतरा भी है, क्योंकि उसको शैतानी चुड़ैल ने उठाया है तो वह उसको अपने इलाके में ले गई होगी और दोनों को उसके इलाके में जाना होगा, जिसमें काफी खतरा है। दूसरी बात यह भी थी कि उन्हें यह भी पता नहीं है कि आखिर उसका इलाका कहाँ है। दोनों रात को इन्हीं सभी बातों को सोचते रहते हैं। परन्तु अंत में दोनों ठान लेते हैं कि वें अपने दोस्त को ढूँढ़कर रहेंगे, और अपना यह निर्णय वह मि. जोसेफ को भी बता देंगे।

सुबह हो जाती है, आज दोनों काफी जल्दी उठ जाते हैं, मि. जोसेफ भी चर्च जाने को तैयार थे। दोनों मि. जोसेफ के पास जाते हैं और उन्हें यह बताना चाहते हैं कि दोनों रूनी को ढूँढ़ने जाएँगे, परन्तु मि. जोसेफ जल्दबाजी

में रहते हैं और घर से निकल जाते हैं। लेकिन दोनों यह फैसला कर चुके थे कि आज वे मि. जोसेफ को अपने दिल की बात बताकर रहेंगे।

शाम हो जाती है, दोनों बेसब्री से मि. जोसेफ के आने का इंतजार करते रहते हैं। थोड़ी ही देर में दरवाजा खटखटाने की आवाज आती है, दोनों दौड़कर दरवाजा खोलते हैं, सामने मि. जोसेफ रहते हैं। बच्चों कैसे हो– मि. जोसेफ दोनों के उदास चेहरे की तरफ देखते हुए बोलते हैं।

मि. जोसेफ रूनी का कुछ पता चला–जिक्की पूछता है। उसके इस सवाल से मि. जोसेफ के माथे पर बल पड़ जाता है, परन्तु वह बात को घुमाते हुए बोलते हैं–बच्चों चलो, हाथ-मुँह धोकर तैयार हो जाओ, आज खाने में मैं तुम लोगों के लिए एक स्पेशल चीज लाया हूँ, पता है वह क्या चीज है, वह है गाजर का स्वादिष्ट हलवा।

परन्तु यह बात सुनने के बाद जैम और जिक्की के मूड में कोई बदलाव नहीं आया, दोनों मि. जोसेफ को ऐसे घूर रहे थे मानो मि. जोसेफ कुछ बात को छुपा रहे हों, और फिर दोनों दौड़कर अपने कमरे में चले जाते हैं। मि. जोसेफ समझ जाते हैं कि उन्हें सच्चाई बतानी ही पड़ेगी। मि. जोसेफ धीरे-धीरे उनके पीछे उनके कमरे में जाते हैं और बोलते हैं–बच्चों मैं जानता हूँ रूनी को खोने का तुम्हें बहुत दुःख है। परन्तु क्या किया जा सकता है, लोग उसे ढूँढ़ने की कोशिश कर रहे हैं। आज लोग दूसरे गाँव में गए थे, परन्तु अब तक उसका कोई पता नहीं चल पाया है। और इस तरह उदास रहने और खाना-पीना छोड़ देने से कोई हल तो नहीं निकलने वाला है। हम सारे गाँव वाले उसे ढूँढ़ने की कोशिश कर रहे हैं। अब आगे ईश्वर के हाथ में है।

अंत में जिक्की से रहा नहीं जाता है और वह मि. जोसेफ से बोल पड़ता है–मि. जोसेफ हम दोनों रूनी को ढूँढ़ने खुद जाएंगे।

यह तुम क्या कह रहे हो–मि. जोसेफ बोलते हैं।

तभी जैम भी बोल पड़ता है–हाँ, मि. जोसेफ, हम दोनों ने तय कर लिया है कि हम खुद रूनी को ढूँढ़ने जाएंगे।

लेकिन बच्चों तुम उसे ढूँढ़ने कहाँ जाओगे–मि. जोसेफ बोलते हैं। तभी दोनों उस चांदनी रात की सारी बात मि. जोसेफ को बताते हैं, और यह बोलते हैं कि हो न हो वही खूबसूरत चुड़ैल रूनी को उठाकर ले गई हो। यह सारी

बात सुनकर मि. जोसेफ भी भौचक्का रह जाते हैं। उन्होंने मि. जोसेफ को यह भी बताया कि वह पहाड़ी जंगलों की तरफ से इस गाँव में आई थी, और रूनी को भी उधर ही लेकर गई होगी।

मि. जोसेफ उनकी सारी बातों को गौर से सुनते हैं और फिर बोलते हैं—चलो बच्चों मैं एक पल के लिए मान लेता हूँ कि रूनी को वही चुड़ैल उठाकर ले गई है। लेकिन तुम उस जंगल में कैसे जाओगे, वहाँ बहुत खतरा है, वहाँ जगली जानवर हैं, भूत और पिशाच भी उस जंगल में हैं, वहाँ जाना खतरे से खाली नहीं है। और अगर तुम उस दुष्ट जादूगर के पास पहुँच भी गये तो क्या तुम उसके चंगुल से रूनी को छुड़ाकर ला पाओगे। इसमें तुम्हारी जान को भी खतरा है, इसलिए मैं तुम्हें जाने की इजाजत नहीं दूँगा।

लेकिन जैम और जिक्की इस बात पर अड़ जाते हैं कि वे रूनी को ढूँढ़कर रहेंगे, चाहे उसमें कितना ही खतरा हो। वह तब तक खाना पीना नहीं खाएँगे जब तक कि उन्हें यह इजाजत न मिल जाए कि वे रूनी को ढूँढ़ने के लिए जा सकते हैं। आखिरकार अंत में उनकी जिद के आगे मि. जोसेफ को झुकना पड़ता है और वह तैयार हो जाते हैं।

ठीक है बच्चों, जब तुम्हारी यही जिद है तो तुम जा सकते हो, लेकिन अभी कुछ दिन रूक जाओ, अगर तब भी रूनी का कुछ पता न चले तो तुम उसे ढूँढ़ने जा सकते हो, मैं तुम्हें नहीं रोकूँगा। अब चलो खाना खा लो और सो जाओ—मि. जोसेफ बोलते हैं।

इस तरह कुछ दिन बीत जाते हैं, लेकिन रूनी का कोई पता नहीं चलता है। अंत में जैम और जिक्की रूनी को ढूँढ़ने के लिए निकलना चाहते हैं और वे मि. जोसेफ को बता देना चाहते हैं कि अब रूनी को खोजने के लिए उनके जाने का समय आ गया है। मि. जोसेफ अब उन्हें रोक नहीं सकते थे क्योंकि उन्होंने पहले ही वादा कर दिया था कि अगर रूनी न मिले तो वे उसे खोजने के लिए निकल सकते हैं।

और एक दिन दोनों निकलने की तैयारी कर लेते हैं। उस दिन सुबह उठकर दोनों जल्दी से तैयार हो जाते हैं, अपने साथ कुछ खाने-पीने का सामान ले लेते हैं।

जाते-जाते मि. जोसेफ उनसे कहते है—ठीक है बच्चों मैं ईश्वर से प्रार्थना करूँगा कि तुम अपने मकसद में कामयाब हो जाओ। और फिर

मि. जोसेफ अपनी जेब से दो काले ताबीज निकालकर उन्हें देते हुए बोलते हैं कि इसे अपने गले में पहन लो, यह मुसीबत में तुम्हारी मदद करेगा, और एक चमड़े के खोल में लिपटा, धारदार खंजर जैम की तरफ बढ़ाते हुए बोलते हैं कि यह जंगली जानवरों से बचने के लिए रख लो। मि. जोसेफ दोनों के माथे, चूमते हैं और उन्हें गले लगा लेते हैं। जैम और जिक्की की भी आँखों से आँसू गिरने लगते हैं और दोनों मि. जोसेफ के बाजुओं में लिपट जाते हैं। इसके बाद मि. जोसेफ नम आँखों से उन्हें विदा करते हैं।

दोनों घर से बाहर निकल जाते हैं। घर से निकलने के बाद वे बार-बार मि. जोसेफ के घर की तरफ देख रहे थे। मि. जोसेफ घर के दरवाजे के बाहर खड़े अपना दाहिना हाथ हिलाकर दोनों को विदाई दे रहे थे। कुछ देर बाद वे चलते-चलते गाँव से बाहर निकल जाते हैं और पहाड़ी जंगलों के पथरीले रास्ते की तरफ बढ़ने लगते हैं।

4

गलत रास्ते की ओर

दोनों अपने कंधों पर एक-एक बैग टाँगे हुए थे, जैसे वे किसी टुरिस्ट की तरह लग रहे हों, उनमें उनका जरूरी सामान रहता है जो रास्ते में काम आए। चलते-चलते वे उस बहते हुए झरने के पास पहुँच जाते हैं, जहाँ गाँव की सीमा खत्म होती है और जंगल शुरू होता है। झरना कुछ दूरी पर बहुत ही खुबसूरती से गिर रहा था, वह एक खूबसूरत नजारा लग रहा था, उससे निकलने वाली सोत की धारा बहुत ही ठंडी थी, बहते हुए सोत में कहीं-कहीं पर ऊँचे पत्थर निकले हुए थे जिनपर चढ़कर लोग दूसरी पार जाया करते थे। वे दोनों कुछ देर वहाँ रूककर, खूबसूरत नजारे को निहारने लगते हैं, फिर दोनों झरने से निकलते सोत के पानी को पीते हैं, पानी मीठा रहता है लेकिन वह काफी ठंडा रहता है। फिर दोनों सोत के ऊपर निकले हुए पत्थर पर चढ़कर सोत के दूसरी पार चले जाते हैं, फिर दोनों पीछे मुड़कर गाँव की तरफ देखते हैं, गाँव काफी पीछे छूट चुका था, शायद अब नजर भी नहीं आ रहा था। उन्हें इस यात्रा में रोमांच का भी एहसास हो रहा था और साथ ही कुछ डर भी लग रहा था कि वे एक अनजाने रास्ते पर निकले हैं, पता नहीं आगे क्या होगा। लेकिन वे ईश्वर का नाम लेकर आगे बढ़ते रहते हैं। आगे चलने के कुछ दूर बाद घने जंगल शुरू हो जाते हैं। दोनों उस घने जंगल की तरफ बढ़ते चले जाते हैं। उन्हें यह भी पता नहीं होता है कि वे जंगल की किस दिशा की ओर बढ़ रहे हैं, बस वे एक अनजाने रास्ते की तरफ बढ़ते चले जाते हैं। जैसे-जैसे वे जंगल के अंदर की तरफ चलते जाते हैं वैसे-वैसे

रास्ता और संकरा होता चला जाता है। घंटों चलने के बाद वे थक जाते हैं और रूककर कहीं आराम करना चाहते हैं। वे एक जगह पर रूक जाते हैं, वहाँ एक बड़ा-सा पत्थर का टीला रहता है, वहाँ पर बैठकर वे कुछ खाना-पीना खा लेना चाहते हैं। दोनों उस पत्थर के टीले के पास रूककर अपने कंधे पर टंगा बैग नीचे उतारते हैं और जमीन पर बैठ जाते हैं। जमीन पर बैठकर दोनों स्पेशल खाना निकालते हैं, जो मि. जोसेफ ने उनके लिए खास बनवाया था। दोनों उस खाने की पोटली को खोलते हैं, उसमें से एक जबरदस्त खुशबू आती है।

खाने की पोटली खोलते ही जिक्की बोलता है—यार जैम, खुशबू इतनी अच्छी है तो खाना कितना स्वादिष्ट होगा, अरे यार मेरा पसंदीदा गाजर का हलवा वह भी देशी घी में बना हुआ और यह पूरी, मजा आ जाएगा खाने में। तभी जैम बोलता है—हाँ जिक्की, यह स्पेशल खाना मि. जोसेफ ने हम दोनों के लिए बनवाया है, और तुम्हारे लिए स्पेशल गाजर का हलवा बनवाया क्योंकि उन्हें पता था कि तुम्हें गाजर का हलवा बहुत पसंद है।

अरे यार मेरे मुँह में तो पानी आ रहा है, जल्दी से हाथ धोकर खाना शुरू करते हैं—जिक्की बोलता है। दोनों जल्दी से हाथ-मुँह धोकर खाना खाने बैठ गए। कुछ देर में दोनों ने खाना खा लिया और आराम करने लगे। आराम करते वक्त जैम को किसी के बात करने की आवाज आ रही थी। जैम ने अपनी नजर को इधर-उधर घुमाकर देखा परन्तु वहाँ पर कोई नजर नहीं आ रहा था, उसे लगा शायद कोई भ्रम हो रहा है, यहाँ पर कोई नहीं है, फिर इंसानों जैसे बात करने की आवाज कैसे आ सकती है, यहाँ तो दूर-दूर तक कोई इंसान नजर नहीं आ रहा है, और फिर वह अपनी आँख बंद करके आराम करने लगा। लेकिन फिर भी वह आवाज आ रही थी, वह अपने कानो में ऊँगली डालकर हिलाता है कि कहीं कानों को कोई दिक्कत तो नहीं है। लेकिन बात करने की आवाज अभी भी आ रही थी। अब वह उठकर बैठ जाता है, अपने चारों तरफ देखता है, कहीं कुछ नजर नहीं आ रहा था, तभी उसकी नजर पेड़ पर जाती है, पेड़ पर दो गिलहरियाँ नजर आती हैं जो आपस में बातें कर रही हैं। जैम यह देखकर आश्चर्यचकित हो जाता है कि अरे यह गिलहरियां तो आदमी की आवाज में बात कर रही है। तभी गिलहरियों की नजर जैम पर पड़ती हैं, वे उसे देखकर छुप जाती हैं। तभी जैम सोचने लगता है कि अरे गिलहरियाँ कहाँ चली गईं, तभी एक गिलहरी

जैम की तरफ झाँकती नजर आती है, फिर दूसरी गिलहरी भी झाँकती है, फिर दोनों धीरे-धीरे पेड़ से नीचे उतरती हैं, पेड़ से नीचे उतरकर दोनों एक जगह पर ठिठक कर खडे हो जाते हैं और जैम को देखने लगते हैं, शायद वे यह सोच रही होती हैं कि जैम के पास जाएँ या नहीं जाएँ। उनमें से एक गिलहरी आगे बढ़ती हैं, तभी उसके पीछे धीरे-धीरे दूसरी गिलहरी भी उसके साथ आने लगती है। दोनों गिलहरियाँ जैम से कुछ दूरी के पास आ जाती हैं। वह जैसे जैम से कुछ कहना चाहती हों। तभी उनमें से एक गिलहरी कहती है–बच्चों तुम यहाँ जंगल में क्या कर रहे हो?

उनकी बात सुनकर पहले तो जैम एकदम ठिठक जाता है, क्योंकि जिंदगी में पहली बार वो किसी गिलहरी को इंसानों की आवाज में बोलते देख रहा था। कुछ देर तक वह आश्चर्य से उनको देखता रहता है, फिर वह थोड़ा अपने आपको संभालता हुआ बोलता है।

हम दोनों अपने दोस्त को ढूँढ़ने निकले हैं, लेकिन मुझे एक आश्चर्य हो रहा है कि आप लोग इंसानों की भाषा में कैसे बातें कर ले रहे हैं–जैम बोलता है।

हाँ बच्चों हम तुम्हारी भाषा भी समझ सकते हैं, और तुम्हारी भाषा में बात भी कर सकते हैं। और यह तुम्हारे साथ दूसरा कौन है–गिलहरी बोलती है।

अरे हाँ, यह मेरा दोस्त जिक्की है और मेरा नाम जैम है। हम दोनों काफी अच्छे दोस्त हैं और हम दोनों मिलकर अपने दोस्त रूनी को ढूँढ़ने निकले हैं। अच्छा और तुमने अपने बारे में नहीं बताया–जैम बोलता है। मैं हूँ मिस्टर सैमू और यह हैं मिस टिम्मी–उनमें से एक गिलहरी जो आगे खड़ा रहती है, बोलती है। हाय मिस टिम्मी–जैम बोलता है। मिस टिम्मी शायद शर्मा कर पीछे खड़ी हुई थी। उसने कुछ बोला तो नहीं मगर जवाब में धीरे से अपना सिर हिला दिया, जैसे वह हेलो कह रही हो। वह जैम के अभिवादन का जवाब दे रही थी।

तभी जिक्की की भी नींद टूट जाती है, वह ऊँघते हुए बोलता है जैम को–अरे यार तू क्या बड़बड़ा रहा है, तू किससे बात कर रहा है?

तुम उठोगे तो तुमको समझ में आ जाएगा कि मैं किसके साथ बातें कर रहा हूँ–जैम बोलता है।

जिक्की उठता है और देखता है कि उसके सामने दो गिलहरियाँ हैं। यह देखकर उसका मुँह खुला का खुला रह जाता है। जिक्की बोलता है–अरे यार, ये तो गिलहरियाँ हैं, तो इसका मतलब कि तुम इनसे बातें कर रहे हो।

हाँ मैं इन्हीं से बात कर रहा हूँ–जैम बोलता है।

अरे यार इसका मतलब कि ये हमारी बातों को समझ सकती हैं और हमारी तरह हमारी भाषा में बोल सकती हैं–जिक्की बोलता है।

जैम ने फिर कहा–हाँ, और अब मैं तुम्हारा दोनों से परिचय करवाता हूँ, यह हैं मिस्टर सैमू और यह हैं मिस टिम्मी। तभी मिस्टर सैमू थोड़ा आगे बढ़कर कहते हैं–हेलो मि. जिक्की। जिक्की सकुचाते हुए धीरे से हाथ हिलाकर बोलता है–हेलो, मिस्टर सैमू।

कुछ देर बातें करने के बाद सभी एक दूसरे से घुलमिल जाते हैं, ऐसा लगने लगता है कि वे एक दूसरे को कितने दिनों से जान रहे हों। अब जिक्की भी खुलकर उनके साथ बातें करने लगता है, और मिस टिम्मी की भी झिझक गायब हो जाती है। जैम और जिक्की अब पूरी बातें उन्हें बताते हैं कि वे अपने दोस्त को ढूँढ़ने निकले हैं, जिसे जादूगर के शैतान उठाकर ले गए हैं, और वे उसको वापस लेकर ही लौटेंगे।

उनकी सारी बात सुनकर मि. सैमू कहते हैं–लेकिन इस काम में तो काफी खतरा है।

हमें खतरे की परवाह नहीं है, बस हम तो यह सोचकर निकले हैं कि किसी भी तरह हम अपने दोस्त रूनी को उस जादूगर के चंगुल से छुड़ा कर लाएँगे। इसमें चाहे जितना भी खतरा हो, हम उस खतरे को उठाने के लिए तैयार हैं–जिक्की बोलता है।

तभी जैम बोलता है–हाँ मिस्टर सैमू, हमने दृढ़ निश्चय कर लिया है कि चाहे जो भी हो, हम अपने दोस्त को उस जादूगर के चंगुल से छुड़ा कर लाएंगे।

चलो अच्छी बात है, तुमने अपने दोस्त को उस शैतानी ताकत से छुड़ाकर लाने का निश्चय कर लिया है, लेकिन इस रास्ते में काफी खतरा है–मिस्टर सैमू बोलते हैं।

तभी जिक्की बोलता है–मिस्टर सैमू क्या आपको उस जादूगर के बारे में पता है, वह कहाँ रहता है?

नहीं मुझे तो इसके बारे में ज्यादा कुछ पता नहीं है, लेकिन मैने जंगल में कुछ जानवरों को बात करते सुना है कि यहाँ से काफी दूर सुदूर उत्तर-पूर्व में वह जादूगर रहता है, वहाँ किसी का जाना मुमकिन नहीं है–मिस्टर सैमू बोलते हैं।

तभी मिस टिम्मी बोल पड़ती है–बच्चों अब शाम होने को आई है, कुछ देर बाद सूरज डूब जाएगा और आगे के रास्ते में काफी खतरा है इसलिए अच्छा होगा कि तुम आज रात यहीं पर रूक जाओ, कल सुबह निकल जाना।

नहीं हमें निकलना ही होगा–जिक्की बोलता है। लेकिन तभी बीच में बात काटते हुए मि. सैमू बोलते हैं–बच्चों मिस टिम्मी ठीक बोल रही है क्योंकि यहाँ से कुछ दूरी के बाद खतरनाक पिशाचों का इलाका शुरू हो जाता है, इसलिए बेहतर होगा कि तुम आज रात यही पर रूक जाओ। कल सुबह होते ही तुम यहाँ से निकल जाना, यही तुम्हारे लिए सुरक्षित होगा।

उनके काफी समझाने पर जैम और जिक्की मान जाते हैं, फिर जैम और जिक्की को वे सुरक्षित स्थान की तरफ ले जाते हैं जिससे वे जंगली जानवरों से बच सकें। तभी मि. सैमू मजाकिया लहजे में चलते-चलते कहते हैं–जैम क्या तुमने कभी जंगलों में रात बितायी है। लेकिन इससे पहले कि जैम कुछ कहता, जिक्की ने जैसे हाजिर जवाब दिया–हाँ हम दोनों ने जंगल में रात बिताई है, जब हम लोग घर से भागे थे। वह काफी डरावनी और भयानक रात थी, हम लोग तो उस जंगली तेंदुए से बाल-बाल बच गए थे, अगर उसने हमें देख लिया होता हो पता नहीं उस दिन क्या होता।

चलते-चलते वे पहाड़ की तराई की तरफ निकल जाते हैं, अब शाम ढल चुकी थी, धीरे-धीरे चाँद आसमान पर छाने लगा था और सितारे भी टिमटिमाने लगे थे, खासकर जंगलों में यह नजारा काफी अच्छा लग रहा था। कुछ देर बाद वे पहाड़ की तराई में बने एक छोटे से गुफानुमा घर में पहुँच जाते हैं।

वेलकम टु माई होम, यह हम दोनों का छोटा-सा घर है–मि. सैमू बोलते हैं। और वह वहाँ पर दीवार से सटी हुई छोटी-छोटी मशालनुमा

मोमबत्तियां जलाते हैं। अब वहाँ पर उजाला हो जाता है। मिस्टर सैमू बोलते हैं–बच्चों बैठ जाओ, अब यहाँ पर तुम्हें कोई खतरा नहीं है। तभी मिस टिम्मी बोलती है–अच्छा बच्चों अब तुम यहाँ पर आराम करो, तुम लोग काफी थक गए होगे, मैं तुम लोगों के खाने का इंतिजाम करती हूँ। इतना कहकर वे दोनों खाने के इंतिजाम में लग जाती है। उनका घर काफी साधारण रहता है। ज्यादातर चीजें जंगल की लकड़ी, घास-फूस से ही बनी होती है। जिक्की मिस्टर सैमू से अपने जंगल की कहानी बहुत शेघी बघार-बघार कर कहता है, लेकिन जैम चुपचाप रहता है और शान्त होकर उनकी बातें सुनता रहता है। जंगल में तरह-तरह की आवाजें आ रहीं थीं, लेकिन अब उन्हें इस बात की परवाह नहीं थी क्योंकि वे अब सुरक्षित स्थान में थे। तभी मिस टिम्मी उन सबके लिए खाना तैयार कर देती है। सभी मिलकर खाना खाते हैं और खाना खाने के बाद खूब गप्पें मारते हैं। रात को उन भयानक पिशाचों की भी बातें चलती हैं। जिक्की उन पिशाचों की बातों में काफी रूची लेता है, क्योंकि उन्होंने गाँव में सुना था कि जो भी बुरी आत्माएँ होती हैं, वे पिशाच बन जाती हैं। उसे डर भी लग रहा था कि अगर उसका सामना पिशाचों से हो गया, तब क्या होगा। जिक्की मिस्टर सैमू से पूछता है–मि. सैमू क्या वे पिशाच इधर आपके इलाके में भी आते हैं। मि. सैमू बोलते हैं–नहीं वे इधर नहीं आ सकते हैं क्योंकि उन्हें श्राप मिला हुआ है, वे जब भी हमारे इलाके में घुसने की कोशिश करेंगे, जल कर भस्म हो जाएंगे। जिक्की बोलता है–ऐसा क्यों। तभी मिस्टर सैमू बोलते हैं–क्योंकि हमारे जंगल में देवता का आशीर्वाद है, इसलिए वे पिशाच यहाँ नहीं आ सकते, हमारे जंगल के जानवर भी उसके इलाके में नहीं जा सकते क्योंकि ऐसा करने पर वे उसे मार डालते हैं, जो भी उनके इलाके में जाता है, वह बचता नहीं है। तभी जैम जो उनकी बातों को ध्यान से सुन रहा था, अपनी चुप्पी तोड़ते हुए बोलता है–तो फिर हम उनके इलाकें को कैसे पार करेंगे। मिस्टर सैमू बोलते हैं–हाँ, उसका एक उपाय है, तुम्हें शाम ढलने से पहले उनके इलाके को पार करना होगा, क्योंकि वे दिन को सोते हैं और शाम ढलने के बाद वे जाग जाते हैं। अगर तुम शाम ढलने से पहले उनके इलाके को पार गए तो तुम्हें कुछ नहीं होगा, शाम ढलने के बाद उनका इलाका काफी खूंखार हो जाता है। इसलिए तुम्हें यह ध्यान रखना होगा कि शाम ढलने से पहले उनके इलाके को पार कर जाओ। और अब जल्दी से सो जाओ क्योंकि तुम्हें सुबह जल्दी से उठकर निकलना होगा। इसके बाद वे सो जाते हैं।

सुबह हो जाती है। जैम की नींद टूट जाती है, लेकिन जिक्की अभी भी अंगड़ाई लेकर सोता रहता है। जैम उसे कोहनी से मारता है और बोलता है—अरे यार जिक्की उठ जाओ, सुबह हो गई है, हमें जल्दी से यहाँ से निकलना होगा, जिक्की उठ जाता है। तभी बाहर से मिस्टर सैमू और मिस टिम्मी आते हैं।

गुड मार्निंग बच्चों—मिस्टर सैमू और मिस टिम्मी दोनों बच्चों को बोलते हैं। फिर दोनों अपने साथ तोड़ कर लाए गए फल दोनों को देते हैं। मिस्टर सैमू बोलते हैं—हम दोनों सुबह-सुबह ही उठकर तुम दोनों के लिए फल लाने जंगल में निकले थे, ये काफी स्वादिष्ट फल हैं, इन्हें खा लो और तुम जितनी जल्दी यहाँ से निकलोगे, अच्छा होगा। दोनों नाश्ते में फल खा लेते हैं और निकलने को तैयार हो जाते हैं। मिस टिम्मी और मिस्टर सैमू, दोनों को रास्ते में छोड़ने के लिए जाते हैं और उन्हें पिशाचों के जंगल की सीमा तक ले जाते हैं। दोनो सीमा तक पहुँच जाते हैं, तभी मिस्टर सैमू बोलते हैं—बच्चों यहाँ पर हमारा इलाका खत्म होता है और पिशाचों का इलाका शुरू होता है, हम बस यहीं तक रहेंगे, आगे अब तुम्हें खुद जाना होगा, इस बात का ध्यान रखना कि शाम होने से पहले उनके इलाके से निकल जाना, हमारा साथ बस यहीं तक रहेगा, अलविदा बच्चों।

और फिर दोनों गिलहरियां अलविदा कहकर वहाँ से निकल पड़ती हैं, अब जैम और जिक्की फिर अकेले पड़ गए थे। लेकिन दोनों हिम्मत जुटा कर आगे बढ़ जाते हैं, वहाँ के रास्ते काफी संकरे होते हैं, दोनों ईश्वर का नाम लेकर आगे बढ़ते रहते हैं। चलते-चलते वे काफी आगे निकल जाते हैं, उन्हें रास्ते में डर भी लग रहा था, वे बगलें झाँकते हुए जा रहे थे कि कहीं कोई आसपास खूनी पिशाच तो नहीं है। वे जल्दी से जल्दी उनके इलाके से निकल जाना चाहते थे, इसलिए दोनों तेज कदमों से जल्दी-जल्दी आगे बढ़ते जा रहे थे।

सूरज भी पूरे आसमान पर चढ़ गया है, दोनों पसीने-पसीने हो गए हैं, परन्तु वे उस इलाके में रूकना नहीं चाहते हैं, वे शाम होने से पहले वहाँ से निकलना चाहते हैं, इसलिए अब भूख प्यास सभी चीजें वे भूल गए थे।

तभी कुछ दूर आगे जाने के बाद उन्हें दो रास्ते नजर आते हैं, दोनों रास्ते पूर्व की ओर घुमावदार मुड़े रहते हैं, यह क्या अब उनके लिए एक नयी मुसीबत आ गयी।

अरे यार यह नयी मुसीबत कहाँ से आ गई, यहाँ तो दो रास्ते हैं और दोनों एक ही तरफ मुड़े हुए हैं, एक रास्ता पूरी तरह पूर्व की तरफ मुड़ा हुआ है और दूसरा रास्ता हल्का सीधा परन्तु वह भी पूर्व की तरफ ही जा रहा है, हम किस रास्ते पर चलें—जिक्की बोलता है।

जैम भी असमंजस में पड़ गया कि आखिर दोनों में से किस रास्ते पर चला जाए। कुछ देर रूक कर वे सोचते हैं फिर यही फैसला करते हैं कि सबसे पूर्व के रास्ते पर चला जाए, उन्हें यह डर भी सता रहा था कि अगर उन्होंने गलत रास्ता चुना तो उस बियाबान जंगल में भटक जाएँगे और पिशाचों के इलाके में फँस जाएँगे। लेकिन वहाँ खड़े रहने से भी कुछ होने वाला नहीं था इसलिए वे आगे बढ़ जाते हैं। जैसे-जैसे वे आगे बढ़ते जा रहे थे, जंगल और भी घना होता जा रहा था, सबसे बड़ी बात, कि उस जंगल में कोई शोर सुनाई नहीं दे रहा था, चारों तरफ सन्नाटा-सा छाया हुआ था, मानो वहाँ पर कोई हो ही ना। दोनों जैसे—जैसे आगे बढ़ते जा रहे थे, उनके रोंगटे भी खड़े हो रहे थे कि कहीं किसी पिशाच से उनका सामना न हो जाए।

दोनों सुबह से चलते-चलते थक गए थे, उन्हें आराम करने का मन कर रहा था, लेकिन डर के मारे वे कहीं रूककर आराम करना नहीं चाहते हैं, क्योंकि वे शाम होने से पहले पिशाचों के इलाके से निकलना चाहते हैं। उन्हें भूख और प्यास भी लग रही थी, भूख तो वे बर्दाश्त कर सकते थे लेकिन प्यास बर्दाश्त से बाहर होती जा रही थी। अंत में जिक्की बोलता है जैम से—अरे रूक जा यार, चलो पेड़ के नीचे छांव में बैठकर पानी पी लेते हैं, क्योंकि मुझे बहुत जोरों की प्यास लगी है। प्यास तो जैम को भी लगी थी, इसलिए वह भी जिक्की की बात मान लेता है, और दोनों रूककर एक पेड़ के नीचे बैठ जाते हैं, जैम अपने बैग से चमड़े का थैला निकालता है, जिसमें ठंडा पानी भरा रहता है, दोनों उस थैले से ठंडे पानी का घूंट लेते हैं। जिक्की बोलता है—यार जैम, हम जितना आगे जा रहे हैं, जंगल उतना ही घना होता जा रहा है, पता नहीं हम सही रास्ते पर जा रहें हैं या नहीं। जैम बोलता है—पता नहीं, मुझे भी समझ में नहीं आ रहा है कि हम सही रास्ते पर जा रहे हैं या गलत रास्ते पर, चलो यह तो आगे चलने पर ही पता चलेगा।

और फिर दोनों अपना वक्त बर्बाद किये बिना जंगल के रास्ते पर निकल पड़ते हैं। दोनों उस जंगल के रास्ते पर चले जा रहे थे, लेकिन उस

जंगल का कोई ओर-छोर नजर नहीं आ रहा था। जितना वे अंदर जा रहे थे, जंगल उतना ही घना होता जा रहा था, वहाँ काफी विशाल और बड़े-बड़े पेड़ नजर आ रहे थे। तभी जिक्की बोलता है–अरे यार जैम, देखो वह बरगद का पेड़ कितना विशाल है, उसके कितने सारे तने नीचे झूले हुए हैं, उसकी तो जड़ नजर ही नहीं आ रही है, देखने में तो ऐसा लग रहा है कि वहाँ पर भूतों का डेरा हो।

जैम बोलता है–चलते चलो, बकवास मत करो, हमें शाम होने से पहले इस जंगल से निकलना होगा।

लेकिन यार हम जितना जंगल के अंदर चलते जा रहे हैं, जंगल उतना ही घना होता जा रहा है, कहीं हम गलत रास्ते पर तो नहीं जा रहे हैं–जिक्की तिरछी नजरों से जैम की तरफ देखता हुआ बोलता है।

चलते रहो और अपनी बकवास बंद करो–जैम उसे झड़पते हुए बोलता है।

अब जिक्की ने बोलना बंद कर दिया और चुपचाप चलने लगा। सूरज भी ढलने लगा था लेकिन जंगल से निकलने का कोई भी ओर-छोर का पता नहीं चल रहा था। अब जैम को भी लगने लगा था कि कहीं वे उन पिशाचों के जंगल में भटक तो नहीं गए हैं, कहीं उन्होंने गलत रास्ता तो नही पकड़ लिया है, वे चुपचाप इन्हीं बातों को सोचते हुए आगे बढ़ता जा रहा था। अंत में चुप्पी तोड़ते हुए जैम ने बोला–अरे यार जिक्की, तुम कुछ बोल नहीं रहे हो, तुम तो एकदम चुपचाप हो गए। जिक्की ने आँखें तरेर कर बोला–तुमने ही तो बकवास बंद करने के लिए बोला है। तभी जैम बोला–अरे यार तुम तो गुस्सा हो गए, मैंने तो ऐसे ही बोला था। अब जिक्की कुछ विनम्र हुआ। जैम ने फिर बोला–अरे यार, क्या हम सही रास्ते पर जा रहे हैं या हमने गलत रास्ता पकड़ लिया है। जिक्की ने जवाब दिया–यह तो शाम होते-होते पता चल जाएगा, क्योंकि मिस्टर सैमू ने कहा था कि हम शाम होते-होते पिशाचों के इलाके से निकल जाएँगे, लेकिन अगर हमने गलत रास्ता पकड़ लिया तो......। और वह इतना बोलकर चुपचाप हो गया। उसकी इस चुप्पी से शायद जैम भी डर गया, और उसके बदन में एक सिहरन-सी दौड़ गयी, और उसने जिक्की को एक डर भरी नजर से घूरा और चुपचाप आगे चलने लगा।

अब धीरे-धीरे दिन ढलने लगा था, सूरज की तेज धूप अब उन्हें जला नहीं रही थी। और इस तरह अब शाम ढलने को आ जाती है, लेकिन उन्हें वहाँ से निकलने का रास्ता नहीं मिलता है, क्योंकि वे अभी भी घने जंगल में भटक रहे थे। अब दोनों को यह एहसास हो जाता है कि वे रास्ता भटककर पिशाचों के इलाके में आ गए हैं। लेकिन अब काफी देर हो चुकी थी, वे लौटकर फिर से उस रास्ते को पकड़ नहीं सकते थे क्योंकि वे उस रास्ते से काफी दूर निकल गए थे और अब दुबारा लौटना मुमकिन नहीं था, क्योंकि अब सही रास्ता काफी पीछे छूट चुका था। अब क्या किया जा सकता है, दोनों यही सोचने लगते हैं, क्योंकि अब शाम ढल चुकी थी और चारों तरफ धीरे-धीरे अंधेरा छाने लगता है। अब उनके लिए आगे बढ़ना खतरे से खाली नहीं था। शाम ढलते ही वहाँ का नजारा काफी खौफनाक होने लगता है। उस जगह पर कोई भी पंछी नजर नहीं आता है, ऐसा लग रहा था जैसे कि उस शैतानी इलाके में कोई पंछी ही न रहता होगा।

जैम और जिक्की दोनों एक जगह पर रूक जाते हैं, अब चारों तरफ अँधेरा छा गया था। तभी जिक्की को कुछ दूरी पर एक रोशनी नजर आती है, यह रोशनी जल-बुझ रही थी।

अरे यार जैम, देखो वह दूर में एक रोशनी नजर आ रही है, लेकिन यह रोशनी जल रही है और फिर बुझ क्यों रही है–जिक्की उन जलती-बुझती रोशनियों की तरफ देखते हुए बोलता है।

अरे हाँ यार, यह रोशनी जल-बुझ क्यों रही है–जैम भी उन रोशनियों की तरफ देखकर बोलता है।

तभी दोनों ने देखा कि वहाँ के पेड़ों से रोशनियाँ उतर रही हैं, और पेड़ रोशनियों से जगमगा रहे थे, ये रोशनियाँ रात में दिखने वाली भगजुगनियों की रोशनियों जैसी जल-बुझ रही थी। लेकिन उनसे जो रोशनियाँ निकल रही थी, वे अंगारे की तरह लाल-लाल निकल रही थीं। दोनों यह देखकर डर जाते हैं कि आखिर यह कैसी रोशनी है जो अंगारे की तरह लाल हैं और जल-बुझ रही है। धीरे-धीरे उनहें चारों तरफ उसी तरह की चलती हुई जलती-बुझती रोशनियाँ दिखने लगती हैं। कुछ जलती-बुझती रोशनियाँ उनकी तरफ भी आती दिखती हैं। वे दोनों चुपचाप एक जगह पर छुप कर बैठ जाते हैं और सारे नजारे को देखने लगते हैं, उन्हें उन रोशनियों से एक अजीब तरह की

धीरे-धीरे गुर्राने की आवाजें भी आती सुनाई देती हैं। और वह भयानक और डरावनी आवाज धीरे-धीरे सभी तरफ सुनाई देने लगती है। इन डरावनी आवाजों को सुनकर दोनों काफी डर जाते हैं और एक दूसरे को पकड़कर बैठ जाते हैं।

कुछ देर बाद उन्हें समझ में आ जाता है कि वह रोशनियाँ और कुछ नहीं थी बल्कि वे उन पिशाचों के मुँह से निकलने वाले आग के शोले थे। एक पिशाच उनके काफी नजदीक आ जाता है जिसे दोनों देखते हैं, वह एक लंबा-चौड़ा पिशाच होता है, जैसे सिर से पाँव तक काले लबादे पहन रखे थे, उसका मुँह काफी भयानक और खौफनाक था। वह जब-जब अपना मुँह खोलकर गुर्राता था, उसके मुँह से आग के शोले निकलते थे। तभी जिक्की धीरे से बोलता है—यार जैम इसका चेहरा कितना भयानक है, इसका मुँह तो दिखाई ही नहीं दे रहा है, बस उसके मुँह से निकलने वाले शोले ही दिखाई दे रहे हैं। जैम बोलता है—हाँ, मुझे लगता है कि ये लोग रात में शिकार की तलाश कर रहे हैं।

तभी कुछ दूरी पर उन्हें कुछ पिशाच झगड़ते हुए दिखाई दे रहे थे। वहाँ पर काफी पिशाच जमा थे, और उन्होंने किसी जंगली जानवर का शिकार किया था, जिसको खाने के लिए झगड़ा चल रहा था। दूर से देखने पर वह जंगली नीलगाय लग रही थी, जो शायद भटककर इधर आ गयी थी, और उन्होंने उसका शिकार कर लिया था।

लेकिन कुछ देर में झगड़ा खत्म हो जाता है। वहाँ पर एक और लंबा-चौड़ा पिशाच आता है, जिसके आते ही सभी पिशाच उसके सामने झुक जाते हैं। वह उन सभी को उस शिकार के चारों तरफ बैठने के लिए बोलता है, और फिर सभी उस शिकार के चारों तरफ बैठ जाते हैं, उसके बाद शांति से उस शिकार को नोच-नोच कर खाना शुरू करते हैं। थोड़ी देर बाद वह लंबा चौड़ा पिशाच वहाँ से चला जाता है। तभी जिक्की बोलता है—अरे यार जैम आखिर वह बड़ा-सा नर पिशाच कौन था, जिसके आते ही इन्होंने झगड़ा बन्द कर दिया और चुपचाप सारे पिशाच कच्चा मांस खाने लगे।

मुझे तो लगता है कि वह इन सभी का सरादर होगा—जैम बोलता है। तभी जिक्की बोलता है—लेकिन फिर वह कहाँ चला गया। तभी दोनों की नजर आसमान पर गई। उन्हें एक बड़ा-सा पक्षी दिखा जिसके मुँह से उसी

तरह का आग निकल रहा था जैसे जमीन पर चलने वाले पिशाचों के मुँह से निकल रहा था। उन्हें यह समझते देर नहीं लगी कि यह पिशाच पक्षी है, यानी यहाँ पर उड़ने वाले भी पिशाच रहते हैं। दोनों चारों तरफ से पिशाचों के इलाकें में घिर गए थे, अब उनके लिए एक जगह चुपचाप बैठकर देखने के अलावा और कोई रास्ता नहीं था। दोनों मन ही मन ईश्वर से मना रहे थे कि–उनकी रक्षा करना।

तभी कुछ देर बाद उन्होंने देखा कि वह लंबा चौड़ा पिशाचों का सरदार फिर वापस आता है। उसके आते ही सारे पिशाच अदब से खड़े हो जाते हैं। वह पिशाच बोलता है–सुनों साथियों, आज की रात बहुत ही खास रात है, क्योंकि हमारे पिशाच देवता ने वर्षों पहले भविष्यवाणी की थी कि आज की रात में दो लड़के तुम्हारे पिशाचलोक में आएँगे और वह इस पिशाच लोक का अंत कर देंगे। और हमारे कुछ पिशाच पक्षियों ने भी हमें खबर दी है कि हमारे पिशाच लोक में मनुष्य बालकों को देखा गया है, अब हमें सतर्क रहना होगा और किसी भी तरह ढूँढ़कर उन्हें खत्म करना होगा, नहीं तो वह हमारे पिशाच लोक के सर्वनाश का कारण बनेंगे।

इतना सुनते ही सारे पिशाच सतर्क हो जाते हैं और अब उनके मुँह से निकलने वाली लपटें और तेज हो जाती है। यह सारी बातें जैम और जिक्की भी सुन रहे थे, वह उस भविष्यवाणी वाली बात को तो उतना समझ नहीं पाते हैं, लेकिन पिशाच पक्षियों द्वारा बतायी गयी बात वह समझ जाते हैं कि उन्होंने उन दोनों के बारे में ही बताया होगा। और तभी सारे पिशाच उन दोनों को ढूँढ़ने निकल जाते हैं पिशाच पक्षी आसमानों में उड़कर उन्हें ढूँढ़ने निकलते हैं और नर पिशाच उन्हें जमीन पर ढूँढ़ने लगते हैं। अब वह दोनों काफी सहमें से एक जगह पर दुबक कर बैठे रहते हैं। अब वह यही सोचने लगते हैं कि किसी पिशाच ने उन्हें देख लिया तो आज उनकी खैर नहीं है, और आज उनका अन्त निश्चित है। तभी एक पिशाच पक्षी उड़ते हुए नीचे उतरता है और वह पिशाचों के सरदार के पास बोलता है कि वह दक्षिण की तरफ से देखकर आ रहा है उसे कोई मानव बालक नजर नहीं आया है। लेकिन पिशाचों का सरदार कहता है कि उसे चारों दिशाओं में जाकर ढूँढ़ो वह यहीं कहीं पिशाचलोक में हैं। वह यह भी कहता है कि सारे पिशाचलोक में सभी पिशाचों को इसकी सूचना दे दो कि अगर कोई भी मानव बालक नजर आए तो तुरंत उसकी सूचना उनको दें या उसे मार डालें। यह शब्द कहते हुए

पिशाच काफी गुस्से में था और उसकी मुँह से धधकती हुई तेज लपटें निकल रही थी, मानों उसके सामने जो आए वह उसे जला देगा।

तभी ऊपर से उड़ते हुए एक पिशाच पक्षी की नजर जैम और जिक्की पर पड़ जाती है, वह पक्षी थोड़ा नीचे आकर मुआयना करता है, उसे नीचे आते हुए देख जैम और जिक्की काफी डर जाते हैं और एक दूसरे को कसकर पकड़ लेते हैं, लेकिन वह पिशाच पक्षी आकाश में दुबारा वापस मुड़ जाता है। जैम और जिक्की समझ जाते हैं कि अब उनकी खैर नहीं है। वह पक्षी सीधे पिशाचों के सरदार के पास नीचे उतरता है और हाँफते हुए अपने सरदार को उन दोनों लड़कों के बारे में बताता है कि उन्होंने कुछ दूरी पर नीचे उड़ते हुए दो मनुष्य बालकों को देखा है। पिशाचों का सरदार तुरंत सारे पिशाचों को उस तरफ हमले करने को बोलता है। जैम और जिक्की भी खतरे को भाँप जाते हैं और वे तुरंत उस जगह को बदलना चाहते हैं। वे उस जगह से झाड़ियों में छुपते-छुपते दूसरी तरफ भाग कर चले जाते हैं। तभी कुछ देर में वहाँ पर सारे पिशाच और पिशाच पक्षी पहुँच जाते हैं, लेकिन उन्हें वहाँ कोई नहीं मिलता है, क्योंकि जैम और जिक्की दूसरी जगह में जाकर छुप जाते हैं। पिशाचों का सरदार गरजते हुए बोलता है–कहाँ है वह मनुष्य बालक। उसकी गरज में इतनी दहाड़ होती है कि मानो सारा जंगल थर्रा गया हो। तभी पिशाच पक्षी बोलता है–आका, मैंने यहीं पर उन दोनों को देखा था। तभी उनका सरदार दहाड़ भरी आवाज में अपने मुँह से आग के शोले निकालते हुए बोलता है–पिशाच साथियों, उन्हें ढूँढ़ो, वे दोनों यहीं कहीं आस-पास में हैं।

जैम और जिक्की भी समझ जाते हैं कि अगर वे यहाँ से नहीं भागे तो उन्हें वे पिशाच पकड़ लेंगे, अब यहाँ से भागने में ही भलाई है। दोनों धीरे-धीरे झाड़ियों की ओट लेते हुए दूसरी तरफ भागने लगते हैं, लेकिन वे पिशाच पक्षियों की नजर से बच नहीं सकते थे क्योंकि सारे पिशाच पक्षी आसमान में उड़कर दोनों को ढूँढ़ रहे थे। लेकिन मरता क्या नहीं करता, क्योंकि अब वहाँ रूकना खतरे से खाली नहीं था। दोनों अब जंगल की दूसरी ओर भागने लगते हैं। लेकिन आसमान में गश्त लगाते हुए पिशाच पक्षियों की नजर उनपर पड़ ही जाती है, पिशाच पक्षी उड़ते हुए अपने मुँह से धधकती हुई आग के शोले उनपर फेंकते हैं, लेकिन दोनों बदहवास भागते रहते हैं। पिशाच पक्षी चिल्ला-चिल्ला कर अपने जमीन वाले पिशाचों को बोलते

हैं–सुनो वे दोनों दक्षिण की तरफ भाग रहे हैं, उनका पीछा करो। पिशाचों का सरदार पक्षियों को उनपर आसमान से नजर रखने के लिए बोलता है और नीचे से अपने सारे पिशाचों को उनकी घेराबन्दी करने को कहता है और फिर सारे पिशाच जंगल में फैलकर उनकी घेराबन्दी करने लगते हैं और उनके भागने के सारे रास्ते बंद करने लगते हैं। जैम और जिक्की उनकी घेराबन्दियों से बेखबर रहते हैं और वे सीधे जंगल में भागते रहते हैं, उनके ऊपर पिशाच पक्षी गश्त लगाते रहते हैं और नीचे पिशाच उनका पीछा करते रहते हैं। लेकिन कुछ देर बाद जैम को समझ में आ जाता है कि उन्हें आसमान और जमीन दोनों तरफ से घेरा जा रहा है, उनकी घेराबन्दी की जा रही है। आसमान से पिशाच पक्षी उनपर नजर गड़ाकर उड़ रहे थे तो नीचे से सारे पिशाच उनका पीछा कर रहे थे। तभी जैम दौड़ता-दौड़ता रूक जाता है, और उसे रूकता देख जिक्की भी रूकता है।

जैम क्या हुआ, तुम रूक क्यों गए–जिक्की हाँफते हुए बोलता है। भागने से कोई फायदा नहीं है, क्योंकि हमारी सब तरफ से घेराबन्दी की जा रही है–जैम बोलता है।

तो अब हम लोग क्या करेंगे–जिक्की घबराकर बोलता है। अब एक ही रास्ता है, हमें लड़ना होगा–जैम बोलता है।

क्या! हमें लड़ना होगा, तुम्हें पता है वे पिशाच है, उन्होंने उस नीलगाय को कैसे कच्चा फाड़कर खा लिया था, हम उनसे लड़ पायेंगे–जिक्की बोलता है। तभी एक पिशाच पक्षी ऊपर से उनपर हमला करता है। जैम चिल्लाता है–जिक्की बचो, पिशाच पक्षी अपने पंजों से हमला करने वाला है। दोनों जमीन पर झुक जाते हैं और पिशाच पक्षी उनके ऊपर से निकल जाता है। जैम जिक्की का हाथ पकड़ता है और उसे लेकर एक खुले मैदान की तरफ दौड़ता है। दौड़ते-दौड़ते दोनों एक खुले मैदान के बीचों-बीच पहुँच जाते हैं। वहाँ पर जाकर जैम रूक जाता है और जिक्की को भी रोकता है। दोनों उस खुले मैदान के बीचो-बीच खड़े हो जाते हैं।

जैम अब क्या करना है–जिक्की बोलता है।

जैम बोलता है–बस अब हमारे पास एक ही रास्ता है। और वह अपने कंधे से बैग को उतारकर नीचे रखता है। तब तक सारे पिशाच भी वहाँ आकर खुले मैदान के चारों ओर से उन्हें घेर लेते हैं और आसमान से पिशाच

पक्षी उनपर हमला करने को तैयार हो जाते हैं। अब कोई दूसरा रास्ता नहीं रहता है, दोनों में युद्ध होना तय हो जाता है। लेकिन कहाँ एक तरफ नन्हें बच्चे और दूसरी तरफ पूरी पिशाचों की फौज, समय जैसे कुछ देर के लिए वहाँ रूक-सा जाता है।

तभी जैम अपने बैग से एक चाँदी-सी चमचमाती लालटेन निकालता है और उस पर एक जोरदार फूँक मारता है। उसके फूँक मारते ही वह लालटेन जल जाती है, और उससे एक जोरदार चौंधिया देने वाली रोशनी निकलती है। एक ऐसी रोशनी जो धरती को चीरती हुई सीधे आसमान पर जा रही थी। उसकी तेज रोशनी से कई पिशाच पक्षी चौंधियाकर जमीन पर गिरने लगते हैं तो कई पेड़ से जाकर टकराकर मरने लगते हैं। एक जबरदस्त युद्ध का माहौल बन जाता है और युद्ध शुरू हो जाता है। लालटेन की रोशनी में जैम और जिक्की में एक जबरदस्त जादुई ताकत आ जाती है, और उनके सामने अब कोई पिशाच टिक नहीं सकते हैं। लड़ाई काफी देर तक चलती है, जैम और जिक्की काफी पिशाचों को मार गिराते हैं। क्योंकि उस रोशनी में जहाँ जैम और जिक्की की ताकत बढ़ रही थी, वहीं पिशाचों की ताकत घट रही थी, क्योंकि पिशाचों की ताकत अंधेरे में ज्यादा बढ़ती है। जैम और जिक्की अपने धारदार बड़े चाकू और गुलेल का काफी इस्तेमाल कर रहे थे। दोनों पक्षियों की तरह उड़-उड़कर सारे पिशाचों को मार रहे थे। जहाँ एक ओर जैम अपने बड़े खंजर से नर पिशाचों के सीने को चीर दे रहा था, वहीं जिक्की अपनी गुलेल से पिशाच पक्षियों को मारकर नीचे गिरा रहा था, लड़ाई काफी देर तक चली और इसमें काफी पिशाच मारे गए।

अंत में पिशाचों का सरदार जैम को मारने के लिए उसकी तरफ तेजी से बढ़ता है, वह जैम के पीछे से उसके पास जा रहा था, जैम उसे नहीं देखता है, लेकिन जिक्की की नजर उस पिशाचों के सरदार पर पड़ जाती है जो जैम को मारने के लिए बढ़ रहा था। तभी जिक्की चिखता है—जैम बचो। जैम जिक्की की आवाज सुनकर पीछे की तरफ मुड़ता है तो देखता है कि पिशाचों का सरदार उसके काफी पास आ गया था। जैम संभल पाता इससे पहले ही वह पिशाच उसके काफी करीब आ जाता है और अपने बाँये पंजे से उनकी गर्दन को पकड़कर नीचे जमीन पर पटक देता है। जैम को नीचे जमीन पर गिरता देख जिक्की चिल्लाता हुआ जैम की तरफ दौड़ता है। नर

पिशाच के बड़े पंजे में जैम की गर्दन पूरी तरह जकड़ जाती है। नीचे जमीन पर जैम रहता है और उसके ऊपर नर पिशाच। नर पिशाच अपने दाहिने पंजे से जैसे ही जैम पर वार करना चाहता है, वैसे ही जैम फुर्ती से पूरी ताकत के साथ अपने दाहिने हाथ में पकड़े हुए खंजर को उस बड़े पिशाच के बायें सीने में घुसेड़ देता है। जैसे ही खंजर पिशाच के सीने में जाता है, वैसे ही उसका कलेजा फट जाता है, वह दर्द के मारे कराह उठता है और अब जैम की गर्दन पर उसकी पकड़ कमजोर हो जाती है। जैसे ही जैम के गर्दन पर उस पिशाच की पकड़ कमजोर होती है, जैम और ताकत से उस खंजर को उसके सीने में अंदर तक धकेल देता है। बड़े पिशाच का पंजा अब जैम की गर्दन से निकल जाता है और उसका भारी-भरकम शरीर जमीन पर दूसरी तरफ धड़ाम से गिरता है। पिशाचों के सरदार को जैम ने मार गिराया। उधर जिक्की भी दौड़ते हुए जैम के पास पहुँच जाता है और वह पिशाचों के सरदार को दूसरी तरफ लुढ़का हुआ देखता है। जिक्की जैम के गले से लिपट जाता है और उसकी आँखों से धारदार आँसू बहने लगते हैं।

यार तुम्हें कुछ हुआ तो नहीं, मैं तो काफी डर गया था–जिक्की जैम के गले में लिपटते हुए बोलता है।

नहीं मुझे कुछ नहीं हुआ, अगर तुमने सही वक्त पर आवाज नहीं दी होती तो.....और इतना कहने के बाद जैम के आँखों से भी आंसू बहने लगते हैं।

उधर सरदार के मरते ही बचे हुए पिशाच जंगल की तरफ भाग जाते हैं और इस तरह उस रात के खूनी युद्ध का अंत हो जाता है। अब सुबह होने वाली थी, भोर की पौव फूटने वाली थी, लालटेन का प्रकाश अब धीरे-धीरे मद्धम होने लगता है और दिन का उजाला होते ही लालटेन पूरी तरह बुझ जाती है।

5

अनजाना तोहफा

जैम और जिक्की अपनी जादुई लालटेन उठाते हैं और वहाँ से निकल पड़ते हैं एक अनजाने रास्ते की ओर। चलते-चलते वे उस जंगल से काफी दूर निकल जाते हैं, अब उनके सामने एक खड़ी पहाड़ी नजर आ रही थी। और पहाड़ी पर एक पतली पगडंडी जा रही थी। दोनों पगडंडियों पर चलते हुए उस पहाड़ पर चढ़ने लगते हैं और कुछ देर बाद वे पहाड़ की चोटी पर पहुँच जाते हैं। पहाड़ के दूसरी तरफ उन्हें हरे-भरे मैदान नजर आते हैं और पीछे घनघोर जंगल नजर आ रहा था जिससे वह निकलकर आ रहे थे। अब पिशाचों का इलाका खत्म हो गया था। दोनों पहाड़ की दूसरी ओर पतली पगडंडियों से उतर जाते हैं और आगे की ओर बढ़ने लगते हैं।

रात में चली घमासान लड़ाई के कारण दोनों काफी थक गए थे, जिसके चलते उन्हें जबरदस्त नींद आने लगती है, और वे एक जगह पर रूककर पेड़ों की छाँव में सो जाते हैं। कुछ देर बाद उनकी नींद टूटती है तो देखते हैं सूरज पूरे आसमान पर छा गया था। दोनों उठते हैं, हाथ मुँह धोते हैं और फिर अपने आगे की यात्रा शुरू करते हैं। कुछ दूर चलने के बाद उन्हें एक खूबसूरत बाग नजर आ रहा था, दोनों उस बाग की तरफ चल देते हैं। वहाँ पहुँच कर वे देखते हैं कि बहुत सारे पेड़ हैं और सभी पेड़ों में बड़े-बड़े और रंग-बिरंगे फल लगे रहते हैं, जो सूरज की रोशनी में काफी चमकदार लग रहे थे। उन्हें वे फल खाने का मन करता है क्योंकि उन्हें जोरों की भूख लगी रहती है, वे फल तोड़ने ही वाले होते हैं कि तभी एक तीर सनसनाता हुआ पेड़ में लगता है। दोनों घबराकर इधर-उधर देखने लगते हैं कि आखिर यह तीर कहाँ से आया। तभी दूसरी तरफ से आवाज आती है—ऐ लड़कों, तुम

कौन हो और यहाँ पर क्यों आए हो। दोनों इधर-उधर मुड़कर देखते हैं, पर कोई दिखाई नहीं दे रहा था। तभी उन्हें कुछ दूरी पर एक बौना नजर आता है। उसके छोटे-छोटे मूंछ और दाढ़ी रहते हैं, उसके हाथ में तीर और कमान होता है, जिसे वह दोनों की तरफ तानकर खड़ा रहता है, जैसे वह अब तीर चलाने वाला हो। मेरा नाम जिक्की है और यह जैम है-जिक्की उस बौने की तरफ देखते हुए बोलता है।

तुम दोनों इधर क्यों आए हो-बौना दोनों की तरफ तीर-कमान ताने हुए बोलता है। अब जैम बोलता है-हम दोनों अपने दोस्त को ढूँढ़ने निकले हैं, जिसे एक दुष्ट जादूगर के शैतानी दूत उठाकर ले गए हैं, और हम उसे जादूगर के चंगुल से छुड़ाने के लिए निकले हैं।

तुम्हें पता नहीं यह शाही बगीचा है और इसका फल सिर्फ शाही खानदान के लोग ही खा सकते हैं, बिना शाही इजाजत के इसके फल को कोई भी तोड़कर नहीं खा सकता-बौना अपनी भौंहे चढ़ाकर बोलता है। लेकिन तुम कौन हो-जैम उस बौने से बोलता है।

मेरा नाम लेस है और मैं इस बाग की रखवाली करता हूँ-बौना बोलता है।

मिस्टर लेस क्या हमें कुछ फल खाने को मिल सकते है-जिक्की बौने की तरफ देखकर बोलता है। मि. लेस उसकी बातें सुनकर थोड़ा नरम हो जाते हैं और अपने तीर-कमान को नीचे कर लेते हैं।

नहीं इसका फल बिना शाही इजाजत के किसी को खाने को नहीं मिल सकता है, लेकिन अगर तुम्हें भूख लगी है तो तुम मेरे साथ आओ, मैं तुम्हें खाना खिलाऊँगा-मि. लेस कुछ नरमी दिखाते हुए बोलते हैं, और दोनों को अपने पीछे आने को बोलते हैं। जैम और जिक्की भी उनके पीछे-पीछे चल देते हैं। कुछ दूरी पर वह उन्हें एक झोपड़ी में ले जाता है, वहाँ पर तरह-तरह के पकवान रहते हैं। बौना उन्हें थालियों में भरकर पकवान परोसता है। जैम और जिक्की भूखों की तरह थालियों पर टूट पड़ते हैं, जैसे उन्होंने कितने दिनों से खाना न खाया हो। कुछ देर तक दोनों स्वादिष्ट पकवान खाते रहते हैं और फिर जब उनका पेट भर जाता है तो वे आराम से बैठ जाते हैं और वह मि. लेस से बातें करने लगते हैं। मि. लेस आखिर इस बाग का फल कोई और क्यों नहीं खा सकता है-जिक्की मि. लेस से पूछता है।

अगर किसी ने भी इस बाग का फल चुराकर खा लिया, या शाही परिवार की इजाजत के बिना खा लिया तो वह हमेशा-हमेशा के लिए अंधा हो जाएगा—मि. लेस जिक्की को जवाब देते हुए बोलते हैं। तभी जैम पूछ बैठता है—लेकिन ऐसा क्यों है?

मुझे नहीं पता—मि. लेस गोलमटोल-सा जवाब देते हैं। तभी मि. लेस दोनों से पूछते है कि वे किधर से आ रहे हैं। जिक्की उस पहाड़ी की तरफ इशारा करता है, जिधर से वे आए थे। यह देख मि. लेस चौंक जाता है।

क्या तुम दोनों उस पहाड़ी की तरफ से आए हो, यानी पिशाचों के इलाके की तरफ से—मि. लेस आश्चर्यचकित होकर पूछते हैं। जैम और जिक्की हाँ में अपना सिर हिला देते हैं। उनके जवाब से मि. लेस का मुँह फटा का फटा रह जाता है।

वे पिशाच तो काफी खतरनाक हैं, उनके इलाके में तो कोई परिन्दा भी पर नहीं मार सकता, ऐसे में तुम दोनों वहाँ से सुरक्षित कैसे निकल गए—मि. लेस दोनों को अविश्वसनीय नजरों से देखते हुए बोलते हैं। तभी जैम और जिक्की ने उनको रात की पूरी घटना बताई। मि. लेस को यह सुनकर विश्वास ही नहीं हो रहा था। मि. लेस ने कहा—अच्छा तो तुमने उन पिशाचों को मार गिराया, यह तो नामुमकिन है, यह तो आश्चर्यजनक है। परन्तु जैम और जिक्की के कहने पर अंततः उसे विश्वास करना पड़ा। मि. लेस के चेहरे पर काफी खुशी नजर आ रही थी, वे दोनों से काफी खुश हुए और उन्होंने दोनों को अपने राजा से मिलाने को कहा।

बच्चों मैं तुम्हारी बहादुरी से काफी खुश हुआ और मैं तुम्हें अपने राजा से मिलाऊँगा, अब तुम लोग यहाँ पर आराम से रहो—मि. लेस खुश होकर बोलते हैं।

जैम और जिक्की अब मि. लेस से काफी घुलमिल गए थे। मि. लेस ने दोनों को अगले दिन अपने राजा से मिलाने का न्योता दिया जिसे दोनों ने कबूल कर लिया। जैम और जिक्की भी बौनों के राजा से मिलने को काफी बेताब हो रहे थे।

अगले दिन दोनों राजा से मिलने की खुशी में जल्दी से उठकर तैयार हो जाते हैं। मि. लेस दोनों को लेकर अपने राजा से मिलवाने को चल देते हैं। तीनों चलते-चलते एक खूबसूरत महल के मुख्य द्वार पर पहुँच जाते हैं।

दरवाजे पर मोटे-तगड़े दो बौने दरबान खड़े रहते हैं। उनमें से एक दरबान मि. लेस से पूछता है कि ये बच्चे कौन हैं। मि. लेस बताते हैं कि ये दोनो हमारे अतिथि हैं और हम दोनों को राजा से मिलवाने ले जा रहे हैं। उनकी बात सुनने के बाद दरबान दरवाजा खोल देता है और दोनों मि. लेस के साथ मुख्य द्वार से महल के अंदर प्रवेश कर जाते हैं महल के अंदर चारों तरफ खूबसूरत बाग-बगीचे लगे हुए थे, जिसमें रंग-बिरंगे फूल खिले हुए थे, और बीच में एक खूबसूरत फुहारों वाला बड़ा झरना लगा हुआ था। दोनों चलते-चलते महल के एक खूबसूरत कमरे में पहुँच गए। मि. लेस ने उन्हें वहाँ बैठने को कहा और वह अंदर चले गए। जैम और जिक्की उस खूबसूरत कमरे को निहार रहे थे। थोड़ी देर बाद मि. लेस वापस आए और उन्होंने दोनों को अपने साथ चलने को कहा। दोनों मि. लेस के पीछे-पीछे चल दिए और चलते-चलते एक बहुत बड़े हॉल में प्रवेश करते हैं, जिसके अगल-बगल खूबसूरत बैठने की कुर्सियाँ लगी रहती है, देखने में ऐसा लगता है, मानों वे कुर्सियाँ चाँदी की हों। सामने रास्ते पर एक खूबसूरत कालीन सिंहासन तक बीछा हुआ था, ऊँचा सिंहासन जो सोने का था और चमकदार लग रहा था। सिंहासन पर एक बौना आदमी बैठा था, जिसके सिर पर एक मुकुट था, जिस पर हीरे जड़े हुए थे जो काफी चमक रहे थे। दोनों को यह समझते देर नहीं लगी कि वह बौनों का राजा है। दोनों कालीन पर चलते हुए उसके सामने पहुँच जाते हैं। मि. लेस उसके सामने जाकर अदब से सिर झुकाते हैं और बोलते हैं—हुजूर यही वे दोनों बहादुर लड़के हैं जिनके बारे में मैंने आपको बताया है। राजा ने दोनों का अभिवादन अपना सिर झुकाकर किया और दोनों को बैठने को कहा। दोनों बगल में लगी चाँदी की कुर्सी पर बैठ गए।

फिर राजा ने कहा—बच्चों मि. लेस ने मुझे तुम्हारे बारे में बताया, तुम्हारी बहादुरी से मैं काफी खुश हुआ, आज से तुम दोनों हमारे मुख्य अतिथि बन कर रहोगे। लेकिन तुम दोनों इधर कैसे आए? फिर दोनों बताते हैं कि वे अपने दोस्त रूनी को ढूँढ़ने निकले हैं, जिसे एक दुष्ट जादूगर के शैतानी दूत उठाकर ले गये हैं। उनकी यह बात सुनते ही राजा के चेहरे पर उदासी छा जाती है, राजा दुःखी नजर आने लगता है। राजा के दुःखी चेहरे को देखकर जिक्की से रहा नहीं जाता है और वह उससे पूछ बैठता है—क्या बात है महाराज, आप इतने दुःखी क्यों हो गए? परन्तु राजा कुछ नहीं बोलता है, वह

चुप रहता है। जिक्की को भी लगा कि शायद दुबारा सवाल पूछना ठीक नहीं रहेगा, क्योंकि शायद ऐसी कोई बात हो जिसे राजा बताना नहीं चाहते हों। जिक्की यह भी सोच रहा था कि कहीं उसने सवाल पूछकर कोई गलती तो नहीं की, इसलिए अब वह भी आराम से बैठकर इधर-उधर देखने लगा, जैसे उसने कोई सवाल ही न पूछा हो। अंत में कुछ देर बाद राजा ने अपनी चुप्पी तोड़ी।

हाँ बच्चों, एक ऐसी बात है जिससे मैं दुःखी हूँ और सोचता हूँ कि तुम्हें यह बात बतानी चाहिए या नहीं, क्योंकि तुम्हें बताने से क्या होगा—राजा थोड़ा उदास होकर बोलता है। जिक्की कुछ बोलने ही वाला था कि तभी जैम ने उसे धीरे से अपनी कोहनी से मारा, जैसे वह उसे चुप रहने का इशारा कर रहा हो। फिर जैम बोलता है—महाराज हमें आपको दुःख पहुँचाने का कोई इरादा नहीं था, इसने तो ऐसे ही आपको दुःखी देखकर पूछ लिया।

बौनों का राजा चुप रहा, उसने दोनों को एक गंभीर दृष्टि से देखा और बोला—अच्छा बच्चों, तुम दोनों काफी लम्बी यात्रा करके यहाँ पहुँचे हो, तुम काफी थक गए हों, इसलिए तुम हमारे विशेष अतिथिगृह में जाकर आराम करो, हम फिर मिलेंगे। इतना कहने के बाद राजा ने दो बार तालियाँ बजाई। उनके सामने एक बौना आदमी आकर खड़ा हो गया। तभी राजा ने कहा—बच्चों यह हमारे मुख्य मंत्री हैं, मिस्टर बौम। यह तुम्हारे विशेष अतिथिगृह में रहने का प्रबंध करेंगे। मि. बौम का सिर अपने राजा के सामने अदब से झुका था। राजा के कहने के बाद मि. बौम जैम और जिक्की की तरफ मुड़े और उन्होंने उनकी तरफ सिर झुकाकर दोनों का अभिवादन किया और कहा—मि. जैम और मि. जिक्की को मेरा नमस्कार। जैम और जिक्की ने भी सकुचाते हुए उनके सामने अपने सिर को हल्का झुका दिया। फिर मि. बौम ने अपने दाहिने हाथ से उन्हें अपने साथ चलने का इशारा किया। जैम और जिक्की अपनी गद्‌देदार कुर्सी से उतरे और उनके पीछे चल दिए। दोनों उनके साथ चलते हुए कई गलियारों और बरामदों को पार करते हुए एक दरवाजे के पास पहुँचे जिसके ऊपर एक सुनहरी तांबे की तख्ती टँगी हुई थी और उसपर लिखा था "अतिविशिष्ट अतिथिगृह"।

वह दरवाजा काफी खूबसूरत और नक्काशीदार था और उसमें सुनहरी कीलें लगी हुई थी। मि. बौम ने दरवाजे के ऊपर उभरी सुनहरी कीलों पर अपना हाथ धीरे से फेरा और कुछ ही देर बाद दरवाजा धीरे-धीरे खुलने लगा। दरवाजे के खुलते ही मि. बौम ने दोनों को अंदर चलने को कहा। दोनों उस दरवाजे के अंदर मि. बौम के साथ गए। अंदर का नजारा देखकर दोनों भौचक्का हो गए, क्योंकि यह एक छोटा-सा परन्तु खूबसूरत महल था। बीच में एक बड़ा-सा झरना लगा था, जिसके चारों तरफ क्यारियाँ थी, जिसमें रंग-बिरंगे फूल लगे हुए थे। उसके चारों तरफ बहुत सारे कमरे थे, जिसके सुनहरे दरवाजे दूर से ही चमक रहे थे। मि. बौम दोनों को लेकर सामने वाले कमरे में पहुँचें और उन्होंने दरवाजे के ऊपर अपने हाथ को फेरा और दरवाजा धीरे-धीरे खुल गया। अंदर एक खूबसूरत हॉल था जिसमें कालीन बीछे हुए थे, बड़े-बड़े सोफे थे जिसके पाये सुनहरे थे और उस पर लाल गद्दे लगे हुए थे। सामने एक सीढ़ी थी जिसपर लाल कालीन बिछी हुई थी, जिसपर चढ़कर ऊपर के कमरों में भी जा सकते थे। इतना खूबसूरत घर देखकर कुछ देर के लिए तो दोनों के मुँह फटे के फटे रह गए। फिर मंत्री जी ने बोला–यह रहा आपका कमरा आप यहाँ आराम करें। उन्होंने दायें कमरे की तरफ इशारा करते हुए कहा। कमरे के दरवाजे के बाहर दो बौने खड़े थे। मंत्री ने फिर कहा–आपकी खातीरदारी में ये दो बौने 24 घंटे हाजिर रहेंगे। ठीक है, अब मैं चलता हूँ। इतना कहकर मंत्री वहाँ से चले गए। जैम ने दाहिनी तरफ के कमरे के सुनहरे दरवाजे को खोला। अंदर एक बड़े से शाही पलंग पर दो मखमल के तकिये लगे थे और बगल में मेज पर बहुत सारे फल और मिठाइयाँ रखी थीं। तभी थोड़ी देर में उनके लिए दो बौने दो बड़ी-बड़ी थालियों में खाने के लिए तरह-तरह के पकवान लाए और उनकी मेजों पर रख दिया। उन्हें जोरों की भूख भी लगी थी, उन्होंने स्वादिष्ट पकवान खाए और अपने बिस्तर पर लेट गए। मखमली बिस्तर पर लेटते ही उनकी आँख कब लग गई, उन्हें पता ही नहीं चला।

उनको सोए हुए काफी देर हो गई थी। तभी बाहर से दरवाजा खटखटाने की आवाज आती है। आवाज सुनकर जैम की नींद टूट जाती है। बाहर से एक जानी-पहचानी आवाज आती है।

मैं हूँ मि. बौम, क्या मैं अंदर आ सकता हूँ–मि. बौम दरवाजे के बाहर से बोलते हैं।

हाँ, हाँ मि. बौम अंदर आ जाएं–जैम जवाब देता है।

मि. बौम कमरे के अंदर आ जाते हैं, उनके कमरे के अंदर आते ही जिक्की की भी नींद टूट जाती है।

माफ कीजिएगा कहीं मैंने आपकी नींद में खलल तो नहीं डाली–मि. बौम बड़ी उदारता से बोलते हैं।

अरे नहीं मि. बौम–जैम बोलता है।

मैं आपके लिए एक खास पैगाम लेकर आया हूँ, हमारे महाराज आज शाम को आपसे मिलना चाहते हैं, क्या आप तैयार हैं–मि. बौम बोलते हैं। अरे क्यों नहीं, हम तैयार हैं–जिक्की बड़ी तेजी से बोलता है।

तो ठीक है, आप कुछ देर बाद तैयार हो जाएं, यहाँ जो दो बौने हैं, वे आपको महाराज के पास ले जाएंगे–मि. बौम बोलते हैं।

ठीक है मि. बौम, हम आ जाएँगे–जैम जवाब देता है। इसके बाद मि. बौम वहाँ से चले जाते हैं, उसके जाने के बाद दोनों तैयार होने लग जाते हैं। कुछ देर बाद दोनों बौनों के साथ चल देते हैं।

दोनों बौने आगे-आगे चल रहे थे और उनके पीछे जैम और जिक्की चल रहे थे। दोनों बौने शाही अंदाज में एक साथ परेड करते हुए आगे-आगे चल रहे थे जैसे वे किसी शाही मेहमान को लेकर जा रहे हों। वह बहुत सारे गलियारों और बरामदों से होकर उन्हें ले जा रहे थे। यह वे रास्ता नहीं था जिधर से वे आए थे, बल्कि यह दूसरा रास्ता था जो महल के अंदर से होते हुए दूसरे महल में जा रहा था। दोनों चुपचाप बौनों के पीछे चलते जा रहे थे। जिस रास्ते से वे जा रहे थे, उसके फर्श दुधिया सफेद पत्थर के बने थे, जिसपर बहुत ही खूबसूरत नक्काशीदार फूल, रंग-बिरंगे पत्थरों से बने हुए थे। उसके फूलों की नक्काशी काफी खूबसूरत थी, उसकी नक्काशी को देखकर जैम और जिक्की ने जैसे अपने दांतो तले अंगुली दबा ली थी। दोनों यही सोच रहे थे कि जिस भी कारीगर ने उस फर्श पर कारीगरी की होगी, वह एक महान कारीगर होगा। चलते-चलते दोनों एक खूबसूरत नक्काशीदार दरवाजे के पास पहुँचते हैं, जो सुनहरा चमकीला था, देखने में ऐसा लग रहा था कि वह दरवाजा पूरा सोने का ही बना हो। उनके दरवाजे के पास पहुँचने पर दरवाजा बंद था। दोनों के आगे चलते हुए बौनों में से एक बौना जो उनके दाहिने तरफ था, उसने अपना दाहिना हाथ उठाया और यह क्या, उसके हाथ

उठाते ही दरवाजा धीरे-धीरे खुलने लगा, जैसे वह उसके इशारे को समझ गया हो। दरवाजे के खुलते ही एक हॉलनुमा कमरा नजर आने लगा, जहाँ फर्श पर एक शानदार कालीन बिछा हुआ था। दरवाजे के अंदर जाते ही दोनों एक बड़े से हॉल में खड़े थे, उसके चारों तरफ कीमती चीजों से हॉल को सजाया गया था।

हॉल में कीमती मूर्तियाँ थीं जो उस हॉल की शोभा बढ़ा रही थी। हॉल में कुछ जंगली जानवरों के छाल दीवार पर लगे हुए थे। हॉल के बीचो-बीच एक गुम्बदनुमा छत थी और उसके बीचो-बीच एक बड़ा सा झूमर लटक रहा था जिसमें बहुत सारी मोमबत्तियाँ जल रहीं थीं, जिससे पूरे हॉल में हल्की-हल्की रोशनी चारों तरफ फैल रही थी। उस हॉल के अंदर दूसरी तरफ एक दरवाजा था जिसमें बड़ा खूबसूरत पर्दा लगा हुआ था। हॉल के बीचो-बीच दो बड़े सोफे बैठने के लिए लगे हुए थे जिसके पाये सुनहरे थे और उन दोनों सोफों के बीच में एक बड़ा-सा टेबल लगा हुआ था।

लेकिन उस हॉल में एक चीज जो सबसे हटकर नजर आ रही थी, जो जैम और जिक्की का ध्यान अपनी ओर खींच रही थी, वह थी हॉल के बायीं दीवार पर टँगी हुई तस्वीरें। हॉल की बायीं दीवार पर तीन बड़े-बड़े फ्रेमों में तस्वीरें टंगी हुई थी। दोनों यह देखने लगे कि आखिर यह तस्वीर किसकी है। लेकिन उनके सिर पर मुकुट देखकर उन्हें यह समझते देर नहीं लगी कि यह राजा के पूर्वजों की तस्वीर थी। तस्वीरों को देखने से ऐसा लग रहा था कि मानो वे उस तस्वीर में जिंदा हों और वे अभी बोलने वाले हों। दोनों उन तस्वीरों को ध्यान से देख रहे थे, वे उनके मुकुटों पर लगे मणिक और रत्नों को देखने में व्यस्त थे कि तभी एक आवाज ने उनका ध्यान भंग किया। उनकी नजर उस दरवाजे की तरफ गई जिस पर पर्दा लगा हुआ था क्योंकि उधर से किसी के आने की आवाज सुनाई दे रही थी। थोड़ी ही देर में उस पर्दे को हटाकर एक बौना आदमी उनके सामने आया, जिसके सिर पर ठीक वैसा ही मुकुट था जैसे उस तस्वीर के बौनों के सिर पर था। वह कोई और नहीं बल्कि बौनों का राजा था। राजा ने अंदर आते ही धीरे से झुककर दोनों का अभिवादन किया। उसके उत्तर में जैम और जिक्की ने भी झुककर राजा के अभिवादन का जवाब दिया। राजा का चेहरा बिल्कुल शान्त था। फिर राजा ने दोनों को सोफे पर बैठने के लिए कहा। जैम और जिक्की सोफे पर बैठ गए। दूसरे सोफे पर राजा बैठ गया। तुम दोनों कुछ खाना पसंद करोगे—राजा

ने बड़ी शालीनता से दोनों से पूछा। जैम और जिक्की ने धीरे से 'ना' में अपना सिर हिलाया। लेकिन उनके ना कहने के बावजूद भी राजा ने अपने हाथ उठाये और दो बार तालियाँ बजाई। उसके ताली बजाने के थोड़ी ही देर बाद दो बौने सोने और चाँदी के बर्त्तनों में पकवान लेकर पहुँचे, जिसमें चाँदी के बड़े-बड़े गिलासों में गर्म पेय भी थे, जिसकी सुगंध काफी अच्छी थी, उनकी खुशबू ऐसी थी कि जैसे कि उसे फूलों और फलों के रस से मिलाकर बनाया गया हो और उसकी मिठास शहद के जैसी थी। उस पेय को पीने के बाद तो उनमें एकदम जैसे एक अलग-सी ताजगी आ गयी। इतना स्वादिष्ट, मीठा, गर्म और सुगंधित पेय पीकर तो वे एकदम मंत्रमुग्ध हो गए थे। इस अतिविशिष्ट राजसी पेय को पीने के बाद चर्चा का दौर शुरू हो गया।

सबसे पहले राजा ने अपनी तरफ से चर्चा की शुरूआत की। राजा ने कहा-बच्चों तुम्हें यहाँ कोई तकलीफ तो नहीं हो रही है। नहीं महाराज, हमें कोई तकलीफ नहीं हो रही है, बल्कि हमें तो खुशी है कि हमें आपसे मिलने का मौका मिला-जैम ने उत्तर देते हुए बोला। बच्चों तुम दोनों काफी बहादुर हो, जिस तरह तुमने पिशाचों का खात्मा किया, यह बहुत बड़ी बात है-राजा ने कहा। तभी जिक्की बीच में बोल पड़ता है-तो क्या महाराज, आप पिशाचों से परेशान थे, लेकिन अब परेशानी की कोई बात नहीं है, क्योंकि हमने उन पिशाचों के सरदार को मार डाला है। तभी राजा बोलता है-नहीं हमें पिशाचों से ज्यादा खतरा नहीं है। तभी जैम बोलता है-तो फिर आपको किससे खतरा है। राजा थोड़ी देर के लिए चुप हो जाता है, वह अपने सिर को झुका लेता है और फर्श पर देखने लगता है, जैसे वह कुछ सोचने लगा हो। राजा के चेहरे पर बल साफ नजर आ रहे थे, जैसे वह किसी अनजाने डर से डरा हुआ हो। थोड़ी देर बाद वह अपने चेहरे को उठाता है और एक गहरी निगाह से जैम और जिक्की को देखता है। उसके बाद वह अपने चेहरे को थोड़ा-सा घुमाकर दीवार पर टंगी हुई तस्वीरों की तरफ देखने लगता है। जैम और जिक्की भी अपनी नजरों को राजा के चेहरे से हटाकर उस तस्वीर की तरफ देखने लगते हैं। उन्हें ऐसा लगता है कि तस्वीर में जितने भी बौने हैं, वे उनकी तरफ देखकर मुस्कुरा रहे हैं।

तभी जिक्की धीरे से राजा से पूछता है-महाराज, यह तस्वीरें किनकी है, तभी राजा की चुप्पी टूटती है और वह बोलता है-ओह, मैं तो तुम्हें इनके बारे में बताना ही भूल गया, बच्चों दीवार पर जितनी भी तस्वीरें टँगी हुई है

ये हमारे पूर्वजों की हैं, आओ मैं तुम्हें इनसे परिचय करवाता हूँ। इतना कहते ही राजा अपने सोफे से उठता है, उसके उठते ही जैम और जिक्की भी उठते हैं, और सभी उस दीवार की तरफ चल देते हैं जिस पर तस्वीर टंगी थी। राजा दीवारों पर टंगी तस्वीरों के पास जाकर सबसे पहले वाली तस्वीर के पास खड़ा हो जाता है। उस तस्वीर में एक बौना रहता है, जिसकी हल्की मूँछ और दाढ़ी बढ़ी रहती हैं और उसके सिर पर एक मुकुट होता है। यह मुकुट बिलकुल वैसा ही रहता है जैसा उस बौने राजा के सिर पर रहता है। राजा उस तस्वीर के पास जाकर झुककर नमस्ते करता है, जिसके जवाब में उस फ्रेम में जो तस्वीर रहती है वह हिलने-डुलने लगती है और अपनी आँख की भौवों को इधर-उधर करने लगती है। और सबसे अजीब बात उस तस्वीर में आवाज आती है और वह राजा के अभिवादन का जवाब देती है। उस तस्वीर वाले बौने को देखकर दोनों हक्का-बक्का रह जाते हैं। तभी जिक्की बोलता है-अरे! यह तस्वीर तो बोल रही है। तभी राजा बोलता है–हाँ यह तस्वीरें बोल सकती है, ये हमारी बातें सुन सकती है, यह हमारे पिताजी हैं, राजा एलमस तृतीय। तभी जैम बोलता है–अरे यह तो अजूबा है, मैंने आज तक तस्वीरों को बोलते हुए नहीं देखा है। उसके बाद वे दूसरी तस्वीर की तरफ आगे बढ़ते हैं। उसमें भी बौने की तस्वीर रहती है, उसका मुँह कुछ चौड़ा रहता है, उसकी बड़ी-बड़ी आँखे होती हैं। उसके सामने जाकर राजा अभिवादन मे सिर झुकाता है। उस तस्वीर से भी आवाजें आती हैं। और उसकी बड़ी-बड़ी आँखें जैम और जिक्की को घूरती हैं और तस्वीर बोलती है–बच्चों कैसे हो। दोनों एकदम हक्का-बक्का रह जाते हैं। तभी राजा बोलता है–यह हमारे दादा हैं, राजा एलमस द्वितीय। और फिर वह तीसरी तस्वीर की तरफ आगे बढ़ जाते हैं। उसमें भी एक बौना रहता है, उसके ललाट काफी बड़े रहते हैं, उसके होंठ मोटे रहते हैं और आँखें बड़ी-बड़ी रहती हैं। उसके गले में एक बड़ी मोतियों का हार होता है जो काफी चमकीला होता है। उसके सामने भी जाकर राजा अभिवादन में सिर झुकाता है और वह तस्वीर हिलती- डुलती जवाब देती है। राजा बोलता है–यह हैं राजा एलमस प्रथम, हमारे दादा के पिताजी यानी हमारे परदादा। इन्होंने ही इस राज्य की स्थापना की थी, यह काफी शूरवीर थे।

तभी जिक्की चहक कर बोल देता है–इसका मतलब आप एलमस चतुर्थ हैं। राजा ने सिर हिलाकर कहा–तुमने बिलकुल सही कहा। तभी जैम

एक बात पर गौर कर रहा था और वह राजा से पूछ बैठता है–महाराज मैंने एक बात पर गौर किया कि इन सभी के मुकुट एक जैसे हैं और आपने भी जो मुकुट पहन रखा है, वह भी वैसे ही हैं। राजा जवाब देता है–हाँ यह शाही मुकुट हैं, एक राजा के देहांत हो जाने पर दूसरे राजा का इसी मुकुट से राज्याभिषेक कराया जाता है। यह हमारी परम्परा है और इसे अभी तक किसी ने नहीं तोड़ा है।

फिर तीनों जाकर सोफे पर बैठ जाते हैं। उनकी चर्चा फिर शुरू हो जाती है। तभी जैम बोलता है–हाँ तो महाराज आपने बताया था कि आपको पिशाचों से कोई खतरा नहीं है, तब आपको किससे खतरा है। राजा बैठकर सोचने लगता है और फिर बोलता है–बच्चों मैं यही बात तुम्हें बताना चाहता हूँ और खासकर इसीलिए तुम्हें बुलाया है। तुम्हें देखकर ऐसा लगा कि तुम दोनों काफी शूरवीर बालक हो, क्योंकि जो पिशाचों को मार सकते, वे कोई साधारण बालक नहीं हो सकते हैं। तभी जिक्की बोलता है–हाँ महाराज, हम भी यह जानने के लिए बेताब हैं कि आखिर वह कौन है जिससे आपको डर है। जिक्की की बेताबी यह जानने के लिए काफी बढ़ती जा रही थी।

तभी राजा बोलना शुरू करता है–बात आज से 150 वर्ष पहले की है जब इस राज्य पर मेरे पिताजी का शासन था। उस वक्त मैं काफी छोटा था लगभग तुम्हारी उम्र का रहा हूँगा। उस वक्त एक गंभीर घटना घटी।

उस दिन मेरे पिताजी का जन्मदिन था। सारे राज्य में खुशियाँ मनाई जा रही थी। राजमहल में बधाई देने के लिए लोग आ रहे थे और अपने साथ कीमती तोहफे ला रहे थे। उन्हीं तोहफों में से उन्हें एक तोहफा मिला, एक छोटा सा सन्दूक, परन्तु वह काफी खूबसूरत लग रहा था। वह संदूक इतना खूबसूरत था कि पिताजी ने उसे अपने कमरे में रखने को बोल दिया। उस रोज दिन भर जश्न मनाए गए। रात को राजा अपने कमरे में सोने चले गए। दिनभर की थकावट से चूर होकर राजा अपने बिस्तर पर लेटते ही सो जाते हैं, तभी आधी रात्रि को उनके कानों से एक आवाज टकराती है–राजा एलमस, राजा एलमस। इस आवाज को सुनते ही राजा की आँखे खुल जाती है। पहले तो राजा को लगता है कि वह कोई सपना देख रहा है, जिसमें उसे कोई पुकार रहा है। लेकिन थोड़ी देर बाद वही आवाज फिर उसके कानों से टकराती है। राजा उठता है और इधर-उधर देखने लगता है, लेकिन कहीं कोई

नजर नहीं आ रहा था। राजा अपने बिस्तर से उठ जाता है और जिधर से आवाज आ रही थी उस ओर चल देता है। राजा का कमरा काफी बड़ा रहता है और बीच में एक पर्दा लगा रहता है, वह पर्दे को हटाकर आगे बढ़ता है। जिस तरफ से आवाज आ रही थी, वह उस दिशा में जाता है और अपने अगल-बगल देखता है कि आखिर आवाज कहाँ से आ रही है। 'राजा एलमस', फिर आवाज आती है, और वह उसके कानों को साफ सुनाई देती है। तभी उसकी नजर टेबल पर रखे उस खूबसूरत संदुक पर जाती है, आवाज उसी तरफ से आ रही थी। उसकी नजर उस संदूक पर गड़ जाती है और वह मन ही मन कहता है अरे आवाज तो इस संदूक से आ रही है, लेकिन यह कैसे हो सकता है। वह धीरे-धीरे उस संदूक की तरफ बढ़ता है। 'आओ राजा एलमस', एक बार फिर आवाज संदूक से निकलती है। अब राजा को पूरा यकीन हो जाता है कि आवाज संदूक से ही आ रही है। पहले तो वह उस आवाज को सुनकर कुछ डर सा जाता है, लेकिन फिर वह धीरे-धीरे चलते हुए उस संदूक के पास पहुँच जाता है। वह धीरे से डरते हुए उस संदूक को छूता है। उसकी उंगलियाँ कांप रही थी। फिर वह धीरे से उस संदूक को खोलता है। संदूक के खुलते ही वह देखता है कि संदूक में एक दर्पण लगा रहता है जैसे किसी श्रृंगार बक्शे में दर्पण लगा होता है, जबकि संदूक पूरा खाली रहता है। तभी उसके मन में यह ख्याल आता है कि आखिर यह खाली संदूक किसने दिया है और क्यों दिया है। तभी उसकी नजर संदूक में लगे दर्पण की तरफ जाती है, वह थोड़ा झुकता है और अपने चेहरे को आइने के सामने ले जाता है। लेकिन यह क्या उस आइने में तो उसके चेहरे का अक्श नजर ही नहीं आता है। राजा थोड़ा घबरा-सा जाता है और सोचता है कि-अरे यह कैसा आइना है इसमें तो मेरा चेहरा नजर ही नहीं आ रहा है। वह उस आइने को देखकर इतना सोचता ही रहता है कि तभी आइना टी.वी. स्क्रीन की तरह धीरे-धीरे सफेद होने लगता है। राजा घबराकर अपने हाथ को संदूक से हटा लेता है और थोड़ा पीछे हट जाता है। थोड़ी देर बाद वह दर्पण पूरी तरह से टी.वी. स्क्रीन की तरह सफेद हो जाता है और उस पर काले अक्षरों के शब्द एक-एक करके खुद-बखुद उभरने लगते हैं। राजा अब और भी चौंक जाता है। फिर वह काले अक्षरों से लिखे शब्दों को ध्यान से देखने लगता है। उस दर्पण में उभरे हुए संदेश इस तरह से रहते हैं-

राजा एलमस तृतीय,
तुम्हारे जन्मदिन पर तुम्हें बहुत-बहुत बधाई। शायद तुम यह जानना चाहते हो कि मैं कौन हूँ, लेकिन मुझे लगता है कि यह तुम्हारे लिए जानना उतना जरूरी नहीं है। बस तुम हमारी बात ध्यान से सुनो। हमें हर पूरी पूर्णिमा की रात्रि में एक कुंवारा बौना चाहिए। ओह तुम यह सोचते होगे कि हमें यह बौने क्यों चाहिए। मुझे लगता है कि यह भी तुम्हारे लिए जानना कोई जरूरी नहीं है। बस याद रखना कि तुम हमारी इस माँग से इंकार मत करना, वरना तुम्हें इसके गंभीर परिणाम भुगतने होंगे
शुभ रात्रि,

द्वारा, विल जोडोन

और इतना लिखने के बाद धीरे-धीरे उस दर्पण से शब्द मिटने लगते हैं। थोड़ी देर बाद उस दर्पण का शीशा एक साधारण आइना की तरह हो जाता है। राजा उसमें लिखे हुए शब्दों को पढ़कर घबरा जाता है, उसके माथे से पसीना निकल आता है। उसे यह समझ में नहीं आता है कि आखिर इस संदेश का क्या अर्थ है। वह अपने माथे के पसीने को पोंछता है, संदूक के ढक्कन को बंद करता है और अपने बिस्तर की तरफ चल देता है। वह अपने बिस्तर पर लेट जाता है, उसके माथे से पसीना अभी भी निकल रहा था, लगभग वह पसीने से पूरी तरह लथ-पथ हो गया था। बिस्तर पर लेटा-लेटा वह सोचने लगता है कि, उसे पूरे पूर्णिमा की रात्रि को बौने चाहिए वह भी कुंवारे। तभी उसे सबसे नीचे लिखे शब्द पर ध्यान जाता है–विल जोडोन। यह विल जोडोन कौन है, यह कोई शैतान तो नहीं है। वह इसी सोच में डूब जाता है। अब तो जैसे उसकी आँखों से नींद गायब हो जाती है। और वह संदूक का दर्पण, वह तो पूरी तरह से टी.वी. स्क्रीन की तरह सफेद हो गया था। राजा इसी उधेड़बुन में पूरी रात अपने बिस्तर पर करवटें लेते हुए गुजारता है।

सुबह हो जाती है। काफी रात तक जागने के कारण राजा अपने बिस्तर पर लेटा रहता है। तभी रानी की आवाज उसके कानों में गूँजती है। महाराज

उठिये, सुबह हो गई है, सूरज निकल आया है, रानी धीरे से राजा के सिरहाने बैठकर बोलती है। राजा की आँखें खुल जाती है। आपकी तबियत तो ठीक है महाराज, रानी धीरे से अपने हाथ को उसके माथे पर रखकर बोलती है। मैं ठीक हूँ, राजा भी धीरे से उत्तर देता है।

इस घटना के बाद राजा काफी चिंतित रहने लगते हैं। उनकी इस चिंता को देखकर रानी कियोनी को रहा नहीं गया और उसने एक दिन पूछा–महाराज आप इतना चिंतित क्यों हैं? पहले तो राजा ने मना किया परन्तु रानी के काफी पूछने के बाद उन्होंने उसे उस रात की संदूक की घटना सुनाई और उसमें लगे जादुई दर्पण पर लिखे शब्दों के बारे में भी बताया। रानी सारी बात सुनकर आश्चर्यचकित थी। वह उस संदूक को देखना चाहती है। राजा उसे उस संदूक के पास ले जाता है। दोनों संदूक के पास पहुँचते हैं, जो एक टेबल पर रखा था। देखने में वह छोटा–सा सन्दूक काफी खूबसूरत लग रहा था, उससे भीनी–भीनी खुशबू आ रही थी, ऐसा लग रहा था जैसे वह चंदन की लकड़ियों का बना हुआ है। उस संदूक की लकड़ियों पर काफी खूबसूरत नक्काशी की हुई थी। सच में कोई भी उस संदूक को देखकर अपने पास जरूर रखना चाहेगा, और ऐसे में राजा ने उसे अपने पास रखा था तो उसमें उनकी कोई गलती नहीं थी।

राजा धीरे से उस संदूक को छूता है और फिर उसे धीरे से खोलता है, उसमें लगा हुआ दर्पण सामने दिखने लगता है, जो किसी साधारण दर्पण की ही तरह लग रहा था। रानी भी ध्यान से उस दर्पण को देखती है लेकिन उसे उसमें कुछ अजीब बात नजर नहीं आती है। रानी अपने चेहरे को उस दर्पण के सामने लाती है। उस दर्पण में उसका चेहरा साफ नजर आता है। अरे दर्पण में तो मेरा चेहरा नजर आ रहा है, लेकिन आपने तो बताया था कि उस रात दर्पण में आपको अपना चेहरा नजर ही नहीं आ रहा था–रानी कियोनी बोलती है। उसकी बात पर राजा भी आश्चर्यचकित होता है और अपने चेहरे को उस दर्पण के सामने लाता है।

अरे यह क्या, इसमें तो मेरा चेहरा साफ नजर आ रहा है, लेकिन उस रात को तो ऐसा नहीं था, यह कैसे हो सकता है–राजा चौंकते हुए बोलता है। तभी रानी बोलती है–महाराज जरूर आपको कोई वहम हुआ होगा, इस दर्पण

में तो मुझे कुछ अजीब नहीं लग रहा है, यह तो साधारण दर्पण की तरह है, और इसमें कुछ लिख भी नहीं रहा है, जैसे आपने उस रात के बारे में बताया था, और जैसा कि आपने बताया है कि पूरे पूर्णिमा की रात्रि की बात, तो कुछ दिनों के बाद पूर्णिमा की रात्रि आनेवाली है, उस दिन हमें पता चल जाएगा कि क्या सही है और क्या गलत है। राजा भी रानी की बात से सहमत हो जाता है और संदूक को बंद करके वहाँ से चल देता है। अब राजा को उस पूरे पूर्णिमा की रात्रि का इंतजार रहता है, जिसकेंबारे में उस दर्पण में बताया गया था। दिन गुजरते जाते हैं और पूर्णिमा की रात्रि नजदीक आ जाती है। पूरे पूर्णिमा की रात्रि के एक दिन पहले की रात में राजा अपने बिस्तर पर लेटा था कि तभी उसके कानों में आवाज आती है। आवाज सुनते ही राजा की नींद टूट जाती है, राजा उठकर अपने बिस्तर पर बैठ जाता है। यह वैसी ही आवाज थी जो पहली रात्रि को आई थी, जो उसका नाम पुकार रही थी। राजा उठकर सीधे संदूक की तरफ जाता है और धीरे से संदूक को खोलता है और वह उस दर्पण के सामने अपने चेहरे को लाता है। उस दर्पण में उसका चेहरा नजर नहीं आता है। फिर तभी वह दर्पण धीरे-धीरे टी.वी. स्क्रीन की तरह सफेद हो जाता है। और फिर उसमें एक-एक करके काले अक्षर उभरने लगते हैं। राजा उन शब्दों को ध्यान से पढ़ने लगता है। वे शब्द कुछ इस तरह से रहते हैं।

राजा एलमस तृतीय,

मुझे पता है तुम काफी परेशान हो, तुम्हें याद है न कल पूरी पूर्णिमा की रात है, और तुम्हें क्या करना है। कल तुम्हें अपने राज्य से एक कुंवारे और स्वस्थ बौने को भेजना है। तुम्हारे शहर के बाहर जो काली पहाड़ी के पास एक बड़ा-सा मैदान है, वहाँ पर हमारे दूत जाएँगे उस बौने को लेने के लिए। शुभरात्रि,

द्वारा, विल जोडोन

और थोड़ी देर बाद उस दर्पण के शब्द धीरे-धीरे एक-एक करके मिटने लगते हैं। राजा काफी परेशान हो जाता है और सीधे अपने बिस्तर पर जाकर लुढ़क जाता है। दूसरे दिन वह अपनी रानी कियोनी से रात की घटना का जिक्र करता है। रानी भी उनकी बात को सुनकर हैरान हो जाती है। अब उसे भी लगने लगता है कि राजा सच बोल रहे हैं।

राजा अपने मुख्यमंत्री सीमन (जो उसके राज्यकाल में थे) को बुलाकर सारी बात बताते हैं। सीमन भी उनकी सारी बात सुनकर भौंचक्का रह जाते हैं। राजा बोलते हैं–मंत्री जी आज पूरी पूर्णिमा की रात आने वाली है, और उस जादुई दर्पण के बतायेनुसार आज काली पहाड़ी के मैदान में उसके दूत आएँगे। मैं चाहता हूँ कि आज रात आप वहाँ जाकर देखें कि आखिर उस जादुई दर्पण में बताई गई बात में कितनी सच्चाई है।

जैसी आपकी आज्ञा महाराज, मैं आज रात उस काली पहाड़ी के मैदान में जाऊँगा–मंत्री सीमन धीरे से अपना सिर झुकाकर बोलते हैं। मंत्री सीमन शाम होते ही काली पहाड़ी की तरफ निकल पड़ते हैं, और कुछ देर बाद काली पहाड़ी के बगल में जो मैदान रहता है, वहाँ पहुँच जाते हैं। मैदान के बगल में ही वह बड़ी-बड़ी झाड़ियों के बीच छुपकर बैठ जाते हैं। वह अपने साथ तीन अंगरक्षकों को भी लाते हैं, और सभी वहाँ पर घात लगाकर बैठ जाते हैं कि अगर कोई अनजान व्यक्ति वहाँ पर आता है तो वे उसको गिरफ्तार कर लेंगे। झाड़ियों के बीच छुपे काफी देर हो जाती है, आसमान पर चाँद अपनी पूरी गोलाई लिए हुए निकल आता है और काली पहाड़ी के ऊपर पूरी चाँदनी छा जाती है। काली पहाड़ी नीचे और उसके ऊपर एक पूरी गोलाई लिए हुआ चाँद, काफी मनोरम दृश्य लग रहा था। रात काफी हो जाती है, सारे लोग वहाँ पर उस अनजान दूत का इंतजार करते रहते हैं जिसके बारे में जादुई दर्पण ने बताया था। इंतजार करते करते आधी रात हो जाती है लेकिन वहाँ पर कोई नहीं आता है।

मंत्री सीमन को लगता है कि शायद किसी ने महाराज के साथ मजाक किया हो, यहाँ तो अभी तक कोई भी नहीं आया है। वह अपने साथ आए हुए अंगरक्षकों के साथ लौटने को तैयार होते हैं। वे लौटने के लिए पीछे मुड़ते हैं कि तभी उन्हें किसी चीज के फड़फड़ाने की आवाज आती है। सभी तुरन्त चौकन्ना हो जाते हैं और मैदान की तरफ मुड़कर देखने लगते हैं। तभी मंत्री

सीमन को काली पहाड़ी की तरफ से आसमान में उड़ते हुए कोई चीज नजर आती है जो उड़कर उस मैदान की तरफ आ रही थी। वे सभी सावधान हो जाते हैं और फिर झाड़ियों में छुप जाते हैं। मंत्री सीमन झाड़ियों में छुपकर उस उड़ती हुई चीज को देखने लगते हैं और सोचने लगते हैं कि आखिर यह क्या बला है। आसमान में उड़ती हुई वह चीज अब काली पहाड़ी के मैदान के काफी करीब आ जाती है। अब उन्हें वह साफ-साफ दिखने लगती है।

वह एक बड़ा-सा पक्षी रहता है, जिसके बड़े-बड़े पंख रहते हैं और उसकी चोंच भी काफी बड़ी रहती है। उसके पंजे इतने बड़े रहते हैं कि वह एक स्वस्थ बड़े घोड़े को लेकर आसमान में उड़ जाए। उसकी बड़ी-बड़ी और खून जैसी लाल आँखें रहती हैं, जिसे देखने में ऐसा लगता है कि उसकी आँखों से खून टपक पड़ेगा। मंत्री सीमन यह देखकर डर जाते हैं क्योंकि उन्होंने इससे पहले ऐसा पक्षी नहीं देखा था। वह पक्षी अब उड़ते हुए मैदान के ऊपर आ जाता है और अपनी बड़ी-बड़ी खूनी आँखों से मैदान के चारों तरफ देखने लगता है। लेकिन उसे वहाँ पर कुछ नजर नहीं आता है। उधर मंत्री सीमन छुपकर उस विशाल पक्षी को देखने लगते हैं। उन्हें यह समझ में आ जाता है कि यह जरूर कोई शैतान है। अब वह पक्षी मैदान के ऊपर गोल-गोल चक्कर काटने लगता है। मंत्री सीमन काफी डरे रहते हैं, वह यही सोचते रहते हैं कि अगर उस शैतानी पक्षी ने उन्हें देख लिया तो आज उनकी खैर नहीं। तभी मैदान में कुछ न देखकर वह पक्षी चहचहाता है। उसके चहचहाने की आवाज इतनी तेज रहती है कि मानो ऐसा लगता है कि कोई हाथी गुस्से से चिंघाड़ रहा हो। उसकी इस आवाज से सभी डर के मारे सिहर जाते हैं। थोड़ी देर तक वह विशाल पक्षी मैदान के चारों ओर गोलाकार घूमकर चक्कर लगता हुआ उड़ता रहता है और फिर वह उसी दिशा की तरफ मुड़कर जाने लगता है जिधर से वह आया था। कुछ देर बाद वह पक्षी उड़ता हुआ उनकी नजरों से ओझल हो जाता है।

उस शैतानी पक्षी के वहाँ से जाने के बाद सभी झाड़ियों से बाहर निकलते हैं। उसके साथ आए हुए अंगरक्षक धीमें से एक दूसरे से कानाफूसी करके यह कहते रहते हैं कि आखिर यह क्या चीज थी? तभी उनमें से एक अंगरक्षक कहता है—मुझे तो लगता है कि यह कोई शैतान था, तुमने उसकी खूनी आँखें देखी, वे कैसे घूर रहा था। वह सभी इस कानाफूसी में मशगूल

थे कि तभी मि. सीमन ने आदेश देते हुए कहा–चलो अब यहाँ से लौटते हैं। सभी अंगरक्षक तुरंत कानाफूसी छोड़कर अपने मंत्री का आदेश मानते हैं और वहाँ से चल देते हैं। थोड़ी देर में सभी महल पहुँच जाते हैं, रात काफी हो जाने के कारण मंत्री सीमन राजा से मिलना उचित नहीं समझते हैं और दूसरे दिन राजा से इस घटना का जिक्र करने की सोचते हैं।

दूसरे दिन मंत्री सीमन राजा से मिलने जल्दी ही पहुँच जाते हैं। वह राजा को उस रात हुई सारी घटना की जानकारी देते हैं। राजा भी उनकी बात को सुनकर हक्का-बक्का रह जाता है। अब राजा को लगता है कि उस जादुई दर्पण ने जिस दूत के बारे बताया था वह शायद यही हो। लेकिन यह तो लगता है कि कोई शैतानी दूत है। राजा चिन्ता में डूब जाता है कि अब क्या किया जाए? अब उसे जादुई दर्पण की कही हुई सारी बातें सच लगने लगती है। महाराज यह कौन हो सकता है, जो इस तरह का संदेश भेज रहा है–मंत्री ने धीरे से राजा से पूछा।

यह तो मुझे भी पता नहीं, लेकिन उस दर्पण में एक नाम आता है जिसके द्वारा यह संदेश भेजा जा रहा है–राजा बोलता है।

वह क्या नाम है–मंत्री पूछता है।

विल....विल जोडोन उसका नाम है–राजा बोलता है। विल जोडोन, लेकिन इस नाम का तो दूर-दूर तक हमारा कोई दुश्मन नहीं है–मंत्री भी उस नाम को सुनकर चौंकता हुआ बोलता है। मुझे भी तो यह समझ में नहीं आ रहा है कि आखिर यह विल जोडोन है कौन–राजा थोड़ा झल्लाकर बोलता है। मुझे यह समझ में नहीं आ रहा है कि आखिर वह हर पूर्णिमा की रात्रि को एक बौने की माँग क्यों कर रहा है–राजा सोचते हुए बोलता है। यही बात तो मेरी भी समझ में नहीं आ रही है? मंत्री सीमन उत्तर देते हुए बोलता है। अब हमें क्या करना चाहिए मंत्री जी–राजा बोलता है। महाराज मुझे लगता है कि हमें उसके अगले संदेश का इंतजार करना चाहिए–मंत्री जी बोलते हैं।

ठीक है–और इतना कहने के बाद राजा बोझिल मन से वहाँ से चल देता है।

राजा अपने कमरे में जाकर चुपचाप बैठ जाता है। तभी कुछ देर बाद रानी कियोनी वहाँ पहुँचती है। महाराज मैं यह क्या सुन रही हूँ, मंत्री जी ने

मुझे सारी बात बताई है–रानी कमरे के अंदर आकर राजा से बोलती है। तुमने जो सुना है वह बिलकुल सही है–राजा कहता है। महाराज मेरा दिल जोरों से धड़क रहा है, मुझे लगता है कि हमारे राज्य पर कोई बड़ा संकट आने वाला है–रानी घबराती हुई बोलती है। राजा उसकी बात पर कोई प्रतिक्रिया नहीं करता है, वह बस चुपचाप रहता है। तभी रानी आँखें मूंदकर कहती है–हे ईश्वर, हम लोगों की रक्षा करना।

इसके साथ ही दिन गुजर जाता है और चांदनी रात निकल आती है। राजा अपने बिस्तर पर लेटा रहता है। उसकी आँखों से तो जैसे नींद गायब हो जाती है। वह अपने बिस्तर पर इधर-उधर बेचैनी से करवटें बदलता रहता है। आधी रात हो चुकी थी, तभी एक आवाज आती है–राजा एलमस, राजा एलमस। आवाज सुनते ही राजा एकदम से उठ-बैठता है। पिछले दिनों की तुलना में अब आवाज कुछ जोर से आ रही थी। राजा अपने बिस्तर से उठकर तेज कदमों से चलता हुआ उस संदूक की तरफ जाता है और वह उसे खोलता है। संदूक के खोलते ही उसमें लगा दर्पण थोड़ी ही देर में टी.वी. स्क्रीन की तरह सफेद हो जाता है और उसमें खून गिरने लगता है। दर्पण के सफेद स्क्रीन से खून गिरता देखकर राजा काफी परेशान हो जाता है, उसके रोंगटे खड़े हो जाते हैं। वह यही सोचने लगता है–अरे यह क्या इसमें खून क्यों गिर रहा है और तभी उस स्क्रीन में शब्द उभरने लगते हैं जो खून की तरह लाल होते हैं और हर शब्द से जैसे लगता है कि खून की बूंदे टपक रही हों। राजा उन शब्दों को ध्यान से देखने लगता है। वे शब्द थे–

> राजा एलमस तृतीय,
>
> तुमने हमारी माँग को ठुकराया है, तुमने अच्छा नहीं किया, इसकी सजा तुम्हें भुगतनी होगी। कल रात को हमारे शैतानी दूत तुम्हारे राज्य पर हमला करेंगे। अगर तुम अपने लोगों को बचा सकते हो तो बचा लो।
>
> द्वारा,
>
> काले जादू का सम्राट
विल जोडोन

राजा यह संदेश पढ़कर घबरा जाता है, वह तुरंत अपनी रानी कियोनी के पास जाता है और रानी को इसके बारे में बताता है। रानी कियोनी भी उसी वक्त उस जादुई संदूक के पास पहुँचती है और उसमें लिखे शब्दों को देखती है। उस दर्पण पर अभी भी शब्द उभरे हुए थे जो खून की तरह लाल थे। देखने में तो ऐसा लगता है कि वे शब्द खून से ही लिखें हों क्योंकि हर शब्द से खून जैसे लाल बूंद टपक रहे थे। यह नजारा देखकर रानी के मुँह पर भी हवाइयाँ उड़ने लगती है। हे ईश्वर यह सब क्या हो रहा है–रानी बोलती है।

तभी राजा महल के एक सेवक से मंत्री सीमन के पास संदेश भिजवाता है कि उन्हें तुरंत शाही महल बुलाया गया है। मंत्री सीमन संदेश मिलते ही तुरंत आधी रात को महाराज के पास हाजिर हो जाता है, और वह भी उस जादुई संदूक के दर्पण में खून से लिखे लाल शब्दों को पढ़ता है। अब सारे लोगों को विश्वास हो जाता है कि जादुई संदूक के दर्पण में लिखी बातें झूठी नहीं हो सकती। तीनों एक दूसरे को टकटकी निगाहों से देखने लगते हैं कि तभी उन्हें कुछ चटकने की आवाजें सुनाई देती है। वे लोग मुड़कर संदूक की तरफ देखते हैं। संदूक में लगा दर्पण धीरे-धीरे चटकने लगता है और थोड़ी देर में एक जोरदार विस्फोट होता है और चारों तरफ धुँआ छा जाता है। दर्पण के पूरे काँच टूटकर फर्श पर बिखर जाते हैं और टेबल पर रखे संदूक के पास एक गहरा धुंआ छा जाता है। लेकिन इस विस्फोट में किसी को भी चोट नहीं आती। तीनों उस विस्फोट के डर से कुछ पीछे हट जाते हैं और फर्श पर बिखरे कांचों को देखने लगते हैं। थोड़ी देर में टेबल के पास छाया हुआ गहरा धुंआ छट जाता है, और यह क्या, वहाँ से संदूक गायब हो चुका था। तीनों के मुँह आश्चर्य से फटे के फटे ही रह जाते हैं। लेकिन इतना ही नहीं, थोड़ी देर में फर्श पर बिखरे हुए कांच एक-एक करके गायब होने लगते हैं और कुछ देर में सारे बिखरे हुए काँच वहाँ से गायब हो जाते हैं। अब वहाँ पर ऐसा लगता था कि शायद यहाँ पर कुछ हुआ ही न हो। टेबल भी पहले की तरह साफ नजर आती है और फर्श भी पहले की तरह साफ हो जाता है।

अब तो तीनों के दिल जोर से धड़कने लगते हैं। उन्हें लगने लगता है कि अब कोई अनहोनी घटना घटने वाली है। तीनों काफी डरे रहते हैं। राजा इस चुप्पी को तोड़ते हुए मंत्री से पूछता है–मंत्री जी बताइये, अब हमें क्या करना चाहिए। मंत्री सीमन को भी समझ में नहीं आ रहा था कि अब क्या

करना चाहिए। थोड़ी देर सोचने के बाद उसने कहा–महाराज जैसा उस दर्पण में कहा गया है, उसके हिसाब से वह कल रात्रि में हम पर हमला करेगा।

क्या आपको सचमुच लगता है कि वह हम पर हमला करेगा–राजा थोड़ा घबराकर बोलता है।

हाँ महाराज, जैसा कि उस जादुई संदूक के दर्पण द्वारा बताई गई बात सच साबित हुई हैं, उसी तरह यह भी सच ही होगा–मंत्री राजा को जवाब देते हुए बोलता है।

ठीक है तो आप भी अपने सैनिकों को कहना कि वे आपात स्थिति से निपटने को तैयार रहें–राजा बोलता है। ठीक है महाराज–मंत्री धीरे से अपने सिर को नीचे करके बोलता है। और हाँ, पूरे राज्य में ऐलान करवा दें कि कल कोई भी शाम होने के बाद अपने घर से न निकलें–राजा आदेश देकर बोलता है।

ठीक है महाराज–मंत्री सीमन फिर सिर झुकाकर बोलते हैं। इसके बाद मंत्री वहाँ से चल देते हैं।

दूसरे दिन युद्ध की तैयारी शुरू हो जाती हैं। सारे सैनिकों को तैयार होने को कहा जाता है। बड़े-बड़े गोले फेकने वाले तोप महल की ऊँची दीवारों पर लगा दिये जाते हैं। नीचे पैदल सैनिकों की फौज को तैयार कर दिया जाता है। मंत्री सीमन को यह आशंका रहती है कि हमला आसमान की तरफ से भी हो सकता है इसलिए वह तोपों को ऊँची दीवारों पर तैनात करने का हुक्म देते हैं। शाम होते-होते सारी तैयारियाँ पूरी कर ली जाती हैं। अब वह शहर जैसे युद्ध की छावनी में तब्दील हो जाता है। शाही महल के चारों ओर जबरदस्त सुरक्षा इंतिजाम के साथ पहरे लगा दिये जाते हैं।

शाम होते ही मंत्री सीमन राजा से मिलने पहुँचते हैं। राजा से मिलने के बाद मंत्री बोलते हैं–महाराज हमने पूरी तैयारी कर ली है, हमारे सैनिक किसी भी हमले से निपटने को तैयार हैं। हमने शहर के बाहर मुख्य द्वार को बंद करवा दिया है और वहाँ पर सैनिकों की टूकड़ी भेज दी है, अगर जमीन से हमला होता है तो वे उसे वहीं पर रोक लेंगे, और उन्हें शहर में घुसने नहीं देंगे, उसे तब तक रोके रखेंगे जब तक कि हमारी दूसरी टुकड़ियाँ वहाँ पर पहुँच जाएँगी। तभी राजा अपनी भौंहे चढ़ाकर बोलता है–और अगर आसमान से हमला हुआ तो। मंत्री सीमन तुरंत जवाब देते हैं–हाँ महाराज, आपकी

आशंका सही है, क्योंकि मुझे भी लग रहा था कि वे आसमान की तरफ से भी हमला कर सकते हैं, इसलिए हमने महल की सारी ऊँची दीवारों पर बड़े गोले दागने वाली तोपों को तैनात कर दिया है, आसमान से हमला होने की स्थिति में हम उन्हें तोपों से जवाब देंगे।

ठीक है–राजा धीरे से बोलता है। तभी मंत्री सीमन बोलते हैं–महाराज हमारी आपसे एक विनती है, वह राजा के सामने घिघियाने जैसी स्वर में बोलता हैं। क्या–राजा उनकी तरफ देखकर बोलते हैं। महाराज मैं चाहता हूँ कि आप महल के किसी सुरक्षित स्थान में रहें–मंत्री राजा को बोलता है। लेकिन क्यों, मैं भी आपके साथ युद्ध में रहूँगा और उन लोगों से लड़ूँगा–राजा थोड़ा गरजकर बोलता है। तभी मंत्री सीमन बोलते हैं–महाराज उन दुश्मनों के लिए मैं काफी हूँ, आपको वहाँ जाने की जरूरत नहीं पड़ेगी। अगर आप हमारे साथ युद्ध करने निकलते हैं तो हमें आपकी सुरक्षा का ध्यान रखना होगा, और अगर दुश्मनों ने आप पर हमला कर दिया या आपको पकड़ लिया तो उस सूरत में हम उनकी माँगों को मानने के लिए मजबूर हो जाएँगे। लेकिन अगर आप हमारे साथ युद्ध में नहीं जाएँगे तो हम लोग खुलकर लड़ेंगे और उनके छक्के छुड़ा देंगे, उन्हें यहाँ से भागने पर मजबूर होना पड़ेगा। उनके इस तर्क को सुनने के बाद भी राजा अपनी जिद पर अड़े रहते हैं, हालाँकि अब वह कुछ नरम हो जाते हैं। लेकिन तभी रानी कियानी बोलती है–महाराज, मंत्री जी सही कह रहे हैं, आपका युद्ध में न जाना ही उचित होगा। मंत्री और रानी के काफी समझाने के बाद राजा इस बात पर तैयार हो जाते हैं कि वह युद्ध में नहीं जाएँगे लेकिन उनकी एक शर्त रहती है कि वह इस युद्ध को देखेंगे। तभी मंत्री सीमन बोलते हैं–ठीक है महाराज, मैं आपके लिए एक सुरक्षित और गुप्त स्थान की व्यवस्था कर दूँगा जहाँ से आप पूरे युद्ध को देख सकते हैं। और फिर मंत्री सीमन राजा के लिए शाही महल में ही एक गुप्त और सुरक्षित कमरे की व्यवस्था करते हैं, जहाँ से वह पूरे युद्ध को देख सकते हैं।

कुछ देर बाद शाम ढल जाती है और रात हो जाती है राजा और रानी दोनों उस गुप्त कमरे की तरफ चलने को तैयार हो जाते हैं। तभी उनका बेटा (राजा एलमस चतुर्थ) जो उस वक्त काफी छोटा होता है, करीब 12 साल का वह भी अपने माता–पिता के साथ जाने की जिद करते हैं। नहीं राजकुमार आपका वहाँ जाना ठीक नहीं रहेगा–रानी कियोनी अपने बेटे को

बड़ा समझाकर बोलती है। लेकिन राजकुमार अपनी जिद पर अड़ जाता है और अंततः राजा और रानी को उसकी जिद के सामने झुकना पड़ता है और वह राजकुमार को भी उस गुप्त कमरे की तरफ अपने साथ लेकर चल देते हैं। तीनों लोग मंत्री सीमन के साथ महल के एक ऊँचे स्थान पर गुप्त कमरे में पहुँचते हैं। वहाँ से शहर का पूरा नजारा साफ नजर आता है। मंत्री सीमन उन लोगों को कमरे में बैठाकर वहाँ से निकल पड़ते हैं। धीरे-धीरे रात बढ़ने लगती है। सभी उस अनजाने आक्रमण के इंतजार में रहते हैं जो उस जादूगर की तरफ से होने वाला था। सभी इसी चिन्ता में लगे रहते हैं कि पता नहीं आक्रमण जमीन से होगा या आसमान की तरफ से। राजा, रानी और उसके राजकुमार गुप्त कमरे में बैठकर उस अनजाने आक्रमण की प्रतीक्षा करते रहते हैं। रात काफी हो जाती है, लेकिन आज किसी की आँखों में नींद नहीं आती है। मंत्री सीमन बार-बार अपने सेनापतियों के पास जाकर उन्हें कड़ी नजर रखने की सलाह देते रहते हैं।

आधी रात हो चुकी थी। चाँदनी रात होने के चलते दूर-दूर तक सब कुछ साफ नजर आ रहा था। तभी राजा को आसमान से महल की तरफ कुछ आता हुआ दिखाई देता है जो आग के गोले की तरह लगता है। वह उधर ध्यान से देखने लगता है। मंत्री सीमन भी उस आग के गोले की तरह उड़ती हुई चीज को देख लेते हैं जो काली पहाड़ी की तरफ से आ रही थी। पहले तो उन्हें एक आग का गोला दिखता है फिर धीरे-धीरे आग के अनेक गोले आसमान में नजर आने लगते हैं। मंत्री समझ जाते हैं कि यह उन पर हमला है जो आसमान से होने वाला है। वह अपने सारे सैनिकों को सतर्क करते हैं और अपने सारे तोपचियों को तैयार रहने को बोलते हैं। थोड़ी ही देर में वे आग के गोले उनकी तरफ उड़ते हुए आने लगते हैं। राजा भी यह नजारा देखकर काफी हैरान हो जाता है। जब वे आग के गोले उड़ते हुए शहर के करीब आने लगते हैं तो उन लोगों को साफ-साफ दिखने लगता है। वे बड़े-बड़े शैतानी पक्षी थे जो अपने पंजों में आग का गोला लटकाकर शहर की तरफ उड़ते हुए आ रहे थे। सभी लोग आसमान पर नजरें गड़ाकर देखने लगते हैं। थोड़ी देर में वे सभी शैतानी दूत शहर में प्रवेश कर जाते हैं और शहर के ऊपर आग के गोले फेंकने लगते हैं। उनके जवाब में तोपची अपनी तोपों के मुँह खोल देते हैं और वे दुश्मनों पर गोले बरसाने लगते हैं। वे पक्षी काफी तेजी से उन तोपों के गोलों से बचते हैं। और एक जबरदस्त युद्ध दोनों

तरफ से छिड़ जाता है। एक ओर शैतानी पक्षी आग के गोले शहर पर बरसा रहे थे तो दूसरी ओर मंत्री सीमन के तोपची तोप से उनपर गोले बरसा रहे थे। पंक्षी नीचे आकर बौनों को उठाकर ऊपर ले जा रहे थे और फिर उन्हें नीचे फेंक दे रहे थे। वहीं मंत्री सीमन अपनी तलवार को लहराकर नीचे आए हुए पक्षियों पर वार कर रहे थे। राजा, रानी और राजकुमार अपने गुप्त कमरे से उस भयानक युद्ध को देख रहे थे। राजा को लगने लगता है कि उनकी सेना उस विशाल पक्षियों के सामने टिक नहीं पाएगी। युद्ध काफी देर तक चलता है, उनके काफी सैनिक मारे जाते हैं। पूरे शहर में अफरा-तफरी मच जाता है। पक्षियों के फेंके हुए आग के शोलों से कई घरों में आग लग जाती हैं। सारा शहर ऐसा लगता है कि मानो आग की लपटों में जल रहा हो। बहुत से लोग अपने घरों से निकलकर भागते रहते हैं। उधर मंत्री सीमन एक विशाल पक्षी से अपनी तलवार से लड़ते रहते हैं। वह विशाल पक्षी मंत्री सीमन पर हमला करता है जिससे बचने के लिए वह अपनी तलवार निकालकर उस पर हमला करते हैं। पक्षी भी अपने पंजे से मंत्री को बुरी तरह घायल कर देता है। दोनों लहूलुहान होकर एक दूसरे से लड़ते रहते है। अंत में मंत्री अपनी तलवार से वार करके उसकी आँख फोड़ डालते हैं, और वह पक्षी चहचहाते हुए वहाँ से भागता है। मंत्री जमीन पर घायल होकर लुढ़क जाते हैं। अंत में उन विशाल शैतानी पक्षियों के आगे उनकी सेना परास्त हो जाती है। शैतानी पक्षी पूरे शहर को तबाह करके वापस लौटने लगते हैं। तभी उनमें से एक विशाल पक्षी महल की ऊँची दीवार पर आकर बैठ जाता है। उस पक्षी पर एक लंबा चौड़ा काला लबादा पहना हुआ आदमी सवार रहता है जिसका चेहरा नजर नहीं आ रहा था। वह जोर से चीखकर बोलता है–ऐ राजा, तुमने हमारे सम्राट का हुक्म नहीं मानने का अंजाम देख लिया, अगर अब भी तुमने हमारी हुक्म की नाफरमानी की तो हम इस राज्य को मिट्टी में मिला देंगे। इतना कहकर वह भी उसी काली पहाड़ी की तरफ उड़ गया। राजा इस नजारे को देखता है, युद्ध खत्म हो चुका था, सारा शहर आग की लपटों से घिरा रहता है। कई सैनिक मारे जाते हैं। मंत्री सीमन भी बुरी तरह जमीन पर घायल होकर कराहते रहते हैं। राजा तुरंत अपने गुप्त कमरे से निकलकर बाहर आता है और सीधे मंत्री सीमन के पास जाता है और खून से लथपथ मंत्री सीमन को तुरंत इलाज के लिए राजवैद्य के पास ले जाया जाता है। इस तरह उस रात के युद्ध का अंत हो जाता है।

इस युद्ध को हुए कुछ दिन गुजर जाते हैं। एक रात राजा अपने बिस्तर पर लेटे रहते हैं, तभी उनके कानों से एक जानी-पहचानी आवाज टकराती है। राजा घबराकर उठ बैठते हैं। वह मन ही मन सोचते हैं-अरे यह तो वही आवाज है जो उस जादुई संदूक से आती थी। वह उठकर तेजी से उस टेबल की तरफ जाते हैं, जहाँ पहले जादुई संदूक रखा था और जो कुछ दिनों पहले गायब हो गया था। वह उस टेबल के पास जाकर भौंचक्का होकर खड़ा हो जाता है। अरे यह क्या, जादुई संदूक इस टेबल पर फिर से आ गया-राजा के मुँह से एकाएक शब्द निकल पड़ते हैं क्योंकि जादुई संदूक फिर वापस आ गया था, और वह उस टेबल पर पहले की ही तरह रखा था। राजा थोड़ा आगे बढ़कर उस संदूक को खोलता है और फिर उसमें लगा दर्पण अपना रंग परिवर्तित कर धीरे-धीरे सफेद स्क्रीन की तरह खुलने लगता है और थोड़ी देर बाद उसमें शब्द उभरने लगते हैं-

राजा एलमस तृतीय,

तुमने हमारी हुक्म न मानने का अंजाम तो देख लिया, अगर तुम चाहते हो कि ऐसा आगे से न हो तो तुम चुपचाप हमारी माँगों को मान लो। अगर तुमने ऐसा नहीं किया तो हमारे शैतानी दूत तुम्हारे पूरे राज्य को बरबाद कर देंगे। हमें हर पूरी पूर्णिमा की रात्रि को एक स्वस्थ और कुँवारा बौना काली पहाड़ी के मैदान में चाहिए।

द्वारा, काले जादू का सम्राट
विल जोडोन

और फिर कुछ देर में दर्पण के स्क्रीन से शब्द हटने लगते हैं और कुछ देर में दर्पण अपने पहले रूप में आ जाता है। राजा संदूक के ढक्कन को बंद करता है और सीधे अपने बिस्तर पर जाकर लेट जाता है।

दूसरे दिन सुबह उठकर राजा उस टेबल के पास जाता है जहाँ पर वह जादुई संदूक था, पर यह क्या वहाँ से वह संदूक गायब हो चुका था और टेबल खाली था। राजा इस घटना के बारे में रानी कियोनी और मंत्री सीमन को बतलाता है। लेकिन अब उनके सामने उस जादूगर की माँगों को मानने

के अलावा कोई रास्ता नहीं था। क्योंकि अब वे फिर अपने राज्य में तबाही नहीं चाहते थे। तीनों मिलकर यह फैसला करते हैं कि हर पूर्णिमा की रात्रि को उस काली पहाड़ी के मैदान में एक बौने को भेजेंगे। और तभी से उस काले जादू के सम्राट को एक बौना पूरी पूर्णिमा की रात्रि को भेजने की परम्परा शुरू हो जाती है।

इस तरह राजा द्वारा बताई गए कहानी का अंत होता है। राजा एलमस चतुर्थ की आखें नम हो चुकी थी। जैम और जिक्की भी उसकी इस कहानी को सुनकर शांत बैठे राजा की तरफ देख रहे थे। अब वे राजा के दुःख का करण समझ सकते थे। लेकिन जिक्की के मन में अभी कुछ और चीजों को जानने की जिज्ञासा थी, जैसे उस बौने राजा की उम्र इतनी ज्यादा क्यों है, बाग के फल बिना शाही इजाजत के क्यों नहीं खाये जा सकते, बाग के फल खाने से कोई अंधा क्यों हो जाता है? ये सारे सवाल जिक्की के मन में घुमड़ रहे थे, लेकिन उसने उस वक्त राजा से इन सब चीजों को पूछना उचित नहीं समझा। तभी राजा जिक्की की तरफ देखकर बोलता है–बच्चों मुझे लगता है कि शायद तुम मुझसे कुछ और चीजों को जानना चाहते हो। लेकिन मुझे लगता है कि रात काफी हो चुकी है और तुम्हें आराम करना चाहिए। हम फिर कल मिलेंगे और बात करेंगे। हाँ महाराज! मुझे भी लगता है यह ही सही रहेगा–जैम भी राजा की बातों से सहमत होकर बोलता है। और फिर दोनों वहाँ से उठकर चल देते हैं, उनके साथ दोनों बौने भी रहते हैं। वह अपने कमरे में जाकर हल्का-फुल्का खाना खाकर बिस्तर पर लेट जाता है। दोनों ही उस काले जादूगर के बारे में सोचते रहते हैं और उसके बारे में सोचते-सोचते कब उनकी आँख लग जाती है, उन्हें पता ही नहीं चलता।

6

धूर्त प्रेतनी

दूसरे दिन जैम, जिक्की से बोलता है–जिक्की अब हमें यहाँ से निकलना चाहिए। जिक्की थोड़ा अनमने ढंग से बोलता है–अरे यार जैम, हमें यहाँ कुछ दिन और रूकने का मन करता है, कितनी ऐशोआराम वाली जिंदगी यहाँ पर है, हमें थोड़ा इस राज्य में घूमना चाहिए। बकवास बन्द करो, वहाँ हमारा दोस्त रूनी न जाने किस हाल में होगा, हमें उसे जल्दी से जल्दी उस दुष्ट जादूगर के चंगुल से छुड़ाना होगा–जैम थोड़ा तनक कर जिक्की को बोलता है। जैम के गुस्से को देखकर जिक्की थोड़ा सिहरता है, फिर अपने कंधे चौड़े करके बोलता है–अरे यार मैं तो मजाक कर रहा था। अच्छा चलो अब यहाँ से चलने की तैयारी करनी चाहिए–जैम थोड़ा नरम होकर बोलता है। ठीक है–जवाब में जिक्की सिर हिलाता हुआ बोलता है।

तभी बाहर से दरवाजा खटखटाने की आवाज आती है। बाहर मंत्री मि. बौम खड़े थे। क्या मैं अंदर आ सकता हूँ–मि. बौम बाहर खड़े होकर बोल रहे थे। तभी जैम दरवाजा खोलता हुआ बोलता है–अरे हाँ, मि. बौम अंदर आ जाइए। मि. बौम कमरे के अंदर आ जाते हैं और बोलते हैं–महाराज आप दोनों से मिलना चाहते हैं। तभी जिक्की चहक कर बोलता है–अरे हाँ, क्यों नहीं, हम उनसे जरूर मिलेंगे। ठीक है तो आप दोनों आज शाम आएँ, महाराज अपने विशेष कक्ष में आपका इंतजार करेंगे–मि. बौम बोलते हैं। ठीक है मि. बौम हम जरूर आएंगे–जैम बोलता है। इधर जिक्की राजा से मिलने के लिए कुछ ज्यादा ही बेताब था, क्योंकि उसके अंदर जो सवाल घुमड़ रहे थे

वह उनके जवाब जानना चाहता था। शाम होते ही दोनों राजा से मिलने निकल पड़ते हैं। उनके साथ दोनों बौने भी रहते हैं जो उन्हें महल के रास्तों से होते हुए राजा के पास ले जाते हैं। थोड़ी देर बाद दोनों राजा के विशेष कक्ष में पहुँच जाते हैं। राजा पहले से ही बैठकर दोनों का इंतजार कर रहे थे। वहाँ पर पहुँचते ही राजा उनका अभिवादन करता है। उसके जवाब में सिर झुकाकर दोनों उनके अभिवादन का जवाब देते हैं। फिर दोनों की नजर उन तस्वीरों की तरफ जाती है जो दीवारों पर टंगी थी। वे सभी बौने जैम और जिक्की को देखकर मुस्कुरा रहे थे जैसे मानो वे उनके आने से बहुत खुश हों। तभी राजा दोनों को अपने सामने वाले सोफे पर बैठने का इशारा करता है।

दोनों सोफे पर बैठ जाते हैं। तभी जैम राजा की तरफ देखकर बोलता है–महाराज कल रात आपकी बातें सुनने के बाद हमें लगा कि सच में आप लोगों के ऊपर बहुत बड़ा दुःख है। लेकिन महाराज मुझे एक बात समझ में नहीं आयी कि वे उन बौनों का क्या करता है? यह तो मुझे भी नहीं पता–राजा उसके सवाल का जवाब देता हुआ बोलता है। तभी जिक्की बोलता है–अच्छा महाराज! वह जादूगर कहाँ रहता है? हमने भी यह पता करने की बहुत कोशिश की, बहुत सारे लोगों को उसके बारे में पता करने के लिए भेजा, कुछ लोग खाली हाथ लौटे, कुछ लोग आज तक लौटकर नहीं आए। हमें आज तक यह पता नहीं चल पाया कि उसके शैतानी दूत कहाँ से आते हैं। बस हम यह ही जानते हैं कि वे काली पहाड़ी की तरफ से आते हैं–राजा ने चिंतित भरे स्वर में कहा। तभी जैम ने पूछा–महाराज! उस काली पहाड़ी के पार क्या है? राजा ने उत्तर दिया–काली पहाड़ी के पार प्रेतों का इलाका है। वे कैसे प्रेत हैं–जिक्की ने तुरंत जिज्ञासु होकर पूछा। उनमें से कुछ अच्छे प्रेत भी है और कुछ बुरे भी–राजा ने उत्तर दिया। तो क्या आपके लोग उनके इलाके में जाते हैं और वे लोग आपके इलाके में आते हैं–जिक्की बड़ी जिज्ञासा दिखाकर पूछता है। हाँ, हमारे लोग उसके इलाके में जाते हैं, लेकिन बहुत कम, आवश्यकता पड़ने पर ही जाते हैं, प्रेत हमारे इलाके में नहीं आते हैं, क्योंकि काली पहाड़ी उनकी सीमा है, और वे अपनी सीमा से बाहर नहीं निकलते हैं। हम लोगों ने उस जादूगर के बारे में जानकारी इकट्ठा करने के लिए उन लोगों की मदद ली थी, लेकिन कोई फायदा नहीं हुआ–राजा ने जिक्की का उत्तर देते हुए कहा। तभी जिक्की पूछता है–क्या प्रेत उन पर

हमला नहीं करते हैं जो उनके इलाके में जाते हैं। राजा बोलता है–मुझे लगता है नहीं करते हैं, जब तक उन्हें यह एहसास न हो जाए कि उनको दूसरों से खतरा है, तब तक वे हमला नहीं करते हैं। हाँ कुछ धूर्त प्रेत भी होते हैं जो गलत रास्ता बताकर उन्हें दलदल में ले जाते हैं और उनकी जान ले लेते हैं। तभी जैम बोलता है–क्या ऐसी घटना हुई है। राजा बोलता है–हाँ ऐसी कुछ घटनाएँ हमारे राज्य के लोगों के साथ हुई है जो धूर्त प्रेतों के झाँसे में आ जाते हैं। लेकिन ज्यादातर घटनाओं में मैंने देखा है कि लोग प्रेतों के सामने आने पर उनसे घबरा जाते हैं, और उन पर हमला कर देते हैं, ऐसी सूरत में प्रेत भी उन पर हमला करते हैं और लोगों की जान जाती है। प्रेत अपने इलाके में काफी शक्तिशाली होते हैं, लेकिन अपने इलाके से बाहर निकलते ही उनकी शक्तियाँ क्षीण हो जाती हैं, इसलिए वे अपने इलाके से बाहर निकलकर हमला नहीं करते हैं।

तभी जिक्की इस बहस को दूसरी तरफ मोड़ते हुए बोलता है–महाराज! जैसा कि आपने हमें कल बताया था कि आज से 150 वर्ष पहले आपके राज्य में उस दुष्ट जादूगर ने हमला किया था और उस भयानक युद्ध को आपने भी देखा था, उस समय आपकी उम्र लगभग 12 वर्ष थी, उसके हिसाब से आज आपकी उम्र 160 वर्ष से ऊपर है, लेकिन आज भी आपके शरीर पर बुढ़ापे का नामोनिशान नहीं है, इसका राज क्या है? जिक्की ने जैसे अपने दिल की बात पूछ ली थी क्योंकि इस सवाल को पूछते ही वह काफी उतावला हो गया था। जिक्की के इस सवाल को सुनकर राजा उसकी तरफ देखकर मुस्कुराया। राजा से मिलने के बाद यह पहला मौका था कि दोनों ने उसके चेहरे पर एक लंबी-चौड़ी मुस्कान देखी थी। राजा को अपनी तरफ नजरें कर मुस्कुराते देख जिक्की शरमा जाता है और अपनी नजरें नीची कर लेता है। तभी राजा बोलता है–हाँ बच्चों, इसके पीछे एक राज है। यह उस बगीचे में लगे फल का चमत्कार है, जहाँ तुम सबसे पहले गए थे। यह अनमोल बगीचा हमारे पूर्वज यानी हमारे परदादा राजा एलमस प्रथम ने लगवाया था। इसका फल खाने के बाद आपकी उम्र काफी बढ़ जाती है और शरीर पर बुढ़ापे का निशान जल्दी नहीं आता है। मरते दम तक शरीर तंदुरूस्त रहता है। यह बगीचा उन्होंने अपने राज्य के लोगों के लिए लगवाया था। जब यह बगीचा लगा था उस वक्त इसके फल तोड़कर खाने में कोई प्रतिबंध नहीं था। यह एक आम बगीचे की ही तरह था, जहाँ राज्य का हर व्यक्ति जाकर फल तोड़कर खा सकता था।

लेकिन कुछ वर्षों बाद इस बात का पता पिशाचों को भी चल गया कि इस बाग का फल खाने से उनकी उम्र बढ़ जाएगी और बुढ़ापा नहीं आएगा। इस लालच में वे यहाँ पर चुपके से आकर उसका फल चुराकर खाने लगे। इस तरह उनमें एक घमण्ड पैदा होने लगा कि वे अब जल्दी नहीं मरेंगे। इस घमण्ड में चूर होकर वे हमारे राज्य पर हमले की तैयारी करने लगे। इस योजना में हमारे राज्य के कुछ धूर्त लोग भी उनका साथ दे रहे थे। राजा को अपने गुप्तचरों से इस बात का पता चल गया। हालांकि पिशाचों ने कुछ छिट-पुट हमले भी किये लेकिन उनके हमलों को नाकाम कर दिया गया। अन्त में राजा ने उस बाग पर प्रतिबन्ध लगवा दिया और उसमें एक ऐसा जादू करवा दिया कि जो कोई भी बिना राजा की इजाजत के उस बाग के फल को खाएगा वह हमेशा के लिए अंधा हो जाएगा। उसके बाद उस बाग से फलों की चोरी बहुत कम हो गई। अब पिशाच उन फलों की चोरी नहीं करते हैं क्योंकि उस जादू के बाद जो भी पिशाच फल को चोरी करके खाते वे अंधे होने लगते थे। अंत में उन्होंने उन फलों की चोरी करना छोड़ दिया।

तो क्या यह नियम आपके राज्य के लोगों पर भी लागू है–जैम ने राजा से पूछा। हाँ यह नियम सभी पर लागू हैं, हमारे राज्य के लोगों पर भी कि कोई भी बिना शाही इजाजत के उस फल को नहीं खा सकता–राजा ने उत्तर देते हुए कहा। तभी जिक्की बोलता है–अच्छा तो यह शाही फल आपके राज्य के सभी लोगों को दिया जाता है। राजा उत्तर देता है–हाँ यह शाही फल हमारे राज्य के सभी लोगों के लिए सामान्य रूप से उपलब्ध है, लेकिन हम फल देने से पहले उनकी जीवनी को देखते हैं। यदि उनकी जीवनी साफ-सुथरी हो, तभी उन्हें यह फल दिया जाता है अन्यथा नहीं। जिक्की फिर पूछ बैठता है–इस बात का पता आप कैसे करते हैं कि कोई व्यक्ति अच्छा है या बुरा है। राजा जिक्की के सवाल का जवाब देते हुए बोलता है–हमारे पूर्वजों ने एक नियम बनाया है। जब भी हमारे राज्य की कोई भी स्त्री या पुरूष पूरी तरह से वयस्क हो जाते हैं तो हम उनकी पूरी पिछली जीवनी देखते हैं। अगर उनका पिछला जीवन साफ-स्वच्छ पाया जाता है तो उसे शाही इजाजत के साथ फल खाने को दिया जाता है। लेकिन तभी जिक्की अपनी उत्सुकता को चरमसीमा पर ले जाते हुए पूछ बैठता है–लेकिन महाराज, अगर किसी ने बिना शाही इजाज़त के इस फल को खा लिया तो उसके क्या परिणाम होंगे। राजा जिक्की की चतुराईभरी बात पर मुस्कुरा कर

जवाब देते हैं–हाँ, कई बार ऐसा भी हुआ है कि कई धूर्त लोगों को फल खाने की शाही इजाजत नहीं मिलती है, इसके बाद भी वे चुराकर फल खा लेते हैं। फल तो अपना चमत्कारी गुण दिखाता है, उनकी उम्र बढ़ जाती है और उनकी तन्दुरूस्ती बरकरार रहती है लेकिन वे जीवन भर के लिए अंधे हो जाते हैं। तभी जिक्की मजाक भरे लहजे में कह बैठता है–तब तो महाराज, हमें मि. लेस का शुक्रगुजार होना चाहिए क्योंकि उन्होंने हम दोनों को उस बाग के फल खाने से रोका, वरना आज हम दोनों जीवन भर के लिए अंधे हो जाते। और उसके इस बात को बोलते ही एक ठहाकों भरी आवाज उस हॉल में गूँज पड़ी। इस बात पर तीनों ठहाके लगाकर लगातार हँसने लगे।

हॉल में जब ठहाकों की आवाज शांत हो जाती है तब जैम बोलता है–महाराज! हम आपसे एक बात कहना चाहते हैं, हम दोनों कल यहाँ से निकल जाएँगे। यह सुनते ही राजा के चेहरे से जैसे हँसी गायब हो जाती है। राजा बोलता है–लेकिन इतनी जल्दी क्यों, अभी तो तुम्हें यहाँ कुछ दिन और रूकना चाहिए, मैं तुम्हें अपना राज्य घुमाना चाहता हूँ। तभी जैम बोलता है–नहीं महाराज! हमें अपने दोस्त रूनी के पास जल्दी से जल्दी पहुँचना है, पता नहीं वह किस हाल में होगा। राजा बोलता है–यानी तुम उस जादूगर के पास जा रहे हो। हां महाराज–जैम धीरे से सिर हिलाकर बोलता है। लेकिन इस काम में बहुत खतरा है–राजा बोलता है। चाहे जितना भी खतरा हो, हम अपने दोस्त को उस दुष्ट जादूगर के चंगुल से छुड़ाकर लाएंगे–जैम बोलता है। कोई बात नहीं, जैसी तुम्हारी मर्जी, मैं तुम्हें रोक नहीं रहा हूँ, लेकिन तुम कुछ दिनों के बाद निकलते, क्योंकि तुमसे मिलकर काफी अच्छा लगा, और मैं चाहता हूँ कि कुछ दिन तुम लोग हमारे साथ बिताओ–राजा ने कहा। महाराज हमें भी आपके साथ मिलकर काफी अच्छा लगा, लेकिन हमें जल्दी से जल्दी अपने दोस्त के पास पहुँचना होगा, न जाने वह दुष्ट जादूगर उसके साथ क्या करता होगा–जैम बोलता है। राजा के काफी समझाने के बाद जैम रूकने को तैयार नहीं होता, हांलाकि जिक्की को वहाँ कुछ दिन और रूकने का मन कर रहा था, लेकिन उसने भी अनमने ढंग से जैम के साथ ही हाँ में हाँ मिला दी। राजा ने अन्त में जैम की जिद के सामने हार मानकर कह दिया–जैसी तुम्हारी मर्जी बच्चों।

दूसरे दिन जैम और जिक्की वहाँ से निकलने को तैयार हो जाते हैं। दोनों पहले राजा से मिलने राजमहल में जाते हैं, वहाँ राजा और मंत्री मि. बौम

रहते हैं। उनके साथ ही एक खूबसूरत महिला भी खड़ी रहती है। वहाँ दोनों के पहुँचते ही राजा सबसे पहले उस खूबसूरत महिला से उनका परिचय करवाते हैं।

बच्चों यह हैं रानी सिलवीयो–राजा बोलता है। रानी सिलवीयो भी उनका अभिवादन सिर झुकाकर करती है। जवाब में जैम और जिक्की भी अपना सिर झुकाकर उसके अभिवादन का जवाब देते हैं। रानी सिलवीयो अपने सफेद गाउन में काफी खूबसूरत लग रही थी और उसके सिर पर लगे पतले से मुकुट जिसमें हीरे जड़े रहते हैं, उसकी खुबसूरती में चार चाँद लगा रहे थे। उसके चेहरे पर कोई झुर्रियां नजर नहीं आ रही थी। जिक्की रानी सिलवीयो की खुबसूरती को देखकर सोचने लगा कि–रानी की उम्र कितनी होगी। थोड़ी देर के लिए तो उसे लगा कि वह रानी से उसकी उम्र पूछे लेकिन तभी उसके मन में ख्याल आया कि गाँव में सभी बूढ़े–बुजुर्ग कहा करते थे कि किसी महिला से सब कुछ पूछ लो लेकिन उससे उसकी उम्र न पूछो। यह ख्याल आते ही उसने रानी से यह पूछना उचित नहीं समझा।

तभी रानी ने बोला–बच्चों हमें महाराज ने तुम दोनों के बारे में बताया है। मैं भी तुम्हारी बहादुरी से काफी खुश हूँ, और मुझे यह भी पता है कि तुम दोनों अपने दोस्त को उस दुष्ट जादूगर के चंगुल से छुड़ाने के लिए निकले हो। मैं ईश्वर से यह प्रार्थना करती हूँ कि वह तुम्हारी मदद करे। तभी राजा एक पोटली बढ़ाते हुए दोनों को बोलता है–बच्चों इस पोटली में शाही बाग के फल हैं जो तुम लोगों के लिए हैं, मुझे पता है कि तुम दोनों अच्छे इंसान हो और तुम इस शाही बाग के फल को खाने के हकदार हो। शुक्रिया महाराज! जैम उस पोटली को लेते हुए बोलता है। उन दोनों को विदा करते समय राजा काफी भावुक हो जाता है। तभी जिक्की बोलता है–महाराज हमें आपके साथ बिताये गए पल बहुत याद आएंगे। मुझे भी बच्चों–राजा भावुक होकर बोलता है और दोनों को अपने गले से लगा लेता है। राजा की आँखों से आँसू छलक पड़ते हैं।

राजा अपनी भावनाओं को काबू में करता है और फिर बोलता है–हमारे मंत्री मि. बौम, तुम दोनों को काली पहाड़ी तक छोड़ने जाएंगे। अच्छा अलविदा बच्चों! और फिर दोनों मि. बौम के साथ निकल पड़ते हैं। रास्ते में चलते–चलते वे उस काली पहाड़ी के पास वाले मैदान में पहुँच जाते हैं, जहाँ

पर उस जादूगर के शैतानी दूत आया करते हैं। मि. बौम वहाँ पर पहुँचकर उन्हें वह चटीला मैदान दिखाते हैं। वह एक हल्की लाल मिट्टी वाला चटीला मैदान रहता है और सामने काली पहाड़ी उन्हें नजर आ रही थी। दोनों थोड़ी देर खड़े होकर उस चटीले मैदान को निहारते हैं और फिर काली पहाड़ी की तरफ बढ़ जाते हैं। मि. बौम के साथ चलते-चलते दोनों उस ऊँची काली पहाड़ी के पास पहुँच जाते हैं। अब आगे का रास्ता उन्हें अकेले तय करना है, इसलिए दोनों मि. बौम से अलविदा लेते हैं और उस खड़ी काली पहाड़ी की तरफ चल देते हैं। दोनों उस खड़ी काली पहाड़ी पर चढ़ने लगते हैं। कुछ घंटों बाद वे उस काली पहाड़ी को पार करके उसकी दूसरी तरफ पहुँच जाते हैं जो प्रेतों का इलाका था। उनके इलाके में पहुँचने के बाद वे सीधे रास्ते पर चलने लगते हैं। उन्हें चारों तरफ जंगल ही जंगल नजर आते हैं, कहीं कोई दिखाई नहीं दे रहा था, बस पेड़ ही पेड़ नजर आ रहे थे। मार्च का महीना होने के कारण सारे पेड़ों से पुराने पत्ते झड़ने लगे थे और उसकी जगह पर नये पत्ते पेड़ों में उगने लगे थे। कुछ पेड़ों में रंग-बिरंगे पत्ते उग आए थे जो देखने में काफी खूबसूरत लग रहे थे। झड़े हुए सूखे पत्ते पूरे जंगल में बिखरे हुए थे। दोनों उस खूबसूरत नजारे को देखते हुए आगे बढ़ रहे थे। चलते-चलते वे थक चुके होते हैं, और उन्हें भूख भी लग गयी थी। वे दोनों एक पेड़ की छांव में बैठ जाते हैं और राजा की तरफ से दिए गए फलों को निकालकर खाने लगते हैं। फल काफी स्वादिष्ट और मीठे होते हैं। तभी जैम को थोड़ी दूर घने पेड़ों की तरफ से जमीन पर गिरी हुई सूखी पत्तियों से कुछ खरखराने की आवाज आती है, ऐसा लगता है कि कोई उनके करीब उन सूखी पत्तियों पर चलकर आ रहा हो। जैम के कान खड़े हो जाते हैं और वह सावधान हो जाता है। दोनों उधर देखने लगते हैं जिधर से सूखी पत्तियों के खरखराने की आवाज आ रही थी। पहले तो उन्हें लगता है कि उधर कोई जंगली जानवर होगा, लेकिन उन्हें वहाँ कोई नजर नहीं आता है। तभी पत्तियों के खरखराने की आवाज बन्द हो जाती है। उन्हें लगता है कि उन्हें कोई वहम हो गया है, वहाँ तो कोई भी नहीं है। फिर दोनों उधर से नजरें हटाकर फल खाने में व्यस्त हो जाते हैं। शाही फल काफी बड़े और मीठे रहते हैं, एक फल को खाने पर ही दोनों की भूख मिट जाती है। दोनों एक-एक फल खा लेते हैं और थोड़ी देर पेड़ की छाँव में बैठकर आराम करने के बाद दोनों आगे की ओर निकल पड़ते हैं।

चलते-चलते काफी देर हो जाती है, और फिर दिन ढलने लगता है। थोड़ी देर बाद दिन ढल जाता है, और आसमान पर चाँदनी छाने लगती है। और थोड़ी देर में आधे कटे हुए रिंग के आकार की तरह चाँद आसमान पर निकल आता है, जिसकी बीच की मोटाई रिंग से कुछ ज्यादा रहती है, और उसके आसपास टिमटिमाते हुए तारे भी नजर आने लगते हैं। चाँद और सितारों की हल्की-हल्की रोशनी से जंगल पूरा नहा जाता है और जंगल का यह नजारा देखने में काफी खूबसूरत लगने लगता है। हालांकि उसकी इस रोशनी से ज्यादा उजाला तो नहीं होता है, लेकिन जैम और जिक्की को रास्ते साफ-साफ नजर आने लगते हैं, दोनों चाँद और सितारों की टिमटिमाती रोशनी में धीरे-धीरे अपने रास्ते पर आगे बढ़े जा रहे थे। जिस रास्ते पर वे जा रहे थे उनके दोनों तरफ घने पेड़ों वाला जंगल था। तभी जिक्की को अपने रास्ते से थोड़ी दूर पर घने पेड़ों की तरफ से सूखे पत्तों के खरखराने की आवाज आती है। जिक्की उन घने पेड़ों की तरफ देखता है जिधर से सूखे पत्तों के खरखराने की आवाज आ रही थी, लेकिन उसे कुछ दिखता नहीं है। दोनों फिर आगे बढ़ने लगते हैं, कुछ दूर आगे बढ़ने के बाद फिर उन्हें घने पेड़ों की तरफ से सूखे पत्ते खरखराने की आवाज आती है, ऐसा लगता है जैसे उन सूखे पत्तों पर कोई चल रहा हो। जिक्की तुरंत जैम को उस तरफ देखने को बोलता है, जिधर से सूखे पत्तों की खरखराने की आवाज आ रही थीं। दोनों उस तरफ मुड़कर देखते हैं लेकिन तभी सूखे पत्ते की खरखराने की आवाज बन्द हो जाती है। जैम भी उस आवाज को सुनता है लेकिन वह उसे अनसुना करके आगे बढ़ जाता है। कुछ दूर जाने के बाद उन घने पेड़ों से सूखे पत्ते की खरखराने की आवाजें फिर आती है। अब दोनों को लगने लगता है कि कोई चीज उन घने पेड़ों के पीछे है जो शायद छुप-छुप कर उनका पीछा कर रही हैं क्योंकि दोनों जब चलते हैं तो पत्ते खरखराने की आवाज उधर से आती है लेकिन जब दोनों रूककर उधर देखते हैं तो वह आवाज बन्द हो जाती है। अब उन्हें यह एहसास होने लगता है कि कोई चीज जरूर है जो उनका पीछा कर रही है। दोनों के मन में यह डर आता है कि कहीं कोई जंगली जानवर तो नहीं है। तभी जिक्की को पेड़ों के पीछे एक सफेद साया दिखता है जो छुप-छुप कर उनका पीछा कर रहा था, वह जैम को उधर देखने को बोलता है लेकिन तब तक वह सफेद साया उन पेड़ों के पीछे छुप जाता है। वे दोनों फिर आगे बढ़ने लगते हैं, तभी फिर उधर से सूखे पत्तों के

खरखराने की आवाज आती है। जिक्की फिर उधर देखता है, उसे अब साफ दिखाई दे जाता है कि कोई सफेद साया पेड़ों की ओट लेते हुए छुपते-छुपते उनका पीछा कर रहा है, तभी जैम की भी नजर उधर पड़ जाती है, उसे भी वह सफेद साया नजर आता है। दोनों अब डर के मारे तेज कदमों से आगे बढ़ने लगते हैं, लेकिन उनके तेज चलते ही उस साये की रफ्तार तेज हो जाती है जो पेड़ों की ओट में छुपते हुए उनका पीछा कर रहा था और सूखे पत्तों की खरखराने की आवाज भी तेज हो जाती है। वे लोग चलते जा रहे थे और वह साया उनका पीछा करता जा रहा था। तभी दोनों चलते-चलते रूक जाते हैं और उन घने पेड़ों की तरफ देखते हैं जिधर से वह साया उनका पीछा कर रहा था। उनके रूकते ही वह साया उन पेड़ों के पीछे छुप जाता है। तभी जैम हिम्मत करके बोलता है–कौन है वहाँ पर। पेड़ों की तरफ से कोई जवाब नहीं आता है। जैम फिर बोलता है–कौन है वहाँ पर जो हमारा पीछा कर रहा है, बाहर आओ। उसके दुबारा बोलने के थोड़े देर बाद ही उस घने पेड़ की ओट से एक सफेद साया बाहर निकलता है और वह धीरे-धीरे उनकी तरफ बढ़ने लगता है। जैम समझ जाता है कि यह जरूर कोई प्रेत है जो उनका पीछा कर रहा है। उस प्रेत को अपने करीब आता देखकर जिक्की की हालत खराब हो जाती है, वह डर के मारे जैम का हाथ कसकर पकड़ लेता है। अब वह सफेद साया उनके काफी करीब आ गया था। दोनों उसे साफ-साफ देख रहे थे। वह कोई प्रेत नहीं बल्कि वह एक प्रेतनी थी। उसके लंबे सफेद बाल खुले हुए थे जो लहरा रहे थे, उसका कद काफी लम्बा था, उसके चेहरे पर हल्की झुर्रियाँ नजर आ रही थी। वह प्रेतनी उनके सामने आकर थोड़ी दूर पर खड़ी हो जाती है। तभी जैम डर के मारे थोड़ा हकलाकर पूछता है–तु...तु...तु... तुम कौन हो? सफेद प्रेतनी अपनी बड़ी-बड़ी आँखों से दोनों को घूरती है और बोलती है–मैं कैली हूँ। म...म...म... मतलब–जैम फिर थोड़ा हकलाकर बोलता है। मतलब मेरा नाम कैली है–प्रेतनी बोलती है। लेकिन तुम हमारा पीछा क्यों कर रही हो–जैम अब सामान्य होकर पूछता है। मैं तो तुम्हारी मदद करना चाहती हूँ–प्रेतनी बड़े प्यार से बोलती है। कैसी मदद–जैम फिर बोलता है। प्रेतनी बोलती है–मुझे लगा कि तुम दोनों अकेले हो और इतने बड़े जंगल से बाहर निकलना तुम्हारे लिए संभव नहीं होगा। तुम दोनों यहाँ पर भटक जाओगे, इसलिए अगर तुम चाहो तो मैं तुम्हें यहाँ से निकलने का रास्ता बता सकती हूँ। लेकिन जैम उसकी बातों को नकारते हुए

बोलता है–हमें इसकी कोई जरूरत नहीं। ठीक है जैसी तुम्हारी मर्जी–प्रेतनी थोड़ा मुँह बिचकाकर बोलती है। तभी जिक्की को लगने लगा कि शायद वह प्रेतनी सही बोल रही है। वह जैम को बोलता है–अरे यार यह हमारी मदद करना चाहती है, इसकी मदद लेने में क्या हर्ज है, वैसे भी यह जंगल काफी बड़ा है और हमें इसके बारे में कोई जानकारी नहीं है, इसे सारे रास्ते पते होंगे, हमें इसकी मदद ले लेनी चाहिए। पहले तो जैम, जिक्की की बातों से असहमत रहता है, लेकिन उसके काफी समझाने के बाद वह अंत में उस प्रेतनी की मदद लेने को तैयार हो जाता है। दोनों उस प्रेतनी के साथ चलने को हामी भर देते हैं। उनके हामी भरते ही प्रेतनी के चेहरे पर एक कुटिल मुस्कान छा जाती है और दोनों प्रेतनी के साथ-साथ आगे बढ़ने लगते हैं। उस हल्की-सी चाँदनी रात में तीनों जंगल के रास्तों पर आगे बढ़ते रहते हैं। तभी कैली यानी प्रेतनी दोनों से पूछती है–बच्चों तुम दोनों इधर क्यों आए हो। तभी जिक्की बोलता है–हम दोनों अपने दोस्त को ढूंढ़ने निकले हैं जिसे एक दुष्ट जादूगर के शैतानी दूत उठाकर ले गए हैं। कौन दुष्ट जादूगर–कैली जैसे अचरज होकर पूछती है। जिक्की फिर बोलता है–उस दुष्ट जादूगर के बारे में हमें ज्यादा कुछ पता नहीं है। अच्छा तो वह कहाँ रहता है, तुम्हें पता है–कैली फिर बोलती है। नहीं हमें यह भी पता नहीं है–जिक्की बोलता है। तो फिर तुम उसे कैसे ढूँढ़ोगे–कैली बोलती है। वह जहाँ पर भी होगा, हम उसे जरूर ढूँढ़ेंगे और अपने दोस्त को उसके चंगुल से छुड़ाकर लाएँगे–जिक्की कैली के सवालों का जवाब देते हुए बोलता है। तभी जैम उस प्रेतनी से पूछता है–क्या तुम्हें उस जादूगर के बारे में पता है, वह कहाँ रहता है। जवाब में कैली बोलती है–मैंने कुछ प्रेतों को उसके बारे में बातें करते हुए सुना है, लेकिन मुझे यह पता नहीं कि वह कहाँ रहता है? तभी प्रेतनी फिर से बोलती है–मैंने तो सुना है कि वह काफी शक्तिशाली है, अगर तुमने उसे ढूँढ़ भी लिया तो तुम उससे कैसे मुकाबला करोगे। तभी जिक्की बोल पड़ता है–हाँ अगर उसके पास काले जादू की शक्तियाँ है तो हमारे पास भी एक जादू की शक्ति है जिससे हम उसका मुकाबला कर सकते हैं। अच्छा तुम्हारे पास ऐसी कौन सी जादू की शक्ति है जिससे तुम उसका मुकाबला कर सकते हो–प्रेतनी अचरज होकर पूछती है। तभी जिक्की बोल पड़ता है–हमारे पास एक जादुई लालटेन है जो उसके काले जादू की शक्तियों से हमारी रक्षा करेगी। अच्छा कैसे–प्रेतनी बोलती है। क्योंकि उसकी रोशनी में उसका काला

जादू और उसकी शैतानी शक्तियाँ हमारा कुछ भी नहीं बिगाड़ पाएंगी–जिक्की फिर बोलता है। क्या तुम वह लालटेन हमें दिखा सकते हो–प्रेतनी उस लालटेन में उत्सुकता दिखाते हुए बोलती है। तभी जैम बोलता है–लेकिन तुम उस लालटेन को देखकर क्या करोगी? मैं तो ऐसे ही बोल रही थी, अगर तुम उसे नहीं दिखाना चाहते हो तो कोई बात नहीं–प्रेतनी बोलती है। लेकिन उसके अंदर उस जादुई लालटेन के बारे में जानने के बाद उसे देखने की इच्छा तो पैदा हो गयी थी। वह ऊपर से तो दिखावा कर रही थी, लेकिन दिल में उसके कुछ और ही चल रहा था। तभी जिक्की को प्रेतों के बारे में कुछ रोचक जानकारियाँ जानने का मन कर रहा था। जिक्की प्रेतनी से पूछता है–क्या तुम लोगों का कोई घर होता है या फिर तुम लोग जंगल में इसी तरह भटकते रहते हो। प्रेतनी बोलती है–ज्यादातर प्रेत पेड़ों पर रहना पसंद करते हैं। इसका मतलब पेड़ों पर ही तुम्हारा घर होता है–जिक्की बोलता है। हाँ–प्रेतनी जिक्की की बातों पर सिर हिलाकर बोलती है। क्या तुम लोगों का परिवार भी होता है–जिक्की फिर पूछता है। बहुत सारे प्रेतों का परिवार होता है, कुछ प्रेत अकेले रहना पसंद करते हैं–कैली जवाब देती है। तभी जैम पूछता है कैली से–क्या तुम्हारा परिवार है। प्रेतनी बोलती है–नहीं मेरा कोई परिवार नहीं है, मुझे अकेले रहना बहुत पसंद है। तभी जिक्की पूछता है–तुम लोगों को सबसे ज्यादा खतरा किन चीजों से होता है। तभी प्रेतनी बोलती है–हम प्रेतों को सबसे ज्यादा खतरा आग से होता है। आग हमें जलाकर भस्म कर सकती है, कभी-कभी गर्मियों के मौसम में आग लग जाती है। उसमें काफी सारे प्रेत मारे जाते हैं। आग के अलावा हमें किसी चीज से ज्यादा खतरा नहीं होता है।

तीनों बातें करते हुए आगे बढ़ते जा रहे थे, लेकिन प्रेतनी ने जब से लालटेन के बारे जाना था, तब से ही उसके दिल में बेचैनी सी छाई हुई थी। वह बार-बार लालटेन के बारे में ही बातें करना चाह रही थी। तभी कैली उनसे पूछती है–अच्छा बच्चों यह लालटेन तुम्हें कहाँ से मिली। जिक्की जवाब देता हुआ बोलता है–यह लालटेन हमें एक खूबसूरत परी ने दी है। अच्छा उसने आखिर यह लालटेन तुम्हें क्यों दी–प्रेतनी पूछती है। क्योंकि उसे लगा कि हम लोग अच्छे इंसान है–जिक्की उसका जवाब देते हुए बोलता है।

प्रेतनी उनसे चिकनी-चुपड़ी बातें करके काफी घुल-मिल गई थी। प्रेतनी जिक्की की तरफ देख कर बोलती है–क्या तुम अब भी हमें वह

लालटेन नहीं दिखाओगे। जिक्की को भी लगा कि आखिर इसे लालटेन दिखाने में हर्ज क्या है, तभी वह बैग से लालटेन निकालता है और प्रेतनी को दिखाता है। लालटेन उस रात के अंधेरे में भी काफी चमक रही थी। लालटेन को देखते ही उस प्रेतनी के आँखों में एक अलग सी चमक छा जाती है। ऐसा लगता है जैसे उसका दिल उस लालटेन पर ही अटक गया हो। हालांकि जैम उस लालटेन को उस प्रेतनी को दिखाना नहीं चाहता है, लेकिन वह कुछ नहीं बोलता है, चुप रहता है। फिर जिक्की उस लालटेन को बैग में रखता है और तीनों आगे बढ़ने लगते हैं। तीनों चलते-चलते उस रास्ते पर काफी आगे निकल जाते हैं। तभी प्रेतनी एक जगह पर जाकर रूक जाती है। क्या हुआ तुम रूक क्यों गई—जिक्की पूछता है। यह रास्ता काफी लम्बा है, मैं तुम दोनों को एक छोटे रास्ते से ले चलती हूँ, छोटे रास्ते से तुम सुबह होते ही यहाँ से निकल जाओगे—प्रेतनी बोलती है। लेकिन उसकी इस बात से जैम सहमत नहीं रहता, वह उस छोटे रास्ते से नहीं जाना चाहता है। प्रेतनी भी इस बात पर हठ करती है कि वह उस लंबे रास्ते से दोनों को नहीं ले जाएगी।

कैली बोलती है—मैं इस लम्बे रास्ते से तुम दोनों को जंगल के पार नहीं ले जा पाऊँगी, अगर तुम दोनों इसी रास्ते से जाना चाहते हो तो जाओ मैं नहीं जाऊँगी। अंत में जिक्की को भी लगता है कि शायद प्रेतनी ठीक ही बोल रही है, वह जैम को किसी तरह समझाकर उस छोटे रास्ते पर चलने को राजी कर लेता है। जब दोनों उस छोटे रास्ते से प्रेतनी के साथ चलने को तैयार हो जाते हैं तो प्रेतनी की आँखों में एक अजीब-सी चमक दौड़ जाती है और फिर वे दोनों उस प्रेतनी के साथ उस छोटे रास्ते पर बढ़ने लगते हैं।

वह रास्ता ज्यादा चौड़ा नहीं था, बल्कि वह पतली पगडंडियों वाला रास्ता था, जिसके अगल-बगल में बहुत सारे झाड़-फूस उगे रहते हैं, ऐसा लग रहा था जैसे बहुत कम लोग ही इस रास्ते पर जाते होंगे। उन्हें उस रास्ते पर थोड़ा डर भी लग रहा था लेकिन फिर भी दोनों उस प्रेतनी की बातों पर भरोसा करके उसके साथ उस पतली पगडंडी वाले रास्ते पर आगे बढ़ते जा रहे थे। रात काफी हो गई थी, शायद रात का दूसरा पहर चल रहा था। तभी दोनों को कुछ दूरी पर एक जानी-पहचानी आवाज सुनाई देती है। यह कल-कल की आवाज शायद कुछ बहने की जैसी आवाज लगती है, जो उस शांत रात में साफ सुनाई दे रही थी। थोड़ी देर बाद वे एक बहते हुए सोत के पास पहुँच जाते हैं जिसकी आवाज उन्हें कुछ दूर पहले से ही सुनाई दे रही थी।

तीनों उस सोत के पास जाकर खड़े हो जाते हैं, उस चाँदनी रात में सोत का बहता हुआ पानी काफी खूबसूरत लग रहा था। उस चाँदनी में पानी झिलमिल-झिलमिल चमककर कल-कल बह रहा था। वह बहता हुआ सोत काफी गहरा और चौड़ा रहता है, उसमें पानी भी काफी रहता है, मानों अगर उस सोत में उतर जाएँ तो वह बहा ले जाएगा। उस सोत के दूसरे पार जाने के लिए दोनों तरफ के किनारों से लगा हुआ एक मोटा लकड़ी का लट्ठा रहता है, शायद यह एक इकलौता रास्ता था, उस सोत को पार करने का जो उन्हें नजर आ रहा था। लेकिन उस लकड़ी के लट्ठे पर चलकर सावधानी से पार करना होगा, अगर थोड़ा-सा भी संतुलन बिगड़ा तो सीधे उस सोत के ठंडे पानी में गिरने का डर था। उस सोत का पानी उन्हें डुबा देने या बहा ले जाने के लिए काफी था, क्योंकि उसकी धारा बहुत तेज थी। अब तीनों को उस लकड़ी के लट्ठे पर चलकर ही उस सोत को पार करना होगा।

अरे यह क्या, यहाँ तो बहुत गहरा सोत है–जिक्की बोलता है। तभी जैम बोलता है–हाँ, और उस पार जाने के लिए बस एक ही रास्ता है, वह लकड़ी का लट्ठा। उधर प्रेतनी अपने चेहरे पर एक कुटिल मुस्कान लाती है, जिससे उसके चेहरे पर पड़ी झुर्रियाँ और ज्यादा दिखने लगती है। कैली बोलती है–बच्चों तुम्हें इस लकड़ी के लट्ठे पर चलकर ही इस सोत को पार करना होगा, लेकिन ध्यान रहे काफी सावधानी से इस पर चलना होगा, नहीं तो संतुलन बिगड़ने पर तुम नीचे गिर सकते हो। मुझे लगता है तुम्हें अपना सारा सामान यहीं पर रखकर खाली हाथ चलकर इस लट्ठे को पार करना चाहिए। लेकिन फिर हमारा सामान उस पार कैसे जाएगा–जिक्की प्रेतनी की तरफ देखकर बोलता है। तुम उसकी चिंता न करो, वह उस पार चला जाएगा–प्रेतनी बड़ी चतुरता से बोलती है। लेकिन कैसे–जिक्की तुरंत पूछता है। ओहो, मैं सारे सामान को उस पार पहुँचा दूँगी–प्रेतनी बोलती है। लेकिन तुम इतना सारा सामान लेकर लट्ठे को पार कैसे करोगी, क्या तुम्हारा संतुलन नहीं बिगड़ेगा–जिक्की प्रेतनी से पूछता है। नहीं, क्योंकि हमारी इस लट्ठे पर चलने की आदत है–प्रेतनी बिना देर लगाए बोलती है। ठीक है–जिक्की बोलता है।

फिर जैम और जिक्की दोनों अपने कंधे पर लटके हुए बैग को उतार देते हैं क्योंकि वे उस गहरे सोत में गिरने का जोखिम नहीं लेना चाहते थे,

इसलिए शायद यह आइडिया उतना बुरा नहीं था। दोनों अपना बैग कंधों से उतार देते हैं, लेकिन एक छोटा-सा बैग जिसमें लालटेन रहता है, जिक्की अपने हाथों में ले लेता है, शायद उसे लगता है कि यह हल्का बैग लेकर वह लट्ठे पर चल सकता है। तभी प्रेतनी बोलती है–अरे तुम यह क्या कर रहे हो, मैं उस छोटे बैग को भी सभी सामानों के साथ उस पार ले आऊँगी। तभी जिक्की बोलता है–नहीं, नहीं यह तो काफी हल्का है, इसे लेकर हम आराम से उस लट्ठे के पार चले जाएँगे। ओहो, तुम समझ नहीं रहे, अगर तुम्हारा सन्तुलन बिगड़ गया और यह लालटेन वाला बैग तुम्हारे हाथ से छूटकर गिर जाता है तो तुम्हारे लिए काफी मुसीबत खड़ी हो जाएगी, फिर तुम उस जादूगर से कैसे लड़ोगे और अपने दोस्त को उसके चंगुल से छुड़ाकर कैसे लाओगे–प्रेतनी थोड़ा हमदर्दी जताकर बोलती है। ओह, तुम काफी समझ भरी बातें बोल रही हो, ठीक है अगर तुम कहती हो तो इसे भी हम यहीं पर रख देते हैं–जिक्की ऐसे बोलता है जैसे उसे लगता है कि वह प्रेतनी उनका कितना ख्याल रख रही है। फिर प्रेतनी बोलती है–बच्चों पहले तुम इस लट्ठे को पार कर लो, पीछे से मैं सारा सामान लेकर आऊँगी। ठीक है– जिक्की बोलता है। उसके बाद जैम बोलता है–जिक्की हमें लगता है कि हमें एक-एक करके इस लट्ठे को पार करना होगा, पहले मैं इसे पार करता हूँ, उसके बाद तुम पीछे से आना। ठीक है– जिक्की एक आज्ञाकारी बच्चे की तरह सिर हिलाकर बोलता है।

फिर जैम उस लकड़ी के गोल लट्ठे की ओर बढ़ जाता है, वह पहले अपना दायां पैर लकड़ी के लट्ठे पर रखता है और पैर से लट्ठे को हिलाता है, लट्ठा नहीं हिलता है, अब वह निश्चिंत होकर अपना बाँया पैर भी लकड़ी के लट्ठे पर रख देता है और अपनी बाहों को फैलाकर दोनों तरफ से पक्षियों के पंखों की तरह संतुलन बनाता हुआ लकड़ी के लट्ठे पर चलने लगता है। प्रेतनी बड़े ध्यान से उसे लट्ठे पर चलते हुए देखती रहती है और खुशी के मारे उसकी बाँछे धीरे-धीरे खिलने लगती हैं। अंदर से तो उसे बड़ी खुशी मिल रही थी परन्तु अभी वह अपनी खुशी को बाहर खोलकर जाहिर नहीं करना चाहती है। उधर जैम लट्ठे को पार कर सोत के दूसरी ओर पहुँच जाता है। अब लट्ठे को पार करने की बारी जिक्की की आती है। जिक्की लट्ठे की ओर बढ़ता है, लट्ठे पर कदम रखते ही उसकी नजर नीचे बहते पानी पर पड़ती है, वह नीचे बहते पानी को देखकर थोड़ा घबरा जाता है और

लट्ठे से अपने पांव को हटाकर वापस जमीन पर रखता है। तभी दूसरे किनारे से जैम चिल्लाकर बोलता है–जिक्की घबराओ मत, नीचे पानी की तरफ मत देखो, सामने देखो और आ जाओ। जिक्की फिर हिम्मत करके धीरे-धीरे लट्ठे पर चढ़ता है और अपनी दोनों बाहों को फैलाकर संतुलन बनाते हुए लट्ठे पर चलने लगता है। जिक्की लट्ठे पर चलता जा रहा था और वह लगभग आधे लट्ठे को पार कर चुका होता है, उधर प्रेतनी के चेहरे पर एक अजीब-सी मुस्कान तैरने लगती है। जिक्की जैसे ही लट्ठे को पार कर दूसरी तरफ पहुँचता है वैसे ही प्रेतनी के चेहरे पर एक जबरदस्त मुस्कान छा जाती है और उसका दिल ऐसा करने लगता है कि वह एक ही साथ में हँसे, नाचे, गाए। जिक्की दूसरी तरफ पहुँचकर थोड़ा लड़खड़ाकर अभी संभला भी नहीं था कि उसे एक जबरदस्त अट्टहास करती हुई हँसी सुनाई देती है। वह पीछे मुड़कर देखता है, प्रेतनी मारे खुशी से मुँह फाड़कर हँस रही थी। उसके पूरे सफेद बदन पर उसका लाल हलक साफ नजर आ रहा था। उसके होंठ और हलक ये दो ही चीजे थी जो लाल दिख रही थी बाकी उसका सारा शरीर सफेद दिख रहा था। हँसने से उसके चेहरे पर पड़ी झुर्रियाँ और ज्यादा दिख रही थी। प्रेतनी को इस तरह से अट्टहास करते देख दोनों थोड़ा सक-पका जाते हैं और सोचते हैं कि एका-एक यह क्या हो गया कि प्रेतनी जोर-जोर से खुशी के मारे अपने मुँह फाड़कर हँस रही है? तभी जैम दूसरी तरफ से थोड़ा जोर से चिल्लाकर उस प्रेतनी से बोलता है–अरे क्या हुआ, तुम इतना जोर-जोर से हँस क्यों रही हो, अब तुम्हारी बारी है, सारा सामान लेकर आओ। तभी प्रेतनी अपनी हँसी को रोकती है और बड़े ही कुटिल आवाज में बोलती है–मूर्ख बच्चों तुम्हें क्या लग रहा था, मैं तुम्हारे साथ तुम्हें इस प्रेतलोक के बाहर निकालने जा रही थी, मैं तो इस लालटेन को हासिल करना चाहती थी। हा-हा-हा-हा- प्रेतनी अट्टहास करके हँसने लगी। नहीं तुम ऐसा नहीं कर सकती–जिक्की गुर्राकर बोला। इसके बाद प्रेतनी उस बैग को देखती है, जिसमें लालटेन रखी हुई थी, प्रेतनी तेज कदमों से उस लालटेन वाले बैग की तरफ लपकती है। वह उस बैग के पास जाकर उसे उठाती है और अपनी नजरों को उस बैग पर गड़ाते हुए बोलती है–अब यह हमारा है। "नहीं"–जैम और जिक्की के मुँह से एक साथ तेज आवाज निकलती है।

प्रेतनी उस छोटे बैग को जमीन पर रखती है, और उसे खोलती है, उसके अंदर एक चाँदी-सा चमचमाता लालटेन उसे नजर आने लगता है। प्रेतनी जैसे ही उसके ऊपर लगी डंटी को पकड़कर उठाती है, उसे एक जबरदस्त बेचैनी का एहसास होता है, मानों उसे करंट मार गया हो। आ-आ-आ-आह........-प्रेतनी के मुँह से एक जबरदस्त चीख निकलती है और वह उस लालटेन को छोड़ देती है, जिससे लालटेन धम से जमीन पर आकर गिरता है और जमीन पर सीधा टिक कर खड़ा हो जाता है। मेरे हाथ में जलन क्यों हो रही है.....-प्रेतनी अपने हाथ को झाड़ते हुए बोलती है। फिर वह अपने दायें हाथ की हथेली देखती है, जिससे उसने उस लालटेन को पकड़ा था, और वह चीख पड़ती है-नहीं ऐसा नहीं हो सकता.....। उसके हाथ की हथेलियाँ हल्की जल गयी थी। जैम और जिक्की सोत के दूसरी ओर से अवाक् होकर सारे नजारे को देखते रहते हैं क्योंकि अब उनके पास देखने के अलावा कोई चारा भी नहीं था। तभी प्रेतनी उस लालटेन की तरफ देखकर फिर चीखती है-यह लालटेन मेरा है और आज से इसकी मालकीन मैं हूँ, हा, हा, हा, हा! वह फिर दुबारा जमीन पर गिरे हुए लालटेन को उठाने के लिए बढ़ती है और जैसे ही लालटेन को अपने हाथ से पकड़ती है उससे एक जबरदस्त चिंगारी निकलती है और प्रेतनी फिर छटपटाकर चिल्लाने लगती है ऐसे कि जैसे उसने किसी हाइवोल्टेज नंगे तार को पकड़ लिया हो और वह तार उसे तब तक नहीं छोड़ेगा जब तक कि वह उसका सारा खून न चूस ले। प्रेतनी अपने हाथ को झटके देकर बार-बार उस लालटेन को अपने हाथ से छुड़ाने की कोशिश कर रही थी, लेकिन वह लालटेन मानो उसके हाथ से चिपक गया हो, वह जबरदस्त छटपटाहट के साथ गोल-गोल घूम कर चीखती हुई, उस लालटेन को झटककर अपने हाथों से छुड़ाना चाह रही थी, लेकिन वह लालटेन उसके हाथ से छूट ही नहीं रहा था। आखिर अंत में वह लालटेन उसके हाथों से छूटकर जमीन पर गिरता है और जमीन पर सीधा टिककर खड़ा हो जाता है। प्रेतनी का तो बुरा हाल हो गया था, उसका चेहरा हल्का काला पड़ गया था, उसके सिर के बाल खड़े हो गए थे, और उसके दोनों कानों से धुँआ निकलने लगा था। लालटेन के अपने हाथ से छूटते ही वह चिंचियाती और चीखती हुई वहाँ से भाग खड़ी होती है और थोड़ी देर में वह उस घनघोर जंगल में दोनों की नजरों से ओझल हो जाती है।

जैम और जिक्की दोनों उस नजारे को मुँह फाड़कर देखते रहते हैं। प्रेतनी के भागते ही अब दोनों कुछ सामान्य होते हैं और धीरे-धीरे उस लकड़ी के लट्ठे पर चलकर दोनों इस पार आते हैं।

जैम लालटेन को देखता है कि जमीन पर गिरने से इसे कोई नुकसान तो नहीं हुआ, लेकिन उसे लालटेन में एक भी खरोंच का निशान नजर नही आता हैं, वह जस की तस पहले जैसी रहती है और जमीन पर खड़ी रहती है। जिक्की धीरे से डरते हुए उस लालटेन को छूता है।

अरे यह क्या, इसमें से तो कोई चिंगारी नहीं निकल रही है–जिक्की बड़े आश्चर्य से उस लालटेन को छूते हुए बोलता है।

आखिर उस प्रेतनी के साथ ऐसा क्यों हुआ–जिक्की प्रश्नवाचक होकर जैम की तरफ घूरकर पूछता है।

गलत इरादे की वजह से–जैम बोलता है।

म, मतलब समझा नहीं–जिक्की थोड़ा हिचकिचाता हुआ बोलता है। मतलब यह कि जो कोई भी गलत इरादे से इस लालटेन को हासिल करना चाहेगा या चुराना चाहेगा, उसका यही अंजाम होगा–जैम उस लालटेन को उठाकर उस पर लगी धूल झाड़ते हुए बोलता है।

अच्छा! अब हमें क्या करना चाहिए यानी अब किधर चलना चाहिए–जिक्की लालटेन को जैम के हाथों से लेकर बैग में रखते हुए बोलता है। यही तो मैं भी सोच रहा हूँ कि अब किधर चलना चाहिए–जैम अपनी ठुड्डी पर बायें हाथ की उंगुलियों को फेरते हुए बोलता है।

मुझे लगता है कि हमें फिर उसी रास्ते पर लौटकर चलना चाहिए, जिधर से हम आए थे–जिक्की उस रास्ते की तरफ पीछे देखते हुए बोलता है। शायद तुम ठीक बोल रहे हो, लौटकर हमें फिर वहीं पहुँचना होगा, जहाँ से हमने यह पतली पगडंडियों वाला रास्ता पकड़ा था–जैम भी उसकी बात पर सहमति जताते हुए बोलता है।

तो फिर चलें–जिक्की बोलता है।

हाँ चलो–जैम बोलता है।

दोनों अपना सामान उठाकर फिर उसी रास्ते की तरफ मुड़ते हैं जिधर से वे आए थे। दोनों रास्ते पर आगे बढ़ने लगते हैं। मौसम एकदम शांत रहता

है, रात की तीसरी पहर बीतने वाली होती है, हल्की-हल्की ठंड़ी सुहावनी हवाएं चलने लगती हैं, आसमान पूरा साफ रहता है और उसमें चाँद और सितारे टिमटिमाते रहते हैं।

तभी जिक्की बोलता है—सारी यार।

किसलिए—जैम जिक्की की तरफ उसकी नजरों में घूरते हुए बोलता है। क्योंकि मैंने तुम्हारी बात नहीं मानी, मैं प्रेतनी की बातों में आ गया—जिक्की अपनी नजरें झुकाकर ऐसे बोला जैसे उसने कोई गलती की हो। अरे कोई बात नहीं—जैम, जिक्की की तरफ देखकर मुस्कुराया, अपने हाथ को जिक्की के कंधे पर रखा और फिर दोनों उस पतली पगडंडी वाले रास्ते पर आगे बढ़ते चले गए।

7
जादुई बाड़े के पार

दोनों चलते-चलते उस जगह पर यानी उस चौड़े रास्ते पर पहुँच जाते हैं, जहाँ से मुड़कर उन्होंने वह पतली पगडंडी पकड़ी थी। अब सुबह भी होने वाली थी, आसमान से निकलते सूरज की लाली चारों तरफ फैल रही थी। दोनों चलते-चलते काफी थक जाते हैं और कहीं बैठकर आराम करना चाहते हैं। उन्हें भूख भी लगी थी, इसलिए वे रास्ते के किनारे एक जगह पर बैठकर शाही फल खाते हैं। वे बड़े-बड़े दो फल खाते हैं और उनका पेट भर जाता है। रात भर जागने के कारण और जंगल में लगातार चलते रहने के कारण वे काफी थक चुके थे इसलिए वहाँ थोड़ी देर आराम करने के बाद दोनों आगे रास्ते पर बढ़ने लगते हैं। दोपहर हो चली थी सूरज पूरे आसमान पर छा गया था, सूरज की किरण अब तेज हो गयी थी।

तभी जैम को किसी के सुबकने की आवाज सुनाई देती है। जैम कान खड़ा कर उस आवाज को ध्यान से सुनता है। उसे लगता है सच में कोई सुबक रहा है या यह उसके दिमाग का वहम है। लेकिन सुबकने की आवाज लगातार आती रहती है।

क्या तुम्हें कोई अजीब-सी आवाज सुनाई दे रही है? मेरा मतलब किसी के सुबकने की आवाज–जैम, जिक्की की तरफ देखकर बोलता है। कैसी आवाज, मुझे तो ऐसी कोई भी आवाज सुनाई नहीं दे रही है–जिक्की थोड़ा अचरज होकर बोलता है।

लेकिन यह कैसे हो सकता है, जो आवाज मुझे सुनाई दे रही है, वह तुम्हें सुनाई क्यों नहीं दे रही है–जैम भी थोड़ा अचरज होकर बोलता है। फिर जैम उस ओर बढ़ता है, जिधर से सुबकने की आवाज आ रही थी, जिक्की भी उसके पीछे-पीछे चलता है। थोड़ी देर बाद वे एक बड़े से घने पेड़ के पास पहुँच जाते हैं, जहाँ से आवाजें आ रहीं थीं। दोनों उस पेड़ के पास जाकर खड़े हो जाते हैं। अब जिक्की को भी कुछ-कुछ आवाजें सुनाई दे रहीं थीं। लेकिन उस पेड़ के पास कोई नजर नहीं आता है। दोनों पेड़ के चारों तरफ नजरें घुमाकर देखते हैं।

यहाँ पर तो कोई भी नजर नहीं आ रहा है, तो फिर यह सुबकने की आवाज किसकी हो सकती है–जैम बोलता है।

हाँ, यही तो मेरी भी समझ में नहीं आ रहा है, लेकिन मुझे लगता है कि आवाज इस पेड़ से ही आ रही है–जिक्की बोलता है।

तभी जैम थोड़ा ऊँची अवाज में उस पेड़ की तरफ देखते हुए बोलता है–कौन है यहाँ पर जो इस तरह छुपकर सुबक रहा है। उसके यह बोलते ही सुबकने की आवाज और तेज हो जाती है। तभी पेड़ के नीचे उसकी जड़ के पास एक आकृति उभरने लगती है, उसे देखकर दोनों के होश उड़ जाते हैं। पेड़ के नीचे एक काला-सा भीमकाय दैत्य बैठा रहता है जिसके सिर के बीचों-बीच एक सींग रहता है, और वह अपने सिर को टेहुँनों पर रखकर सुबकता रहता है। उस भयानक दैत्य को देखकर दोनों की हिम्मत जवाब देने लगती है, उनके सामने यह कौन-सी नई मुसीबत आ गई है, दोनों यही सोचने लगते हैं। तभी जैम हिम्मत करके पूछता है–तुम कौन हो? उसके इतना कहते ही वह दैत्य और दहाड़ें मारकर रोने लगता है। दोनों को कुछ समझ में नहीं आता है कि आखिर यह इतना रो क्यों रहा है? जैम एक बार फिर हिम्मत जुटाकर पूछता है–तुम कौन हो और आखिर रो क्यों रहे हो?

मुझे माफ कर दो, बु-हु-हु-हु–दैत्य अपने बड़े से सिर को ऊपर उठाता है और बोलता है। उसकी आँखे बड़ी-बड़ी और लाल रहती हैं, उसकी आँखों से मोटे-मोटे आंसू उसके गालों पर बहते रहते हैं।

लेकिन किस बात की माफी–जैम थोड़ा अचंभा होकर पूछता है। नहीं, नहीं, मैं तो माफी के लायक भी नहीं... और इतना कहने के बाद दैत्य फिर दहाड़ें मारकर रोने लगता है।

दोनों को कुछ समझ में नहीं आ रहा था कि आखिर वह दैत्य क्या बोल रहा है, वह किस बात की माफी माँग रहा है?

तभी जैम फिर पूछता है–आखिर बात क्या है? लेकिन दैत्य कुछ नहीं सुन रहा था, वह तो बड़बड़ाते जा रहा था।

मुझे पता था, मुझे पता था, तुम्हें कुछ नहीं हुआ होगा–दैत्य फिर बोलता है और सिर को फिर अपने टेहुँनों में रखकर रोने लगता है।

क्या, क्या, तुम किसके बारे में बातें कर रहे हो–जैम फिर आश्चर्य से पूछता है। तुम्हारे बारे में, "जैम"–दैत्य फिर अपना सिर उठाकर बोलता है। अपना नाम उसके मुँह से सुनकर जैम जैसे उछल पड़ता है!

तुम मेरा नाम जानते हो?–जैम आश्चर्यचकित होकर पूछता है। मैं तुम्हारे बारे में सब कुछ जानता हूँ–दैत्य अब जैम की तरफ देखता हुआ बोलता है।

मुझे पूरा यकीन था, तुम, तुम जिन्दा जरूर बच जाओगे–दैत्य फिर बड़बड़ाता हुआ बोलता है।

जैम का तो जैसे अब सिर चकराने लगा था, उसे कुछ समझ में नहीं आ रहा था कि आखिर यह दैत्य क्या बड़बड़ाता जा रहा है। जैम अपने दिमाग पर जोर डालकर कुछ सोचने लगता है कि तभी दैत्य फिर बोलता है।

मुझे पता था, मुझे पता था, तुम एक दिन यहाँ जरूर आओगे–दैत्य फिर बड़बड़ाता हुआ बोलता है।

लेकिन अफसोस....और इतना कहने के बाद दैत्य फिर अपने सिर को टेहुँनों पर रखकर दहाड़ मारकर रोने लगता है।

किस बात का अफसोस–जैम फिर पूछता है।

अफसोस कि मैं उसे नहीं बचा सका–दैत्य अपने चेहरे को उठाकर जैम की तरफ देखते हुए बोलता है।

'किसे'–जैम फिर आश्चर्य होकर पूछता है।

तुम्हें, तुम्हें सब पता चल जाएगा–दैत्य अब थोड़ा रोना कम करते हुए बोलता है।

मुझे अपने पापों की जितनी सजा दी जाए, कम है–दैत्य हाथों से अपने आँसू पोंछते हुए बोलता है।

कैसा पाप–जैम फिर पूछता है।

मैंने उसके साथ मिलकर बहुत पाप किए हैं–दैत्य अब थोड़ा सामान्य होकर सुबकते हुए बोलता है।

किसके साथ, कैसा पाप, मुझे कुछ समझ में नहीं आ रहा है–जैम अब थोड़ा उत्तेजित होकर बोलता है।

सब, सब, तुम्हें सब पता चल जाएगा–दैत्य पूरी तरह सामान्य होकर, सुबकना बंद करते हुए बोलता है।

दैत्य अब पूरी तरह चुप हो जाता है और दोनों की तरफ देखने लगता है। शायद अब दोनों को उससे डर कुछ कम लगने लगता है। क्योंकि दोनों को अब उससे खतरा महसूस नहीं होता है। देखने में वह दैत्य भीमकाय लग रहा था, लेकिन उसकी आँखों में एक मासूमियत नजर आ रही थी।

तभी जैम पूछता है–तुम कौन हो, और तुम्हारा नाम क्या है?

ओहो, मैं तो यह बताना ही भूल गया, मेरा नाम सीमाँगा है और मैं एक दैत्य हूँ–दैत्य बोलता है।

क्या कहा, तुम दैत्य हो–जिक्की बोला, और उसके चेहरे के ऊपर हवाइयाँ उड़ने लगी।

हाँ, मैं एक दैत्य हूँ–सीमाँगा ने जिक्की की तरफ देखते हुए बोला। लेकिन तुम कौन हो–दैत्य जिक्की की तरफ देखते हुए बोलता है। यह मेरा दोस्त है, जिक्की–जैम ने सीमाँगा का उत्तर देते हुए बोला। अच्छा तो तुम कुछ बातें बोल रहे थे, जो हमारी समझ में नहीं आ रही थी, क्या तुम बताओगे कि बात क्या है–जैम उस दैत्य से पूछता है।

हाँ, हाँ, मैं तो वर्षों से तुम्हारा इंतजार कर रहा था कि तुम्हें सच्चाई बताऊँ और तुम्हें यह पता चल जाए कि सच्चाई क्या है–सीमाँगा बोलता है, और उसके चेहरे पर अब थोड़ी मुस्कुराहट भी आती है।

कैसी सच्चाई, मैं कुछ समझा नहीं–जैम फिर आश्चर्य करता है और उसको लगता है कि आखिर यह कैसी पहेलियाँ बुझा रहा है?

मैं तुम्हें सब बताऊँगा, सारी बातें जो तुम्हारे साथ गुजरी हैं–दैत्य जैम की तरफ देखकर बोलता है।

मेरे साथ गुजरी हैं, क्या मतलब–जैम फिर आश्चर्य से पूछता है। हाँ तुम्हारे बारे में कुछ बातें, जो शायद तुम्हें मालूम नहीं, तुम्हें क्या मुझे लगता है कि तुम्हारे परिवार में भी किसी को इस बारे में पता नहीं है–दैत्य बोलता जा रहा था और उसकी आँखों में एक खुशी की चमक भी नजर आ रही थी।

कैसी बातें–जैम अब उसकी बातों पर ध्यान देते हुए बोलता है। तभी दैत्य बोलता है–ओह मैंने तो तुम्हें कुछ पूछा ही नहीं, तुम दोनों यहाँ आते-आते थक गए होंगे। मैं तुम्हें नींबू का शर्बत पिलाता हूँ। दैत्य अपने दोनों हाथों को फैलाता है और उसके दोनों हाथों में एक-एक काँच का बड़ा गिलास आ जाता है जिसमें हरे रंग के शर्बत रहते हैं। वह गिलासों को जैम और जिक्की की तरफ बढ़ाता है, दोनों गिलासों को लेते हैं और उसे अपने मुँह में लगाते हैं और उसे पीने लगते हैं। धत तेरी की, यह तो बहुत कड़वा है, यह लेमन जूस कम और करेले का जूस ज्यादा लग रहा है–जिक्की शर्बत का एक घूँट निगलते हुए बोलता है।

मुझे भी कुछ ऐसा ही लग रहा है–जैम बोलता है। ओ हो सॉरी, लगता है मैंने गलत जादू कर दिया है, लेमन की जगह करेले का जूस आ गया है–दैत्य थोड़ा सकपकाता हुआ बोलता है। तुम बोलो तो मैं तुम्हें दुबारा लेमन जूस बनाकर देता हूँ दैत्य बोलता है। इसकी कोई जरूरत नहीं–जिक्की अपने मुँह से थूक उगलते हुए बोलता है। क्या तुम्हें जादू भी आता है–जैम दैत्य की तरफ देखकर पूछता है। कुछ, कुछ, बस उसके साथ रहकर सीखा है–दैत्य बोलता है। किसके साथ–जैम पूछता है।

वही जिसे तुम ढूंढ़ने जा रहे हो–दैत्य बोलता है।

अच्छा तो तुम्हें पता है, हम किसे ढूंढ़ने जा रहे हैं–जैम बोलता है।

हाँ मुझे पता है, लेकिन उसे ढूँढ़ना बहुत मुश्किल है–दैत्य बोलता है। तभी जिक्की पूछता है–हाँ तुम कुछ बताने वाले थे। उसकी बात सुनकर वह दैत्य एकदम शांत हो जाता है और फिर बोलता है–हाँ, मैं एक बात बताना चाहता हूँ, तुम्हारी यानी जैम की गुजरी हुई जिन्दगी के बारे में, जो बात खुद उसे मालूम नहीं है। जैम भी अपने बारे में सुनने के लिए बहुत बेताब था इसलिए अब वह भी ध्यान लगाकर सुनने लगता है।

तभी दैत्य बोलना शुरू करता है–"बात आज से सैकड़ों वर्ष पहले की है, जब दुनिया के अधिकांश हिस्सों में डायने, जादूगरनियाँ और जादूगर छुप-छुपकर काला जादू किया करते थे। उस वक्त कुछ राज्यों में काला जादू करना सख्त मना था, अगर कोई काला जादू करते हुए पकड़ा जाता था तो उसे मौत तक की सजा दी जाती थी और अगर कोई बच जाता था तो वह दूसरी जगह पर जाकर छुप जाता था।

ऐसे ही राज्यों में एक राज्य मध्य पूर्व में था, जिसका नाम लियोन था, जहाँ पर काला जादू करना सख्त मना था। उस वक्त वहाँ के राजा मार्क्स सीजर थे जो काले जादू के घोर विरोधी थे। उनके राज्य में अगर कोई काला जादू करते हुए या सीखते हुए पकड़ा जाता था तो उसे मौत की सजा दी जाती थी। राजा मार्क्स ने अपने राज्य की सभी शातिर डायनों, जादूगरनियों और जादूगरों को खत्म कर दिया था जो काला जादू करते थे। लेकिन उनमें से एक जादूगर जिसका नाम विल जोडोन था, भाग निकलता है और कहीं जाकर छुप जाता है। और वह कई वर्षों तक छुप-छुपकर अपने काले जादू का साम्राज्य फैलाने लगता है। कहा जाता है कि वह जादू का इतना शक्तिशाली साम्राज्य फैला लेता है कि उससे कोई शक्तिशाली राजा भी नहीं जीत सकता है। और अंत में वह अपनी शैतानी शक्तियों के बलबूते लियोन पर कब्जा कर लेता है। लियोन पर कब्जा करने के बाद उसकी महात्वाकांक्षा काफी बढ़ जाती है और वह अपने काले जादू का साम्राज्य पूरी दुनिया में स्थापित कर राज करना चाहता है।"

तभी जैम पूछ बैठता है–लेकिन तुम्हें उस जादूगर के बारे इतना सब कैसे मालूम है?

क्योंकि उन्होंने दैत्यों को भी गुलाम बना लिया था, अपने काले जादू की शक्ति से–दैत्य बोलता है।

इसका मतलब तुम भी..... जैम इतना बोलकर रूक जाता है।

हाँ मैं भी उसका गुलाम था–दैत्य बोलता है।

उसने किरांडा प्रजाति को अपना गुलाम बना लिया था–दैत्य बोलता है।

ये किरांडा प्रजाति क्या होता है–जैम आश्चर्य से पूछता है। दैत्यों की भी बहुत-सी प्रजातियां होती हैं, जैसे–युकेला, संभोला और किरांडा। जादूगर सभी दैत्य प्रजातियों को अपने साथ मिलाना चाहता था ताकि वह अपनी

शक्ति बढ़ा सके। उसने इसके लिए बहुत सारे प्रलोभन भी दिए, कुछ प्रजातियां प्रलोभन के लालच में आकर उससे मिल भी गई और उसके लिए बुरे काम करने लगे। लेकिन किरांडा प्रजाति के दैत्यों ने उसके साथ जाने से मना कर दिया। इसका परिणाम यह हुआ कि उसने अपनी शैतानी शक्तियों से हम पर हमला कर दिया और हमें अपना गुलाम बना लिया और फिर मजबूरन हम लोगों को उसके बुरे काम करने पड़े–दैत्य बोलता जा रहा था।

अच्छा उसके बाद क्या हुआ–जैम बोलता है, अब जैम को उस कहानी में आनंद आने लगा था।

उसके बाद हमारी प्रजाति के लोग भी उसके लिए बुरे काम करने लगे–दैत्य बोला।

अच्छा उसने तुम्हें अपना गुलाम कब बनाया, यानी कि तुम लोगों पर हमला कब किया था–जिक्की भी अब थोड़ा रूचि लेता हुआ पूछता है। उसने हमारे पिताजी के समय में ही हमें गुलाम बनाया था और तब से हम उनकी गुलामी करते आ रहे हैं, मैं उस वक्त पैदा भी नहीं हुआ था, मेरे पिताजी ने सारी बातें बताई थीं–दैत्य थोड़ा भावुक होकर बोलता है।

तो फिर तुम यहाँ पर क्या कर रहे हो–अब जैम पूछता है। मैं अब यहाँ पर कैद हूँ और एक कैदी की जिंदगी गुजार रहा हूँ–दैत्य थोड़ा भावुक होकर बोलता है और उसकी आँखों में आंसू छलक जाते हैं। क्या, तुम यहाँ पर कैद हो, लेकिन तुम्हें किसने कैद किया–जिक्की थोड़ा अचरज होकर पूछता है।

उसी दुष्ट जादूगर ने, जिसे तुम ढूँढ़ने जा रहे हो–दैत्य अपनी आँखों से आंसू पोंछते हुए बोलता है।

लेकिन उसने तुम्हें क्यों कैद किया–अब जैम भी थोड़ा आश्चर्य से पूछता है।।

यही बात तो मैं तुम्हें बताना चाहता हूँ–दैत्य जैम की तरफ एकटक नजरें जमाकर बोलता है।

अच्छा बताओ–जैम भी दैत्य की नजरों में देखकर धीरे से बोलता है। फिर दैत्य बोलना शुरू करता है–"बात कई वर्ष पहले की है जब मैं उसके लिए काम करता था, तब तक वह जादूगर काफी शक्तिशाली हो गया था, वह अपने शैतानी दूतों के बलबूते किसी को भी मिट्टी में मिला देता। उसे यह घमंड हो गया था कि अब उसे कोई भी नहीं मार सकता है। तभी उसे

एक ऐसी बात पता चली जिससे वह काफी घबरा गया। उसे यह पता चला कि कुछ सालों के बाद एक बालक पैदा होगा जो उसके काले जादू के साम्राज्य को खत्म कर देगा और उसे भी। अब वह उस बालक को किसी तरह ढूँढ़कर खत्म करना चाहता है, वह चाहता था कि जैसे ही वह बच्चा पैदा हो, उसे पैदा होने के साथ ही खत्म कर दिया जाए। वह उस बच्चे के पैदा होने का इंतजार करने लगा और आखिर वह दिन आ ही गया जिस दिन वह बच्चा पैदा होता है। उसने अपने शैतानी दूतों से मेरे पास पैगाम भिजवाया कि मुझे उस बच्चे को खत्म करना है। लेकिन मैंने यह काम करने से मना कर दिया। हालांकि जिस दिन वह बच्चा पैदा हुआ, उस पर जबरदस्त हमले किए गए ताकि उस बच्चे को पैदा होने के साथ ही मार दिया जाए। लेकिन शायद नियति को यह मंजूर नहीं था और वह बच्चा जिंदा बच गया। लेकिन अफसोस कि उस हमले में उसकी माँ की मौत हो गई। और मुझे उस दुष्ट जादूगर की आज्ञा का पालन न करने की सजा दी गई। मुझे हमेशा के लिए इस प्रेतलोक में बंदी बनाकर कैद कर दिया गया।" और इतना कहने के बाद वह दैत्य खामोश हो गया। वहाँ के पूरे माहौल में एक अजीब-सी खामोशी छा गई। तीनों एक दूसरे को खामोश नजरों से देखने लगे। तभी जैम ने धीरे से पूछा–क्या तुम बता सकते हो कि वह अभागा बच्चा कौन था?

वह अभागा बच्चा कोई और नहीं, बल्कि तुम हो–दैत्य जैम की तरफ इशारा करते हुए बोलता है।

नहीं ऐसा नहीं हो सकता–जैम धीरे से बोला।

यही सच्चाई है–सीमाँगा बोलता है।

इसका मतलब कि मेरी माँ मरी नहीं थी, बल्कि उसकी हत्या की गयी थी–जैम थोड़ा भावुक होकर बोला।

हाँ तुमने सही कहा–सीमांगा जैम की तरफ देखकर बोलता है।

"मेरी माँ"–जैम भारी दिल से आह भर कर रूँधते हुए बोलता है और उसकी आँखों से आंसू गिरने लगते हैं। थोड़ी देर के लिए वहाँ पर खामोशी छा जाती है।

फिर जिक्की पूछता है–लेकिन तुम्हें यह कैसे मालूम हुआ कि उस हमले में जैम जिन्दा बच गया और उसकी माँ की मौत हो गई।

हाँ शुरू में तो मुझे यही पता चला कि उस हमले में माँ और बच्चे दोनों की मौत हो गयी है, क्योंकि दुष्ट जादूगर के यहाँ खुशियाँ मनाई जा रही थी और यही खबर चारों तरफ फैली हुई थी कि उस हमले में माँ और बच्चे

दोनों मारे गए हैं, लेकिन सच कहूँ तो मेरे दिल में यह विश्वास नहीं होता था कि वह असाधारण बालक मारा गया होगा—दैत्य भी अब थोड़ा रूँधते हुए बोलता है।

और इसी विश्वास के साथ मैं वर्षों से तुम्हारे आने की प्रतीक्षा में था, क्योंकि सिर्फ तुम्हीं हो जो उस दुष्ट जादूगर का नाश कर सकते हो और उसके चंगुल से हमें आजाद करा सकते हो—दैत्य जैम की तरफ एक हसरत भरी निगाह से देखते हुए बोलता है।

लेकिन मैं यह कैसे कर सकता हूँ—जैम अपने पलकों पर आए आंसू पोछते हुए बोलता है।

तुम्ही हो और सिर्फ तुम्हीं जो उस दुष्ट जादूगर से लियोन को आजाद करा सकते हो—दैत्य एक विश्वासभरी नजरों से जैम की तरफ देखकर बोलता है।

लेकिन तुम्हें ऐसा क्यों लगता है—जैम भी दैत्य की तरफ देखकर बोलता है। क्योंकि जो उस दुष्ट जादूगर के हमले से बच सकता है, वह कोई साधारण बालक नहीं हो सकता है, तुम असाधारण हो, तुममें कुछ असाधारण शक्तियाँ हैं जिसका पता शायद तुम्हें भी नहीं है—दैत्य अब हुंकार मारकर बोलता है।

पता नहीं मुझे तो ऐसा एहसास कभी भी नहीं हुआ—जैम बोलता है। वक्त आने पर तुम्हें सब पता चल जाएगा—दैत्य जैम की नजरों में नजरें मिलाकर बोलता है।

लेकिन तुमने मुझे पहचाना कैसे—जैम फिर दैत्य की तरफ सवाल दागता हुआ बोलता है। हूँह... अच्छा सवाल है—दैत्य अपनी उंगलियों को ठुड्डी पर रखते हुए बोलता है।

हममें कुछ दिव्य शक्तियाँ हैं, जिससे हम लोगों को पहचानते हैं और मैं जब से यहाँ पर कैद हूँ तब से आज तक कोई इंसान इधर से नहीं गुजरा है सिर्फ कुछ बौनों को छोड़कर। तुममें कुछ असाधारण शक्तियाँ है और तुम्हें वही पहचान सकता है जिसमें कुछ असाधारण शक्तियाँ हों या दिव्य शक्तियाँ हों—दैत्य बोलता है।

तभी जिक्की पूछता है—मुझे एक बात समझ में नहीं आई, तुमने उस दुष्ट जादूगर के लिए बहुत सारे काम किए हैं, तो फिर तुमने उस दिन जिस दिन जैम पैदा हुआ था, इस पर हमला करने से इंकार क्यों कर दिया? उस

दुष्ट जादूगर के लिए हमने बहुत सारे बुरे काम किए हैं, लेकिन आज तक मैंने किसी बच्चे पर हमला नहीं किया है, खासकर एक नवजात शिशु पर जिसका कोई कसूर न हो–दैत्य ने बड़ी शांति से कहा। और मुझे यह भी पता चल गया था कि उस बालक यानी तुममें कुछ असाधारण शक्तियाँ हैं और तुम उस दुष्ट जादूगर के काले जादू के साम्राज्य का अंत करोगे, इसलिए भी मैं तुम पर हमला नहीं करना चाहता था–दैत्य बोलता है।

लेकिन इससे तुम्हें क्या फायदा हुआ–जैम पूछता है।

मैं तो बस उसके काले साम्राज्य का अंत चाहता था–दैत्य गुस्से में बोलता है। लेकिन क्यों–जैम फिर पूछता है।

क्योंकि उसने हम पर आक्रमण करके हमें अपना गुलाम बनाया था–दैत्य एकदम फुफकार कर बोलता है।

और शायद मैंने बहुत पाप किये हैं, इसलिए ऐसा करके मैं अपने पापों का प्रायश्चीत करना चाहता था–दैत्य अब सामान्य होकर अपने सिर को नीचे गड़ाते हुए अपने टेहुंनों पर रखकर बोलता है जैसे उसे अपने किये हुए बुरे कामों का पश्चात्ताप हो रहा हो।

तभी जिक्की बोलता है–हमें भी अपने दोस्त रूनी को उसके चंगुल से छुड़ाना है, क्या तुम बता सकते हो लियोन कहाँ पर है?

मैं तुम्हें यह तो नहीं बता सकता हूँ कि लियोन कहाँ पर है, लेकिन तुम्हें वहाँ तक पहुँचने के लिए एक मदद जरूर कर सकता हूँ–दैत्य जिक्की के सवालों का जवाब देते हुए बोलता है।

लेकिन तुम तो दुष्ट जादूगर के काम करते थे, फिर भी तुम्हें मालूम नहीं कि लियोन कहाँ है–जिक्की थोड़ा अचरज होकर पूछता है।

हाँ, हम लोग उसके काम जरूर करते थे लेकिन हमें (किरांडा प्रजाति) वहाँ कभी भी जाने नहीं दिया गया–दैत्य बोलता है।

तो क्या दूसरी प्रजाति के दैत्यों को वहाँ जाने दिया जाता था–जिक्की पूछता है।

हाँ, उन्हें वहाँ जाने दिया जाता था–दैत्य बोलता है। लेकिन तुम लोगों पर प्रतिबंध क्यों था–जिक्की फिर पूछता है। यह तो मुझे भी पता नहीं,

लेकिन मुझे लगता है कि शायद उस दुष्ट जादूगर को हम पर भरोसा नहीं था–दैत्य बोलता है।

अच्छा तो फिर उसने तुम्हें इतना महत्वपूर्ण काम यानी कि जैम को खत्म करने का काम क्यों सौंपा–जिक्की फिर एक सवाल भरे लहजे में पूछता है। ऐसा इसलिए हो सकता है, क्योंकि दैत्यों की तीनों प्रजातियों में हमारी प्रजाति सबसे शक्तिशाली है, शायद इसीलिए ही उसने यह काम मुझे सौंपा–दैत्य जिक्की की तरफ देखकर बोलता है।

चलो जो भी हो लेकिन मुझे अपने एक मकसद में कामयाबी तो मिली–दैत्य जैम की तरफ देखकर बोलता है।

कैसा मकसद, मैं कुछ समझा नहीं–जैम कुछ अचरज-सा होकर पूछता है। तुम्हें जिंदा बचा हुआ देखने का मकसद–दैत्य अपना हाथ जैम की तरफ बढ़ाता हुआ बोलता है। जैम भी अपना हाथ दैत्य की तरफ बढ़ाता है और उसकी बड़ी-सी हथेली में अपने छोटे कोमल हाथ को रखता है। दैत्य जैम के हाथ को अपने हथेली में पकड़कर अपने होठों पर लाता है और उसके हाथों को चूम लेता है। दैत्य की आँखों में एक खुशी की लहर दौड़ रही थी जिसे जैम देख रहा था। दैत्य इस क्षण इतना भावुक हो गया था कि उसकी लाल आँखों से आंसुओं की कुछ बूंदे उसकी हथेली पर टपक पड़ती हैं। क्या तुम्हें लगता है कि मैं लियोन को उससे मुक्त करा पाऊँगा? जैम उस दैत्य की आँखों में झांकते हुए धीरे से बोलता है।

हाँ दोस्त, मुझे पूरा विश्वास है कि इसमें तुम्हारी जीत होगी–दैत्य भी जैम की आँखों में झांकते हुए बोलता है।

क्या तुम हमारे साथ नहीं चलोगे? जिक्की भी अब थोड़ा भावुक होकर दैत्य से पूछता है।

नहीं, मैं तुम्हारे साथ नहीं चल सकता–दैत्य धीरे से अपना सिर झुकाकर बोलता है।

लेकिन क्यों, तुम हमारे साथ क्यों नहीं चल सकते–जिक्की उसकी आँखों में आँखें डालकर पूछता है।

क्योंकि उस दुष्ट जादूगर ने यहाँ पर अपना काला जादू कर रखा है, मैं इस पेड़ की परिधि से बाहर नहीं निकल सकता, अगर मैं इससे बाहर निकलूँगा तो जल कर भस्म हो जाऊँगा–दैत्य बोलता है।

तो फिर तुम्हारे ऊपर किया गया जादू कब खत्म होगा–जिक्की बोलता है।

जिस दिन लियोन आजाद हो जाएगा, जिस दिन वहाँ से उसका काला जादू खत्म हो जाएगा–दैत्य ऊँची आवाज में चिंघाड़ते हुए बोलता है। और यह काम तुम्हें करना होगा–दैत्य जैम की आँखों में देखते हुए बोलता है।

लेकिन हम उसके राज्य लियोन को कहाँ ढूढ़ेंगे–जिक्की पूछता है। हाँ यह काम बहुत कठिन है, जहाँ तक मैंने अपने पूर्वजों से सुना है, उस दुष्ट जादूगर ने अपने काले जादू से उस राज्य को पाताल लोक में समा दिया है–दैत्य बोलता है।

पाताल लोक, यानी धरती के नीचे–जिक्की थोड़ा आश्चर्य से पूछता है। हाँ तुमने ठीक सोचा, धरती के नीचे–दैत्य जिक्की की तरफ देखकर बोलता है।

अच्छा तो फिर वहाँ जाने का रास्ता कहाँ से होगा–जिक्की बोलता है। यह तो मुझे भी पता नही है–दैत्य बोलता है।

तो फिर अब हम उसके पास कैसे पहुँचेगे?–जिक्की थोड़ा उदास होकर बोलता है।

लेकिन तुमने थोड़ी देर पहले कहा था कि तुम लियोन तक पहुँचने में हमारी मदद करोगे–जैम दैत्य की तरफ देखकर बोलता है।

हाँ, मैंने बोला था, एक उपाय है उस तक पहुँचने का, लेकिन यह काफी जोखिम भरा है–दैत्य बोलता है।

कोई बात नहीं, मैं उस तक पहुँचने के लिए अब कोई भी जोखिम लेने को तैयार हूँ–जैम बोलता है।

फिर दैत्य बोलना शुरू करता है–ठीक है तो फिर सुनो, तुम्हें यहाँ से उत्तर-पूर्व की तरफ जाना होगा जहाँ एक जादुई बाड़ा है, जिसे पार करना होगा, जादुई बाड़े को पार करने के बाद तुम दिवौर की घाटी में पहुँच जाओगे। वहाँ पर जाकर तुम्हें एक अदृश्य शुतुरमुर्ग को ढूंढ़ना होगा, जिसके गले में एक सुनहरी चाबी होगी, उस चाबी को उससे हासिल करके तुम्हें उस रहस्यमयी दीवार के पास जाना है, जहाँ पर एक रहस्यमयी इबारत लिखी होगी। पहले उस दीवार पर सुनहरी चाबी को लगाना होगा, उसके बाद वह

दीवार खुल जाएगा और तुम्हें उसपर लिखी रहस्यमयी इबारत दिखेगी, जिसे तुम्हें समझना होगा, वही उस जादूगर के पास पहुँचने का पता है।

तुम्हें यह सब कैसे पता है—जिक्की दैत्य से पूछता है।

मेरे पिताजी ने मुझे इसके बारे में बताया था—दैत्य बोलता है। तो, तुम लोगों ने कभी उधर से जाने की कोशिश नहीं की—जैम पूछता है।

नहीं हम लोगों ने कभी जाने की कोशिश नहीं की—दैत्य बोलता है। पर क्यों—जिक्की अचरज से पूछता है।

क्योंकि अगर हम जादुई बाड़े को पार कर भी जाते तो, हमें वह अदृश्य शुतुरमुर्ग दिखाई नहीं देता, क्योंकि उसे वही देख सकता है जिसने अपने जिंदगी में कोई पाप न किया हो और जिसका दिल स्वच्छ हो, हमारे हाथ तो गुनाहों से रंगे हुए है, इसलिए हम कभी भी उसे यानी शुतुरमुर्ग को देख नहीं पाते, इसलिए हमने कोशिश नहीं की—दैत्य बोलता है। तभी जिक्की पूछता है—यह जादुई बाड़ा क्या है?

जब तुम इस प्रेतलोक को पार कर जाओगे, तब उत्तर-पूर्व की ओर लोहे के कांटों से घिरे बाड़ मिलेंगे, जो एक जादुई बाड़ा है। तुम्हें वहाँ पर रूकना नहीं है, बस चलते जाना है, तुम उस बाड़े को पार कर जाओगे—दैत्य बोलता है।

तो क्या उसके कांटे हमें चुभेंगे नहीं—जिक्की फिर आश्चर्य से पूछता है। नहीं, क्योंकि वह जादुई बाड़ा है—दैत्य बोलता है।

बस तुम्हें ध्यान रखना है कि वहाँ पर रूकना नहीं है, अगर तुम डर कर रूक गए तो उस कांटों के बाड़े से टकरा जाओगे और कभी भी उसके पार नहीं जा पाओगे—दैत्य बोलता है।

चलो ठीक है, हम उस जादुई बाड़े को पार कर भी जाते हैं तो फिर उस शुतुरमूर्ग को कैसे ढूँढ़ेंगे, क्योंकि वह तो अदृश्य है—जिक्की फिर पूछता है।

हूँ, अच्छा सवाल है—दैत्य अपनी ठुड्डी पर उंगलियाँ रखते हुए जिक्की की तरफ देखकर बोलता है।

लेकिन मुझे लगता है कि तुम्हें वह अदृश्य शुतुरमूर्ग मिल जाएगा, क्योंकि तुम दोनों एक नेक इंसान हो—दैत्य बोलता है।

मुझे लगता है कि अब हमें यहाँ से निकलना चाहिए–जैम दैत्य की तरफ देखकर बोलता है।

ठीक है, मि. सीमाँगा हमें अब इजाजत दें, हमें जल्द से जल्द लियोन पहुँचना होगा–जैम दैत्य की तरफ हाथ बढ़ाते हुए बोलता है।

ठीक है बच्चों, दिल तो मेरा भी कर रहा था कि मैं भी तुम्हारे साथ चलूँ, लेकिन मैं मजबूर हूँ–सीमाँगा जैम के हाथ को अपने हाथों में लेते हुए बोलता है।

और फिर दोनों मुड़कर चौड़े रास्ते पर उत्तर-पूर्व की ओर चल पड़ते हैं। दैत्य पेड़ के नीचे ही खड़ा होकर अपने हाथ उठाकर चिल्लाकर बोल रहा था–अलविदा मेरे दोस्तों, मुझे ऐसा लग रहा है कि मेरा इंतजार खत्म हो गया है, तुम आ गये और तुम लियोन से काले जादू के साम्राज्य का अन्त करोगे और हमें आजादी मिलेगी। यह बोलते हुए दैत्य की आँखों से आंसू छलक रहे थे।

दिन ढल चुका था और शाम हो गई थी, दोनों तेज कदमों से चल रहे थे और जल्दी से जल्दी उस जादुई बाड़े के पास पहुँचना चाहते थे। थोड़ी देर बाद रात हो जाती है, आसमान में चाँद और सितारे नजर आने लगते हैं और उनकी हल्की-हल्की रोशनी से पूरा जंगल नहाया रहता है। उस रात के सन्नाटे में दोनों दोस्त चले जा रहे थे। जैम जब से दैत्य से मिला था उसका दिल काफी बोझिल लग रहा था, उसे अपनी माँ के कातिल का पता चल गया था। शायद घर से निकलने के बाद पहली बार उसे अपनी माँ की इतनी ज्यादा याद आ रही थी। वह अंदर ही अंदर खुद को कोस भी रहा था कि आखिर उसी के चलते उसकी माँ की जान चली गयी। जैम आसमान में टिमटिमाते सितारों की ओर देखता चला जा रहा था, शायद वह इन सितारों में अपनी माँ को खोज रहा था। काफी देर तक चलने के कारण दोनों थक जाते हैं। लेकिन जैम कुछ ज्यादा ही थका हुआ नजर आ रहा था और उसके माथे पर पसीना भी नजर आ रहा था, शायद वह जैसे किसी सोच में डूबा हो। तभी जिक्की बोलता है–जैम मैं चलते-चलते थक गया हूँ और शायद तुम भी थके हुए लग रहे हो, चलो कहीं बैठकर आराम करते हैं। जैम भी सहमति में सिर हिलाता है। दोनों रास्ते के किनारे एक जगह पर बैठ जाते हैं। उन्हें जोरों की नींद आने लगती है। जिक्की जमीन पर लेटते ही जम्हाई लेने लगता

है। जैम लेटकर आसमान में चमकते सितारों की तरफ देखता रहता है और उसकी भी पलक झपकने लगती है। कुछ देर बाद जैम को भी नींद आ जाती है और वह एक सुनहरा सपने देखने लगता है।

जैम को दिखता है कि आसमान से एक चमकीला तारा टूटकर धरती पर आ रहा है। वह तारा थोड़ी देर में आकर उस जंगल में जैम से थोड़ी दूरी पर गिरता है। उस तारे के वहाँ गिरते ही एक रोशनी फैल जाती है, उसकी रोशनी से चौंधिया कर जैम अपने हाथों को अपने आँखों पर रख लेता है। थोड़ी देर में जैम हाथों को अपनी आँखों से हटाता है तो वह देखता है कि उस रोशनी में से एक खूबसूरत महिला चलती हुई उसके पास आ रही है। उसके खूबसूरत सुनहले बाल लहरा रहे थे, उसके चेहरे पर एक कशीश नजर आ रही थी। वह मुस्कुराती हुई जैम के करीब आ रही थी। जैम उसे एकटक देखे जा रहा था। उसके करीब आते ही जैम के मुँह से एकाएक शब्द निकल पड़ते हैं।

"माँ"–जैम के मुँह से एकाएक शब्द निकल पड़ते हैं।

हाँ मेरे बच्चे–वह अपनी सपनीली आँखों से जैम की तरफ मुस्कुराकर देखती हुई बोलती है।

माँ तुम मुझे अकेला छोड़कर कहाँ चली गई–जैम रूँधता हुआ बोलता है। नहीं बेटे, मैं तो हमेशा तुम्हारे पास रहती हूँ–उसकी माँ मारिया बोलती है। कहाँ–जैम हल्की सिसकी लेते हुए बोलता है।

मैं हमेशा तुम्हारे दिल में रहती हूँ, तुम्हारे यादों में रहती हूँ, तुम्हारे सपनों में रहती हूँ–मारिया उसकी तरफ देखती हुई बोलती है।

मुझे पता है, तुम काफी दुःखी हो और मुझे याद कर रहे हो–मारिया जैम की आँखों में देखती हुई बोलती है।

हाँ माँ, मैं काफी दुःखी हूँ क्योंकि मुझे पता चल गया है कि तुम मरी नहीं थी, बल्कि तुम्हें मारा गया है–जैम भी मारिया की आँखों में देखते हुए बोलता है। हाँ, मुझे पता है, कभी-कभी बुराइयों से लड़ने के लिए हमें कुर्बानियाँ देनी पड़ती है–मारिया बोलती है।

और मुझे बचाने में तुमने अपनी कुर्बानी दे दी–जैम सुबकता हुआ बोलता है।

नहीं, नहीं ऐसी बात नहीं है—मारिया बोलती है।

उसने तो मुझ पर हमला किया था, लेकिन जान तुम्हारी चली गई और कही न कहीं तुम्हारी मौत का कारण मैं भी था माँ—जैम बोलता जा रहा था और उसकी आँखों से आंसू बहते जा रहे थे।

हो सकता है उस हमले में हम दोनों ही मारे जाते, लेकिन तुम बच गए क्योंकि ईश्वर ऐसा नहीं चाहता था, वह चाहता था कि तुम जिंदा रहो और इन बुराइयों के खिलाफ लड़ो—मारिया जैम के सिर पर हाथ फेरते हुए बोलती है।

लेकिन ईश्वर ने मुझे ही क्यों चुना माँ—जैम बोलता है।

क्योंकि शायद वह तुम जैसे नेक लोगों को ही पसंद करता है—मारिया बोली।

मेरे बच्चे एक बात हमेशा याद रखना कि बुराई का साया लाख घना हो लेकिन एक न एक दिन उसे खत्म होना होता है और अच्छाई की जीत होती है—मारिया बोलती है।

तो क्या मैं इसलिए बच गया कि मुझे उन बुराइयों के खिलाफ लड़ना है—जैम बोलता है।

हाँ, शायद ईश्वर ऐसा ही चाहता है—मारिया बोलती है।

तभी जैम एक हसरत भरी निगाह से अपनी माँ मारिया की तरफ देखता है और बोलता है—माँ क्या तुम्हें मेरी याद आती है?

बहुत, बहुत ज्यादा मेरे बेटे—मारिया इतना बोलती है और जैम को अपनी बांहों में लेकर लिपट कर रोने लगती है। दोनों की आंखों से आँसू बहते रहते हैं। थोड़ी देर बाद दोनों चुप होते हैं, जैम माँ के कंधे से सिर को हटाता है और उसकी आँखों में देखकर बोलता है—माँ, टुन्नी मौसी बोला करती थी कि तुम बहुत खूबसूरत हो, लेकिन तुम तो उससे भी ज्यादा खूबसूरत हो माँ।

हाँ और तुम भी बहुत खूबसूरत हो—मारिया जैम कि आँखों से आँसुओं को पोंछते हुए बोलती है।

ठीक है अब मैं चलती हूँ—मारिया बोलती है।

लेकिन तुम कहाँ जा रही हो माँ–जैम बोलता है।

ख्वाबों की दुनिया में, इन सितारों के पार–मारिया बोलती है।

इतना बोलने के बाद मारिया उसकी नजरों से गायब हो जाती है और जैम के सामने फिर वही सन्नाटा घनघोर जंगल नजर आने लगता है। लेकिन जैम अपनी नजरों को सितारों की तरफ गड़ाकर देखे जा रहा था। अब उसके दिल का बोझ हल्का हो गया था, उसे खुशी थी कि वह अपनी माँ से मिला है।

तभी जैम को लगता है कि कोई उसे झकझोर रहा है और उसकी नींद टूट जाती है। उसके सामने जिक्की रहता है जो उसे झकझोर कर उठाता है क्योंकि सुबह हो गयी थी।

क्या बात है, ज्यादा थक गये थे क्या, जो इतनी गहरी नींद लग गई, तुम तो इतनी देर से कभी नहीं उठते थे, फिर आज क्या हो गया–जिक्की जैम की तरफ देखकर पूछता है।

बस यूँ ही, एक सपना देख रहा था–जैम अपनी आँखें मलते हुए बोलता है। कैसा सपना–जिक्की उत्सुक होकर पूछता है।

रात को सपने में मैंने अपनी माँ को देखा–जैम बोलता है। और उसे अपने सपनों की सारी कहानी सुनाता है। उसकी कहानी सुनने के बाद जिक्की बोलता है–यार सच में, मुझे भी अपनी माँ की बहुत याद आ रही है, पता नहीं वह हमें कहाँ–कहाँ ढूँढ़ती होगी। जिक्की थोड़ा उदास होकर अपने सिर को नीचे झुका लेता है। तभी जैम को कुछ दूरी पर एक झिलमिलाती चमकती हुई चीज नजर आती है। उस झिलमिलाती चमकती हुई चीज की तरफ हाथों से इशारे करके जैम बोलता है–अरे वह चमकती हुई चीज क्या है? फिर दोनों उस ओर ध्यान से देखने लगते हैं, और जिक्की खुशी के मारे चीख पड़ता है।

अरे यह तो जादुई बाड़ा है, यानी हम उस जादुई बाड़े के पास पहुँच गये–जिक्की खुशी के मारे चिल्लाते हुए बोलता है।

अरे हाँ, तुम ठीक बोल रहे हो–जैम भी उधर देखते हुए बोलता है। तो फिर चलने के लिए तैयार हो जाओ–जैम फिर बोलता है।

ओह मुझे तो जोरों की भूख लगी है, पहले कुछ खा लूँ, फिर चलता हूँ–जिक्की अपने पेट पर हाथ फेरते हुए बोलता है। फिर जिक्की बैग से उस शाही फल को निकालता है।

अरे देखो। यह फल तो एकदम वैसा ही है जैसे इसे अभी पेड़ से तोड़ा गया हो, यह जरा भी खराब नहीं हुआ है–जिक्की फल की तरफ देखता हुआ बोलता है।

क्योंकि यह कोई आम फल नहीं है, यह शाही फल है–जैम बोलता है।

अच्छा–और इतना बोलकर जिक्की एक फल जैम को देता है और एक खुद खाने लगता है।

यार तुम्हें क्या लगता है, उस जादुई बाड़े के पार क्या होगा–जिक्की फल का एक निवाला अपने दांतों से काटते हुए जैम से पूछता है। पता नहीं, फिलहाल तो हमें यह ही पता है कि उस पार एक घाटी है–जैम बोलता है।

और उसका नाम दिवौर की घाटी है–जिक्की बोलता है।

दोनों फल खाने के बाद अपना सामान उठाते हैं और उस चमकीले बाड़े की ओर बढ़ने लगते हैं। चलते-चलते वे जादुई बाड़े के काफी करीब पहुँच जाते हैं। स्टील के कंटीले तारों से बना वह बाड़ा सूर्य की रोशनी में काफी चमकदार लग रहा था। बाड़ा इतना ऊँचा और घना रहता है कि दूसरी पार कुछ भी नजर नहीं आता है। दोनों बाड़े के पास पहुँचकर उससे कुछ दूरी पर रूक जाते हैं।

तभी जैम जिक्की की तरफ देखता हुआ बोलता है–तुम्हें पता है न, उस दैत्य ने हमें क्या बताया था, उस बाड़े को बिना डरे हुए पार करना है और डर कर रूकना नहीं है।

हाँ, हाँ मुझे याद है–जिक्की थोड़ा घबराता हुआ बोलता है।

जैम उसकी घबराहट को समझ जाता है और बोलता है–अरे तुम घबरा क्यों रहे हो, चलो ऐसा करते हैं, पहले मैं उस जादुई बाड़े को पार करता हूँ।

ठीक है–जिक्की सिर हिलाता हुआ बोलता है।

फिर जैम उस जादुई बाड़े की तरफ बढ़ता है, और देखते ही देखते जैम उस बाड़े को पार कर जाता है, उसे कोई खरोंच नहीं आती है। दूसरी तरफ पहुँचकर जैम चिल्ला कर बोलता है–जिक्की आ जाओ, देखो डरकर रूकना

नहीं। जिक्की को अब जैम दिख नहीं रहा था, बस उसकी आवाजें सुनाई दे रही थी। जिक्की भी अब आगे बढ़ता है और उस कंटीले तार वाले लोहे के बाड़े के पास पहुँचकर अपनी आँखें बंद करके उस बाड़े में घुस जाता है, उसे थोड़ी देर के लिए कुछ ठंडक का एहसास होता है और उसे लगता है कि उसका हाथ पकड़ कर कोई उसे खींच रहा है, वह आँखें खोलता है और अपने हाथ में जैम का हाथ देखता है जो उसे खींच रहा था। जिक्की भी बाड़े के पार पहुँच जाता है और हाँफते हुए बोलता है।

अरे यार एक पल के लिए तो मैं डर गया कि मुझे कौन खींच रहा है–जिक्की अपनी सांस को थामते हुए बोलता है।

चलो अच्छा हुआ कि रूके नहीं, वरना उसी पार रह जाते–जैम बोलता है।

दोनों उस बाड़े के पार पहुँच गये थे। दोनों उस अनजानी और रहस्यमयी घाटी की तरफ नजर दौड़ाकर देखते हैं, उन्हें सिर्फ चटीला मैदान नजर आ रहा था, आस-पास कोई पेड़ पौधा नजर नहीं आ रहा था, दोनों उस चटीले मैदान की तरफ मुड़ते हैं और आगे बढ़ने लगते हैं।

8

अदृश्य शुतुरमुर्ग

दोनों उस चटीले मैदान पर आगे बढ़ते जा रहे थे, दूर-दूर तक उन्हें चटीले मैदान नजर आ रहे थे और कहीं-कहीं पर जमीन के ऊपर उभरे पत्थर के टीले नजर आ रहे थे। दोनों उस सुनसान बियावान चटीले रास्ते पर आगे बढ़े जा रहे थे। तभी दोनों को कुछ दूरी पर एक छोटा-सा पठार नजर आता है जो बादामी रंग का दिखता है और उस पर एक भी पेड़ नजर नहीं आता। दोनों चलते-चलते उस पठार के पास पहुँचते हैं। उन्हें वहाँ एक बड़ा-सा तालाब नजर आता है, जो चारों तरफ से उस पठार से घिरा रहता है। उसका नीला पानी काफी साफ नजर आ रहा था। दोनों वहाँ पर जाकर उस खूबसूरत तालाब को देखते रहते हैं। तभी उन्हें उधर किसी चीज के आने की आहट सुनाई देती है। दोनों एक पत्थर के टीले के पीछे छुप जाते हैं और उस अनजानी आती हुई आवाज की दिशा में देखने लगते हैं। थोड़ी देर में वे देखते हैं कि कुछ शुतुरमुर्गों का झुंड उस तालाब की तरफ आ रहा है। दोनों गौर से उस झुंड की तरफ देखने लगते हैं। वे शुतुरमुर्ग काफी बड़े होते हैं, उन दोनों से भी बड़े। सारे शुतुरमुर्ग उस तालाब के किनारे जाकर खड़े हो जाते हैं और अपनी लम्बी गर्दनों से इधर-उधर देखते हैं और फिर उस तालाब का पानी पीने लगते हैं। यह नजारा दोनों छुप-छुप कर देखते हैं। दोनों उस अदृश्य शुतुरमुर्ग को भी उस भीड़ में देखने की कोशिश करते हैं जिसके गले में वह सुनहरी चाबी की बात सीमांगा ने बतायी थी, लेकिन उन्हें कोई भी ऐसा शुतुरमुर्ग नजर नहीं आता जिसके गले में वह सुनहरी चाबी हो। सभी

शुतुरमुर्ग पानी पीकर उधर मुड़ते हैं जिधर से वे आए थे। और फिर सारा झुंड मुड़कर चलने लगता है।

ये सारे शुतुरमुर्ग किधर जा रहे हैं–जिक्की बोलता है। शायद यह उधर जा रहे हैं, जहाँ से वे आए थे–जैम बोलता है। हमें लगता है है कि हमें उनका पीछा करना चाहिए–जिक्की बोलता है। हाँ तुम ठीक कहते हो लेकिन होशियारी से, छुप-छुपकर–जैम बोलता है। ठीक है–जिक्की बोलता है।

और फिर दोनों छुप-छुप कर उन शुतुरमुर्गों के झुंड का पीछा करने लगते हैं। थोड़ी देर बाद वे सारे शुतुरमुर्ग उस पठार से निकलकर चटीले मैदान पर पहुँच जाते हैं और आगे बढ़ते रहते हैं। चटीले मैदान पर उनके काफी पास से पीछा करने पर खतरा हो सकता था, या तो वे शुतुरमुर्ग उन्हें देखकर भागने लगते या उन पर हमला कर सकते हैं, यही सोचकर दोनों एक सुरक्षित दूरी बनाकर उनका पीछा करने लगते हैं जिससे वे शुतुरमुर्गों की नजर में न आएँ और उन्हें यह एहसास न हो कि कोई उनका पीछा कर रहा है। उन शुतुरमुर्गों के पीछे चलते-चलते काफी देर बाद उन्हें कुछ पेड़ों के झुरमुट नजर आने लगते हैं जो शायद कुछ मील की दूरी पर थे। कुछ देर बाद सारे शुतुरमुर्ग उन घने पेड़ों के पास पहुँच जाते हैं, पीछे-पीछे जैम और जिक्की भी उस घने पेड़ों वाले झुरमुट में घुस जाते हैं। अंदर घुसते ही उन्हें वहाँ एक घनघोर जंगल दिखने लगता है, वहाँ काफी ऊँचे-ऊँचे पेड़ नजर आते हैं। पेड़ इतने घनघोर थे कि सूर्य की पूरी रोशनी धरती पर नहीं आ रही थी। दोनों उस घनघोर रास्ते पर आगे बढ़ते जा रहे थे। तभी जिक्की को पेड़ से उनकी तरफ घूरती हुई दो आँखें दिखाई देती है। जिक्की जैम की तरफ धीरे से हाथ मारते हुए बोलता है–अरे जैम, देखो वह पेड़ के ऊपर क्या है, जो हमारी तरफ घूर रहा है। जैम उस पेड़ की तरफ देखता है और बोलता है–अरे वह तो उल्लू है। और फिर दोनों घनी झाड़ियों को चीरते हुए आगे बढ़ जाते हैं।

मैंने अपनी जिंदगी में पहली बार उल्लू देखा है, अच्छा उसकी आँखें इतनी बड़ी क्यों रहती है–जिक्की उत्सुकतावश पूछता है। ताकि वह रात में ठीक से देख सके–जैम जवाब देता है।

अरे यार जैम, यह जंगल कितना घना है, ऐसा लग रहा है कि जैसे कोई भी इंसान इधर न आया हो–जिक्की घनी झाड़ियों के बीच चलते हुए बोलता है। शायद तुम ठीक ही बोल रहे हो–जैम बोलता है।

तभी उन्हें कुछ हल्की-हल्की सरसराती-सी आवाज सुनाई देती है, दोनों उस आवाज को सुनकर सावधान हो जाते हैं।

सावधान आगे कुछ है, हमें धीरे-धीरे चलना होगा–जैम जिक्की का हाथ पकड़ते हुए बोलता है। और दोनों एक-एक कदम सावधानी से रखते हुए आगे बढ़ने लगते हैं, ताकि उनके कदमों से कोई आवाज न हो। थोड़ी दूर चलने के बाद उन्हें एक खुली-सी छोटी-सी हरियाली भरी जगह मिलती है जिसकी जमीन पर हरी घास उगी रहती हैं। उस घास के छोटे से मैदान में एक सफेद जानवर चर रहा था। दोनों झाड़ियों के पीछे छुप जाते हैं और उस सफेद जानवर को ध्यान से देखने लगते हैं। उस सफेद जानवर की गर्दन लंबी रहती है, उसके पंजे बड़े-बड़े रहते हैं और उसके सिर के ऊपर मोर जैसे पंख उगे रहते हैं जो सफेद रहते हैं। लेकिन इसके अलावा एक और चीज उन्हें नजर आती है, जिसे देखकर वे अवाक रह जाते हैं और उनके मुँह फटे के फटे रह जाते हैं। उस बड़े से जानवर की गर्दन में एक धागे से बंधी सुनहरी चाबी चमकती रहती है जो सूर्य की रोशनी पड़ने से अपनी चमक इधर-उधर फेंकती रहती है। अब उन्हें यह समझ में आ जाता है कि यह कोई आम पक्षी नहीं है, बल्कि यह ही वह अदृश्य शुतुरमुर्ग है जिसके बारे में दैत्य ने बताया था। वह अदृश्य शुतुरमुर्ग अपनी चोंच को नीचे करके जमीन में कुछ चुगता रहता है।

तभी जैम धीरे से बोलता है–तुमने एक चीज देखी, हमने जिन शुतुरमुर्गों का पीछा किया, वे हल्के काले पंखों वाले थे, लेकिन इसके पंख पूरे सफेद हैं। हाँ और काफी खूबसूरत भी लग रहा है–जिक्की ने कहा।

लेकिन उसकी गर्दन में झूलती हुई सुनहरी चाबी को हम कैसे हासिल करेंगे–जैम उस सुनहरी चमकती हुई चाबी की तरफ देखते हुए बोलता है। अरे यह शुतुरमुर्ग कितना बड़ा है, जैसे हम दोनों इसके ऊपर बैठकर सवारी कर सकते हों– जिक्की बोलता है।

शुतुरमुर्ग अपनी लम्बी गर्दन को उठाकर इधर-उधर देखने लगा, उसकी आँखें बड़ी-बड़ी और लाल थी। वह शायद इधर-उधर देखकर अपने आस-पास के खतरे को भाँप रहा था। तभी दूसरी तरफ की झाड़ियों से कुछ चूँ-चूँ की जोरदार आवाज आने लगी। आवाज सुनते ही शुतुरमुर्ग भागने लगा और वह उनकी नजरों से ओझल हो गया। थोड़ी देर में दो नेवले झाड़ियों से

निकलकर बाहर गिरे, दोनों आपस में लड़ रहे थे। लड़ाई कुछ देर तक चलती रही और फिर उनमें से एक नेवला दुम दबाकर भाग गया।

ओह इन दोनों की लड़ाई के चक्कर में वह शुतुरमुर्ग भाग गया—जिक्की ने थोड़ा गुस्से से अपना हाथ झाड़ते हुए बोला।

चलो कम से कम हमें वह अदृश्य शुतुरमुर्ग नजर तो आया—जैम बोलता है।

अब हमें उधर चलना होगा, जिधर वह शुतुरमुर्ग गया है—जैम ने शांति से कहा।

फिर दोनों उस रास्ते की तरफ बढ़ते हैं, जिधर वह शुतुरमुर्ग भागा था। दोनों रास्ते पर चलते जा रहे थे, रास्ते के अगल-बगल काफी खूबसूरत फूल उगे हुए थे, कुछ फूल छोटे तो कुछ काफी बड़े थे। जिक्की का मन किया कि वह फूलों को तोड़े लेकिन जैम ने उसे फूलों को तोड़ने के लिए मना किया क्योंकि उसे डर था कि यहाँ के मायावी जंगलों में कुछ भी हो सकता है। दोनों चलते-चलते एक ऊँची जगह पर पहुँच जाते हैं, जहाँ से पूरी घाटी का नजारा साफ-साफ नजर आ रहा था। थोड़ी देर वहाँ पर रूककर वे घाटी का नजारा लेते हैं, घाटी के दूर-दूर तक जंगल और छोटे ऊँचे पठार नजर आ रहे थे। थोड़ी देर बाद दोनों आगे ढलान भरे रास्ते पर चलने लगते हैं। दोनों चलते जा रहे थे लेकिन उन्हें अब वह शुतुरमुर्ग कहीं नजर नहीं आ रहा था। चलते-चलते सुबह से शाम हो जाती है, दोनों काफी थक जाते हैं, चलने का मन नहीं कर रहा था लेकिन उस भयानक जंगल में रूकने का मन भी नहीं कर रहा था। दोनों किसी ऐसी सुरक्षित जगह पर रूकना चाहते हैं, जहाँ उन्हें खतरा कम से कम हो, लेकिन ऐसी कोई जगह नजर नहीं आ रही थी, इसलिए दोनों चलते जा रहे थे। अंत में हारकर जिक्की, जैम से रूकने को बोलता है। दोनों रूककर एक जगह पर बैठ जाते हैं, रात भी हो जाती है। तभी जिक्की अपनी उंगली उठाकर इशारे से जैम को कुछ कहना चाहता है। क्या हुआ—जैम उसकी उंगलियों की तरफ देखकर बोलता है। मैं थोड़ा लघुशंका (पेशाब) करके आता हूँ—जिक्की बोलता है। ठीक है जाओ—जैम बोलता है।

जिक्की उठता है और उस अंधेरे बियाबान में एक तरफ जाता है। जैम बैठकर उस अंधेरी घाटी के नजारे को देखता रहता है, उसे अंधेरे बियाबान

जंगलों के अलावा और कुछ नजर नहीं आ रहा था। जैम फिर आसमान की तरफ नजरें उठाकर देखता है, उसे आसमान में टिमटिमाते हुए सितारे नजर आते हैं। लेकिन चाँद नजर नहीं आ रहा था, वह सोचने लगता है कि जादुई बाड़े के उस पार तो आसमान में चाँद नजर आ रहा था, लेकिन यहाँ तो सिर्फ सितारे ही हैं। वह काफी देर तक आसमान में टिमटिमाते हुए सितारों की तरफ टकटकी लगाकर देखता रहता है। तभी उसे ध्यान आता है कि जिक्की अभी तक आया नहीं हैं, उसे गए तो काफी देर हो गई है। वह उस तरफ देखता है, जिधर जिक्की गया था, लेकिन उसे उधर वह नजर नहीं आता है। जैम के दिल में थोड़ी घबराहट पैदा होती है, वह उठकर उस ओर जाता है जिधर जिक्की गया था। थोड़ी दूर चलने के बाद वह देखता है कि अंधेरे में एक पत्थर पर बैठकर अपना सिर नीचे झुकाकर जिक्की सिसक रहा है। जैम उसकी तरफ बढ़ता है।

अरे तुम यहाँ क्यों बैठे हो, और सिसक क्यों रहे हो—जैम जिक्की के कंधे पर हाथ रखकर उसे झकझोरते हुए बोलता है। लेकिन जैम के इतना कहते ही जिक्की उसे एक जोरदार धक्का देता है जिससे जैम उससे कुछ दूरी पर जाकर धड़ाम से गिरता है। जैम अभी जमीन पर पड़ा कराह रहा था कि तभी जिक्की अपनी जगह से उठता है और वह जैम की तरफ बढ़ने लगता है। जैम उसकी तरफ देखता है, जिक्की की आँखें खून की तरह लाल रहती हैं और वह गुस्से में लाल होकर जैम की तरफ ऐसे बढ़ रहा था जैसे वह उसे कच्चा चबा जाएगा। जैम को कुछ समझ में नहीं आ रहा था कि आखिर यह सब क्या हो रहा है? जैम अपनी जगह से कराहते हुए उठने की कोशिश कर ही रहा था कि जिक्की झपट्टा मारता हुआ उसके पास पहुँच जाता है और उसकी गर्दन पकड़ लेता है। उसकी पकड़ काफी जोरदार रहती है। जैम छटपटाता हुआ अपनी गर्दन से उसके हाथ को छुड़ाने की जोरदार कोशिश करता है। तभी जिक्की उसे दूसरी तरफ कस कर धकेल देता है। जैम उससे कुछ दूरी पर जाकर पीछे लड़खड़ाते हुए गिरते-गिरते बचता है और अपने आपको संभालता है। तुम्हें क्या हो गया है, तुम पागल तो नहीं हो गए हो—जैम चीखता हुआ जिक्की को बोलता है।

तभी जिक्की एक कड़क आवाज में बोलता है, जो शायद कुछ मिली जुली आवाज-सी लग रही थी।

तुम्हें क्या लग रहा था, मैं तुम दोनों को इतनी आसानी से छोड़ दूँगी–और इतना कहकर जिक्की एक अजीब तरह की जोरदार अट्टहास करता हुआ हँसने लगा।

अब जैम को लगने लगा कि कुछ न कुछ गड़बड़ जरूर है क्योंकि जिक्की की आवाज बहुत बदली-सी लग रही थी। जिक्की के मुँह से शब्द जरूर निकल रहे थे लेकिन ऐसा लग रहा था कि उससे कोई और बोल रहा है।

तुम कौन हो–जैम, जिक्की की खून जैसी लाल आँखों की तरफ देखकर बोलता है।

अच्छा, इतनी जल्दी भूल गए–जिक्की अपनी खूनी आँखों को तरेर कर कड़क आवाज में बोलता है।

मतलब तुम जिक्की नहीं, कोई और हो–जैम ने बोला।

तुमने ठीक पहचाना–जिक्की बोलता है।

तो फिर तुम कौन हो–जैम फिर पूछता है।

तुम्हें क्या लगता है, तुम वहाँ से भाग गये तो मैं तुम्हें छोड़ दूँगी, अगर वह लालटेन मेरा नहीं हो सकता तो मैं उसे तुम्हारा भी नहीं होने दूँगी–जिक्की बोलता है।

अच्छा तो तुम कैली हो–जैम बोलता है।

तुमने बिलकुल ठीक पहचाना–जिक्की बोलता है।

तो तुम हमारा पीछा कर रही थी–जैम बोलता है।

हाँ मैं तुम लोगों का पीछा कर रही थी, मैं चाहती तो तुम्हें उस वक्त भी मार सकती थी, लेकिन मैं मजबूर थी–जिक्की अपनी लाल आँखों से जैम को घूरते हुए बोलता है।

कैसी मजबूरी–जैम बोलता है।

तुम्हारे गले में पड़े ताबीज के कारण, क्योंकि उसके रहते मैं तुम्हें छू भी नहीं सकती थी, लेकिन अब मैंने तुम्हारे दोस्त के शरीर पर कब्जा कर लिया है और किसी इंसान के शरीर पर कब्जा करने के बाद हम प्रेत काफी शक्तिशाली हो जाते हैं और अब मेरे ऊपर तुम्हारी ताबीज की शक्ति का कोई

असर नहीं होगा, इसलिए अब तुम मरने के लिए तैयार हो जाओ–जिक्की बोलता है।

और फिर जिक्की, जैम की तरफ बढ़ने लगता है। जैम भी पिछले पाँव पीछे खिसकते हुए लालटेन के बैग के पास पहुँच जाता है और धीरे से अपने बाएँ हाथ से लालटेन वाले बैग को अपनी ओर खींचता है और तेजी से उससे लालटेन को बाहर निकालता है। उधर जिक्की तेजी से दौड़ता हुआ जैम की तरफ झपटता है, लेकिन एक पल में जैम झट से लालटेन को अपने हाथ में लेकर उस पर एक जोरदार फूंक मारता है। फूंक मारते ही वह लालटेन एक जबरदस्त रोशनी के साथ जल उठती है। इतनी देर में जिक्की जैम के ऊपर छलांग देता है, लेकिन उस लालटेन की तेज रोशनी उसे फिर पीछे की तरफ वापस फेंक देती है, उधर जैम भी उसकी रोशनी से चौंधियाकर पीछे की तरफ उछल जाता है। लालटेन जैम के हाथ से छूटकर जमीन पर गिर जाती है और सीधे खड़ी हो जाती है। बीच में लालटेन अपनी चौंधिया देनेवाली रोशनी फेंकती रहती है और उसके दोनों तरफ जैम और जिक्की गिरे पड़े रहते हैं। जैम लड़खड़ाते हुए उठता है, तभी वह देखता है कि दूसरी तरफ जिक्की खड़े होकर चीख रहा है।

मुझे छोड़ दो, मुझे माफ कर दो, मुझे बचाओ, मुझे बचाओ, मुझे बचाओ–जिक्की जोर-जोर से चीख रहा था।

जैम दूसरी तरफ अवाक्-सा खड़ा होकर देखता रहता है। थोड़ी देर में जिक्की के शरीर से एक सफेद साया ऊपर की तरफ बाहर निकलता है, यह कोई और नहीं बल्कि धूर्त प्रेतनी कैली थी जो जोर-जोर से चीख रही थी। थोड़ी देर में वह सफेद साया उस लालटेन की तेज रोशनी में जलने लगता है और कुछ देर में वह जलकर काले धुंए में बदल जाता है। जिक्की के आसपास एक गहरा धुंआ छा जाता है, और जब वह गहरा धुंआ छटता है तो जिक्की बदहवास जमीन पर गिरा रहता है। उस नजारे को देखकर जैम थोड़ी देर के लिए तो सन्न रह जाता है, फिर वह जिक्की की तरफ दौड़ता है। जिक्की बेहोश हो गया था, जैम उसके पास पहुँचकर उसे झकझोरता है।

जिक्की, जिक्की तुम्हें क्या हो गया, उठो, उठो–जैम, जिक्की को झकझोरते हुए बोलता है।

जिक्की का सिर एक तरफ लुढ़का रहता है, वह कोई जवाब नहीं देता। जैम दौड़कर अपने बैग से पानी की थैली निकालता है और उससे कुछ बूंद पानी लेकर जिक्की के मुँह पर पानी के छींटे मारता है। पानी के छींटे पड़ते ही जिक्की होश में आने लगता है।

क्या हुआ मुझे, यहाँ पर इतना उजाला क्यों है–जिक्की होश में आते हुए बोलता है।

कुछ नहीं, तुम ठीक हो न–जैम बोलता है।

हाँ मैं ठीक हूँ, बस थोड़ा सिर दर्द कर रहा है–जिक्की बोलता है। तभी जैम उसकी आँख को देखता है, जो अब लाल नहीं थी। लेकिन तभी उसकी नजर जिक्की के गले पर जाती है, उसके गले में ताबीज नहीं थी। जिक्की तुम्हारी ताबीज कहाँ है–जैम पूछता है।

मेरी ताबीज–जिक्की अपने हाथ से अपने गले को टटोलते हुए बोलता है।

तभी जैम इधर-उधर देखने लगता है, उसे थोड़ी दूर पर गिरी हुई उसकी काली ताबीज उस रोशनी में साफ नजर आती है। ताबीज को देखते ही जैम गुस्से से भर जाता है।

तुमने अपनी ताबीज क्यों उतारी–जैम गुस्से से तमतमाता हुआ बोलता है। नहीं मैंने अपनी ताबीज नहीं उतारी–जिक्की बोलता है। तो फिर ताबीज वहाँ पर क्यों पड़ी है–जैम जिक्की को ताबीज की तरफ दिखाते हुए बोलता है।

ओह, मुझे पता नहीं, मैं तो उधर से लौट कर आ रहा था कि तभी मुझे ठोकर लगी और मैं गिर गया, गिरने के बाद जब मैं उठा तो मुझे कुछ अजीब सा एहसास हुआ, उसके बाद मुझे कुछ याद नहीं–जिक्की बोलता है। इसका मतलब कि ठोकर लगने के बाद वह ताबीज तुम्हारे गले से गिर गया और उसके बाद वो–जैम इतना कहकर चुप हो जाता है। उसके बाद, उसके बाद क्या हुआ–जिक्की अचंभित होकर पूछता है। कुछ नहीं, चलो अब सो जाओ, वैसे भी तुम्हारा सिर दर्द कर रहा है–जैम बात को टालते हुए बोलता है। और फिर दोनों सो जाते हैं।

सुबह हो जाती है, लालटेन बुझ चुकी होती है, जैम की नींद टूटती है और वह उठकर बैठ जाता है। दूर-दूर तक उसे घने पेड़ नजर आ रहे थे जो सीधे और काफी लंबे थे। तभी जिक्की भी उठ जाता है। दोनों फल खाकर आगे की यात्रा के लिए तैयार हो जाते हैं और फिर दोनों उस बियाबान घाटी में आगे बढ़ने लगते हैं।

क्या तुम बताओगे, कल रात क्या हुआ था–जिक्की चलते हुए जैम से पूछता है। लेकिन जैम उसकी बात का कोई जवाब नहीं देता है। वह बस चलता रहता है। थोड़ी देर में चलते-चलते वह अपनी गर्दन पर खरोंच के निशान दिखाते हुए बोलता है–तुम यह देख रहे हो, क्या है। हाँ, तुम्हारी गर्दन पर तो गहरे खरोंच के निशान हैं, लेकिन यह किसने किया–जिक्की बोलता है।

तुमने किया–जैम जिक्की की तरफ देखते हुए बोलता है।

लेकिन ये, यह मैं कैसे कर सकता हूँ–जिक्की हैरतभरी नजर से जैम को देखते हुए बोलता है।

हाँ यह तुमने किया है, क्योंकि कल रात तुम पर वह सवार हो गई थी–जैम बोलता है।

कौन सवार हो गई थी–जिक्की बोलता है।

वही धूर्त प्रेतनी कैली–जैम बोलता है।

वह तो अच्छा हुआ कि मैंने जल्दी से जादुई लालटेन जला दिया, वरना पता नहीं क्या होता–जैम बोलता है।

लेकिन वह मेरे ऊपर सवार कैसे हो गई–जिक्की आश्चर्य से पूछता है। क्योंकि कल तुम्हारी गर्दन से ताबीज गिर गई थी–जैम बोलता है। तुम्हारा मतलब मि. जोसेफ द्वारा दी गई यह ताबीज–जिक्की अपनी गर्दन पर टंगे ताबीज को छूते हुए बोलता है।

हाँ, यह ताबीज–जैम बोलता है।

तो फिर उस प्रेतनी का क्या हुआ–जिक्की पूछता है।

वह उस लालटेन की रोशनी में जल कर भस्म हो गई–जैम बोलता है। लेकिन यह कैसे हो सकता है, राजा एलमस ने हमें बताया था कि प्रेत अपने इलाके से बाहर नहीं निकलते–जिक्की बोलता है।

हाँ, अमूमन प्रेत अपने इलाके से बाहर नहीं निकलते होंगे, लेकिन उस जादुई लालटेन की चाह में वह प्रेतनी अपने इलाके से बाहर निकल गई–जैम बोलता है।

तुम ठीक बोल रहे हो–जिक्की बोलता है।

और एक बात हमेशा ध्यान रखना कि इस ताबीज को अपने गले से कभी उतरने मत देना–जैम जिक्की को समझाता हुआ बोलता है।

ठीक है–जिक्की सिर हिलाता हुआ बोलता है।

दोनों उस अनजान घाटी के जंगल में आगे बढ़ते रहते हैं और उस अदृश्य शुतुरमुर्ग को ढूँढ़ते रहते हैं जिसके गले में वह सुनहरी चाबी थी। तभी जैम को जमीन पर कुछ पंजों के निशान दिखाई पड़ते हैं।

अरे ये पंजों के निशान कैसे हैं–जैम उस निशान की तरफ देखकर बोलता है।

ये तो शुतुरमुर्गों के पंजों के निशान जैसे लग रहे हैं–जिक्की भी उस निशान की तरफ देखकर बोलता है।

हमें लगता है कि हमें इस निशान का पीछा करना चाहिए, शायद इससे कुछ पता चले–जैम बोलता है।

हाँ शायद यह बढ़िया आइडिया है–जिक्की भी बोलता है।

और दोनों उस निशान का पीछा करते हुए उधर जाने लगते हैं, जिधर उस पंजे के निशान गए थे। वे उस निशान का पीछा करते हुए काफी दूर तक निकल जाते हैं, लेकिन उन्हें कुछ भी नजर नहीं आ रहा था। कुछ दूर और चलने पर जमीन पर पंजे के निशान खत्म हो जाते हैं।

अरे यह क्या पंजे के निशान तो यहाँ से खत्म हो गए–जिक्की अचरज होकर बोलता है।

यही तो मुझे भी समझ में नहीं आ रहा है कि पंजे के निशान एकाएक यहाँ से खत्म कैसे हो गए–जैम बोलता है।

दोनों इधर-उधर काफी ध्यान से देखते हैं लेकिन उन्हें कहीं भी पंजे के निशान नजर नहीं आ रहे थे। तभी जिक्की को कुछ अजीब सी आवाज सुनाई देती हैं जो शायद उन शुतुरमुर्गों की आवाज से मिलती-जुलती-सी थी, जो

तालाब से पानी पीने गए थे। दोनों अपने अगल-बगल झाँकने लगते हैं कि कहीं यहाँ आस-पास कोई शुतुरमुर्ग तो नहीं है, लेकिन उन्हें झाड़ियों में कुछ भी नजर नहीं आता है, तो फिर यह आवाज किधर से आ रही थी। तभी जैम की नजर आसमान पर जाती है। उसे आसमान में उड़ता हुआ एक सफेद पक्षी दिखाई देता है, जो उनकी ही तरफ उड़कर आ रहा था, दोनों चुपचाप झाड़ियों में छुपकर बैठ जाते हैं। वह पक्षी उनके काफी करीब आकर उनसे कुछ दूरी पर जमीन पर उतर जाता है। उसे देखकर दोनों के मुँह हैरत से खुले के खुले रह जाते हैं क्योंकि वह पक्षी कोई और नहीं, बल्कि वह सफेद शुतुरमुर्ग था, जिसके गले में गुलाबी पट्टी में बंधी सुनहरी चाबी चमक रही थी। अरे यह क्या, यह तो वही सफेद शुतुरमुर्ग है और देखो उसके गले में वह गुलाबी पट्टी जिसमें बंधी वह सुनहरी चाबी चमक रही है–जिक्की धीरे से बोलता है।

लेकिन उससे भी ज्यादा अचंभे की बात यह है कि यह शुतुरमुर्ग आसमान में उड़ सकता है, मैंने शुतुरमुर्गों के बारे में सुना था, लेकिन आसमान में उड़ने वाले शुतुरमुर्ग के बारे में नहीं सुना था–जैम उस शुतुरमुर्ग को अचरज भरी निगाहों से देखकर बोलता है।

मुझे तो यह कोई जादुई शुतुरमुर्ग लगता है–जिक्की धीरे से जैम की तरफ देखकर बोलता है।

हो सकता है, शायद तुम ठीक कह रहे हो–जैम बोलता है। लेकिन अब हम उसके गले से वह सुनहरी चाबी कैसे हासिल करेंगे–जिक्की बोलता है।

यही तो मैं भी सोच रहा हूँ–जैम बोलता है।

फिर थोड़ी देर जैम कुछ सोचता है और वह धीरे से जिक्की के कानों में फुसफुसाता है।

देखो हमें चुपचाप बिना कोई शोर किए उसका पीछा करना होगा और उसके पतली पगडंडी की तरफ आने का इंतजार करना होगा–जैम बोलता है।

ठीक है, उसके बाद क्या करना है–जिक्की पूछता है।

उसके बाद हम दोनों में से किसी एक को फूर्ती से उछलकर उसके पीठ पर सवार होना होगा और उसके गले में बंधे पट्टे से चाबी खींचनी

होगी–जैम अपनी योजना जिक्की को समझाता हुआ बोलता है। ठीक है–जिक्की सिर हिलाता हुआ बोलता है।

दोनों चुपचाप बिना कोई शोर किए सफेद शुतुरमुर्ग पर नजर रखने लगते हैं और फिर दोनों चुपचाप झाड़ियों में छुपते हुए उस शुतुरमुर्ग की तरफ बढ़ने लगते हैं। दोनों शुतुरमुर्ग की नजरों से बचते-बचते उसके काफी करीब पहुँच जाते हैं अब दोनों शुतुरमुर्ग का पतली पगडंडी की तरफ आने का इंतजार करने लगते हैं क्योंकि खुली हुई जगह में उसके पास जाने में खतरा था। दोनों किसी चीते की तरह बैठकर उस शुतुरमुर्ग पर नजर रखे हुए थे, और शायद उनका आइडिया काम कर जाता है। कुछ देर बाद शुतुरमुर्ग उन्हीं पगडंडियों की तरफ मुड़ता है, जिधर से उसके आने के पंजे के निशान थे। शुतुरमुर्ग मुड़कर उस पगडंडी की तरफ चलने लगता है। इधर दोनों उस पगडंडी की झाड़ियों में छुपते हुए उसके काफी करीब पहुँच जाते हैं। तभी शुतुरमुर्ग एक जगह पर खड़ा हो जाता है और वह अपनी लाल-लाल आँखों से इधर-उधर देखने लगता है। कुछ देर इधर-उधर देखने के बाद शुतुरमुर्ग फिर आगे बढ़ने लगता है। अब दोनों उसके काफी करीब पहुँच चुके थे। तभी जिक्की बिना कोई मौका गंवाए शुतुरमुर्ग की तरफ बढ़ता है और दौड़कर फुर्ती से उसके कंधे पर चढ़ जाता है। जिक्की जैसे ही उछलकर शुतुरमुर्ग के कंधे पर चढ़ता है, शुतुरमुर्ग एकदम से घबराकर दौड़ने लगता है। उसके पीछे-पीछे जैम भी दौड़ता है। जिक्की उसकी गर्दन से चाबी पकड़कर खींचो–जैम दौड़ता हुआ चीखते हुए बोलता है।

जिक्की फुर्ती से शुतुरमुर्ग की गर्दन के पास पहुँचकर उसके गले में बंधी गुलाबी पट्टी से उस सुनहरी चाबी को जोर से खींचता है, लेकिन वह पट्टा उसकी गर्दन से अलग नहीं होता है।

जिक्की जल्दी से, जल्दी उस पट्टे से चाबी को खींचो–जैम फिर चिल्लाता हुआ बोलता है।

खींच रहा हूँ लेकिन चाबी पट्टे से अलग नहीं हो रही है–जिक्की भी चिल्लाकर बोलता है।

जोर से, जोर लगाकर खींचो–जैम उस शुतुरमुर्ग के पीछे दौड़ता हुआ चीख रहा था।

ओह चाबी पट्टे से अलग नहीं हो रही है–जिक्की दहशत भरी आवाज में बोलता है।

कोशिश करो–जैम चीखता हुआ बोलता है।

अब शुतुरमुर्ग के दौड़ने की रफ्तार काफी तेज हो जाती है। शुतुरमुर्ग दौड़ते-दौड़ते जमीन से ऊपर उठने लगता है। वह अब आसमान में उड़ने वाला होता है। वह अपने पंख फड़फड़ाते हुए जैसे ही जमीन से कुछ फीट ऊपर उठता है, जिक्की उसकी पीठ से सरक जाता है और वह गिरने ही वाला होता है कि तभी वह उसके गर्दन पर लटकती सुनहरी चाबी को पकड़ लेता है और वह शुतुरमुर्ग की पीठ से सरककर उस चाबी को पकड़ते हुए उसकी गर्दन पर लटककर झूलने लगता है, शुतुरमुर्ग जैसे ही आसमान की तरफ उड़ने वाला होता है, जिक्की धड़ाम से जमीन पर गिरता है। जमीन पर गिरते ही वह थोड़ी देर के लिए धुरमुरा जाता है। उधर जैम भी पीछे से दौड़ता हुआ उसके पास पहुँच जाता है। जिक्की उठकर खड़ा होता है और अपने हाथों की तरफ देखता है। अपने हाथों की तरफ देखते ही वह खुशी से चीख पड़ता है। उसके हाथों में वह सुनहरी चाबी रहती है, जिसमें गुलाबी रिबन लटकते रहते हैं।

ओहो, हमने आखिर यह सुनहरी चाबी हासिल कर ली–जिक्की खुशी से सीटियाँ बजाता हुआ चिल्ला कर बोलता है।

अरे हाँ, तुमने तो कमाल कर दिया दोस्त–जैम भी उसकी पीठ थपथपाते हुए बोलता है।

वाकई में यह चाबी काफी खूबसूरत लग रही है–जिक्की अपने हाथों में पकड़े हुए चाबी की तरफ देखते हुए बोलता है। और इसकी गुलाबी रिबन भी–जैम बोलता है।

मैं तो थोड़ी देर के लिए डर गया था कि कहीं वह शुतुरमुर्ग तुम्हें लेकर उड़ न जाए–जैम बोलता है।

डर तो मैं भी गया था–जिक्की भी हँसते हुए बोलता है। और फिर दोनों आसमान की तरफ देखते हैं, उन्हें आसमान में दूर उड़ता हुआ वह शुतुरमुर्ग दिखाई दे रहा था, और उड़ते-उड़ते वह कुछ देर में उनकी नजरों से ओझल हो जाता है।

9
सुनहरी इबारत

जिक्की अपने कपड़ों पर लगे गर्द को झाड़ता है और फिर दोनों उस सुनहरी चाबी को लेकर आगे बढ़ने लगते हैं। अब दोनों उस दीवार को ढूँढ़ने निकल जाते हैं, जिस पर वह रहस्यमयी इबारत लिखी हुई थी, जिससे वे जादूगर के पास पहुँचेंगे। दोनों उस सुनसान घाटी वाले जंगल में चलते जा रहे थे एक ऐसे रास्ते पर जिसके बारे में उन्हें कुछ पता नहीं था। एक अनजान रास्ता पता नहीं उधर क्या हो, क्योंकि उन्हें कुछ पता नहीं था कि आखिर वह रहस्यमयी दीवार कहाँ है, फिर भी एक आस लिए हुए दोनों चले जा रहे थे। चलते-चलते काफी देर हो गई थी, दोनों थक गए थे। थक कर दोनों एक जगह पर बैठ जाते हैं।

यार हम इतने बड़े जंगल में उस दीवार को कहाँ ढूंढ़ेंगे–जिक्की बोलता है।

कहीं न कहीं वह दीवार तो होगी, अगर हमें उस दुष्ट जादूगर के पास पहुँचना है तो हमें उस दीवार को ढूँढ़ना होगा–जैम बोलता है। पता नहीं वह दीवार कहाँ होगी–जिक्की अपनी साँस खींचते हुए बोलता है।

वहाँ पर थोड़ी देर आराम करने के बाद फिर दोनों आगे की ओर बढ़ने लगते हैं। धीरे-धीरे दिन ढलने लगता है, लेकिन उन्हें अभी तक उस दीवार का अता-पता नहीं चल पाता है। कुछ देर बाद दिन पूरी तरह से ढल जाता है और जंगल में अंधेरा छा जाता है। रात में वह घाटी काफी घनघोर और

भयानक लगने लगती है। उन्हें अब रास्ते भी साफ नहीं दिखते हैं क्योंकि वहाँ पर चाँद की चाँदनी नहीं रहती है। आगे का रास्ता साफ नहीं दिखाई देने के कारण दोनों फैसला करते हैं कि वे वहीं पर कहीं रूक जाएंगे। दोनों एक जगह पर रूककर बैठ जाते हैं। उस अंधेरी रात में कुछ नजर नहीं आ रहा था। जिक्की बैठने के साथ ही थोड़ी देर में जमीन पर लुढ़ककर सो जाता है, लेकिन जैम बैठा रहता है। तभी जैम को कुछ दूरी पर एक चमकती हुई छोटी–सी चीज नजर आती है, वह ध्यान से उधर देखने लगता है। उसे समझ में नहीं आता है कि आखिर वह क्या चीज है जो रात के अंधेरे में भी चमक रही है। वह जिक्की को झकझोरता है।

जिक्की उठो देखो उधर एक सुनहरी–सी चमक नजर आ रही है, पता नहीं वह क्या है, हमें चलकर देखना चाहिए–जैम बोलता है।

ओहो यार, मुझे जोरों की नींद आ रही है, सोने दो–जिक्की कुनमुनाता हुआ बोलता है।

जैम फिर जिक्की को कुछ नहीं बोलता है, वह चुपचाप अकेले ही हल्के कदमों से चलकर उधर बढ़ने लगता है। आखिर वह क्या चीज चमक रही है, वह उसे देखना चाहता है। चलते-चलते वह उस चमकीली चीज के पास पहुँच जाता है। अंधेरे में उसे ज्यादा कुछ नजर नहीं आ रहा था। वह उस चमकीली सुनहरी रोशनी फेंकने वाली चीज के पास पहुँच कर रूक जाता है उसे उस अंधेरे में एक पत्थर का बड़ा-सा टीला नजर आता है, जिसके ऊपर चिपकी हुई वह चीज चमकती रहती है। वह उस पत्थर के चट्टान वाले टीले पर उभरी हुई उस चमकदार चीज को देखता है, फिर वह धीरे से अपने हाथ बढ़ाते हुए उस चमकीली चीज को छूता है, उस पर धूल जमी हुई थी। जैम अपने हाथों से धीरे–धीरे उस धूल को साफ करने लगता है। धूल को पूरा झाड़ने के बाद उसे उस पत्थर पर बनी हुई एक आकृति नजर आने लगती है, जिसे देखकर वह आश्चर्यचकित हो जाता है। उस पत्थर पर एक शुतुरमुर्ग का चित्र बना हुआ था और उसके गले में एक सुनहरी चमकती चाबी बनी थी जो उस रात के अंधेरे में भी चमक रही थी। उस धूल को साफ करने के बाद उस सुनहरी चाबी की चमक और तेज हो जाती है।

जैम आश्चर्य से उस आकृति को देखता रहता है। तभी उसे पास की झाड़ियों से कुछ खरखराने की आवाज आती है। जैम के कान खड़े हो जाते हैं और वह सावधान हो जाता है। वह उन झाड़ियों की तरफ देखने लगता है। तभी उसे लगता है कि कोई चीज झाड़ियों को चीरती हुई उसके पास आ रही है। शायद कोई जंगली जानवर हो, जैम यही सोचकर अपने बैग से खंजर निकालकर पास वाली झाड़ियों में एक तरफ छुपकर बैठ जाता है। धीरे-धीरे झाड़ियों की खरखराने की आवाज और तेज हो जाती है। जैम अपनी धारदार चाकू लेकर वहाँ पर तैयार बैठा रहता है कि अगर कोई जंगली जानवर हो और वह उस पर हमला करने की कोशिश करेगा तो वह इस चाकू से उसे चीर देगा। जैसे-जैसे उन झाड़ियों से खरखराने की आवाज उसके पास आती जा रही थी, वैसे-वैसे जैम की धड़कनें भी बढ़ने लगती है। उस अंधेरे में जैम को कुछ भी नजर नहीं आ रहा था, वह बस यही सोच रहा था कि आखिर वह कौन सा जानवर है जो उसके पास आ रहा है। वह डर के मारे अपने चाकू को कस कर पकड़कर उस जानवर के आने का इंतजार कर रहा था। तभी झाड़ियों को चीरता हुआ कोई निकलता है, जैम तेजी से अपने खंजर को उठाकर उस तरफ झपटता है। लेकिन उसे देखकर जैम अपने खंजर को नीचे कर लेता है।

ओह, तुम हो–जैम अपने खंजर को नीचे करते हुए बोलता है।

लेकिन तुम यह खंजर लेकर क्यों खड़े हो–जिक्की बोलता है।

मैं समझा कि कोई जंगली जानवर तो इधर नहीं आ रहा है–जैम बोलता है। अच्छा तो तुमने मुझे जंगली जानवर समझ लिया–जिक्की बोलता है। हाँ तुमने ठीक कहा, लेकिन मैं तुम्हें एक चीज दिखाने वाला हूँ जिसे देखकर तुम चौंक जाओगे–जैम अपने शब्दों पर जोर डालते हुए बोलता है। अच्छा ऐसी क्या चीज है–जिक्की भी थोड़ा अचरज से पूछता है। फिर दोनों उस चमकती हुई सुनहरी चाबी की आकृति के पास जाते हैं। उस आकृति को देखते ही जिक्की के भी मुँह फटे के फटे रह जाते हैं। अरे यह तो बिलकुल उस सफेद शुतुरमुर्ग के आकृति जैसी है, और इसके गले में ठीक वैसी ही सुनहरी चाबी है–जिक्की अपना मुँह फाड़कर आश्चर्य से बोल रहा था।

हाँ तुमने ठीक समझा और मुझे लगता है कि वह रहस्यमयी दीवार भी यहीं कहीं होगी–जैम बोलता है।

और फिर दोनों उस पत्थर के आसपास इधर-उधर मुआयना करने लगते हैं। वे उस पत्थर के टीले पर उगी झाड़ियों को हटाकर इधर-उधर देखने लगते हैं। तभी जिक्की को उस चट्टान में उभरी हुई शुतुरमुर्ग की आकृति के कुछ फीट नीचे एक छोटा-सा काला छेद नजर आता है। जैम देखो यहाँ पर कुछ दिख रहा है–जिक्की उस छेद को जैम को दिखाते हुए बोलता है।

क्या है यहाँ–जैम बोलता है और वह उस छोटे छेद को देखने लगता है। एक छोटा सा छेद–जिक्की उस छेद को घूरता हुआ बोलता है। और दोनों उस छोटे से छेद को ध्यान से देखने लगते हैं।

तुम्हें क्या लगता है, यह कैसा छेद हो सकता है–जिक्की बोलता है। कुछ न कुछ तो बात जरूर है, तुम्हें यह कोई विशेष छेद की तरह नहीं लग रहा है–जैम प्रश्नवाचक तरीके से जिक्की को बोलता है।

पता नहीं मुझे कुछ समझ में नहीं आ रहा है–जिक्की अपना सिर हिलाता हुआ बोलता है।

अच्छा ध्यान से देखो, इसमें एक घाट की तरह छेद है, जिसमें कोई चीज सटीक तरीके से फिट हो जाएगी–जैम उस छेद को गौर से जिक्की को दिखाते हुए बोलता है।

हाँ तुम सही बोल रहे हो–जिक्की भी उस छेद को गौर से देखते हुए बोलता है।

दोनों उस छेद को ध्यान से देखने लगे। तभी जैम के दिमाग में जैसे कोई बिजली जैसी कौंधी। वह फौरन जिक्की की तरफ देखकर बोला। क्या तुम वह सुनहरी चाबी निकालोगे–जैम जैसे फुर्ती से जिक्की को बोला। चाबी, पर क्यों–जिक्की अचंभित होकर पूछा।

निकालो तो सही, जल्दी से–जैम बोलता है, और ऐसा लगता है कि उसका दिमाग बिजली की तरह चलने लगा है। जिक्की अपने बैग से सुनहरी चाबी को निकालता है।

यह लो–जिक्की सुनहरी चाबी जैम को देते हुए बोलता है। जैम उस चाबी को अपने हाथों में लेकर ध्यान से देखने लगता है।

क्या तुम एक चीज पर गौर कर रहे हो–जैम उस चाबी को घूरते हुए बोलता है।

किस चीज पर–जिक्की फिर अचंभित होकर बोलता है। ध्यान से देखो इस चाबी को, क्या तुम्हें नहीं लगता है कि इस चाबी की मोटाई और उस छेद की गोलाई लगभग एक समान है–जैम अभी भी उस चाबी को घूरते हुए बोलता है।

तुम कहना क्या चाहते हो–जिक्की बोलता है।

यही कि, यह चाबी उस छेद में जा सकती है–जैम बोलता है। फिर जिक्की भी उस छेद को और सुनहरी चाबी को नजरें गड़ाकर देखने लगता है।

अरे हाँ, तुम ठीक बोल रहे हो, तो क्यों न इस चाबी को उस छेद में डालकर देखा जाए–जिक्की बोलता है।

अभी तुमने ठीक कहा, क्योंकि मैं भी यही सोच रहा था–जैम बोलता है।

फिर जैम उस सुनहरी चाबी को उस छेद में डालता है, चाबी उसके अंदर एकदम फिट बैठती है, जैसे वह छेद उस चाबी के लिए बना हो। चाबी उसके अंदर डालने के बाद जैम उसे दायें घुमाता है, चाबी उस होल के अंदर घूम जाता है। चाबी जैसे ही उस होल के अंदर दाहिने घूमता है, एक हल्की-सी गड़गड़ाने की आवाज सुनाई देती है। दोनों चौंक जाते हैं और इधर-उधर देखने लगते हैं कि यह गड़गड़ाने की आवाज किधर से आ रही है। उन्हें उस अंधेरी रात में कुछ दिखाई नहीं पड़ रहा था, तभी जिक्की की नजर सामने वाली चट्टान पर पड़ती है। चट्टान गड़गड़ाता हुआ अपनी जगह से हिलने लगता है और धीरे-धीरे वह चट्टान दूसरी तरफ खिसकने लगता है। दोनों उस चट्टान को खिसकता देख हैरत में पड़ जाते हैं। थोड़ी देर बाद वह चट्टान अपनी जगह से पूरी तरह हट जाता है और अंदर एक सुरंगनुमा रास्ता नजर आने लगता है।

यह क्या, यह तो एक अंधेरा सुरंग है–जिक्की बोलता है। हमें इस सुरंग के अंदर चलना चाहिए, शायद अंदर हमें कुछ पता चले–जैम उत्सुकतावश बोलता है।

लेकिन अंदर क्या हो सकता है–जिक्की बोला।

पता नहीं, लेकिन मुझे लगता है कि अंदर कुछ राज छुपा है–जैम बोलता है।

तुम्हारा मतलब कि वह रहस्यमय दीवार–जिक्की बोलता है। शायद–जैम बोलता है।

फिर दोनों उस अंधेरी सुरंगनुमा गुफा के अंदर घुस जाते हैं। उन्हें उस अंधेरे में कुछ नजर नहीं आ रहा था, लेकिन फिर भी वे चट्टानों को टटोलते हुए आगे बढ़ते जा रहे थे। गुफा के अंदर थोड़ी दूर जाने के बाद उन्हें बहते हुए पानी की आवाज सुनाई देती है, लेकिन उन्हें यह समझ में नहीं आ रहा था कि वह पानी किधर बह रहा है। तभी जिक्की का पैर एक छोटे से गोल पत्थर पर पड़ता है और वह फिसल कर नीचे गिरता है, नीचे गिरते ही वह एक तरफ लुढ़कने लगता है। तभी जिक्की लुढ़कता हुआ धाड़ से एक जगह पर जाकर रूकता है और उसका हाथ सामने वाले चट्टान पर पड़ता है जिससे पूरी गुफा में रोशनी जलने लगती है और कुछ ही देर में पूरी गुफा हल्की रोशनी में जगमगाने लगती है। उसके सामने एक पानी का झरना गिरता रहता है और वह उस पानी से निकलने वाली धारा के बगल में बैठा रहता है। दोनों आँखें फाड़कर उस गुफा के अंदर के नजारे को देखते रहते हैं।

ओह अच्छा हुआ मैं यहीं पर लुढककर रूका, थोड़ा और आगे जाता तो सीधे पानी में गिरता–जिक्की हड़बड़ाकर उठता हुआ बोलता है। लेकिन यह रोशनी एकाएक कैसे जल गई–जैम हैरतभरे शब्दों में बोल रहा था।

मुझे कुछ नहीं पता, बस मेरा हाथ इस चट्टान पर पड़ा और यह रोशनी जलने लगी–जिक्की बोलता है।

तुम्हारा मतलब उस चट्टान पर–जैम उस चट्टान पर अपनी नजरें गड़ाता है, जो एकदम समतल रहता है और जिक्की उसके बगल में खड़ा रहता है।

हाँ, इसी चट्टान पर मेरा हाथ पड़ा होगा–जिक्की बोलता है।

जैम भी नीचे ढलान पर चलता हुआ उस चट्टान के पास पहुँचता है, और उसे गौर से देखता है, फिर वह धीरे से अपने दाहिने हाथ के पंजे से उस चट्टान को छूता है। जैसे ही उसके पंजे उस चट्टान पर पड़ते हैं, वहाँ पर एक हलचल-सी होने लगती है, उनके पैरों के नीचे की जमीन हिलने लगती है, पूरी गुफा में एक हलचल हो जाती है, जैसे उस गुफा में कोई भूकम्प आ गया हो। दोनों नीचे खुरदरी चट्टानों पर गिरते हैं और एक दूसरे को पकड़कर बैठ जाते हैं। थोड़ी देर बाद हलचल शांत हो जाती है। दोनों एक-दूसरे से अलग होते हैं और इधर-उधर देखते हैं। उनकी नजर सामने

पड़ती है जहाँ से वह झरना पहले गिर रहा था, लेकिन अब वह झरना पूरी तरह से बंद हो जाता है और सामने उभरी हुए समतल चट्टान नजर आने लगती हैं।

अरे यह क्या, पानी का झरना तो बंद हो गया–जिक्की आश्चर्यचकित होकर बोलता है।

अभी दोनों आश्चर्यचकित होकर उस बंद हुए झरने की तरफ देख ही रहे थे कि तभी उस झरने के पीछे समतल चट्टान पर सुनहरे शब्द एक-एक करके उभरने लगते हैं। दोनों उन उभरते हुए सुनहरे शब्दों को ध्यान से देखने लगते हैं। वे शब्द इस तरह से रहते हैं....

सुनहरी इबारत

चमकती नीली धरती होगी,
उसमें सूरज चाँद दिखेंगे,
एक नहीं दो-चार दिखेंगे,
रखा पैर तो डूबने लगोगे,
पर चलते जाना, चलते जाना,
उसमें भी कुछ राज दिखेंगे,
जो भी वहाँ जाएगा,
लौटकर नहीं आएगा,
जो लौटकर आएगा,
वह शूरवीर कहलाएगा।

थोड़ी देर तक वे शब्द उस पत्थर पर ज्यों के त्यों उभरे रहते हैं। कुछ देर बाद एक-एक करके सारे शब्द गायब हो जाते हैं। दोनों मुँह फाड़े उधर देखते रहते हैं, लेकिन उन्हें समझ में नहीं आ रहा था कि आखिर इस सुनहरी इबारत का मतलब क्या है।

दोनों उस सुनहरी इबारत के बारे में सोच ही रहे थे कि तभी उन्हें एक जानी-पहचानी गड़गड़ाने की आवाज सुनाई देती है। यह आवाज उधर से आ रही थी जिधर से वे दोनों आए थे। दोनों मुड़कर पीछे देखते हैं और तेजी से ढलान पर चढ़ते हुए उस ओर जाते हैं जिधर से वे आए थे। अब उन्हें उस हल्की रोशनी में सब कुछ साफ दिखाई दे रहा था, इसलिए दोनों तेजी से सुरंग से बाहर निकलने वाले रास्ते की तरफ चलते हैं। तभी उधर से आती हुई गड़गड़ाने की आवाज और तेज हो जाती है। दोनों उधर देखते हैं जिधर से आवाज आ रही थी। वह पत्थर धीरे-धीरे सरकता हुआ उस दरवाजे को

बंद कर रहा था जिधर से वे आए थे। दोनों उस दरवाजे को बंद होता देख घबरा जाते हैं और तेजी से उधर दौड़ने लगते हैं, इससे पहले कि वह दरवाजा बंद हो जाए और दोनों गुफा के अंदर फंस जाए, दोनों वहाँ से निकलना चाहते हैं।

जिक्की तेजी से दौड़ो हमें उस पत्थर के दरवाजे के बंद होने से पहले निकलना होगा–जैम चीख कर बोलता है।

दोनों तेजी से उस दरवाजे की तरफ दौड़े जा रहे थे और पत्थर धीरे-धीरे सरकता हुआ दरवाजे को बंद करता जा रहा था। दोनों दौड़ते-दौड़ते उस दरवाजे के पास पहुँचते हैं, और जैसे ही वह बड़ा सा पत्थर दरवाजे को बंद करने वाला होता है, दोनों एक ही पल में छलांग लगाकर उस दरवाजे के पार निकल जाते हैं। उनके कूदते ही धड़ाम से वह पत्थर दरवाजे को बंद कर देता है और इस तरह उस सुरंग का रास्ता पूरी तरह बंद होकर पहले जैसा हो जाता है। मानो वहाँ पर कोई सुरंग ही न हो।

ओह, हम बच गए, वरना पता नहीं हम सुरंग के अंदर ही फंस जाते–जिक्की हाँफता हुआ बोलता है। तभी जैम की नजर उस छेद की तरफ जाती है जिसमें उसने चाबी घुमायी थी।

अरे वह चाबी कहाँ चली गई, उसे तो मैंने इस छेद में छोड़ दिया था–जैम चौंकता हुआ बोलता है।

मुझे लगता है वह गायब हो गई–जिक्की बोलता है।

लेकिन कैसे–जैम बोलता है।

हो सकता है कि वह चाबी भी जादुई हो, क्योंकि आम चाबी ऐसे गायब नहीं होगी–जिक्की बोलता है।

चलो कोई बात नहीं, हमारा काम तो हो गया–जैम बोलता है। और फिर दोनों उधर चल देते हैं जिधर वे पहले बैठे थे। दोनों खुले आसमान के नीचे लेट जाते हैं और दीवार पर लिखी सुनहरी इबारत के बारे में सोचते-सोचते गहरी नींद के आगोश में चले जाते हैं।

10
सुरीली दर्द भरी धुन

सुबह हो जाती है, जैम और जिक्की अपनी आँखें मलते हुए उठते हैं, सूरज भी धीरे-धीरे अपनी लाली को हटाते हुए पीला होने लगता है। दोनों पहले अपने हाथ-मुँह धोकर कुछ फल खाते हैं और फिर अपने कंधों पर बैग टाँगकर आगे की अनजान रास्तों पर बढ़ने लगते हैं। वे अभी उन रास्तों पर कुछ दूर चले ही थे कि तभी उन्हें एक मधुर-सी धुन सुनाई देती है। वह धुन काफी मीठी और सुरीली रहती है, लेकिन उस धुन में जैसे एक दर्द भी छुपा रहता है, ऐसा लगता है जैसे कि कोई उस धुन से अपने दर्द को बयाँ कर रहा हो, दोनों उस धुन की तरफ खिचे चले जा रहे थे। दोनों उस ओर जाने लगे जिधर से वह दर्द भरी मीठी धुन की आवाज आ रही थी।

ओह कितनी मीठी धुन है—जिक्की चलते-चलते बोलता है। क्या तुम्हें इस मीठी धुन में एक दर्द भरी आवाज सुनाई नहीं देती है—जैम बोलता है।

कैसी दर्द भरी आवाज—जिक्की अचरज से जैम की तरफ देखते हुए पूछता है।

तुम्हें ऐसा नहीं लगता है कि इस मीठी धुन से कोई अपने दर्द को बयाँ कर रहा है—जैम जिक्की की तरफ देखता हुआ बोलता है। पता नहीं मुझे कुछ समझ में नहीं आ रहा है, परन्तु मुझे यह धुन काफी अच्छी और सुरीली लग रही है—जिक्की बोलता है।

दोनों बातें करते हुए उस दिशा की तरफ बढ़ते जा रहे थे, जिधर से वह सुरीली दर्द भरी धुन की आवाज आ रही थी। जैसे-जैसे वे आगे बढ़ते जा रहे थे, धुन की आवाज और तेज होती जा रही थी, लेकिन उन्हें यह नजर नहीं आ रहा था कि आखिर यह धुन कौन बजा रहा है? दोनों उसे ढूंढ़ने के लिए आगे बढ़े जा रहे थे, जो यह धुन बजा रहा था।

तभी दोनों को कुछ दूरी पर बैठा एक आदमी दिखाई देता है, जो एक छोटे से पत्थर के टीले पर अपने पाँव फैलाकर बैठा रहता है। उसके हाथों में एक वाद्य यंत्र रहता है जिसे वह अपने कंधे पर रखकर हाथों में पकड़े हुए लंबे डंडे से बजा रहा था। उसके कपड़े काफी मैले-कुचैले लग रहे थे। वह एक बड़ा-सा ओवरकोट पहने हुए था, जो उसके पाँवों तक लंबा था और उस पर कई चिप्पियाँ नजर आ रही थी। उसके बड़े-बड़े और पके सफेद बाल और दाढ़ियाँ थी, बालों में गाँठें बंध गई थी, जैसे उसने कितने दिनों से अपने बाल और दाढ़ियों को धोया न हो। दोनों उस व्यक्ति को देखकर हैरान हो जाते हैं और सोचते हैं कि यह व्यक्ति अकेले इस सुनसान जंगल में क्या कर रहा है और वह यह वाद्य यंत्र क्यों बजा रहा है। फिर दोनों धीरे-धीरे उसकी ओर बढ़ने लगते हैं। और उसके नजदीक जाकर खड़े हो जाते हैं।

वह देखने में एक बूढ़ा व्यक्ति नजर आ रहा था जो अपनी आँखें बंद करके उस वाद्य यंत्र को बजाने में लगा रहता है। वाद्य यंत्र भी देखने में काफी पुराना लग रहा था, जो लकड़ी का बना हुआ था। थोड़ी देर बाद वह वृद्ध व्यक्ति वाद्य यंत्र के तारों से अपनी उंगलियों को हटाकर उसे बजाना बंद कर देता है। उसकी आँख अभी भी बंद रहती हैं। तभी जिक्की हिम्मत करके उससे पूछता है।

आप कौन हैं और इस सुनसान जंगल में यह वाद्य यंत्र क्यों बजा रहे हैं? जिक्की धीरे से डरते हुए पूछता है। उस वृद्ध व्यक्ति की आँख अभी भी बंद रहती हैं और वह कुछ नहीं बोलता है। दोनों चुपचाप उसके सामने खड़े रहते हैं। जिक्की को लगता है कि शायद उस वृद्ध व्यक्ति ने उसकी बात नहीं सुनी, वह चाहता है कि वह दुबारा उस व्यक्ति से पूछे, लेकिन उसकी डर के मारे आगे बोलने की हिम्मत नहीं हो रही थी। तभी धीरे-धीरे वह वृद्ध व्यक्ति अपनी आँखों को खोलता है और सामने दोनों को देखता है। थोड़ी देर तक वह एकटक नजरों से दोनों को देखता है और फिर अपनी आँखें बंद

कर लेता है। जिक्की दुबारा कुछ पूछना चाहता है, परन्तु डर के मारे उसकी हिम्मत जवाब देने लगती है। तभी जैम हिम्मत करके पूछता है।

आप कौन हैं, बाबा–जैम धीरे से उस वृद्ध व्यक्ति से पूछता है। जैम के पूछने पर धीरे-धीरे वह व्यक्ति अपनी आँखों को खोलता है और फिर एकटक नजरों से दोनों को देखता है।

बाँब, बाँब शुल्ज–वृद्ध व्यक्ति के मुँह से एक धीमी-सी आवाज निकलती है।

मि. बाँब, अगर आप बुरा न मानें तो क्या मैं जान सकता हूँ कि आप इस घनघोर, सुनसान जंगल में क्यों हैं और यह वाद्य यंत्र क्यों बजा रहे हैं–जैम फिर एक सवाल भरी निगाहों से देखते हुए उस वृद्ध व्यक्ति से पूछता है। थोड़ी देर तक वह वृद्ध व्यक्ति कुछ नहीं बोलता है, बस वह एकटक निगाहों से दोनों को देखता रहता है। कुछ देर बाद उस व्यक्ति के लब (होंठ) हिलते हैं और वह धीरे से बोलता है। ब, ब बहुत पुरानी कहानी है, व, व, वर्षों बीत गए–ये शब्द बोलते हुए उस वृद्ध व्यक्ति के लब थरथरा रहे थे। इतना कहने के बाद वह वृद्ध व्यक्ति चुप हो गया और अपनी नजरें झुकाकर नीचे जमीन पर देखने लगा। थोड़ी देर तक वह वृद्ध व्यक्ति चुप रहता है फिर धीरे से बोलता है।

पर कोई आज तक लौटकर नहीं आया–वृद्ध व्यक्ति धीरे से बोलता है। मैं कुछ समझा नहीं–जिक्की धीरे से उसकी झुकी हुई नजरों की तरफ देखते हुए बोलता है।

सब मारे गए–वृद्ध व्यक्ति के मुँह से फिर एक धीमी-सी आवाज निकलती है। दोनों खड़े होकर उसकी बातों को सुन रहे थे, परन्तु दोनों को कुछ समझ में नहीं आ रहा था कि आखिर वह वृद्ध व्यक्ति क्या बोल रहा है?

मि. बाँब क्या हम जान सकते हैं कि आखिर क्या हुआ था आपके साथ–जैम धीरे से वृद्ध व्यक्ति से पूछता है।

कोई फायदा नहीं, अब वे कभी वापस नहीं आएँगे–वृद्ध व्यक्ति अभी भी अपनी नजरें झुकाए हुए बोलता है।

आप किसकी बात कर रहे हैं मि. बाँब–जिक्की धीरे से उस वृद्ध व्यक्ति से पूछता है। वृद्ध व्यक्ति थोड़ी देर तक चुप रहता है, वह जिक्की की बातों का कोई जवाब नहीं देता है, वह अपनी नजरें जमीन पर झुकाए रहता है और कुछ देर बाद फिर बोलता है।

क्या करोगे तुम जानकर–वृद्ध व्यक्ति बोलता है।

ओह मि. बाँब, हमारा आपका दिल दु:खाने का कोई इरादा नहीं है, अगर आप नहीं बताना चाहते हैं, तो कोई बात नहीं–जैम धीरे से बोलता है। जैम की बात को सुनते ही वह वृद्ध व्यक्ति अपना सिर ऊपर उठाता है। वृद्ध व्यक्ति की आँखों से आंसू बहने लगते हैं, जो उसकी सफेद दाढ़ी पर गिरने लगते हैं। और वह एकटक नजरों से दोनों को देखते रहता है, उसकी आँखों से गिरी आँसुओं के बूंदें उसकी दाढ़ी पर गिरकर चमकने लगती हैं। जैम और जिक्की भी वृद्ध व्यक्ति की तरफ एकटक नजरों से देखते रहते हैं। थोड़े देर बाद वृद्ध व्यक्ति अपने हथेली से आँसुओं को पोंछता है और वह दोनों को हाथों के इशारे से बुलाता है।

क्या तुम मुझे सहारा देकर यहाँ से उठाओगे–वृद्ध व्यक्ति दोनों की तरफ देखते हुए बोलता है। उसकी बात को सुनकर जैम और जिक्की एक दूसरे की तरफ देखते हैं और फिर डरते हुए दोनों उस वृद्ध व्यक्ति की तरफ बढ़ते हैं। दोनों उसके पास पहुँचकर वृद्ध व्यक्ति को दोनों कंधों से उठाकर खड़ा करते हैं। वृद्ध व्यक्ति उन्हें एक पेड़ की छाँव में बिठाने को कहता है। दोनों उसे कंधे से पकड़कर धीरे-धीरे चलाते हुए उसे एक पेड़ की छाँव की तरफ ले जाते हैं। वह वृद्ध व्यक्ति ठीक से चल नहीं पा रहा था परन्तु फिर भी वह धीरे-धीरे लड़खड़ाते हुए दोनों के कंधों पर हाथ रखते हुए आगे बढ़ रहा था। थोड़ी देर बाद जैम और जिक्की उसे एक पेड़ की छाँव के नीचे ले जाकर बिठाते हैं।

शुक्रिया बच्चों–वृद्ध व्यक्ति बोलता है।

कोई बात नहीं मि. बाँब–जिक्की बोलता है।

लेकिन तुम दोनों हमारे पास कैसे पहुँचे–मि. बाँब दोनों से पूछते हैं, आपकी सुरीली धुन की आवाज सुनकर–जैम बोलता है। आप इस वाद्य यंत्र से काफी सुरीली धुन बजाते हैं मि. बाँब–जिक्की मि. बाँब के वाद्य यंत्र की तरफ देखते हुए बोलता है। नहीं ऐसी कोई बात नहीं है, बस मुझे बचपन से

ही संगीत से काफी लगाव है जिसके चलते मैं यह धुन बजा लेता हूँ–बाँब शुल्ज जिक्की को जवाब देते हैं।

लेकिन मि. शुल्ज आपकी धुन में एक दर्द भरी आवाज है, ऐसा लगता है जैसे कि आप किसी को याद कर रहे हों या किसी को बुला रहे हों–जैम ने मि. शुल्ज की तरफ बड़ी तन्मयता से देखते हुए पूछा। जैम की बात सुनते ही मि. बाँब शुल्ज चुप हो जाते हैं और अपने सिर को नीचे झुकाकर देखने लगते हैं, जैसे वह कुछ सोच रहे हों, जैम ने मि. शुल्ज की दिल की बात कह दी थी जिसने उनके दिल को झकझोर कर रख दिया। थोड़ी देर बाद मि. बाँब अपना सिर उठाते हैं, उनकी आँख आँसुओं से भरी हुई थी। जैम की बात सुनकर मि. बाँब की आँखों से ऐसे आँसू छलक रहे थे, जैसे किसी ने उनकी दिल की बात कह दी हो।

हाँ बच्चों मैं अपनी धुन बजाकर किसी को याद कर रहा हूँ, किसी के आने का इंतजार कर रहा हूँ–बाँब शुल्ज जैम की आँखों में देखते हुए बोलते हैं।

किस के आने का इंतिजार–जिक्की तुरंत उत्सुकता से पूछता है। मि. बाँब अपनी नजरें जैम से हटाकर जिक्की की तरफ देखने लगते हैं, जिससे जिक्की सकपकाकर अपनी नजरों को झुका लेता है और सोचता है कि उसने कुछ ज्यादा ही उत्सुकता दिखा दी। इसमें उसकी कोई गलती नहीं थी वह स्वभावतः ऐसा ही था। फिर थोड़ी देर बाद मि. बाँब दोनों की तरफ देखकर बोल पड़ते हैं, और उनकी बात को दोनों बड़ी ध्यान से सुनते हैं।

मि. बाँब बोलते है–कई वर्षों पहले की बात है, जहाँ आज तुम्हें एक घनघोर जंगल नजर आ रहा है, कभी यहाँ एक हरा-भरा गाँव बसा हुआ था जो काफी खूबसूरत था। गाँव के लगभग सभी लोग सुखी सम्पन्न थे और बहुत अच्छे से अपना जीवन-यापन कर रहे थे। मेरा भी एक भरा-पूरा परिवार था, जिसमें मेरे बेटे, बेटी, नाती, पोते सभी थे। गाँव में किसी चीज की कोई कमी नहीं थी। सारे लोगों के पास अपनी जमीन थी और उस पर खेती करने के लिए जानवर भी थे। सभी लोग इतना अन्न उगा लेते थे कि उन्हें बाहर से अन्न खरीदने की जरूरत नहीं पड़ती थी। सारे लोग प्रेमपूर्वक इस गाँव में मिल जुलकर रह रहे थे। तभी गाँव में एक ऐसी घटना हुई जिसने सारे गाँव वालों को परेशान कर दिया। गाँव के कुछ युवा बालक एक-एक करके

गायब होने लगे। हम लोगों को कुछ समझ में नहीं आ रहा था कि आखिर यह क्या हो रहा है? कुछ महीनों के बाद गाँव वालों को पता चल गया कि यह किसी शैतानी शक्ति की करामात है, जो गाँव से नौजवानों को उठाकर ले जा रहा है। फिर एक दिन गाँव वालों ने मिलकर उस शैतानी शक्ति को पकड़ने की योजना बनाई।

और एक रात गाँव वाले छुपकर उस शैतान के आने का इंतजार करते हैं, और योजना यह रहती है कि जैसे ही वह शैतान किसी नौजवान को पकड़ेगा, वैसे ही सारे गाँव वाले उसे धर दबोचेंगे। योजना के मुताबिक, गाँव के सभी लोग रात में छुपकर उस शैतान के आने का इंतजार करने लगते हैं, और उनका अनुमान सही रहता है, आधी रात को एक अनजान व्यक्ति उस गाँव में आकर घूमने लगता है। गाँव के सारे लोग सतर्क हो जाते हैं और उसका पीछा करने लगते हैं। उस शैतान को यह पता नहीं चल पाता है कि उस पर नजर रखी जा रही है और उसका पीछा किया जा रहा है। उस सुनसान रात में शैतान चलते-चलते एक घर में घुस जाता है। गाँव वालों की योजना के अनुसार उसे चारों तरफ से घेरना था और फिर उसे पकड़ना था, इसलिए गाँव के सारे लोग उस घर को घेरकर उस शैतान का छुपकर बाहर निकलने का इंतजार करने लगते हैं। थोड़ी देर बाद वह शैतान घर से बाहर निकलता है और अपने कंधे पर एक नौजवान लड़के को लिये रहता है। वह नौजवान लड़का उसके कंधे पर अपने सिर को रखकर सोया रहता है, जैसे ऐसा लगता है कि उस शैतान ने अपने जादू से उसे मूर्छित कर दिया हो और उसे अपने कंधे पर लिटाकर ले जा रहा है। यह नजारा देखते ही गाँव के सारे लोग उसे घेर लेते हैं। अपने आप को चारों तरफ से घिरा देखकर वह शैतान घबरा जाता है और उस नौजवान लड़के को लेकर भागना चाहता है, लेकिन चारों तरफ से भीड़ से घिरे होने के कारण उसके लिए भागना मुश्किल होता है। शैतान अपने कंधे पर लिये हुए नौजवान लड़के को एक तरफ उछाल कर फेंक देता है, लड़का नींद में ही दूसरी तरफ जाकर गिरता है, लेकिन उसकी नींद अभी तक नहीं टूटती है। फिर वह शैतान वहाँ से अकेले ही भागने की कोशिश करता है, लेकिन गाँव वालों ने पहले से ही तैयार किए हुए मोटे-मोटे फंदे में उसे पकड़ने में कामयाब हो जाते हैं। वह शैतान लंबा चौड़ा और देखने में काफी भयानक लग रहा था। फंदे में फँसने के बाद वह काफी चिंघाड़ और गुर्रा रहा था, वह काफी शक्तिशाली लग रहा था। हम लोगों ने

उससे पूछा कि वह नौजवान लड़कों को पकड़कर क्यों ले जाता है और कहाँ ले जाता है? लेकिन वह चिंघाड़ते हुए सिर्फ यही गुर्रा रहा था कि—मुझे छोड़ दो वर्ना तुम सब मारे जाओगे। उसके कोई जवाब नहीं देने पर गाँव वालों ने उसे वहीं पर जला देने का निर्णय लिया, उसके चारों तरफ आग लगा दी गई और गाँव वालों ने उसे उस जलती हुई आग के हवाले कर दिया। वह आग की लपटों के बीच चिंघाड़ते हुए सिर्फ यही चिल्ला रहा था कि तुम सब मारे जाओगे। उसके चारों तरफ आग की लपटें थी और वह बीच में धू-धू कर जल रहा था। लेकिन आग की लपटों से उसके फंदे जलकर कमजोर हो गए और वह शैतान फंदों से छुटकर जलते हुए ही भागने लगा और थोड़ी देर में वह आग के गोले की तरह आसमान में उड़कर भाग गया। इस तरह वह शैतान वहाँ से भागने में कामयाब हो गया। लेकिन अब गाँव वालों की चिंता काफी बढ़ गई कि अब आगे क्या होगा? तभी उस नौजवान लड़के को भी होश आ गया जिसे शैतान ने अपने जादू से मूर्छित कर दिया था। गाँव के सारे लोग इस घटना से सहमे हुए थे और उस शैतान की धमकी से भी लोग काफी डरे हुए थे। कुछ लोगों ने तो गाँव छोड़कर दूसरी जगह जाने का प्लान भी बना लिया था, लेकिन कुछ लोग इस मुसीबत से डटकर लड़ने को भी तैयार थे। किसी तरह से वह रात गुजर गई।

दूसरे दिन पूरे गाँव में चर्चा थी कि वह शैतान भाग गया है, अब आगे न जाने क्या होगा। सारे लोग किसी अनहोनी घटना घटने के डर से डरे हुए थे। हमारा पूरा परिवार भी इस घटना से सहमा हुआ था। सारे गाँव में इसी बात की चर्चा थी कि अब वह शैतान भाग गया है, या तो वह हमेशा के लिए यहाँ पर नहीं आएगा, या वह फिर से गाँव पर हमला करेगा। किसी को कुछ समझ में नहीं आ रहा था कि आखिर क्या किया जाए। इस घटना के बाद सारे गाँव वाले सतर्क हो गए थे और किसी अनहोनी घटना से निपटने के लिए तैयारियाँ शुरू हो गई थी। जिसकें पास जो भी हथियार थे, सारे अपने हथियारों के साथ रात में पहरेदारी करने का निर्णय लेते हैं। सारा गाँव डर के साये में डूबा हुआ था। किसी तरह दिन गुजरता है, रात होने वाली होती है, लेकिन आज पूरे गाँव में किसी को नींद नहीं आती। सारे गाँव में बच्चे, औरतों को छोड़कर सभी लोग रात में जाग रहे थे। रात में पूरा गाँव जैसे छावनी में तब्दील हो गया था, सारे लोग अपने-अपने तलवार और बंदूकें लेकर पहरा देने में लग गए थे। किसी भी अनजान व्यक्ति या अनजान चीज

को देखते ही मार डालने का आदेश था। रात काफी हो जाती है, सारे बच्चे और औरतें खाना खाकर सो जाते हैं। गाँव के सारे नौजवान घूम-घूम कर पूरे गाँव में पहरा देते रहते हैं। काफी रात हो जाती है, लेकिन कोई भी अनजानी चीज अभी तक नजर नहीं आती है। गाँव के सारे लोगों को लगता है कि अब वह शैतान लौटकर नहीं आएगा, बल्कि उसने झूठमूठ की धमकी दी थी। तभी एक नौजवान को आसमान में कोई अनजानी चीज उड़ती हुई गाँव की तरफ आती हुई नजर आती है। वह अपने साथियों को आसमान में उस उड़ती हुई चीज की तरफ दिखाता है, सभी उधर देखने लगते हैं। उस चाँदनी रात में सब कुछ साफ-साफ नजर आ रहा था। गाँव वाले कुछ समझ पाते, इससे पहले ही आसमान से बहुत से बड़े-बड़े पक्षी उड़ते हुए आते हैं और पूरे गाँव के ऊपर मंडराते हुए बड़े-बड़े पत्थर के गोले बरसाने लगते हैं। सारे गाँव में अफरा-तफरी मच जाती है। गाँव के नौजवान उस अनजानी शैतानी शक्ति से लड़ने को तैयार हो जाते हैं। गाँव के सारे लोग अपने-अपने हथियार लेकर घरों से बाहर निकल जाते हैं। लेकिन उन शैतानी शक्तियों के आगे गाँव वालों का टिकना मुश्किल लगता है। फिर भी गाँव वाले उनसे मुकाबला करने लगते हैं। सारे लोग अपने-अपने तीर, बरछे, भाले, तलवार, बंदूकों से निशाना साधकर उन शैतानों पर हमला करने लगते हैं। थोड़ी देर में पूरा गाँव एक रणक्षेत्र में तब्दील हो जाता है। दोनों तरफ से जबरदस्त हमले होने लगते हैं। शैतानी पक्षी अपने मुँह से आग के शोले पूरे गाँव में बरसाने लगते हैं, जिससे पूरा गाँव धू-धू कर जलने लगता है। गाँव के सारे घरों में आग लग जाती है, लोग अपने अपने घरों से निकलकर बाहर भागने लगते हैं। हम लोगों के लिए वह रात कयामत की रात बन जाती है। हमारे ऊपर आसमान और जमीन दोनों ओर से हमले होने लगते हैं। कई बच्चे, बूढ़ों और औरतों को मौत के घाट उतार दिया जाता है। हम अपने सामने अपने परिवारों को मौत के मुँह में जाते हुए देखते हैं। फिर भी हम गाँव वाले हिम्मत करके उनसे लड़ते रहते हैं, परन्तु उनकी शैतानी शक्तियों के आगे हम बहुत बौने रहते हैं। लड़ाई काफी देर तक चलती है, गाँव के बहुत सारे लोग मारे जाते हैं। बहुत सारे नौजवानों को वे शैतानी पक्षी उठाकर ले जाते है, जो जिंदा बचते हैं वे अपनी जान बचाने में ही भलाई समझते हैं। गाँव वालों को यह समझ में आ जाता है कि वे शैतानी शक्तियों के आगे ज्यादा देर तक टिक नहीं पाएंगे, इसलिए पीछे हटने में ही भलाई है। लेकिन यह बात समझने में हम लोगों ने काफी

देर कर दी थी। पूरा गाँव तब तक शमशान बन चुका था, चारों तरफ खून ही खून और लाशें बिखरी हुई थी।

कुछ देर बाद सारे शैतानी पक्षी वापस जाने लगते हैं, उनके वापस जाने के बाद गाँव के बचे हुए लोग जो अपनी जान बचाने के लिए छुप गए थे बाहर निकलते हैं। वे गाँव का नजारा देखकर सन्न रह जाते हैं। चारों तरफ चीख-पुकार मची हुई थी, सारे लोग अपने-अपने परिवार के लोगों को ढूँढ़ने में लगे थे, उनमें से एक मैं भी था। सारे लोग वहाँ पर बिखरी पड़ी लाशों को देख रहे थे और अपने लोगों की पहचान कर रहे थे। गाँव के सारे लोग मारे गए थे, बस हम जैसे ही कुछ लोग बचे थे। मैं भी उन लाशों में अपने परिवार के लोगों को ढूँढ़ रहा था। मेरा भी सारा परिवार मारा गया था, बस मेरा एक बेटा बचा था। मेरी ही तरह गाँव के लोगों का पूरा परिवार उजड़ गया था। बस कुछ नौजवान और बूढ़े बच गए थे। लेकिन मेरे चार बेटों मे से एक का कोई पता नहीं चल रहा था कि आखिर वह कहाँ गायब हो गया। क्योंकि मेरे दो बेटे मारे गए थे और एक जिन्दा था परन्तु चौथे का पता नहीं चला, शायद उसे शैतान उठाकर ले गए थे। मेरे ही बेटे की तरह बहुत सारे लोगों को खासकर नौजवानों को वे शैतान उठाकर ले गए थे। हमारा सारा गाँव तबाह हो चुका था।

घटना के कुछ दिनों बाद गाँव के सारे नौजवान अपने परिवार, जिन्हें शैतान उठाकर ले गए थे, उन्हें ढूँढ़ने निकलते हैं, उनमें से मेरा भी बेटा अपने भाई को ढूँढ़ने और उसे शैतान के चंगुल से वापस छुड़ाकर लाने के लिए निकलता है। मैं उसे मना करता हूँ कि अब कोई फायदा नहीं है, परन्तु वह नहीं मानता है, वह अपने भाई को वापस लाने की जिद पर अड़ जाता है। मैं भी उसके साथ जाना चाहता हूँ, परन्तु वह मुझे मना करता है और कहता है कि आप यहीं रहो, मैं बहुत जल्द ही अपने भाई को ढूँढ़कर लाऊँगा और वह मुझसे यह वादा करके निकल जाता है। गाँव के बचे हुए नौजवान अपने परिवार को ढूँढ़ने निकल जाते हैं, बस हम जैसे कुछ बूढ़े ही यहाँ पर बच जाते हैं और अपने बिछड़े हुए परिवार के आने का इंतजार करते हैं। लेकिन आजतक कोई भी वापस लौटकर नहीं आया। आज बीस साल बीत गये, गाँव के सारे वृद्ध व्यक्ति अपने परिवार के आने का इंतजार करते-करते मर गए, बस मैं ही एक अभागा बचा हूँ जो आज तक जिंदा हूँ और अपने बेटों के आने का इंतजार कर रहा हूँ। इंतजार करते-करते यह बूढ़ी आँखें पथरा गई

हैं, शायद अब वे कभी वापस नहीं आएँगे। अब तो बस मेरा एक ही साथी मेरे पास है, मेरा वाद्य यंत्र, जिसे मैं बजाता हूँ और अपनी मौत के आने का इंतजार कर रहा हूँ, लेकिन कमबख्त मौत भी इधर आने से कतराती है।

इतना कहने के बाद बाँब शुल्ज अपने सिर को झुकाकर चुपचाप मौन हो जाता है। जैम और जिक्की दोनों उसकी दर्द भरी कहानी सुनकर कराह उठते हैं और उनके मुँह से भी एक आह निकल पड़ती है। दोनों थोड़ी देर तक चुपचाप बैठे रहते हैं, फिर नजरें उठाकर एक दूसरे को देखते है।

क्या तुम्हें नहीं लगता है कि इस हमले और बौनों के राज्य में हुए हमले में काफी समानता है–जिक्की जैम की तरफ देखते हुए बोलता है।

हाँ मुझे भी दोनों हमलों में काफी समानता लगती है–जैम भी जिक्की का जवाब देते हुए बोलता है।

फिर जिक्की बाँब शुल्ज की तरफ देखता हैं, वह अब अपना मौन तोड़कर अपने सिर को उठाकर बैठे थे। तभी जिक्की ने धीरे से मि. बाँब से पूछा–मि. बाँब मैं एक बात जानना चाहता हूँ कि वह शैतान क्या चाँदनी रात में ही आकर लड़कों को उठाकर ले जाते थे। जिक्की की बात सुनकर मि. बाँब एकदम से चौंक जाते हैं और जिक्की की तरफ देखने लगते हैं।

हाँ। वे शैतान पूरी चाँदनी की रात में ही गाँव में आते थे और किसी नौजवान को उठाकर ले जाते थे लेकिन यह बात तुम्हें कैसे मालूम–मि. बाँब चौंक कर जिक्की की तरफ देखते हुए बोलते हैं।

तो हमारा शक बिलकुल सही निकला–जिक्की, जैम की तरफ देखते हुए बोलता है।

कैसा शक–मि. बाँब फिर चौंककर बोलते हैं, उन्हें ऐसा लगता है कि जैसे वह किसी पहेली में उलझ गए हों।

तुम लोग कैसी पहेली बुझा रहे हो, मुझे कुछ समझ में नहीं आ रहा है, साफ-साफ बताओ–मि. बाँब दोनों की तरफ देखते हुए बोलते हैं।

फिर दोनों अपने दोस्त रूनी के साथ हुई घटना के बारे में मि. बाँब को बताते हैं।

इसका मतलब कि तुम दोनों उस शैतान के पास जा रहे हो, अपने दोस्त को ढूँढ़ने–मि. बाँब उनकी सारी बात सुनने के बाद बोलते हैं।

हाँ मि. बाँब आपने सही कहा, हम दोनों अपने दोस्त को ढूँढ़ने जा रहे हैं–जैम बोलता है।

लेकिन तुम दोनों उस तक पहुँचोगे कैसे, उस तक पहुँचना तो बहुत मुश्किल है–मि. बाँब बोलते हैं।

बस हमें ईश्वर पर विश्वास है, इस नेक काम में वह हमारी मदद जरूर करेंगे और हम अपने दोस्त के अलावा और भी जितने लोग उसके चंगुल में हैं, उन्हें आजाद जरूर कराएँगे–जैम बोलता है। मैं भी ईश्वर से प्रार्थना करता हूँ कि वह इस नेक काम में तुम्हारी मदद करें, आमीन–मि. बाँब अपने दोनों हाथ को आसमान की तरफ उठाते हुए बोलते हैं। तभी जिक्की की नजर मि. बाँब के हाथ में पड़े उनके वाद्य यंत्र पर जाती है, वह मि. बाँब से वाद्य यंत्र के बारे में बातें करने लगता है।

मि. बाँब आपके हाथ में जो वाद्य यंत्र है, इसे क्या कहते हैं–जिक्की मि. बाँब के वाद्य यंत्र की तरफ देखते हुए बोलता है।

इसे वायलिन बोलते हैं–मि. बाँब, अपने पुराने लकड़ी के बने हुए वाद्य यंत्र पर हाथें फिराते हुए बोलते हैं।

क्या इस वाद्य यंत्र को इस लंबे डंडे से बजाते हैं–जिक्की मि. बाँब के हाथों में लंबे डंडे की तरफ देखते हुए बोलता है।

हाँ यह लकड़ी का डंडा है जिसमें तार लगे हुए हैं, जब इस तार को इस वायलिन पर लगे तार पर रगड़ा जाता है तो इससे धुन निकल पड़ती है–मि. बाँब जिक्की को वाद्य यंत्र बजाने का तरीका बताते हुए बोलते हैं। मैंने वायलिन के बारे में सुना है लेकिन इसे बजाते हुए पहली बार किसी को देखा है–जिक्की बोलता है।

क्या तुम इसे बजाना चाहोगे–मि. बाँब जिक्की की तरफ देखते हुए बोलते हैं।

न-न-नहीं, मैं तो बस ऐसे ही पूछ रहा था, इसे बजाना मेरे बस की बात नहीं–जिक्की थोड़ा हिचकिचाता हुआ बोलता है।

तभी जैम मि. शुल्ज से पूछता है–मि. बाँब क्या आप बता सकते हैं कि वे शैतान कहाँ से आए थे?

नहीं, मुझे यह तो पता नहीं कि वे शैतानी ताकतें कहाँ से आई थीं, परन्तु मैंने यह सुना है कि कोई पत्थर का बुत है, जहाँ से एक रास्ता शैतानों की तरफ जाता है–मि. बाँब बोलते हैं।

इसका मतलब यह है कि अगर हम उस पत्थर के बुत के पास पहुँचने में कामयाब हो गए तो हमें उन शैतानों के पास जाने का रास्ता मिल जाएगा–जैम थोड़ी उत्सुकता से बोलता है।

शायद हाँ–मि. बाँब धीरे से अपना सिर हिलाते हुए बोलते हैं।

लेकिन हम इन घनघोर जंगलों में उस पत्थर के बुत को कहाँ ढूंढ़ेंगे–जिक्की बोलता है।

तुम्हें यहाँ से उत्तर की तरफ जाना होगा, क्योंकि वे शैतान उत्तर की तरफ से ही आए थे और यहाँ से जितने भी लोग उन्हें खोजने निकले थे, वे भी उत्तर की तरफ ही गए थे, इसलिए मेरे ख्याल से वह पत्थर का बुत उत्तर में ही होना चाहिए–मि. बाँब उत्तर दिशा की तरफ देखते हुए बोलते हैं।

तो हमें अब उत्तर की तरफ निकलना चाहिए–जिक्की बोलता है।

लेकिन तुम्हें एक बात का ध्यान रखना होगा–मि. बाँब थोड़ा गम्भीर होकर बोलते हैं।

किस बात का–जैम बोलता है।

तुम्हें मकैकों से सावधान रहना होगा–बाँब शुल्ज बोलते हैं। मकैक, यह मकैक क्या है–जिक्की अपनी भौंहें सिकोड़ते हुए बोलता है।

मकैक एक तरह के बन्दर हैं, ये काफी खूँखार बन्दर हैं, तुम्हें उनसे बचकर निकलना होगा–मि. बाँब बोलते हैं।

क्या आपने उन बन्दरों को देखा है–जैम बोलता है।

हाँ मैंने उन्हें देखा है, वे काफी बड़े और खूँखार होते हैं–मि. बाँब बोलते हैं।

इसका मतलब आप उनके इलाके में गए हैं–जिक्की पूछता है। हाँ, बहुत पहले जब हम जवान थे, हम और हमारे कुछ दोस्त व्यापार के सिलसिले में गाँव से बाहर गए थे, लौटते वक्त हम लोग गलती से भटककर उनके इलाके में चले गए थे, तभी एक मकैक बन्दर ने हम लोगों पर हमला

कर दिया था, जिसमें हम बाल-बाल बचे थे, परन्तु उनके हमले में मेरा एक दोस्त मारा गया–बाँब शुल्ज बोलते हैं। तो फिर आप लोग दूर के शहरों में कैसे जाते थे–जैम पूछता है। हम लोग शहरों में जाने के लिए अक्सर पश्चिम के रास्ते का इस्तेमाल करते थे–बाँब शुल्ज बोलते हैं।

तो क्या हम लोग पश्चिम के रास्ते से नहीं जा सकते हैं–जैम पूछता है। मुझे लगता है पश्चिम के रास्ते से जाने में कोई फायदा नहीं है, क्योंकि हम लोग पश्चिम में बहुत दूर-दूर तक जा चुके हैं, परन्तु कोई भी बुत पश्चिम में नहीं है, वह उत्तर में ही है, परन्तु हम लोग उत्तर में नहीं जाते थे, क्योंकि उधर मकैकों का इलाका है–मि. बाँब बोलते हैं।

इसका मतलब, हमें उस पत्थर के बुत के पास पहुँचने के लिए मकैक बन्दरों के इलाके से होकर गुजरना होगा–जैम थोड़ा गम्भीर होकर बोलता है।

तो फिर हमें अब निकलने की तैयारी करनी चाहिए–जिक्की बोलता है। अच्छा आप बता सकते हैं कि यहाँ से मकैकों का इलाका कितना दूर होगा–जैम पूछता है।

लगभग एक दिन के सफर के बाद तुम लोग मकैकों के इलाके में पहुँच जाओगे–मि. बाँब बोलते हैं। दोनों वहाँ से आगे के सफर में निकलने को तैयार हो जाते हैं, लेकिन मि. बाँब उन्हें रोकना चाहते हैं। बच्चों तुम दोनों यहाँ पर कुछ दिन रूको, फिर यहाँ से जाना–मि. बाँब बोलते हैं।

नहीं मि. बाँब हमें निकलना होगा, क्योंकि हम जितना वक्त गंवायेंगे हमारे दोस्त के लिए खतरा उतना बढ़ता जाएगा–जिक्की बोलता है। काफी दिनों के बाद किसी से मुलाकात हुई है, पता नहीं फिर कभी किसी से मिलने के लिए जिंदा रहूँ या न रहूँ, अगर तुम ज्यादा दिनों तक रूक न पाओ तो कम से कम एक दिन तो हमारे साथ गुजार ही सकते हो–मि. बाँब थोड़ा भावुक होकर बोलते हैं।

ल.... ल.... लेकिन मि. बाँब–जिक्की इतना बोलता ही है कि तभी जैम जिक्की के कंधे पर धीरे से हाथ मारते हुए बोल पड़ता है–कोई बात नहीं मि. बाँब अगर आप चाहते हैं कि हम आपके साथ कुछ पल गुजारें तो हम आज यहाँ जरूर रूकेंगे। जैम के इतना कहते ही मि. बाँब के चेहरे पर एक मुस्कान आ जाती है।

तो फिर चलो हमारे घर, आज तुम वहीं रहोगे–मि. बाँब बोलते हैं लेकिन आपका घर कहाँ है–जिक्की बोलता है।

यहीं पास ही में–मि. बाँब इतना बोलते हैं। फिर दोनों सहारा देकर मि. बाँब को उठाते हैं और मि. बाँब दोनों को एक पतली पगडंडी की तरफ लेकर जाते हैं। थोड़ी ही देर में दोनों एक पुरानी झोंपड़ी के पास पहुँचते हैं, जिसका हाल अब खस्ता हो चुका था, उसकी दीवारें पक्की ईटों की बनी हुई थी, परन्तु कई जगह से ईटें अब उखड़ने लगी थी। मि. बाँब झोपड़ी के पास पहुँचकर उसके लकड़ी से बने दरवाजे को खोलते हैं और दोनों को अंदर आने को कहते हैं। दोनों उस झोपड़े के अंदर जाते हैं। अंदर सारे सामान जैसे-तैसे बिखरे पड़े थे। अंदर एक छोटा सा हॉल था जिसमें एक बड़ा सा टेबल लगा हुआ था और उसके अगल-बगल कुछ लकड़ी की कुर्सियाँ लगी हुई थी। मि. बाँब दोनों को बैठने को बोलते हैं। दोनों उस कुर्सी पर बैठ जाते हैं, मि. बाँब हॉल के पास ही में बने किचन में जाते हैं और थोड़ी देर में दोनों के लिए दो ग्लास में शर्बत बनाकर लाते हैं और टेबल पर दोनों ग्लास रख देते हैं।

बच्चों यह लो तुम्हारे लिए शर्बत–मि. बाँब शर्बत का ग्लास दोनों की तरफ बढ़ाते हुए बोलते हैं।

ओह शुक्रिया मि. बाँब–जिक्की बोलता है। दोनों शर्बत पीते हैं, शर्बत काफी मीठा और स्वादिष्ट लगता है।

क्यों बच्चों, कैसी लगी शर्बत–मि. बाँब पूछते हैं।

शर्बत तो काफी मीठा और स्वादिष्ट है मि. बाँब, यह किस चीज का शर्बत है–जिक्की बोलता है।

यह स्वादिष्ट बेल का शर्बत है–मि. बाँब बोलते हैं।

बेल का शर्बत तो हमने भी पिया है, लेकिन आपके जंगल में फलने वाले बेल का स्वाद तो काफी निराला है–जैम उस शर्बत की तारीफ करते हुए बोलता है।

ओह शुक्रिया–मि. बाँब बोलते हैं।

तभी जैम की नजर दीवारों पर टंगी हुई कुछ तस्वीरों पर पड़ती है, उनमें से एक तस्वीर में बहुत सारे बच्चे रहते हैं और एक महिला भी रहती

है और बीच में एक हट्‌ठा-कट्‌ठा व्यक्ति बैठा रहता है जिसकी कड़क मूँछें रहती हैं और शक्ल कुछ-कुछ मि. बाँब से मिलती जुलती है।

मि. बाँब यह तस्वीर किसकी है–जैम उन पुराने तस्वीरों की तरफ देखते हुए बोलता है।

यह तस्वीर हमारे पूरे परिवार की है, बीच में मैं बैठा हूँ बगल में मेरी पत्नी है और अगल-बगल में हमारे बच्चे हैं–मि. बाँब बोलते हैं। क्या यह आपके जवानी की तस्वीर हैं–जैम बोलता है।

हाँ यह मेरी जवानी की तस्वीरें है–मि. बाँब बोलते हैं।

मि. बाँब जवानी में आपकी मूँछें तो बहुत कड़क थी–जिक्की थोड़ा चुटकी लेते हुए बोलता है।

हाँ, यह उस वक्त का फैशन था–मि. बाँब भी थोड़ा मुस्कुराते हुए बोलते हैं।

और फिर वहाँ पर दोनों मि. बाँब के साथ बहुत सारी बातें करते हैं। मि. बाँब भी अपनी जवानी के किस्से उन्हें सुनाने लगते हैं कि कैसे उन्होंने एक बाघ की पूँछ पकड़कर घुमाकर मारा था, कैसे उन्होंने दंगल में पहलवानों को पटखनी दी थी और फिर कैसे उन्होंने संगीत से अपनी पत्नी को शादी से पहले अपनी ओर आकर्षित किया था। दोनों मि. बाँब के जवानी के किस्से चटखारे ले-लेकर सुनते रहते हैं और इस तरह काफी रात तक चर्चा चलती रहती है। रात में कब उनको नींद लग जाती है, पता ही नहीं चलता।

दूसरे दिन सुबह उठकर दोनों जल्दी-जल्दी वहाँ से निकलने के लिए तैयार हो जाते हैं। मि. बाँब दोनों के लिए सुबह के नाश्ते में कुछ फल लाकर बड़े से टेबल पर रख देते हैं। दोनों फल खाते हैं और मि. बाँब से विदा लेकर आगे जाने को तैयार हो जाते हैं। मि. बाँब की आँखें भी नम हो जाती है, जाते-जाते वह उनके हाथ में एक चीज देते हैं।

बच्चों यह अपने पास रख लो–मि. बाँब जिक्की के हाथ में एक काँसे का कड़ा देते हुए बोलते हैं, जिस पर कुछ गुदा रहता है।

यह क्या है मि. बाँब–जिक्की उस कड़े को लेते हुए बोलता है। यह कड़ा मेरे बेटे को बहुत पसंद था, वह अक्सर इसे अपने हाथों में पहना करता था, बस यह उसकी आखिरी निशानी मेरे पास बची है, अगर वह तुम्हें मिल

जाता है, तो यह कड़ा उसे दे देना और कहना कि उसके पिता उसके लौटने का इंतजार कर रहे हैं–मि. बाँब भावुक होकर बोलते हैं। ठीक है मि. बाँब अगर वह मिल गया तो हम उसे यह कड़ा जरूर देंगे–जिक्की उनकी भावनाओं को समझते हुए बोलता है।

और फिर दोनों उस जगह से आगे निकल जाते हैं, मि. बाँब खड़े होकर दोनों को हाथ हिलाकर विदा कर रहे थे। थोड़ी देर बाद दोनों उनके झोपड़े से काफी दूर निकल जाते हैं और फिर वही सुनसान और सन्नाटा भरा जंगल शुरू हो जाता है। दोनों चलते जा रहे थे लेकिन उन्हें सिवाय घने जंगलों के कुछ और नजर नहीं आ रहा था। दिन भर दोनों उस सुनसान जंगल में चलते हैं। चलते-चलते शाम हो जाती है, दोनों काफी थक जाते हैं। अपनी थकान दूर करने के लिए दोनों एक जगह पर रूक कर बैठते हैं। अपनी थकावट को दूर करके फिर दोनों उस घनघोर जंगल में आगे बढ़ जाते हैं। अब चारों तरफ घनघोर अंधेरा छाने लगता है, लेकिन फिर भी दोनों आगे बढ़ते रहते हैं।

तभी जिक्की बोलता है–जैम हमें कोई सुरक्षित जगह रूकने के लिए ढूँढ़ना चाहिए, क्योंकि रात को इस घनघोर जंगल में चलना ठीक नहीं है।

ठीक है चलते रहो, जहाँ पर सुरक्षित जगह नजर आएगी, वहीं रूक जाएँगे–जैम बोलता है।

जिक्की भी उसकी बात से सहमत रहता है, और फिर दोनों आगे बढ़ते रहते हैं। इस तरह चलते-चलते काफी रात हो गई थी, परन्तु कोई सुरक्षित जगह रूकने के लिए नजर नहीं आ रही थी। दोनों चलते-चलते थक कर चूर हो गए थे, तभी जिक्की को रूकने के लिए एक सुरक्षित जगह नजर आती है। वैसे तो जंगल में कोई सुरक्षित जगह नहीं होती है फिर भी दोनों उस जगह पर जाकर बैठ जाते हैं। पूरे दिन और आधी रात तक चलने के कारण दोनों काफी थक चुके होते हैं, इसलिए दोनों रात को उस जगह पर ही आराम करने लगते हैं। कुछ देर बाद दोनों को नींद की झपकी आने लगती है और वे वहीं पर सो जाते हैं।

11

मकैक बन्दर

सुबह हो जाती है, जैम अंगड़ाई लेते हुए उठता है, इधर-उधर देखता है और फिर जिक्की को झकझोर कर उठाता है, जिक्की भी उठकर बैठ जाता है। तभी जिक्की के सिर से होता हुआ एक फल उस पेड़ से गिरता है, जिस पेड़ के नीचे वह बैठा था। जिक्की पहले जमीन पर गिरे फल को देखता है, उसके बाद वह ऊपर पेड़ की तरफ देखता है। ऊपर पेड़ पर एक बड़ा सा भूरे रंग का बन्दर था जो फल को तोड़कर खा रहा था और कुछ फलों को नीचे फेंक रहा था, जिक्की की नजर जैसे ही उस बन्दर पर पड़ती है, बन्दर उसे देखकर गुर्राने लगता है।

यह बन्दर तो काफी गुस्से में लग रहा है–जिक्की धीरे से बोलता है। अरे ऊपर क्या देख रहे हो–जैम जिक्की की तरफ देखकर पूछता है। उस बन्दर को–जिक्की आँखों के इशारे से जैम को बोलता है। तभी बन्दर पेड़ की डालियों से धीरे-धीरे नीचे उतरने लगता है, और दोनों की तरफ बढ़ने लगता है।

अरे यार, हमें यहाँ से चलना चाहिए, मुझे तो इस बन्दर के इरादे ठीक नहीं लग रहे हैं–जिक्की बोलता है।

रूको, यहाँ से भागो मत, अगर हम यहाँ से भागे तो हो सकता है कि यह बन्दर हमें अपना विरोधी समझकर हम पर हमला कर देगा–जैम बोलता है। तो अब हम क्या करें–जिक्की बोलता है।

चुपचाप बैठे रहो–जैम बोलता है।

तभी बन्दर ऊपर की डालियों से उतरता हुआ दोनों की तरफ आकर काफी नजदीक वाली डाली पर रूक जाता है और दोनों को अपनी छोटी-छोटी आँखों से घूरने लगता है, जिक्की डर के मारे अपनी नजरें चुराकर उसे देखता है। तभी बन्दर जिक्की की तरफ छलाँग लगा देता है, उसे अपनी तरफ छलाँग लगाता देख जिक्की डर के मारे अपनी आँखें बंद कर लेता है और अपनी दोनों हथेलियों को अपने चेहरे पर रखकर अपना सिर नीचे करके दुबक जाता है, उसे ऐसा लगता है कि बन्दर ने उस पर हमला कर दिया है। थोड़ी देर बाद जिक्की डरते हुए अपनी आँखें खोलता है, उसके सामने कुछ दूरी पर वह बड़ा-सा बन्दर अपनी पूँछ जमीन पर फैलाकर बैठा रहता है, और दोनों को एकटक नजरों से घूरता रहता है। जैम और जिक्की भी उस बन्दर को घूरने लगते हैं। तभी जिक्की धीरे से जैम के कानों में फुसफुसाकर बोलता है–मुझे लगता है, यही मकैक बन्दर है, उसके इतना बोलते ही उधर से बन्दर बोल पड़ता है–नहीं मैं मकैक बन्दर नहीं हूँ। बन्दर को बोलता देख दोनों के मुँह आश्चर्य से फटे के फटे रह जाते हैं।

क्या तुम बोल सकते हो–जिक्की बन्दर से बोलता है।

हाँ, हम इंसानी भाषा बोल और समझ सकते हैं–बन्दर बोलता है।

लेकिन हमने सुना है कि इधर मकैक बन्दर रहते हैं, जो काफी खुंखार होते हैं–जैम बोलता है।

तुमने सही सुना है–बन्दर बोलता है।

तो फिर तुम कैसे बन्दर हो–जैम बोलता है।

हम साधारण बन्दर हैं–बन्दर बोलता है।

ओह, हम तो डर गए थे कि कहीं तुम मकैक बन्दर तो नहीं हो–जिक्की एक गहरी सांस छोड़ते हुए बोलता है।

अच्छा हुआ कि तुम्हें पहले मैंने देख लिया, वरना अगर मकैक बन्दरों से तुम्हारा सामना हो जाता तो पता नहीं क्या होता–बन्दर अपनी आँख की भौंहे मिचकाता हुआ डरा हुआ सा बोलता है। लेकिन तुम दोनों इधर कहाँ जा रहे हो–बन्दर फिर दोनों की तरफ देखते हुए पूछता है।

हम दोनों पत्थर के बुत के पास जा रहे हैं, जो इस जंगल को पार करने के बाद है—जैम बोलता है। जैम की बात सुनकर बन्दर थोड़ी देर के लिए चुप हो जाता है।

क्या तुम्हें उस पत्थर के बुत के बारे में पता है—जिक्की बन्दर से पूछता है। हाँ, मैंने पत्थर के बुत के बारे में तो सुना है, लेकिन तुम्हारा वहाँ तक पहुँचना नामुमकिन है—बन्दर बोलता है।

परन्तु क्यों? जिक्की बोलता है।

क्योंकि मकैक बन्दरों से बचकर निकलना मुमकिन नहीं है—बन्दर थोड़ा चिंतित होकर बोलता है।

लेकिन हमें किसी भी तरह वहाँ पहुँचना ही होगा—जिक्की फिर बोलता है। अच्छा, अगर तुम जाना चाहते हो तो ठीक है, परन्तु फिलहाल हमारा यहाँ पर रहना खतरे से खाली नहीं हैं, क्योंकि कभी यहाँ पर खतरनाक मकैक आ सकते हैं, इसलिए तुम्हें एक सुरक्षित जगह पर जाना होगा—बन्दर बोलता है।

परन्तु सुरक्षित जगह कहाँ पर है—जिक्की बोलता है।

चलो मेरे पीछे आओ—बन्दर बोलता है।

दोनों को समझ में नहीं आ रहा था कि आखिर क्या करें, पर ऐसी स्थिति में बन्दर की बात मानने में ही भलाई थी। और फिर बन्दर आगे-आगे चलने लगता है और दोनों उसके पीछे चलने लगते हैं। घने पेड़ों और झाड़ियों से होते हुए वे एक छोटी सी सुरंग के दरवाजे के पास पहुँचते हैं। और फिर वह गुफानुमा सुरंग में घुसते हैं, जिसकी छत काफी नीची होती हैं। उसकी पत्थर के छत से दोनों के सिर टकराने लगते हैं, इसलिए दोनों झुककर उस गुफा में चलते हैं। जैसे-जैसे वे गुफा के अंदर घुसते हैं, गुफा और संकरी होती जाती है। उसके रास्ते इतने संकरे और छोटे होते हैं कि मुश्किल से एक व्यक्ति ही उस गुफा में घुस सकता है। आगे-आगे वह बन्दर उस गुफा में चल रहा था और उसके पीछे-पीछे दोनों चल रहे थे। गुफा के अंदर घुसने के बाद एक नीची छत वाली थोड़ी चौड़ी जगह रहती है। बन्दर वहाँ पर रूककर दोनों को बैठने को बोलता है। दोनों वहाँ पर बैठ जाते हैं। वहाँ पर छत इतनी नीची रहती है कि दोनों पूरी तरह से खड़े नहीं हो सकते थे, बस बैठ ही सकते हैं। वहाँ काफी बदबू महक रही थी, ऐसे जैसे चूहों की लीड वहाँ पर हो। दोनों अपनी नाक बंद करके वहाँ पर बैठ जाते हैं।

तुम दोनों यही बैठो, जब तक मैं लौटकर न आऊँ, यहाँ से बाहर मत निकलना–बन्दर गुफा से बाहर निकलते हुए बोलता है। लेकिन तुम कहाँ जा रहे हो–जिक्की बन्दर से पूछता है। मैं, बाहर निकलकर यह देखने जा रहा हूँ कि, कहीं आसपास कोई मकैक बन्दर तो नहीं है–बन्दर बोलता है।

लेकिन क्या हम यहाँ पर सुरक्षित हैं–जिक्की फिर पूछता है। फिलहाल तो तुम यहाँ पर सुरक्षित हो, उन मकैकों से–बन्दर इतना कहकर उस गुफा से बाहर निकल जाता है। दोनों चुपचाप उस अंधेरी गुफा में बैठे रहते हैं। वहाँ की बदबू से उनका दम घुटा जा रहा था, परन्तु इस स्थिति में क्या किया जा सकता था।

ओह यहाँ पर कितनी बदबू है– जिक्की अपने नाक सिकोड़ते हुए बोलता है।

ओह तुम ठीक बोलते हो, इतनी बदबूदार जगह में इससे पहले कभी नहीं बैठा हूँ–जैम भी उसकी बातों पर प्रतिक्रिया करते हुए बोलता है।

मेरा तो यहाँ की बदबू से सिर फटा जा रहा है–जिक्की बोलता है। ओह शांत हो जाओ, हमारे पास इसके अलावा कोई चारा भी तो नहीं था–जैम बोलता है।

तुम्हें क्या लगता है, हम यहाँ पर सुरक्षित हैं–जिक्की फिर पूछता है। फिलहाल तो मुझे कुछ समझ में नहीं आ रहा है, परन्तु हमारे पास उस बन्दर की बात मानने के अलावा कोई चारा भी तो नहीं था–जैम बोलता है।

मुझे तो लगता है कि यहाँ पर जंगली चूहें रहते होंगे, देखो कैसी उनकी बीट की दुर्गंध महक रही है–जिक्की अपनी नाक पर हाथ रखते हुए बोलता है।

शायद तुम ठीक बोल रहे हो–जैम बोलता है।

तुम्हें क्या लगता है, हमने उस बन्दर की बात मानकर सही किया, या फिर वह हमें कोई धोखा दे रहा है–जिक्की बोलता है।

पता नहीं–जैम बोलता है।

अभी दोनों बात कर ही रहे थे कि तभी उन्हें गुफा के पास एक जोरदार चीख सुनाई देती है, उन्हें ऐसा लगता है कि कोई गुफा में घुसने की कोशिश कर रहा था, लेकिन तभी उसे कोई बाहर से खींचता हुआ लेते गया।

अरे यह कैसी चीख थी–जिक्की घबराकर बोलता है।

मुझे लगता है कि शायद दो जंगली जानवर एक दूसरे से लड़ते होंगे–जैम बोलता है। थोड़ी देर बाद चीखने की आवाज शांत हो जाती है।

लगता है वे जानवर यहाँ से भाग गए होंगे–जैम फिर बोलता है। लेकिन मुझे तो ऐसा लगा कि कोई जानवर इस गुफा में घुसने की कोशिश कर रहा था, लेकिन फिर उसे कोई दूसरा जानवर खींचकर बाहर लेते गया–जिक्की बोलता है।

हाँ मुझे भी कुछ ऐसा ही लगा–जैम भी बोलता है।

जैम, मुझे तो बहुत डर लग रहा है–जिक्की डरते हुए बोलता है। शांत हो जाओ, हमें बाहर निकलकर देखना चाहिए कि आखिर बाहर क्या हो रहा है–जैम बोलता है।

कहीं हम इस गुफा में आकर फंस तो नहीं गए हैं, क्योंकि मुझे ऐसा लग रहा है कि यह किसी जंगली तेंदुए की गुफा तो नहीं–जिक्की बोलता है।

ठीक है, ऐसा करो तुम बाहर गुफा के दरवाजे से देखो कि क्या हो रहा है, क्योंकि इस संकरी गुफा से दोनों का एक साथ निकलना मुमकिन नहीं है–जैम बोलता है।

ठीक है–जिक्की इतना बोलता है और गुफा के संकरे, अंधेरे रास्ते से बाहर निकलता है।

ध्यान रखना, गुफा के बाहर मत निकलना, सिर्फ गुफा के दरवाजे से देखकर वापस आ जाना–जैम, जिक्की को समझाते हुए बोलता है।

थोड़ी देर में दीवारों को टटोलते हुए जिक्की गुफा के दरवाजे पर आ जाता है और सामने झाड़ियों के झुरमुट को हटाते हुए बाहर जंगल की तरफ देखता है। गुफा के सामने थोड़ी दूर पर जो नजारा वह देखता है, उससे उसके रोंगटे खड़े हो जाते हैं। गुफा से थोड़ी दूर पर एक बड़ा-सा काला बन्दर, अपने बड़े से पंजें में एक भूरे बन्दर को पकड़े रहता है, जो शायद अब मर चुका था। और वह अपने बड़े पंजों से उसके शरीर को फाड़कर दो टुकड़े करके उसे खाने लगता है। यह नजारा अपनी नजरों के सामने देखकर जिक्की की तो डर से हालत खराब हो जाती है। वह काला बन्दर काफी बड़ा

और खूँखार लग रहा था, उसके पंजे काफी बड़े थे, जैसे वह किसी इंसान के पल भर में दो टुकड़े कर सकता था। उसकी आँखें खुन जैसी लाल थीं। जिक्की थोड़ी देर यह नजारा देखता है और फिर चुपचाप वापस सुरंग में आ जाता है। डर से उसके हाथ-पैर फूल रहे थे। क्या हुआ, बाहर क्या हो रहा था–जैम जिक्की से पूछता है। जिक्की की तो डर से हक्की-बक्की बंद थी, उसके मुँह से तो आवाज ही नहीं निकल रही थी।

क्या हुआ जिक्की, तुमने बाहर क्या देखा–जैम फिर पूछता है। बाहर मैंने एक बड़ा-सा काला बन्दर देखा, शायद इससे पहले मैंने इतना बड़ा बन्दर नहीं देखा था–जिक्की डर से थरथराते हुए बोलता है। लेकिन तुम डर के मारे इतना थर-थर कॉप क्यों रहे हो–जैम ने जिक्की के हाथ को छूते हुए बोला।

क्योंकि बाहर जो नजारा मैंने देखा, उसे देखकर शायद तुम्हारा भी यही हाल होता–जिक्की अपनी थरथराहट को शांत करते हुए बोलता है।

उस बड़े बन्दर ने एक भूरे बन्दर को पकड़कर उसके जिस्म को ऐसे फाड़ दिया जैसे हम किसी पतले कपड़े को फाड़ते हैं। उसने उसके जिस्म के चिथड़े कर दिये और उसे खाने लगा–ये शब्द बोलते हुए जिक्की के रोंगटे खड़े हो रहे थे।

इसका मतलब कि वह मकैक बन्दर है–जैम बोल पड़ता है।

शायद तुम ठीक बोल रहे हो–जिक्की बोलता है।

हमने उस बन्दर की बात मानकर गलती नहीं की, वह सही था, क्योंकि अगर हम बाहर होते तो शायद हमारा हाल भी कुछ उस बन्दर की तरह ही होता–जैम बोलता है।

तो फिर अब हमें क्या करना चाहिए–जिक्की बोलता है। हमें उस भूरे बन्दर के आने का इंतजार करना चाहिए–जैम बोलता है।

दोनों चुपचाप उस अंधेरी सुरंग में दुबक कर बैठे रहते हैं। काफी देर हो जाती है लेकिन वह बन्दर अभी तक नहीं आता है। उन्हें भूख भी लगी हुई थी, लेकिन उन्हें उस दुर्गंध भरी जगह में खाने का मन भी नहीं कर रहा था, बाहर निकलने में भी खतरा था, इसलिए दोनों बाहर भी नहीं निकल रहे थे। तभी उन्हें उस सुरंग में किसी के आने की आहट सुनाई देती है, दोनों के कान खड़े हो जाते है और चौकन्ना हो जाते हैं। तभी थोड़ी देर में वह भूरे रंग का बन्दर उनके सामने वे आकर बैठ जाता है। उसकी सांस जोरों से चल रही थी, जिसे दोनों उस अंधेरे में साफ-साफ सुन सकते थे।

ओह, तुम दोनों ठीक तो हो–बन्दर हाँफते हुए बोलता है।

हाँ, हम दोनों ठीक है, पर तुम इतना हाँफ क्यों रहे हो, क्या बात है–जैम उस बन्दर से पूछता है।

थोड़ी देर पहले उन मकैकों ने हम लोगों पर हमला कर दिया था और उस हमले में हमारे कई साथी मारे गए–बन्दर यह बोलते हुए अभी भी हाँफ रहा था।

ओह तो मेरा अनुमान सही था–जैम बोल पड़ता है।

तो फिर हम कब तक इस गुफा में रहेंगे, मुझे तो काफी जोर की भूख लगी है–जिक्की अपने पेट पर हाथ घुमाते हुए बोलता है। ठीक है, चलो अब हम बाहर निकलते हैं–बन्दर बोलता है। लेकिन बाहर क्या खतरा नहीं है–जैम बोलता है।

नहीं क्योंकि सारे मकैक बन्दर अब यहाँ से चले गए है–बन्दर बोलता है। सारे का मतलब क्या, यहाँ एक से ज्यादा मकैक बन्दर आए थे–जिक्की बन्दर से पूछता है।

हाँ, वह बहुत सारे थे, वे झुंडो में आकर हमला करते हैं–बन्दर बोलता है।

और फिर तीनों उस गुफा से बाहर निकलते हैं। गुफा से बाहर निकलते ही जिक्की उस खुली हवा में ऐसे साँस लेता है, जैसे वह कितने वर्षों की कैद से बाहर निकलकर आया हो। फिर वह बन्दर दोनों को जंगल की तरफ लेकर चल देता है। जिक्की के पेट में भूख के मारे चूहे कूद रहे थे। तभी बन्दर दोनों को एक पेड़ के पास ले जाता है और फिर वह बन्दर पेड़ की डालियों पर चढ़ जाता है। थोड़ी देर में वह बन्दर पेड़ से बहुत सारे फल तोड़कर नीचे गिराने लगता है। कुछ देर तक वह पेड़ की डालियों को हिलाने के बाद नीचे उतरता है।

इस पेड़ के फल काफी मीठे हैं, तुम इन्हें खा लो और रास्ते में खाने के लिए भी रख लो–बन्दर पेड़ से नीचे उतरकर दोनों को बोलता है। जिक्की को तो जोरों की भूख लगी हुई थी, इसलिए वह तुरंत जमीन पर गिरे फलों पर भूखे शेर की तरह झपट पड़ता है, और फिर जमीन पर गिरे हुए फल को उठाकर दोनों खाने लगते हैं। फल सच में काफी स्वादिष्ट और मीठे होते

हैं। कुछ देर तक वे उन मीठे फलों को खाते हैं, फिर जब उनका पेट भर जाता है तो वे इत्मीनान होकर बैठ जाते हैं। बन्दर उनके सामने बैठा रहता है। तभी बन्दर दोनों से पूछता है–अच्छा यह बताओ कि तुम दोनों उस पत्थर के बुत के पास क्यों जाना चाहते हो? तभी जैम अपने दोस्त रूनी रूज के बारे में सारी बातें उस बन्दर को बताता है। बन्दर उनकी पूरी बात बड़े ध्यान से सुनता है।

लेकिन पत्थर के बुत के पास पहुँचना खतरों से खाली नहीं है–बन्दर उनकी बात को सुनने के बाद बोलता है।

तो फिर हम क्या करें, हम अपने दोस्त को उस शैतान के पास मरने के लिए छोड़ दें–जैम बोलता है। मेरे कहने का यह मतलब नहीं था, मैं तो तुम्हें आगे के खतरों से सावधान कर रहा था–बन्दर बोलता है।

तुम चाहो तो हमारी मदद कर सकते हो–जिक्की उस बन्दर से बोलता है।

कैसी मदद–बन्दर बोलता है।

तुम हमें उस पत्थर के बुत के पास पहुँचाने में हमारी मदद कर सकते हो–जिक्की बोलता है।

लेकिन अगर रास्ते में मकैक मिल गए तो–बन्दर अपनी त्योरियाँ थोड़ा चढ़ाते हुए बोलता है।

हम उनसे छुपते हुए निकलेंगे–जिक्की बोलता है।

लेकिन इस काम में काफी खतरा है, अगर उन्होंने हमें देख लिया तो हमारी खैर नहीं–बन्दर बोलता है।

अगर तुमने हमारी मदद नहीं की तो हम अकेले ही यहाँ से निकलेंगे–जिक्की तुनकते हुए बोलता है। और इतना कहने के बाद दोनों वहाँ से आगे के लिए चलने लगते हैं। वे अभी थोड़ी ही दूर चले थे कि तभी पीछे से आवाज आती है।

रूको–पीछे से बन्दर बोलता है। दोनों पीछे मुड़कर देखते हैं, बन्दर पीछे से उनके पास आता है।

ठीक है मैं भी तुम्हारे साथ चलूँगा–इतना कहने के बाद बन्दर उनके साथ चलने लगता है। बन्दर उन्हें जंगल के बीचो-बीच बने एक पतले

पगडंडियों वाले रास्ते से होते हुए उत्तर की ओर लेकर जाने लगा। दोनों उस बन्दर के पीछे-पीछे चलते जा रहे थे क्योंकि उन्हें पता था कि बन्दर उन जंगली रास्तों को अच्छी तरह से जानता था। तीनों बड़ी सावधानी से आगे बढ़ते जा रहे थे, सभी के कान पूरे खड़े थे। वे थोड़ी-सी भी आहट की आवाज सुनकर चौकन्ने हो रहे थे। तभी उन्हें झाड़ियों की तरफ से कुछ सरसराहट की आवाज सुनाई देती है। बन्दर के कान तुरंत खड़े हो जाते हैं, वह दोनों को रूकने के लिए बोलता है और फिर सभी एक पेड़ की आड़ के पास घनी झाड़ियों में छुप जाते हैं और उस तरफ नजरें गड़ाकर देखने लगते हैं जिधर से सरसराहट की आवाज आ रही थी, तभी थोड़ी देर में उन झाड़ियों की तरफ से कुछ भूरे बन्दर बाहर निकलकर आते हैं और इधर-उधर देखने लगते हैं, वे काफी डरे हुए से लग रहे थे। उन्हें देखकर जैम और जिक्की की जान में जान आती है, फिर सभी उन झाड़ियों से निकलकर बाहर आते हैं। आगे-आगे बन्दर रहता है और उसके पीछे-पीछे जैम और जिक्की रहते हैं। बन्दर अपने साथी बन्दरों के पास आकर खड़ा हो जाता है। जैम और जिक्की उसके पीछे खड़े हो जाते हैं। बन्दर के सारे साथी जैम और जिक्की को एक अजीब नजरों से घूरने लगते हैं। उन सारे बन्दरों को अपनी ओर घूरते देख दोनों थोड़ा डर भी जाते हैं परन्तु वे अब निश्चिंत रहते हैं कि उन्हें कोई खतरा नहीं है। तभी सारे बन्दर आपस में अपनी भाषा में बातें करने लगते हैं जिसे जैम और जिक्की समझ नहीं पाते हैं। वह कुछ इस तरह बातें कर रहे थे–

ये तुम्हारे साथ दोनों मानव कौन है–बन्दर का एक साथी बन्दर से पूछता है। ओह यह दोनों अपने दोस्त को ढूँढ़ने निकले हैं, जिसे कोई शैतान उठाकर ले गया है–बन्दर बोलता है।

लेकिन ये दोनों इधर क्यों आए हैं–बन्दर का एक साथी बोलता है। यह दोनों पत्थर के बुत के पास पहुँचना चाहते हैं, जो उत्तर की तरफ है–बन्दर बोलता है।

लेकिन उधर तो मकैकों का इलाका है–उस झुंड में एक बन्दर का साथी बोलता है।

हाँ यह उधर ही जाना चाहते हैं–बन्दर बोलता है।

लेकिन तुम्हें पता नहीं वे मकैक कितने खतरनाक है, अभी थोड़ी ही देर पहले उन्होंने हम पर हमला किया, उसमें हमारे कई बन्दर साथी मारे गए, अभी तो वे इधर ही से थोड़ी देर पहले गुजरे हैं, हम लोग तो उनके डर से झाड़ियों में छुपकर बैठे थे–उस झुंड में से बन्दर का एक साथी चिल्लाते हुए बोलता है।

हाँ, पता है, मैं भी उनके हमले से बाल-बाल बचा हूँ–बन्दर बोलता है। जैम और जिक्की खड़े होकर उन बन्दरों की बात सुन रहे थे, लेकिन उन्हें कुछ समझ में नहीं आ रहा था कि आखिर वे आपस में क्या बात कर रहे हैं, तभी झुंड में से एक बन्दर बोलता है।

लेकिन तुम इन दोनों मानव बालकों के साथ कहाँ जा रहे हो–बन्दर का साथी बोलता है।

मैं इन्हें उस पत्थर के बुत के पास लेकर जा रहा हूँ–बन्दर बोलता है।

'क्या'! बन्दर का एक साथी इतना बोलता है, और सारे बन्दर एक दूसरे का मुँह देखने लगते हैं।

तुम्हारे कहने का मतलब है कि तुम उन मकैकों के इलाके में जाओगे–बन्दर का एक साथी अचरज होकर बन्दर को कहता है।

हाँ तुमने सही कहा, मैं इन्हें लेकर उन मकैकों के इलाके से होकर जाऊँगा–बन्दर बोलता है। तुम पागल तो नहीं हो गए हो, पता है इस काम में कितना खतरा है–बन्दर का एक साथी उससे बोलता है।

हाँ, मुझे पता है, इस काम में काफी खतरा है, लेकिन मैंने इनकी मदद करने का वादा किया है–बन्दर बोलता है।

लेकिन आज तक हममें से किसी ने भी मकैकों के इलाकें में जाने का जोखिम नहीं उठाया है, ऐसे में तुम्हारा वहाँ जाना ठीक नहीं होगा–बन्दर का एक साथी बोलता है। और इस बात की क्या गारंटी है कि वह पत्थर का बुत वहाँ हो, हो सकता है वहाँ पर कोई भी बुत नहीं हो–बन्दर का दूसरा साथी उस झुंड में से बोलता है।

लेकिन इस बात की भी क्या गारंटी है कि वह पत्थर की बुत वहाँ पर नहीं हैं, क्योंकि हममें से आजतक कोई भी उधर नहीं गया है, और हम यह कह नहीं सकते हैं कि वहाँ पर कोई पत्थर का बुत नहीं है–बन्दर बोलता

है। परन्तु तुम सिर्फ इन बच्चों की बात मानकर ही उस पत्थर के बुत को ढूँढ़ने जा रहे हो, जो सही नहीं है–बन्दर का एक साथी बोलता है।

हाँ मैं इनकी बातों को मानकर ही उस पत्थर के बुत को ढूँढ़ने जा रहा हूँ, क्योंकि मुझे लगता है कि ये बच्चे झूठ नहीं बोल रहे हैं–बन्दर बोलता है।

अगर तुम जाना चाहते हो तो जाओ, पर याद रखना तुम बहुत बड़ी गलती कर रहे हो–बन्दर का एक साथी बोलता है।

क्योंकि जो भी उधर गया है, वह वापस लौटकर नहीं आया है–बन्दर का दूसरा साथी बोलता है।

लेकिन बन्दर अपने साथी बन्दरों की बात को अनसुना करते हुए आगे बढ़ जाता है। जैम और जिक्की भी उसके साथ आगे बढ़ जाते हैं। जिक्की बन्दर से पूछता है कि आखिर उसके साथी उससे क्या बात कर रहे थे। बन्दर अपने साथियों से हुई बात को दोनों को बताता है।

मुझे लगता है कि तुम्हारे साथी ठीक ही कह रहे थे, हमारे लिए तुम्हें अपनी जान जोखिम में नहीं डालनी चाहिए–जिक्की बन्दर की पूरी बात सुनने के बाद बोलता है। बन्दर जिक्की की बात सुनकर कुछ नहीं बोलता है, वह बस आगे बढ़ता रहता है।

क्या मकैक बन्दर हमेशा तुम्हारे इलके में हमला करते हैं–जैम बन्दर से पूछता है।

हाँ, लगभग वे हमेशा हमारे इलाके में हमला करते हैं–बन्दर बोलता है।

क्या वे अपने इलाके से बाहर निकलकर हमला करते हैं–जिक्की बोलता है।

हाँ, जब उन्हें अपने इलाके में खाने को ज्यादा कुछ नहीं मिलता है तो वे भोजन की तलाश में बाहर निकल जाते हैं, और इस स्थिति में वे किसी पर भी हमला कर सकते हैं–बन्दर बोलता है।

उनका इलाका कहाँ से शुरू होता है–जिक्की फिर बन्दर से सवाल पूछता है।

बस आगे कुछ घंटे चलने के बाद उनका इलाका शुरू हो जाएगा–बन्दर बोलता है।

तो फिर उनके इलाके में तो किसी के भी जाने की हिम्मत नहीं होगी–जिक्की बोलता है।

हाँ, शायद नहीं–बन्दर बोलता है।

क्या तुम कभी उनके इलाके में गए हो–जिक्की बोलता है।

नहीं–बन्दर बोलता है।

तुम्हें क्या लगता है, अगर तुम उस पत्थर के बुत के पास पहुँचने में कामयाब हो भी गए तो क्या तुम उन शैतानों के पास पहुँच पाओगे–बन्दर बोलता है। बन्दर की इस बात पर जैम और जिक्की चुप हो जाते हैं और एक दूसरे का मुँह देखने लगते हैं।

लेकिन तभी जैम पूरे विश्वास के साथ बोलता है–मुझे पूरा विश्वास है कि हम उन शैतानों के पास जरूर पहुँचेंगे।

अरे तुम दोनों तो काफी सीरियस हो गए, मैं तो बस ऐसे ही पूछ रहा था, सच कहूँ तो मुझे पूरा विश्वास है कि तुम दोनों उस शैतान के पास पहुँचोगे और अपने दोस्त को उसके चंगुल से आजाद कराओगे–बन्दर थोड़ा मसखरी करते हुए बोलता है। दोनों उस बन्दर से बातें करते हुए आगे बढ़ते जा रहे थे, बन्दर भी उनसे काफी घुलमिल गया था। चलते-चलते वे काफी दूर निकल जाते हैं, लेकिन बातों के चलते पता नहीं चल रहा था। काफी देर तक चलने के बाद दोनों थक जाते हैं और बन्दर से रूकने के लिए बोलते हैं। बन्दर भी रूक जाता है और सभी एक पेड़ के नीचे बैठ जाते हैं।

ओह, हम तो चलते-चलते थक गए, क्या तुम नहीं थके–जिक्की बन्दर से बोलता है।

कुछ ज्यादा नहीं–बन्दर बोलता है।

उनका इलाका और कितना दूर है–जैम बोलता है।

बस अब हम उनके इलाके के काफी पास आ गए हैं–बन्दर बोलता है। मुझे तो भूख भी लग गयी है–जिक्की बोलता है। और वह कुछ फल अपने बैग से निकालता है और जैम और बन्दर की तरफ कुछ फल उन्हें खाने को देता है। रास्ते में काफी देर तक चलने के कारण जैम को भी भूख लग गयी थी, इसलिए वह भी कुछ फल खा लेता है। फल खाकर वे पेड़ के नीचे आराम करते हैं और थोड़ी देर बाद वहाँ से निकल पड़ते हैं। बन्दर उन्हें मकैकों के इलाके की तरफ ले जा रहा था। धीरे-धीरे अब दिन ढलने लगता है, लेकिन मकैकों के इलाके का अभी तक कोई अता-पता नहीं था।

काफी देर तक चलने के बाद वे सभी एक बहते हुए छिछले सोत के पास पहुँच जाते हैं। बन्दर वहाँ पर पहुँच कर रूक जाता है। वह जगह काफी सुनसान लग रही थी, चारों तरफ घने जंगल ही जंगल नजर आ रहे थे। क्या हुआ तुम रूक क्यों गये? जिक्की बन्दर को रूकता हुआ देख पूछता है। यहीं से मकैकों का इलाका शुरू होता है–बन्दर सोत के दूसरी तरफ दोनों को दिखाते हुए बोलता है।

तो यह वह सीमा है, जहाँ से मकैकों और तुम्हारा इलाका अलग होता है–जैम उस बहते हुए सोत की तरफ देखते हुए बोलता है।

हाँ वह सीमा यही है–बन्दर बोलता है।

अब काफी शाम हो चुकी थी, सूरज भी धीरे-धीरे डूबने लगा था। सूरज की डूबती हुई किरणें उस बहते हुए सोत पर पड़ रही थी, जिससे उसका पानी छलछलाते हुए चमक रहा था।

चलो अब आगे बढ़ते हैं–बन्दर इतना कहते हुए उस बहते हुए सोत की तरफ बढ़ता है। तभी बन्दर को लगता है कि पीछे से उसके कंधे पर किसी ने अपना नरम हाथ रखा है, वह मुड़ता है तो देखता है कि जैम ने उसके कंधे पर हाथ रखा है।

तुम्हें अब यहाँ से लौट जाना चाहिए–जैम बन्दर के कंधे पर अपने हाथों से दबाव डालते हुए बोलता है।

लेकिन तुम ऐसा क्यों कह रहे हो–बन्दर जैम को देखते हुए बोलता है क्योंकि हम नहीं चाहते कि हमारे चलते तुम अपनी जान जोखिम में डालो–जैम बन्दर की आँखों में देखते हुए बोलता है।

मैं यहाँ से नहीं लौटूँगा, मैं तुम्हें उस पत्थर के बुत के पास पहुँचाकर ही रहूँगा–बन्दर जैम के नरम हाथों को अपने कंधे से हटाते हुए बोलता है।

जैम ठीक कह रहा है, तुम्हें यहाँ से लौट जाना चाहिए, आगे काफी खतरा है, हम नहीं चाहते कि तुम हमारे चलते किसी खतरे में पड़ो–जिक्की, जैम की बातों का समर्थन करते हुए बोलता है।

लेकिन मैंने वादा किया है कि मैं तुम्हें उस पत्थर के बुत के पास पहुँचाकर रहूँगा–बन्दर बोलता है।

कोई बात नहीं, हम तुम्हारे वादे की कद्र करते हैं, लेकिन अब आगे का रास्ता हम अकेले ही तय करेंगे–जैम बोलता है।

तुमने हमें यहाँ तक पहुँचाया, इसके लिए हम तुम्हें धन्यवाद देते हैं–जैम फिर बोलता है।

लेकिन बन्दर इस बात पर अड़ जाता है कि वह भी उसके साथ जाएगा, परन्तु जैम और जिक्की के काफी समझाने के बाद आखिरकार वह वहाँ से वापस लौटने को तैयार हो जाता है।

ठीक है अगर तुम दोनों अकेले ही जाना चाहते हो तो जाओ, लेकिन तुम्हें काफी चौकन्ना होकर उनके इलाके को पार करना होगा–बन्दर बोलता है। जैम और जिक्की बन्दर से अलविदा लेकर वहाँ से आगे बढ़ जाते हैं। बन्दर भी वहाँ से वापस लौट जाता है। थोड़ी देर में दोनों उस सोत को पार करके मकैकों के इलाके में पहुँच जाते हैं। अब दिन लगभग ढल चुका था, चारों तरफ अंधेरा छाने लगा था, दोनों चौकन्ने होकर आगे के रास्ते पर बढ़ते जा रहे थे। रास्ते में चारों तरफ सन्नाटा पसरा हुआ था, उनके कदमों की आवाज के अलावा और कोई आवाज वहाँ सुनाई नहीं दे रही थी। दोनों डरे हुए भी थे कि पता नहीं किधर से मकैक बन्दर निकल कर आ जाएँ और उन पर हमला कर दें, इसलिए दोनों काफी होशियारी से अपने कदम बढ़ा रहे थे, लेकिन दोनों वहाँ पर कहीं रूकना भी नहीं चाहते थे, क्योंकि उनके इलाके में रूकना खतरे से खाली नहीं था। थोड़ी देर बाद चारों तरफ रात का अंधेरा छा जाता है, अब सिर्फ आसमान पर टिमटिमाते सितारे ही नजर आ रहे थे। दोनों उस अंधेरे में भी जंगल में बढ़े जा रहे थे। रात में वह अंधेरा जंगल और भी भयानक लगता है। तभी दोनों को कुछ अजीब सी आवाजें सुनाई देती हैं, दोनों उस आवाज को सुनकर सावधान हो जाते हैं।

ओह कितनी बुरी आवाज है, आखिर यह आवाज किसकी हो सकती है–जिक्की बोलता है।

पता नहीं, लेकिन हमें सावधान रहना होगा, शायद यह किसी जंगली जानवर की आवाज हो–जैम बोलता है।

फिर दोनों छुप-छुपकर उस तरफ जाते हैं, जिधर से आवाज आ रही थी। वह आवाज बार-बार थोड़ी देर पर रूक-रूक कर आ रही थी, जो सच में बहुत बुरी आवाज थी। वे दोनों आवाज की दिशा में थोड़ी दूर जाते हैं और

एक पेड़ के पास झाड़ियों के पीछे छुपकर देखने लगते हैं कि आखिर यह आवाज किसकी है। थोड़ी दूर पर उन्हें एक बड़ा-सा बन्दर बैठा हुआ नजर आता है, जो अपने हाथों में कोई खाने की चीज दाँतों से बार-बार खींचकर खा रहा था। उसके हाथ में खाने की क्या चीज थी, यह उस अंधेरे में कुछ साफ नजर नहीं आ रहा था। परन्तु वह उसे नोंचकर खा रहा था और बार-बार अपने मुँह से एक अजीब सी बुरी आवाज निकाल रहा था। दोनों को यह समझते देर नहीं लगती है कि वह जानवर कोई और नहीं बल्कि एक बड़ा-सा मकैक बन्दर है। दोनों उन झाड़ियों से छुपकर उस बड़े काले बन्दर को देख रहे थे, जो शायद उस रात के अंधेरे में और ज्यादा काला नजर आ रहा था। जिक्की ने तो मकैक बन्दर को पहले भी देखा था, परन्तु जैम पहली बार मकैक बन्दर को देख रहा था और वह भी उस बड़े बन्दर को देखकर हैरान हो जाता है।

तुमने सच ही कहा था, यह बन्दर तो काफी बड़ा और खतरनाक लग रहा है–जैम धीरे से जिक्की से बोलता है।

लेकिन उससे भी ज्यादा बुरी मुझे इनकी आवाज लग रही है–जिक्की धीरे से अपने मुँह को बिचकाते हुए बोलता है।

लगता है, वह वहाँ पर बैठकर कुछ खा रहा है–जैम बोलता है।

हाँ तुम ठीक बोल रहे हो–जिक्की बोलता है।

दोनों वहाँ पर छुपकर उस मकैक की हरकतों को देख रहे थे। वह मकैक अपने हाथ में पकड़ी उस चीज को बार-बार अपने दांतों से खींचकर खाता जा रहा था और थोड़ी-थोड़ी देर में अपने मुँह से अजीब-सी बुरी आवाजें निकाल रहा था। थोड़ी देर में वहाँ कुछ और मकैक बन्दर आ पहुँचते हैं और जैसा कि बन्दर की फितरत होती है, वे सभी उस पहले वाले मकैक से उसके हाथ में पकड़ी हुई चीज को खाने के लिए छीना झपटी शुरू कर देते हैं। सारे मकैक अपने मुँह से उसी तरह की आवाज निकालने लगते हैं और एक दूसरे से छीनझपट कर उस चीज को बारी-बारी से खाने लगते हैं। जैम और जिक्की छुपकर सारे नजारे को देखते रहते हैं। जब खाना खत्म हो जाता है तो सारे मकैक वहाँ वे इधर-उधर जाने लगते हैं। तभी उनमें से एक मकैक बन्दर जैम और जिक्की की तरफ वाली झाड़ियों की तरफ आने लगता है। उसे अपनी तरफ आता देख दोनों की हालत खराब हो जाती है।

दोनों यही सोचने लगते हैं कि अगर उस मकैक ने दोनों को देख लिया तो आज उनकी खैर नहीं है। दोनों चुपचाप अपनी साँसों को थामकर वहाँ बैठे रहते हैं। क्योंकि वहाँ से भागने में भी खतरा था। वह बड़ा-सा मकैक बन्दर उनकी झाड़ियों के काफी पास आकर रूक जाता है और अपने नथुने को थोड़ा आगे करके कुछ सूंघता है और फिर वह वहाँ से वापस मुड़ता है और वापस चलता हुआ उस अंधेरे जंगल में कहीं गुम हो जाता है। उसके वहाँ से जाते ही जैम और जिक्की की साँस में साँस आती है, दोनों अभी भी उसी जगह पर बैठे रहते हैं, क्योंकि अभी वहाँ से निकलना खतरे से खाली नहीं था क्योंकि उन्हें लगता है कि वे मकैक बन्दर अभी भी आसपास ही होंगे, थोड़ी देर बाद जब वे वहाँ से दूर निकल जाएँगे तब दोनों बाहर निकलेंगे।

ओह उसे पास आता देख मेरी तो हालत खराब हो गई थी–जिक्की गहरी साँस छोड़ते हुए धीरे से बोलता है।

मैंने तो अपनी साँसे रोक ली थी–जैम बोलता है।

मेरी साँसें तो खुद-बखुद डर से रूक गई थी–जिक्की बोलता है। हम थोड़ी देर बाद यहाँ से निकलेंगे, क्योंकि हो सकता है कि वे अभी आसपास ही हों–जैम धीरे से बोलता है।

हाँ, तुम ठीक बोल रहे हो–जिक्की भी धीरे से बोलता है।

काफी देर तक दोनों उन अंधेरी झाड़ियों में छुपे रहते हैं, जब उन्हें लगता है कि अब बाहर निकलने में ज्यादा खतरा नहीं है, और मकैक बन्दर अब आसपास नहीं हैं, तब दोनों उन झाड़ियों से बाहर निकलते हैं और उस अंधेरे जंगल में पतली पगडंडियों वाले रास्ते पर आगे बढ़ने लगते हैं। दोनों उस जंगल की काली अंधेरी रात के सन्नाटे को चीरते हुए आगे बढ़ते जा रहे थे। दोनों चलते जा रहे थे और चलते-चलते वे उस अंधेरे जंगल में काफी दूर तक निकल गए थे, लेकिन अभी तक कोई मकैक बन्दर नजर नहीं आया था।

लगता है वे मकैक बन्दर हमसे काफी दूर निकल गए हैं क्योंकि उनकी बदजात आवाज सुनाई नहीं दे रही है–जिक्की धीरे से बोलता है। शायद तुम ठीक बोल रहे हो, लेकिन फिर भी हमें सावधान रहना होगा, यह उनका इलाका है और वे यहाँ पर कहीं भी मिल सकते हैं–जैम भी धीरे से बोलता है। जिक्की, जैम की बात को सुनकर थोड़ी देर तक चुप रहता है और

चुपचाप चलता रहता है, कुछ देर बाद वह फिर धीरे से बोलता है–तुम्हें क्या लगता है, रात में इस तरह बढ़ना हमारे लिए सही है, मुझे तो लगता है हमें कहीं पर रूक जाना चाहिए।

रूकने से कोई फायदा नहीं है, क्योंकि दिन में हम उनकी नजरों से बच नहीं सकते हैं–जैम बोलता है।

लेकिन रात में चलना खतरों से खाली नहीं है–जिक्की बोलता है। पर दिन में भी खतरे कम नहीं है, हो सकता है हम इसी तरह रात में उनकी नजरों से बचते हुए निकल जाएँ–जैम बोलता है। लेकिन यह भी तो हो सकता है कि रात को हम मकैकों को न देख पाएँ–जिक्की बोलता है।

हाँ, तुम्हारी बात भी सही है, लेकिन हमें यह जोखिम तो लेना ही होगा–जैम बोलता है।

ओह मैं तो चलते-चलते थक गया हूँ, पता नहीं यह जंगल कहाँ खत्म होगा–जिक्की चलते चलते रूक जाता है और हाँफते हुए बोलता है। जिक्की हमें चलते रहना होगा, जब तक हम इनके इलाके से निकल नहीं जाते, हमें रूकना नहीं है–जैम, जिक्की के कंधे पर धीरे से अपने हाथ रखते हुए बोलता है।

ठीक है थोड़ा पानी पी लूँ, बहुत जोर की प्यास लगी है–जिक्की इतना बोलता है और अपने बैग से पानी की चमड़े वाली थैली निकालता है और कुछ घूंट पानी पीने के बाद उसे जैम की तरफ बढ़ा देता है। जैम भी कुछ घूंट पानी पीकर अपनी प्यास बुझाता है और फिर दोनों आगे बढ़ जाते हैं। दोनों उस अंधेरी रात में काफी सावधानी के साथ जंगल के रास्ते पर आगे बढ़ते रहते हैं। अभी वे कुछ ही दूर आगे बढ़े थे कि तभी उन्हें पास की झाड़ियों में कुछ सुगबुगाहट-सी आवाज आती है, दोनों के कान खड़े हो जाते हैं, दोनों रूक जाते हैं और ध्यान से उन झाड़ियों की तरफ देखने लगते हैं, जिधर से सुगबुगाहट की आवाज आ रही थी।

तभी एक ही पल में एक बड़ी-सी काली आकृति उन झाड़ियों को चीरती हुई तेजी से बाहर निकलती है, अभी वे कुछ समझ पाते कि इससे पहले ही दोनों अपने आपको एक मजबुत शिकंजे में जकड़ा हुआ महसूस करते हैं। दोनों अपने आपको एक शिकंजे में उल्टा लटका हुआ पाते हैं, उनके पैर उस शिकंजे में जकड़े रहते है और सिर नीचे की तरफ झूलता

रहता है। दोनों अपने आपको उस शिकंजे से बाहर निकालने के लिए छटपटा रहे थे, लेकिन कोई फायदा नहीं था, क्योंकि वह शिकंजा काफी मजबुत रहता है। और फिर वह मजबुत शिकंजा उन्हें लेकर झाड़ियों को चीरता हुआ आगे बढ़ने लगता है। दोनों के सिर झाड़ियों से टकराने लगते हैं। उन्हें कुछ समझ में नहीं आ रहा था कि आखिर क्या हो रहा है, उन्हें उस अंधेरे में कुछ भी साफ नजर नहीं आ रहा था। बस उन्हें अपने सिर झाड़ियों से टकराते हुए महसूस हो रहे थे और वे अपने आपको उल्टे हवा में लटके हुए पा रहे थे। दोनों अपने चेहरे को उन नुकीली झाड़ियों से बचाने की कोशिश में लगे हुए थे जो उनके चेहरे पर बार-बार पड़ रही थी। वह मजबुत शिकंजा उन्हें पैरों की तरफ से पकड़कर उल्टा लटकाता हुआ जंगल के एक ओर ले जा रहा था। दोनों को समझ में नहीं आ रहा था कि आखिर वे शिकंजे में जकड़े हुए किधर जा रहे हैं। दोनों उल्टा लटके हुए जंगल में जा रहे थे, कुछ देर बाद वे एक खाली मैदान में पहुँचते हैं, वहाँ पर पहुँचते ही उनके पैर में कसा शिकंजा ढीला होता है और दोनों धड़ाम से उस खाली मैदान में गिरते हैं। गिरने के साथ ही दोनों तेजी से उठते हैं और पीछे मुड़ते हैं। पीछे मुड़कर देखते ही उनकी तो जैसे सांस ही रूक जाती है, उनके सामने एक बड़ा-सा काला मकैक बन्दर खड़ा रहता है, उन्हें यह समझते देर नहीं लगती है कि वे जिस शिकंजे में कसे हुए उल्टा लटकते हुए आ रहे थे वे कुछ और नहीं बल्कि वह उस मकैक बन्दर का बड़ा-सा और मजबुत पंजा था। वे अभी इतना सोच ही रहे थे कि तभी वह बड़ा सा मकैक बन्दर अपने मुँह से एक अजीब सी बुरी बदजात आवाज निकालने लगता है, वे उस आवाज को तुरंत पहचान जाते हैं क्योंकि थोड़ी देर पहले ही उन्होंने वह आवाज सुनी थी। लेकिन वह मकैक बन्दर बार-बार अपने मुँह से वह बुरी बदजात आवाज क्यों निकाल रहा था, दोनों यही सोचते हैं कि तभी काफी दूर से उस तरह की और आवाजें सुनाई देने लगती है। मैदान के आसपास के चारों तरफ एक अजीब-सी हलचल होने लगती है और कुछ देर में उस मैदान के चारों तरफ बहुत सारे मकैक बन्दर आकर जमा हो जाते हैं। दोनों चारों तरफ से मकैक बन्दरों से घिर जाते हैं। चारो तरफ लाल-लाल आँखें नजर आ रही थी जो उन काले मकैक बन्दरों की थी। वे सभी खा जाने वाली नजरों से दोनों को घूरने लगते हैं। धीरे-धीरे करके चारों तरफ से मकैक बन्दरों का झुंड उनकी तरफ बढ़ने लगता है, दोनों की तो हक्की-बक्की बंद हो जाती है, वे समझ

जाते हैं कि आज उनकी खैर नहीं है। चारो तरफ से वे मकैक बन्दरों से घिर चुके थे, अब भागने का कोई रास्ता नहीं था, अगर दोनों भागने की कोशिश करते भी हैं तो सारे मकैक बन्दर उन पर टूट पड़ेंगे, यह सोचकर दोनों वहीं पर खड़े रहते हैं। सारे मकैक बन्दर चारों तरफ से उन्हें घेरकर खड़े हो जाते हैं और एक निश्चित दूरी पर वे सारे मकैक बन्दर आकर रूक जाते हैं। दोनों यही सोचने लगते हैं कि आखिर क्या बात है, वे उन पर हमला क्यों नहीं कर रहे हैं? दोनों खड़े होकर यह सोच ही रहे थे कि तभी उन्हें एक दिशा से आती हुई बड़ी-सी काली आकृति नजर आती है, दोनों उस अंधेरे में आँखें फाड़कर उधर देखने लगते हैं। धीरे-धीरे वह काली आकृति उस झुंड के करीब आ जाती है। ओह अब यह क्या मुसीबत है, दोनों अपने मन में ही बुदबुदाते हैं। थोड़ी देर बाद वह काली-सी बड़ी आकृति उस झुंड के पास आकर खड़ी हो जाती है। दोनों उस काली आकृति की तरफ देखते हैं, वह एक बड़ा काला मकैक बन्दर रहता है, जो झुंड के सारे बन्दरों से काफी बड़ा रहता है। वे बन्दर उस रात के अंधेरे में एक बड़ी काली चट्टान जैसा दिख रहा था।

ये तो सारे बन्दरों का बाप लग रहा है–जिक्की धीरे से बोलता है। या फिर उनका सरदार–जैम बोलता है।

हाँ, वह भी हो सकता है, क्योंकि यह तो सभी बन्दरों से बड़ा है, लगभग दुगुना तो होगा ही, जैम आज हमारी खैर नहीं है–जिक्की के बोलते हुए पैर थरथरा रहे थे।

चुपचाप रहो–जैम धीरे से जिक्की को बोलता है। तभी दूसरी तरफ से आवाज आती है।

ऐ, मनुष्य के बच्चे, तुम दोनों इधर क्यो आए हो–उनके सामने खड़ा वह बड़ा सा मकैक बन्दर बोलता है जो देखने में सभी का सरदार लग रहा था। ओह यह तो हमसे बातें कर सकता है, वो..वो.. हम दोनों अपने दोस्त को ढूँढ़ने निकले हैं–जिक्की उसके सामने डर से तुतलाते हुए बोलता है। दोस्त को ढूँढ़ने, लेकिन दोस्त को ढूँढ़ने तुम कहाँ जा रहे हो–वह बड़ा सा मकैक बन्दर फिर चिंघाड़ते हुए बोलता है।

हमारे दोस्त को शैतानी ताकतें उठाकर ले गई हैं, और हम उन्हें उसके चंगुल से छुड़ाने के लिए जा रहे हैं, हमें पता चला कि तुम्हारे इलाके को पार

करने के बाद पत्थर के बुत हैं, जहाँ से उन शैतानों के पास जाने का रास्ता है, इसलिए हम दोनों इधर से जा रहे हैं–जैम उस बड़े से बन्दर से बोलता है।

हो, हो, हो, हो, क्या कहा तुमने, तुम दोनों छोटे बच्चे शैतानों के पास जा रहे हो अपने दोस्त को छुड़ाने, अच्छी कहानी है–वह बड़ा-सा बन्दर अपना मुँह बिचकाकर हँसते हुए बोलता है।

हम सच कह रहे हैं, हमारा यकीन करो–जिक्की बोलता है।

मैंने कब कहा कि तुम झूठ बोल रहे हो–मकैक बन्दर बोलता है।

तो क्या अब हम यहाँ से जा सकते हैं–जिक्की बोलता है।

बिलकुल तुम यहाँ से जा सकते हो, लेकिन एक शर्त पर–बन्दर बोलता है। कैसी शर्त–जैम अचरज होता हुआ बोलता है।

तुम दोनों में से किसी एक को ही हम छोड़ेंगे, दूसरा हमारे पास ही रहेगा, अब तुम दोनों यह फैसला कर लो कि कौन यहाँ से जाएगा–बन्दर बोलता है। लेकिन दूसरा यहाँ क्यों रहेगा–जिक्की बोलता है।

क्योंकि काफी दिनों से हमने मनुष्य का माँस नहीं खाया है–बन्दर ललचाई नजरों से दोनों की तरफ देखते हुए बोलता है।

अच्छा तो यह बात है, लेकिन अगर यहाँ से जाएंगे तो हम दोनों साथ जाएंगे और अगर मरना होगा तो दोनों साथ मरेंगे–जिक्की भी बन्दर को टका सा जवाब देते हुए बोलता है।

तो आज रात हमें जबरदस्त दावत उड़ाने का मौका मिल रहा है, तो फिर देर किस बात की, साथियों तैयार हो जाओ और इनके नरम-नरम मांस का मजा लो–वह बड़ा-सा मकैक बन्दर अपने सारे बन्दरों को आदेश देते हुए बोलता है।

जैम और जिक्की भी अब समझ जाते हैं कि या तो उन्हें उन मकैकों से लड़ना होगा, नहीं तो आज दोनों उनकी दावत बन जाएँगे। सारे बन्दर अपने मुँह से एक बुरी सी बदजात आवाज निकालते हैं और वे चारों तरफ से जैम और जिक्की की तरफ बढ़ने लगते हैं। जैम एक पल भी समय गवांए बिना जिक्की को बोलता है–जिक्की जल्दी से लालटेन को बाहर निकालो। जिक्की भी तुरंत समय गंवाए बिना उस जादुई लालटेन को निकालकर उसे जैम के

हाथों में देता है। तब तक कुछ मकैक बन्दर छलाँग लगाते हुए उन तक पहुँचने वाले होते हैं। लेकिन जैम बड़ी तेजी से समय गंवाए बिना उस लालटेन पर फूँक मार देता है और उसके फूँक मारते ही पलभर में उस जादुई लालटेन से चौंधीया देने वाली रोशनी निकल पड़ती है। लालटेन की चौंधिया देने वाली रोशनी से एक पल में ही उस अंधेरी रात में वह पूरा मैदान जगमगा उठता है। एकाएक ऐसी चौंधिया देने वाली रोशनी देखकर मकैक बन्दर घबरा जाते हैं, मकैकों को कुछ समझ में नहीं आ रहा था कि आखिर यह एकाएक क्या हो गया, सभी बन्दर घबराए हुए इधर-उधर भागने लगते हैं और एक दूसरे से टकराकर जमीन पर गिरने लगते हैं, कुछ मकैक बन्दर अपने स्थान पर ज्यों-के-त्यों ऐसे खड़े हो जाते हैं जैसे उन्हें कुछ नजर ही न आ रहा हो, या फिर वे अस्थायी रूप से अंधेपन के शिकार हो गए हों। दोनों तरफ से जबरदस्त लड़ाई छिड़ जाती है। जैम अपनी धारदार चाकू निकाल लेता है तो जिक्की अपनी शिकार करने वाली गुलेल में पत्थर की गोलियाँ डालकर बन्दरों की आँखों पर निशाना साधने लगता है। उस लालटेन की रोशनी में दोनों हवा में उछलकर मकैकों पर ऐसे हमले करने लगते हैं जैसे उनमें कोई जादुई शक्ति आ गई हो। जैम भी अपनी धारदार चाकू से उछल-उछल कर मकैक बन्दरों पर हमला करने लगता है। उनके इस एकाएक हमले से सारे मकैक बन्दरों में एक खलबली मच जाती है। लेकिन कुछ देर बाद मकैक बन्दर भी दोनों पर जवाबी हमला शुरू कर देते हैं। मकैक बन्दर अपने बड़े और खतरनाक पंजों से जैम और जिक्की पर हमला बोलते हैं, लेकिन दोनों फुर्ती से उछलते हुए उनके हमलों से अपने आप को बचाते हैं क्योंकि उन्हें पता रहता है कि मकैकों के एक पंजे के वार से ही उनका काम तमाम हो सकता है। तभी एक मकैक बन्दर जिक्की के पीछे दौड़ता हुआ आता है, जिसे जिक्की देख नहीं पाता है। तभी जैम जिक्की की तरफ चीखता हुआ बोलता है—जिक्की बचो, तुम्हारे पीछे.....। जैम के इतना बोलते ही जिक्की तेजी से पीछे मुड़कर देखता है, तब तक देर हो चुकी थी। जिक्की को एक मकैक बन्दर अपने पंजे में पकड़कर उसे जमीन से ऊपर उठा लेता है, थोड़ी देर के लिए जिक्की तो घबरा जाता है, लेकिन तभी काफी फूर्ती से जिक्की अपने गुलेल से एक जबरदस्त निशाना लगाकर मकैक की आँख में मारता है, जिससे बन्दर की आँख फूट जाती हैं और उससे खून बहने लगता है। जैसे ही मकैक की आँख फूटती है, वह तिलमिलाता हुआ जिक्की को छोड़ देता है। जिक्की उसके पंजों से छूटकर धड़ाम से जमीन पर गिरता है। उधर जैम अपनी धारदार चाकू से कई मकैक

बन्दरों का काम तमाम कर देता है। चारों तरफ अफरा-तफरी का माहौल बना रहता है, कई बन्दर जिक्की की गुलेल की मार से अपनी आँखें फुड़वाकर वहाँ से भागते हैं, तो कई बन्दर जैम की धारदार चाकू से ढेर होकर जमीन पर लुढ़क जाते हैं।

काफी देर तक लड़ाई चलती रहती है, तभी वह बड़ा-सा मकैक बन्दर जो देखने में सभी का सरदार लग रहा था, दोनों की तरफ बढ़ता है और वह जैम के पास आकर अपने बड़े पंजे से उस पर हमला करता है, लेकिन जैम कलाबाजियाँ खाता हुआ हवा में उछलकर अपना बचाव करता है। वह बन्दर पागलों की तरह इधर-उधर दोनों पर वार करता रहता है, लेकिन दोनों बार-बार हवा में कलाबाजियाँ खाकर उसके हमले से बचते रहते हैं। उधर जिक्की को जैसे ही मौका मिलता है वह अपनी गुलेल से निशाना साधकर बन्दर की लाल-लाल आँखों पर एक जोरदार निशाना लगाता है और उसकी आँखें फोड़ डालता है। अपनी आँखें फूटते ही वह बन्दर दर्द से कराह उठता है। उधर जैम भी बिना कोई मौका गंवाए बन्दर के पैर पर फूर्ती से चढ़ते हुए उसके पेट के पास पहुँचता है और अपने धारदार खंजर से उसके पेट को चीर डालता है। बन्दर जबरदस्त दर्द से कराहते हुए जमीन पर धड़ाम से गिर पड़ता है और थोड़ी देर बाद वह वहीं पर ढेर हो जाता है।

मकैकों का सरदार मारा जाता है, उसके मरते ही सारे बन्दर खौफ से इधर-उधर भागने लगते हैं, कुछ देर में सारे बचे हुए बन्दर वहाँ से भाग खड़े होते हैं। उस लड़ाई में कई बन्दर मारे जाते हैं, कई हमेशा के लिए अंधे हो जाते हैं। इस तरह उस रात की खूनी लड़ाई का अन्त हो जाता है। जैम और जिक्की भी बुरी तरह थक गए थे, उन्हें भी छोटी-मोटी चोट लगी थी, जिसका एहसास उन्हें हो रहा था। लेकिन दोनों अपनी चोटों की परवाह किए बिना वहाँ से आगे की ओर निकल पड़ते हैं। अब उन्हें कहीं कोई मकैक बन्दर नजर नहीं आ रहा था।

लगता है सारे मकैक दुम दबाकर भाग गए-जिक्की थोड़ा मुस्कुराते हुए बोलता है।

शायद तुम्हारी गुलेल की डर की वजह से-जैम भी हँसते हुए बोलता है।

और फिर दोनों उस अंधेरे जंगल में सितारों की टिमटिमाती रोशनी में आगे बढ़ जाते हैं।

12

पत्थर के बुत

दोनों चलते-चलते जंगल में काफी दूर निकल जाते हैं। अब धीरे-धीरे रात ढलने लगती है और आसमान से अंधेरा छंटने लगता है। उन्हें लगता है कि वे दोनों मकैकों के इलाके से काफी दूर निकल सुरक्षित दूरी पर पहुँच गए हैं, तब वे कहीं पर रूककर आराम करना चाहते हैं। दोनों थककर चूर हो गए थे, उन्हें जबरदस्त नींद की झप्पियाँ भी आ रहीं थीं। दोनों एक जगह पर बैठ जाते हैं, बैठने के साथ ही उन्हें जबरदस्त नींद आ जाती है और वहीं जमीन पर लुढ़क कर सो जाते हैं। कुछ देर बाद जब सूरज की रोशनी उनके चेहरों पर पड़ती है तो उनकी नींद टूट जाती है और दोनों उठ जाते हैं। फिर दोनों हाथ-मुँह धोकर अपने पास रखे फल खाते हैं और आगे की ओर बढ़ने लगते हैं।

लगता है हम मकैकों के इलाके से निकल गए हैं, क्योंकि अब घने जंगल नजर नहीं आ रहे हैं—जिक्की बोलता है।

हाँ, हम मकैकों के इलाके से तो निकल गए हैं, लेकिन आगे सिर्फ लंबी-चौड़ी घाटियाँ ही नजर आ रहीं हैं, जिसके चटीले मैदान पर पेड़ बहुत कम ही नजर आ रहे हैं—जैम बोलता है।

ओह, अब इन सुनसान घाटियों में हम उस पत्थर के बुत को कहाँ ढूँढ़ें—जिक्की अपने सिर को खुजाते हुए बोलता है।

चलो आगे बढ़ते हैं, शायद वे पत्थर के बुत इन्हीं घाटियों में कहीं हों—जैम बोलता है। और फिर दोनों उस सुनसान और सपाट घाटी में आगे की ओर बढ़ने लगते हैं।

तुमने तो कल रात में कमाल ही कर दिया–जैम, जिक्की की तरफ देखता हुआ बोलता है।

कैसा कमाल–जिक्की अचरज होकर बोलता है।

अरे यार कल तुमने जो गुलेलबाजी (गुलेल से निशाना लगाना) दिखाई, उसे देखकर तो मैं भी दंग रह गया, अगर तुमने गुलेल के निशानों से उन बन्दरों की आँखें न फोड़ी होती तो शायद उनको हराना मुश्किल हो जाता–जैम, जिक्की की तारीफ करते हुए बोलता है।

ओहो, शुक्रिया–जिक्की भी जैम के मुँह से अपनी तारीफ सुनकर गदगद हो जाता है।

और तुमने भी उस चाकू का जबरदस्त इस्तेमाल किया, उसने उन बन्दरों के चिथड़े उड़ा दिये–जिक्की भी जैम की तारीफ करते हुए बोलता है।

लेकिन क्या तुमने एक बात पर गौर किया, जब भी हम जादुई लालटेन को जलाते हैं तो हमें अपने आप में एक जबरदस्त शक्ति का एहसास होता है–जैम बोलता है।

हाँ, मैंने भी महसूस किया कि जब जादुई लालटेन जलती है तो हमारी ताकत कई गुना बढ़ जाती है और हम किसी से भी लड़ सकते हैं–जिक्की भी उसकी बातों में हाँ में हाँ मिलाकर बोलता है।

शायद उस परी ने ठीक ही कहा था कि जब हम जादुई लालटेन जलाएँगे तो हममें एक जबरदस्त ताकत आ जाएगी–जैम बोलता है। लेकिन एक बात मेरी समझ में नहीं आई कि आखिर इस लालटेन को जलाने के बाद हममें इतनी जबरदस्त ताकत कैसे आ जाती है–जिक्की फिर अचरज से पूछता है।

यह बात तो मेरी समझ में भी नहीं आई, चलो अगली बार जब भी कभी उस परी से मुलाकात होगी तो उससे इसके बारे में पूछेंगे–जैम भी एक गोलमटोल जवाब देता हुआ बोलता है।

दोनों इसी तरह आपस में बातें करते हुए आगे बढ़ते जा रहे थे लेकिन उन्हें दूर-दूर तक कोई पत्थर के बुत नजर नहीं आ रहे थे, नजर आ रही थी तो सिर्फ घाटियाँ ही घाटियाँ जो काफी दूर-दूर तक फैली हुई थी। दोनों

बिना कहीं रूके उस सुनसान घाटी में आगे बढ़ते जा रहे थे। चलते-चलते वे दोनों घाटी में काफी दूर निकल जाते हैं लेकिन उन्हें अभी तक कोई भी पत्थर के बुत नजर नहीं आ रहे थे।

यार इस घाटी में कोई पत्थर के बुत हैं भी या नहीं, या फिर हम अंधेरे में तीर तो नहीं मार रहे हैं–जिक्की बोलता है।

जब मि. बाँब ने बताया है तो होना चाहिए–जैम बोलता है। उन्होंने तो खुद भी वे पत्थर के बुत नहीं देखे थे, कहीं उन्हें किसी ने कोई गलत जानकारी तो नहीं दी थी–जिक्की उस भरी दोपहरी में चलते हुए थोड़ा झल्लाते हुए बोलता है।

मुझे तो नहीं लगता है कि उन्होंने गलत बोला होगा, क्योंकि जिस आत्मविश्वास के साथ उन्होंने हमें उस पत्थर के बुत के बारे में बताया था, उसके हिसाब से मुझे लगता है कि वह सच बोल रहे थे–जैम बोलता है। तभी जिक्की को काफी दूर पर एक उभरी हुई काली चट्टान दिखाई देती है जो काफी ऊँची रहती है और वह दूर से एक बुत की तरह ही दिखती है उसे देखते ही जिक्की उछल पड़ता है।

अरे मिल गया, मिल गया वह देखो पत्थर का बुत–जिक्की उछलता हुआ अपनी उंगलियों के इशारे से जैम को उधर दिखाते हुए बोलता है।

अरे हाँ, देखने में तो वह दूर से एक बुत की तरह ही लग रहा है, लेकिन तुम यह यकीन से कैसे कह सकते हो कि वह पत्थर का बुत ही होगा–जैम भी उधर देखते हुए बोलता है।

हो न हो, वही पत्थर का बुत है–जिक्की खुशी के मारे उछलते हुए बोलता है। ठीक है तो चलो उसके नजदीक चलकर देखते हैं–जैम बोलता है। और फिर दोनों उस उभरे हुए काले पत्थर की तरफ चल देते हैं। दूर से देखने पर वह पत्थर का टीला थोड़ा ऊँचा लग रहा था, लेकिन जैसे-जैसे दोनों उसके नजदीक जा रहे थे, वैसे-वैसे वह काफी विशाल नजर आ रहा था।

ओह यह पत्थर का बुत कितनी दूर है, देखने में तो यह काफी पास लग रहा था–जिक्की बोलता है।

जंगल में ऐसा ही होता है, जो चीज हमें देखने में पास लगती है, वह असल में उतनी पास में होती नहीं है–जैम बोलता है।

चलो कोई बात नहीं, हमें तो पत्थर का बुत मिल गया ना–जिक्की फिर बोलता है।

यह तो उसके नजदीक पहुँचने पर ही पता चलेगा कि वह पत्थर का बुत है या कुछ और–जैम भी जिक्की की बातों पर चुटकी लेते हुए बोलता है। तुम तो हर वक्त मेरी बातों पर चुटकी लेते रहते हो–जिक्की थोड़ा अपनी नजरों को तरेरता हुआ बोलता है।

अरे! मैं तो ऐसे ही मजाक कर रहा था–जैम भी थोड़ा हँसते हुए बोलता है।

और फिर दोनों चलते-चलते उस काले पत्थर के पास पहुँच जाते हैं, जो दूर से देखने में तो छोटा लग रहा था, लेकिन वह कई फीट ऊँचा था। दोनों उस काले उभरे हुए पत्थर के पास पहुँचकर उसे ध्यान से देखने लगते हैं, जैसे वह उस पत्थर का मुआयना कर रहे हों।

अरे यह तो खालीस एक चट्टान है, मुझे तो इसमें कोई बुत नजर नहीं आ रहा है–जैम बोलता है। जिक्की उसकी बात का कोई जवाब नहीं देता है, वह बस चुपचाप खड़ा होकर उस काले पत्थर को देखता रहता है। फिर दोनों उस पत्थर के चारों तरफ घूमकर उसका मुआयना करते हैं लेकिन वह कहीं से भी पत्थर के बुत जैसा नहीं लगता है।

यह कोई बुत-वुत नहीं है, यह तो बस एक चट्टान है–जैम फिर बोलता है।

शायद तुम ठीक ही बोल रहे हो, यह पत्थर का बुत नहीं है–जिक्की उदास होकर बोलता है।

अरे यार, इसमें उदास होने वाली बात नहीं है, चलो हम आगे ढूँढ़ेंगे–जैम बोलता है।

मुझे तो नहीं लगता है कि इधर कोई पत्थर के बुत हैं, हम लोग झूठ–मूठ में इधर भटक रहे हैं–जिक्की फिर बोलता है।

अरे यार! इतनी जल्दी हिम्मत मत हारो, जरूर इधर कहीं न कहीं पत्थर के बुत हैं हम उसे जरूर ढूँढ़ लेंगे–जैम जिक्की को ढाढस बंधाता हुआ बोलता है। फिर दोनों उस चिलचिलाती दोपहर में आगे की तरफ बढ़ जाते हैं। दोनों आगे बढ़ते जा रहे थे लेकिन उन्हें दूर-दूर तक कोई पत्थर के बुत

नजर नहीं आ रहे थे। दोनों उस सुनसान घाटी में चलते-चलते काफी थक गए थे। फिर चलते-चलते उन्हें रास्ते में एक घना बड़ा-सा बरगद का पेड़ नजर आता है। दोनों उस घने पेड़ के नीचे बैठकर थोड़ा आराम करना चाहते हैं क्योंकि उस चिलचिलाती धूप में चलते-चलते दोनों काफी थक गए थे। दोपहर की धूप इतनी कड़ी थी कि दोनों को उस धूप में आगे चलने की हिम्मत नहीं हो रही थी, इसलिए दोनों वहाँ पर कुछ देर बैठकर आराम करने लगते हैं और उस कड़ी धूप के कम होने पर आगे बढ़ने का निर्णय लेते हैं। उस पेड़ के नीचे बैठने पर उन्हें काफी आराम मिल रहा था। उन्हें भूख भी लग गई थी, इसलिए दोनों कुछ फल निकालकर खाते हैं।

पेड़ चारों तरफ से इतना घना था कि बाहर की गर्म हवाएँ वहाँ पर आकर ठंडी हो जाती थी और उसके नीचे बैठने वालो को ठंढी सुहावनी हवा लगती है। दोनों को उस ठंडी आती हुई हवा के झोकों से नींद आने लगती है और दोनों उस पेड़ के नीचे सो जाते हैं। दोनों काफी देर तक पेड़ के नीचे सोए रहते हैं। कुछ देर बाद जिक्की की नींद टूटती है, दोपहर ढल चुकी थी, अब सूरज की रोशनी उतनी कड़ी नहीं थी। जिक्की जम्हाई लेता हुआ उठता है और सामने देखता है। अब उसे चिलचिलाती हुई धूप नहीं दिख रही थी। तभी उसकी नजर अपने बगल में जाती है और वह चिल्लाते हुए उछल पड़ता है।

अरे मेरा बैग–जिक्की इतना कहते हुए उठकर खड़ा हो जाता है, फिर उसकी नजर जैम की तरफ जाती है जो अभी भी नींद में खर्राटे भर रहा था, वह जैम के पास जाता है और उसे झकझकोरता हुआ उठाता है। जैम उठो, उठो–जिक्की उसे झकझकोरता हुआ बोलता है। जैम की भी नींद टूट जाती है और वह घबराया हुआ उठता है और बोल पड़ता है–अरे क्या हो गया इतना चिल्ला क्यों रहे हो? जैम मेरा बैग, मेरा बैग–जिक्की घबराते हुए बोलता है।

अरे क्या हो गया तुम्हारे बैग को–जैम भी अपनी आँखें मलते हुए बोलता है।

जैम मेरा बैग यहाँ पर नहीं है–जिक्की फिर बोलता है।

क्या–जैम जैसे अचंभित होते हुए बोलता है। तभी जिक्की की नजर जैम की तरफ जाती है और वह फिर से चीख पड़ता है।

अरे तुम्हारा बैग कहाँ है–जिक्की जैम की तरफ देखते हुए बोलता है, जिक्की के इतना बोलते ही जैम अपने अगल-बगल झाँकने लगता है, उसे अपना भी बैग नजर नहीं आता है। इसका मतलब कि किसी ने हम दोनों का बैग चुराया है–जिक्की फिर बोलता है।

लेकिन कोई हमारा बैग क्यों चुराएगा, वैसे भी यहाँ आस-पास कोई भी तो नहीं है–जैम बोलता है।

कोई न कोई यहाँ आस-पास जरूर है–जिक्की बोलता है।

और फिर दोनों उस पेड़ के इर्द-गिर्द अपने बैग को ढूँढ़ने लगते हैं। तभी जैम को उस बरगद के पेड़ के ऊपर कुछ हलचल-सी दिखाई पड़ती है। वह अपनी नजरों को उठाकर पेड़ की डालियों की तरफ देखने लगता है, परन्तु उसे वहाँ कुछ दिखाई नहीं पड़ता है, बस उसे डाली और हरे पत्ते ही नजर आ रहे थे लेकिन तभी उसे उन डालियों के हरे पत्तों के झुरमुट से कोई चीज झाँकती हुई दिखाई पड़ती है।

अरे उधर देखो, वहाँ पर कोई है–जैम, जिक्की को उन डालियों की तरफ पत्तों के झुरमुट की ओर दिखाते हुए बोलता है। जिक्की भी नजरें गड़ाकर उधर देखने लगता है। तभी थोड़ी देर में उन पत्तों के झुरमुट से एक सफेद जानवर बाहर निकलता है, उसके बदन के सारे बाल सफेद रहते हैं, उसकी पूँछ भी सफेद होती है, परन्तु उसका चेहरा पूरा काला रहता है और उसकी छोटी-छोटी आँखें रहती हैं जिससे वह दोनों को घूरता रहता है।

अरे यह कैसा सफेद जानवर है, यह तो बन्दर जैसा दिख रहा है–जिक्की एकाएक बोल पड़ता है।

यह बन्दर जैसा दिख नहीं रहा है, यह बन्दर ही है, सफेद बन्दर–जैम भी उस सफेद जानवर की तरफ देखता हुआ बोलता है। दोनों उस बन्दर की तरफ देख ही रहे थे कि तभी पत्तों के झुरमुटों से कुछ और बन्दर बाहर निकलते हैं और धीरे-धीरे उस पेड़ के ऊपर कई बन्दर नजर आने लगते हैं।

यहाँ तो बहुत सारे बन्दर हैं–जिक्की उन बन्दरों की तरफ देखते हुए बोलता है। तभी जैम को उन बन्दरों के झुंड में एक बन्दर के पास कुछ दिखता है और उसे देखते ही जैम बोल पड़ता है–जिक्की देखो, तुम्हारा बैग उस बन्दर के पास है और वह बन्दर उसे खोलने की कोशिश कर रहा है लेकिन वह उसे खोल नहीं पा रहा है।

अरे वाह मेरा बैग तो मिल गया, लेकिन अब उसे इनके पास से कैसे छीनूँ–जिक्की बोलता है।

आइडिया, एक आइडिया है–जैम जैसे उछलते हुए बोलता है। कैसा आइडिया– जिक्की बोलता है।

बन्दर बहुत ही नकलची जानवर होते हैं, तुम उनके साथ जो करोगे, वे भी तुम्हारे साथ वैसा ही सलूक करने की कोशिश करेंगे–जैम उत्सुकता से बोलता है।

अच्छा तो हमें क्या करना चाहिए–जिक्की फिर पूछता है।

हमें नीचे से कोई चीज उठाकर उनकी तरफ फेंकना होगा, जिससे उन्हें लगेगा कि हम उनकी तरफ कुछ फेंक रहे हैं और उसकी प्रतिक्रिया में वह अपने हाथ में रखी जो भी चीज होगी, उसे वह हमारी तरफ फेंकेंगे–जैम बोलता है।

अच्छा मैं समझ गया, लेकिन हम उनकी तरफ क्या फेंके–जिक्की जमीन पर पड़े पत्थरों को देखते हुए बोलता है।

तभी जैम नीचे झुकता है और जमीन से कुछ उठाते हुए बोलता है–हम यह जमीन पर गिरे बरगद के फलों को उठाकर उनकी तरफ फेंकेंगे, ध्यान रहे ज्यादा जोर से मत फेंकना, हमें उन्हें मारना नहीं है, बस उन्हें ऐसा एहसास दिलाना है कि हम उनकी तरफ कुछ फेंक रहे हैं।

अरे हाँ, यह अच्छा होगा इससे उन्हें चोट भी नहीं आएगी और हमारा काम भी हो जाएगा–जिक्की बोलता है।

तो चलो अब इन्हें फेंकने के लिए तैयार हो जाओ–जैम जमीन पर गिरे पेड़ से छोटे-छोटे फलों को उठाते हुए बोलता है। और फिर दोनों उन फलों को उठाकर उसे बन्दरों की तरफ उछालते हैं। बन्दरों को लगता है कि दोनों उन्हें मार रहे हैं, इसलिए प्रतिक्रिया में सारे बन्दर पेड़ पर लगे फलों को तोड़कर उससे दोनों को मारने लगते हैं। थोड़ी देर के लिए दोनों को लगता है कि उन पर किसी ने ऊपर से पत्थरों की बारीश शुरू कर दी है, हालांकि उनके सिर पर बहुत सारे पेड़ के फल आकर गिर रहे थे, लेकिन उससे उन्हें कुछ ज्यादा चोट नहीं लगती है। थोड़ी देर बाद जब उनके ऊपर फेंके जा रहे फलों की बारिश रूक जाती है तो जिक्की बोल पड़ता है–ये बन्दर तो काफी शरारती हैं, यह मकैकों के रिश्तेदार हैं क्या?

हाँ यह मकैकों के मामू हैं–जैम भी बोल पड़ता है।

क्या कहा यह मकैकों के मामू हैं–जिक्की जैम के मुँह को देखते हुए बोलता है।

अरे यार! तुम्हें सोचना चाहिए ये बन्दर कितने छोटे हैं और यह पूरी तरह से सफेद हैं, तो यह उन भयानक मकैकों के रिश्तेदार कैसे हो सकते हैं–जैम, जिक्की की चुटकी लेते हुए बोलता है।

अच्छा छोड़ो यह सब बात, तुम्हारा यह आइडिया काम नहीं किया, उस बन्दर ने बैग को नीचे नहीं फेंका अब क्या करोगे–जिक्की थोड़ा तुनतुनाते हुए बोलता है। फिलहाल हमारे पास इसके अलावा और कोई आइडिया नहीं है, हम इसी तरह से उनसे अपने बैग को हासिल कर सकते हैं, क्योंकि हम पेड़ पर चढ़ नहीं सकते हैं, इसमें खतरा है, वह हम पर गुस्से में हमला कर सकते हैं–जैम बोलता है।

तो अब हमें क्या करना चाहिए–जिक्की फिर बोलता है।

हमें दुबारा कोशिश करनी होगी–जैम बोलता है।

दोनों फिर दुबारा जमीन पर गिरे पेड़ के छोटे-छोटे फलों को उठाते हैं और पेड़ की डाली पर बैठे उस बन्दर के ऊपर निशाना लगाकर फलों को फेंकते हैं, जिसके हाथ में जिक्की का बैग था। जैसे ही एक फल के टुकड़े से बन्दर को चोट लगती है, वह गुस्से में अपने हाथ में पकड़े बैग को दोनों की तरफ दे मारता है, जैसे ही बैग नीचे गिरता है, जिक्की फुर्ती से उस बैग को जमीन पर गिरने से पहले अपने हाथों में लपक लेता है।

ओह मेरा बैग तो मुझे मिल गया, लेकिन अब तुम्हारा बैग कहाँ है–जिक्की बोलता है।

मेरा बैग भी इन्हीं में से किसी बन्दर के पास होगा, चलो पेड़ की दूसरी तरफ देखते हैं–जैम बोलता है। और फिर दोनों पेड़ के दूसरी तरफ जाकर देखते हैं।

अरे मिल गया, वह देखो तुम्हारा बैग उस बन्दर के पास है–जिक्की पेड़ की डाली पर बैठे एक बन्दर की तरफ देखते हुए बोलता है, जिसके हाथ में जैम का बैग रहता है।

तो चलो फिर शुरू हो जाओ–इतना कहने के बाद दोनों फिर पेड़ के फलों को जमीन से उठाकर बन्दर की तरफ फेंकते हैं और बन्दर ठीक उसी

तरह प्रतिक्रिया करता हुआ उसके बैग को नीचे फेंकता है, जिसे जैम हवा में ही लपक लेता है। फिर दोनों अपने-अपने बैग लेकर आगे की तरफ बढ़ जाते हैं। लेकिन जिक्की के दिल में एक बात थी जो वह जैम से पूछना चाह रहा था। वह जानना चाह रहा था कि आखिर बन्दरों से अपने बैग को वापस लेने का यह नायाब तरीका जैम के दिमाग में कहाँ से आया? अंत में उससे रहा नहीं गया और उसने चलते-चलते जैम से पूछा।

यार तुम्हारे दिमाग में यह जबरदस्त आइडिया कहाँ से आया–जिक्की थोड़ा मुस्कुराते हुए जैम से पूछता है।

सिम्पल सी बात है, जो शायद तुम्हें भी पता होगी–जैम उसका जवाब देते हुए बोलता है।

मैं समझा नहीं, मुझे कैसे पता होगा–जिक्की थोड़ा अचरज होकर बोलता है। अरे यार हमने अपनी कक्षा की एक किताब में पढ़ा था कि एक व्यापारी व्यापार करने के लिए कहीं जा रहा था और उसके साथ भी यही घटना घटी थी, जो हमारे साथ अभी हुआ, और उसने अपने सामान को हासिल करने के लिए यही उपाय लगाया था जो हमने लगाया–जैम बोलता है।

अरे हाँ, मुझे याद आया, मैंने कक्षा के बुक में पढ़ा था, मैं तो भूल ही गया था, वैसे तुम्हारी याद्दाश्त बहुत मजबुत है–जिक्की थोड़ा चुटकी लेते हुए बोलता है क्योंकि बहुत दिनों बाद उसे यह मौका मिला था।

हाँ, और अगर तुम्हें भी अपना दिमाग मजबुत करना है तो दिमागीन खाओ–जैम बोलता है।

यह दिमागीन क्या होता है–जिक्की ऐसे अचरज से पूछता है जैसे उसने जिंदगी में पहली बार ऐसा नाम सुना हो।

ये एक तरह की दवा है, जिसका दिमाग कमजोर रहता है या जिसकी याद्दाश्त कमजोर रहती है, वे इसे खाते हैं–जैम भी थोड़ा मुस्कुराकर चुटकी लेते हुए बोलता है।

क्या तुमने इसे खाया है–जिक्की पूछता है।

नहीं, क्योंकि मुझे इसकी जरूरत नहीं पड़ी–जैम बोलता है।

तो फिर तुम्हें इसके बारे में कैसे पता है–जिक्की फिर पूछता है।

अब दिमागीन की जगह मेरा दिमाग मत खाओ, और चुपचाप आगे चलो–जैम थोड़ा तुनतुनाते हुए बोलता है। उसके इतना बोलते ही जिक्की खामोश हो जाता है और अपने सवालों के पिटारे को बन्द करके चुपचाप आगे बढ़ने लगता है। अब दिन भी ढलने लगा था, चलते-चलते शाम हो जाती है लेकिन अभी तक वह पत्थर का बुत कहीं नजर नहीं आ रहा था। दोनों उस सुनसान घाटी में इसी आस में आगे बढ़े जा रहे थे कि कहीं न कहीं उन्हें पत्थर का बुत जरूर मिलेगा।

सूरज भी अब धीरे-धीरे ढलने लगा था और उस सुनसान घाटी के बंजर पड़ी लाल मिट्टी वाली जमीन पर सूरज की आधी धूप और आधी छाया का मनोरम दृश्य मन को मोहने वाला लग रहा था। ऐसा लग रहा था कि कुछ देर के लिए दोनों धरती से अलग दूसरे ग्रह में आ गए हैं।

तभी जैम को काफी दूर पर एक खड़ा सफेद पत्थर दिखाई देता है, लेकिन काफी दूर होने के कारण उस पत्थर में कोई आकृति नहीं दिख रही थी, बल्कि वह एक खड़े सफेद संगमरमर के पत्थर की तरह दिख रहा था। जैम को लगता है कि यह भी कोई उभरा हुआ चट्टान का टीला होगा, लेकिन फिर भी वह उसके पास जाने का निर्णय लेता है। वह जिक्की को उस सफेद पत्थर की तरफ दिखाते हुए बोलता है–देखो काफी दूर पर एक सफेद पत्थर जमीन से कुछ ऊँचाई पर उभरा हुआ दिख रहा है, हमें उधर चल कर देखना चाहिए।

पता नहीं वह भी कोई चट्टान का टीला होगा, मुझे तो नहीं लगता कि वह पत्थर का बुत है–जिक्की बोलता है। ठीक है, लेकिन उसके पास चलकर देखने में क्या हर्ज है–जैम फिर बोलता है। फिर दोनों उस उभरे हुए सफेद पत्थर की ओर चल देते हैं। जैसे-जैसे वे उस पत्थर के करीब जा रहे थे उन्हें एक चीज और नजर आती है। उस सफेद पत्थर के बगल में उन्हें एक उभरा हुआ काला पत्थर भी नजर आ रहा था, जो उसी के जितना बड़ा था। सफेद पत्थर सूरज की हल्की रोशनी में भी चमक रहा था। उन्हें उन पत्थरों में कुछ हल्की सी उभरी हुई कलाकृतियाँ नजर आ रही थी, जो दूर से उतनी साफ दिखाई नहीं दे रही थीं, दोनों चलते-चलते उस पत्थर के बुत के करीब पहुँच जाते हैं। उसके पास पहुँचने के बाद उनके आश्चर्य का ठिकाना नहीं रहता है क्योंकि दोनों एक ऊँचे पत्थर के बुत के सामने खड़े थे।

ओह मुझे विश्वास नहीं हो रहा है कि हम पत्थर के बुत के सामने खड़े हैं–जिक्की आश्चर्यचकित होकर बोलता है।

अब तो तुम्हें विश्वास हो गया कि मि. बॉब शुल्ज सच बोल रहे थे–जैम बोलता है।

ओह, सॉरी यार मुझे माफ कर दो, मैंने मि. बॉब के बारे में गलत सोचा था–जिक्की थोड़ा शर्मिंदा होकर बोलता है।

लेकिन उनके सामने एक परेशानी आ खड़ी हुई। उनके सामने दो पत्थर के बुत थे, एक तो पूरी तरह से सफेद पत्थर का बना था और दूसरा जो ठीक सफेद बुत के बगल में था वह काले पत्थर का बना था, दोनों बुत हू–ब–हू एक ही जैसे लग रहे थे। परन्तु दोनों बुतों में एक बहुत बड़ा अन्तर था। दोनों पत्थर के बुतों के हाथ एक दूसरे की विपरीत दिशा में ऐसे मुड़े थे जैसे वे किसी को उधर जाने का रास्ता दिखा रहे हों। काले पत्थर वाले बुत का दाहिना हाथ अपने दायें तरफ जाने वाले रास्ते की तरफ मुड़ा था तो सफेद पत्थर वाले बुत का बांया हाथ अपने बायीं तरफ जाने वाले रास्ते की तरफ मुड़ा था। दोनों इस उलझन में फंस गए कि आखिर कौन–सा बुत सही रास्ता बता रहा है। उन्हें समझ में नहीं आ रहा था कि दोनों में से किस बुत के बताये हुए रास्ते पर जाएँ, क्योंकि दोनों ही तरफ रास्ते गए हुए थे। दोनों इसी उधेड़बुन में फँसे हुए थे। तब तक दिन भी ढल चुका था और वहाँ पर रात का अंधेरा छाने लगा था।

तुम्हें क्या लगता है, कौन–सा बुत सही रास्ते की तरफ इशारा कर रहा है–जिक्की, जैम की तरफ देखते हुए बोलता है।

पता नहीं मुझे कुछ समझ में नहीं आ रहा है, वैसे भी रात हो चुकी है, हमें यहीं रूकना होगा–जैम बोलता है। हाँ यह भी ठीक है, हमें रात भर सोचने का वक्त भी मिल जाएगा–जिक्की बोलता है।

और फिर दोनों रात में वहीं पर रूकने का फैसला करते हैं, क्योंकि दोनों जल्दबाजी में निर्णय लेकर गलत रास्ते की तरफ नहीं निकलना चाहते हैं। दोनों कुछ फलों को खाकर वहीं पर लेट जाते हैं और सोचने लगते हैं कि आखिर उन्हें कौन से बुत के बताये गए रास्ते की तरफ जाना है। दोनों इसी बात को सोचते-सोचते सो जाते हैं।

दूसरे दिन दोनों सुबह उठ जाते हैं और एक दूसरे से चर्चा करने लगते हैं।

हाँ तो तुमने रात में क्या सोचा, हमें किस तरफ चलना चाहिए–जिक्की जैम से पूछता है। उसके सवाल पर कुछ देर के लिए तो जैम चुप रहता है, फिर वह कुछ सोचकर बोलता है।

यह तो मुझे भी समझ में नहीं आ रहा है कि हमें किधर चलना चाहिए, लेकिन मेरा दिल कह रहा है कि हमें सफेद पत्थर के बुत के बताए गए रास्ते पर चलना चाहिए, वैसे तुमने क्या सोचा है–जैम बोलता है। मैंने भी रात में अपने दिमाग पर काफी जोर डाला, पर मुझे समझ में नहीं आया कि किधर चलना है, वैसे अगर तुम्हारा दिल बोल रहा है तो फिर उसी तरफ चलते हैं–जिक्की बोलता है।

तो फिर ठीक है, उस तरफ चलने के लिए तैयार हो जाओ–जैम बोलता है। ठीक है, पहले कुछ खा लूँ, उसके बाद चलते हैं–जिक्की बोलता है। और फिर दोनों अपने पास के कुछ फल निकालकर खाते हैं और वहाँ से आगे की तरफ सफेद बुत के बताए गए रास्ते की तरफ निकल पड़ते हैं। चलते-चलते वे दोनों उस बुत से काफी दूर निकल जाते हैं। वे उस बंजर घाटी में एक अनजाने रास्ते की तरफ निकल पड़ते हैं, जिसके बारे में उन्हें कुछ भी पता नहीं था। दोनों मन ही मन यह भी सोच रहे थे कि कहीं उन्होंने कोई गलत निर्णय तो नहीं लिया। दोनों चलते जा रहे थे, लेकिन दूर-दूर तक वह घाटी फैली हुई थी, कहीं उसका कोई ओर-छोर का पता नहीं चल रहा था।

आखिर यह घाटी कितनी लम्बी है, इसका तो कोई अन्त ही नजर नहीं आ रहा है–जिक्की बोलता है।

कहीं न कहीं इसका अन्त जरूर होगा, अगर हम सही रास्ते पर जा रहे हैं तो हम अपनी मंजिल तक जरूर पहुँचेंगे–जैम बोलता है।

तुम्हें क्या लगता है, इस घाटी के बाद हमें क्या मिलने वाला है–जिक्की बोलता है।

यह तो आगे चलने पर ही पता चलेगा–जैम बोलता है।

और इस तरह दोनों उस सुनसान घाटी में बिना कहीं रूके आगे बढ़ते जा रहे थे। तभी जिक्की को उस सुनसान घाटी में एक पेड़ नजर आता है। अरे काफी देर बाद हमें इस सुनसान घाटी में कोई पेड़ नजर आया है–जिक्की उस पेड़ की तरफ इशारा करते हुए बोलता है।

फिर दोनों चलते-चलते उस पेड़ के पास पहुँच जाते हैं। पेड़ काफी ऊँचा रहता है, वह जड़ से तने तक एकदम सीधा रहता है। उस पेड़ की छाल बिलकुल काली रहती है। लेकिन उस पेड़ में एक चीज को देखने के बाद दोनों थोड़ा हैरान हो जाते हैं। उस पेड़ की छाल एक जगह से कटी होती है, देखने में ऐसा लगता है कि किसी ने अभी ही उस पर कुल्हाड़ी से वार करके उसे काटने की कोशिश की है, उस कटी हुई छाल से लाल रंग का द्रव्य रिस रहा था जो एकदम खून की तरह लाल लग रहा था, ऐसे जैसे कि उसपेड़ के कटे हुए हिस्से से खून गिर रहा हो। दोनों हैरानी से उस पेड़ के कटे हुए हिस्से से रिसते लाल द्रव्य को देखने लगते हैं। तभी उन्हें किसी के सुबकने की आवाज आती है, दोनों उस आवाज को सुनकर चौंकते हैं और इधर-उधर देखने लगते हैं, परन्तु उन्हें कोई भी आस-पास नजर नहीं आ रहा था।

अरे यह सुबकने की आवाज किधर से आ रही है–जिक्की चौंकता हुआ बोलता है।

वही तो मैं भी देख रहा हूँ कि आखिर यह आवाज कहाँ से आ रही है, हमारे आस-पास तो कोई भी नहीं है–जैम भी थोड़ा चौंकते हुए बोलता है। धीरे-धीरे सुबकने की आवाज और तेज हो जाती है, उस आवाज को दोनों साफ-साफ सुन सकते थे। उस आवाज को सुनकर दोनों के कान खड़े हो जाते हैं, उन्हें कुछ-कुछ डर भी लग रहा था कि आखिर कौन रो रहा है जिसे वे देख नहीं पा रहे हैं। फिर दोनों अपनी नजरों को उठाकर पेड़ के ऊपर देखते हैं, लेकिन उन्हें वहाँ पर भी कोई नजर नहीं आता है। तभी जैम थोड़ी हिम्मत करके बोलता है।

कौन है यहाँ, जो रो रहा है–जैम हिम्मत जुटाकर बोलता है। जैम के सवाल का कोई जवाब नहीं मिलता है। अलबत्ता रोने की आवाज और तेज हो जाती है।

तुम कोई भी हो, अगर तुम हमें डराने की कोशिश कर रहे हो, तो सुन लो हम डरने वाले नहीं हैं–जैम फिर हिम्मत जुटाकर बोलता है। मैं तुम्हें डराने की कोशिश नहीं कर रहा हूँ–पेड़ से आवाज आती है। दोनों उस आवाज को सुनकर चौंकते हैं और पेड़ की तरफ देखने लगते हैं, परन्तु वहाँ कोई भी नजर नहीं आ रहा था।

तुम कौन हो, सामने आओ–जैम फिर हिम्मत दिखाते हुए बोलता है। मैं तुम्हारे सामने खड़ा हूँ–पेड़ से आवाज आती है।

लेकिन हमारे सामने तो पेड़ है–जैम फिर बोलता है। हाँ वह मैं ही हूँ–पेड़ से आवाज आती है। इतना सुनते ही दोनों उछल पड़ते हैं और पेड़ से कुछ कदम पीछे हट जाते हैं और अपने सिर उठाकर पेड़ के ऊपर की तरफ देखने लगते हैं। पेड़ के ऊपर की टहनियाँ झुक गई थी और वे उनसे बातें कर रही थीं। उस पेड़ को देखकर दोनों के मुँह आश्चर्य से फटे के फटे रह जाते हैं, हालांकि उन्हें अंदर से डर भी लग रहा था।

क्या तुम बातें कर सकते हो–जिक्की उस पेड़ की तरफ आश्चर्य से देखते हुए बोलता है।

हाँ मैं तुमसे बातें कर सकता हूँ, मैं तुम्हारे नाम भी बता सकता हूँ, तुम्हारा नाम जिक्की और तुम्हारे दोस्त का नाम जैम–पेड़ बोलता है। उसे अपना नाम बताता देख दोनों हक्का-बक्का रह जाते हैं।

लेकिन तुम हमारा नाम कैसे जानते हो–जैम पूछता है।

हम इस दुनिया के असाधारण पेड़ हैं, जब भी कोई हमारे पास आता है, हम उसके बारे में सब कुछ जान जाते हैं, मैं तो यह भी बता सकता हूँ कि तुम्हारे पिता का नाम बार निक्सन है–पेड़ बोलता है। उसकी बात को सुनकर थोड़ी देर के लिए तो जैम भी आश्चर्यचकित रह जाता है। लेकिन थोड़ी देर पहले तुम रो क्यों रहे थे–जैम उस पेड़ से थोड़ा हमदर्दी दिखाते हुए बोलता है।

क्योंकि मैं एक श्रापित पेड़ हूँ–पेड़ बोलता है।

श्रापित पेड़! लेकिन तुम्हें किसने श्राप दिया और क्यों दिया? जैम बोलता है।

यह श्राप मुझे तुम्हारे पिता के कारण मिला–पेड़ बोलता है।

मेरे पिता के कारण, लेकिन मेरे पिता का तुमसे क्या लेना देना, हमारा गाँव कहाँ और तुम कहाँ–जैम उसकी बात पर थोड़ा चिढ़ते हुए बोलता है। मैं सच बोल रहा हूँ, आज मैं तुम्हारे पिता के कारण श्रापित होकर यहाँ आया हूँ–पेड़ बोलता है।

मुझे कुछ समझ में नहीं आ रहा है, साफ-साफ बताओ कि आखिर बात क्या है–जैम बोलता है।

फिर पेड़ उसे अपनी कहानी सुनाना शुरू करता है–तुम्हारे (जैम के) पैदा होने के कुछ महीनों पहले की बात है। मैं तुम्हारे गाँव के पास वाले

जंगल में ही था। एक दिन तुम्हारे पिताजी यानी कि मि. बार लकड़ियाँ काटने के लिए जंगल में आते हैं। वह अपने फर्नीचर के लिए किसी अच्छे पेड़ की तलाश करने लगते हैं, तभी उनकी नजर मुझ पर पड़ती है, उन्हें लगता है कि मैं उनके फर्नीचर के लिए उपयुक्त पेड़ हूँ और वह मेरे पास आकर मुझ पर कुल्हाड़ी चलाते हैं। मैं उनकी कुल्हाड़ी के वार से दर्द से कराहने लगता हूँ। वह मेरी कराह सुनकर इधर-उधर देखने लगते हैं। तभी मैं बताता हूँ कि वह मुझ पर कुल्हाड़ी चला रहे हैं, वह ऐसा न करें, मैं इस दुनिया का असाधारण पेड़ हूँ, मैं उन लोगों के भविष्य बता सकता हूँ जो मेरे सामने आते हैं। अन्त में मेरे विनती करने पर वह मुझे छोड़ देते हैं, लेकिन उनकी एक शर्त रहती है कि मैं उन्हें उनका भविष्य बताऊँ। लेकिन हम ऐसा नहीं कर सकते थे, क्योंकि किसी भी व्यक्ति का भविष्य बताने की हमें मनाही थी, ऐसा करने पर हमें वन देवता का श्राप लगता। मैंने उनको यह बात समझाई, लेकिन वह मानने को तैयार नहीं हुए और अन्त में मुझे उनकी जिद के आगे झुकना पड़ा और उन्हें उनका भविष्य बताना पड़ा। परन्तु उनके भविष्य बताने के साथ ही मैं वन देवता के श्राप से श्रापित हो गया और हमेशा के लिए इस सुनसान घाटी में आ गया। इतना बोलने के बाद वह पेड़ चुप हो जाता है और वहाँ एक खामोशी छा जाती है।

ओह, सच में तुम्हारे साथ बहुत बुरा हुआ–जिक्की वहाँ की खामोशी को तोड़ते हुए बोलता है।

तुम्हारी बात सुनकर सच में हमें भी बहुत दुःख हो रहा है, अगर हम तुम्हारे कोई काम आ सकते हैं तो तुम हमें बताओ–जैम भी उस पेड़ पर हमदर्दी दिखाते हुए बोलता है।

अगर तुम चाहो तो हमें इस श्राप से मुक्ति मिल सकती है–पेड़ जैम की तरफ झुकते हुए बोलता है।

वह कैसे–जैम बोलता है।

अगर तुम कुनकुन के पत्ते लाकर हमें दे दो तो हमें इस श्राप से मुक्ति मिल सकती है–पेड़ बोलता है।

कुनकुन के पत्ते, ये कुनकुन के पत्ते क्या है, यह किस जगह उगते हैं–जिक्की थोड़ा चौंकते हुए बोलता है।

इस घाटी में एक रहस्यमयी दरवाजा है, उस दरवाजे के पार एक विचित्र जंगल है और उस जंगल में एक कुनकुन का पेड़ है, अगर तुम वहाँ जाकर कुनकुन के पेड़ से उसके पत्ते लाकर हमें दे दो तो हमें इस श्राप से मुक्ति मिल जाएगी–पेड़ बोलता है।

वह तो ठीक है, लेकिन वह रहस्यमयी दरवाजा कहाँ पर है, हम उसे किधर ढूँढ़ेंगे–जैम बोलता है।

यह तो मुझे भी नहीं पता है, मुझे बस इतना पता है कि वह दरवाजा इसी घाटी में कहीं है–पेड़ बोलता है।

ठीक है हम कोशिश करेंगे उस दरवाजे को ढूँढ़ने की, और अगर वह दरवाजा मिल गया तो हम उस कुनकुन के पत्ते को तुम्हारे पास जरूर लाएँगे–जैम बोलता है।

लेकिन मैं एक बात जानना चाहता हूँ कि अगर हम उस दरवाजे को ढूँढ़कर उस विचित्र जंगल में चले भी जाते हैं तो फिर उस कुनकुन के पेड़ को कैसे पहचानेंगे–जिक्की उस पेड़ से पूछता है।

वह पेड़ उस जंगल में सभी पेड़ों से अलग दिखेगा, जिसे तुम आसानी से पहचान जाओगे–पेड़ बोलता है।

ठीक है दोस्त, हम तुम्हारी मदद जरूर करेंगे–जैम उस पेड़ को सांत्वना देते हुए बोलता है। तभी जिक्की की नजर उस पेड़ से रिसते हुए लाल द्रव्य पर जाती है, उससे रहा नहीं जाता है और वह अन्त में पूछ बैठता है।

यह तुम्हारे फटे हुए छाल से लाल द्रव्य क्यों रिस रहा है–जिक्की पेड़ से पूछता है।

यह उसी कुल्हाड़ी द्वारा किया गया निशान है, जो मि. बार ने हम पर चलाई थी और यह द्रव्य तब तक रिसता रहेगा जब तक मैं श्रापित हूँ–पेड़ बोलता है।

ओह मैं समझ गया, हम जरूर कोशिश करेंगे कि तुम्हें इस श्राप से मुक्ति मिले–जिक्की बोलता है।

ठीक है दोस्त हम निकलते हैं और हम उस बंद दरवाजे को जरूर खोजेंगे–जैम बोलता है।

ठीक है दोस्तों, मैं तुम्हारा इंतजार करूँगा–पेड़ झूलते हुए बोलता है।

फिर दोनों वहाँ से आगे की तरफ निकल पड़ते हैं। अब दोनों के सिर पर एक नई जिम्मेदारी आ पड़ी थी, उन्हें उस पेड़ को श्राप से मुक्त करवाना था। दोनों चलते जा रहे थे और अपने आस-पास देखते भी जा रहे थे कि कहीं कोई बंद दरवाजा तो नहीं है। चलते-चलते दोनों उस सुनसान घाटी में काफी दूर निकल जाते हैं, लेकिन अभी तक कोई दरवाजा नजर नहीं आया था। दोपहर हो गयी थी और उस रेगिस्तानी घाटी में कड़ी धूप उन्हें जलाने लगी थी। आस-पास कहीं कोई पेड़ भी नजर नहीं आ रहा था जिसकी छाया में जाकर वे उस चिलचिलाती धूप से बच सकते थे, इसलिए दोनों उस धूप में भी आगे बढ़ते जा रहे थे क्योंकि इसके अलावा उनके पास और कोई चारा नहीं था। तभी जिक्की को कुछ दूरी पर एक अनजानी सी चीज नजर आती है।

अरे देखो उधर कुछ है–जिक्की उस अनजानी चीज की तरफ देखते हुए बोलता है।

अरे हाँ, वहाँ कुछ नजर आ रहा है, पर वह क्या हो सकती है–जैम बोलता है। चलो उधर ही चलकर देखते हैं–जिक्की फिर बोलता है। फिर दोनों उस अनजानी चीज की तरफ चल पड़ते हैं। जैसे ही दोनों उस अनजानी चीज के नजदीक पहुँचते हैं, उसे देखकर दोनों चौंक पड़ते हैं।

अरे यह तो दरवाजा है–जिक्की उस अनजानी चीज की तरफ देखकर चौंकते हुए बोलता है।

अरे हाँ, यह तो सचमुच एक दरवाजा है–जैम भी बोल पड़ता है। लेकिन उस दरवाजे में एक और चौंकाने वाली चीज थी। वह दरवाजा जमीन से कुछ फुट की ऊँचाई पर बिना जमीन के सहारे लटक रहा था। ऐसा लग रहा था कि वह आसमान में बिना किसी सहारे के झूला हुआ है। उसके नीचे की आधारशिला पूरी तरह गायब थी।

अरे यह कैसा दरवाजा है, यह तो बिना किसी सहारे के आसमान में झूला हुआ है, यह तो आश्चर्य है, ऐसा बिना किसी सहारे के झूलता हुआ दरवाजा तो मैंने आज तक नहीं देखा–जिक्की उस दरवाजे की तरफ आश्चर्य से देखते हुए बोलता है।

चलो दरवाजे के और पास चलकर देखते हैं–जैम बोलता है।

दोनों चलकर जैसे ही दरवाजे के पास पहुँचते हैं, वैसे ही जमीन से ऊपर दरवाजे तक खुद-ब-खुद सीढ़ियाँ बनने लगती है। दोनों उन सीढ़ियों पर चढ़कर दरवाजे तक पहुँचते हैं। वे दरवाजे के पास जैसे ही पहुँचते हैं, दरवाजा खुद-ब-खुद खुल जाता है। दरवाजे के भीतर घुप्प अंधेरा नजर आ रहा था, उन्हें ऐसा लगता है जैसे अंदर कोई अंधेरी कोठरी है। दोनों उस अंधेरी कोठरी के अंदर चले जाते हैं, वहां अंदर उन्हें कुछ नजर नहीं आ रहा था। दोनों एक दूसरे का हाथ पकड़कर उस अंधेरे गलियारे में आगे बढ़ते जा रहे थे। कुछ दूर चलने पर उन्हें एक हल्की-सी रोशनी नजर आती है, दोनों उस रोशनी की तरफ चल देते हैं। चलते-चलते दोनों एक खुली जगह में पहुँच जाते हैं, और अपने आस-पास का नजारा देखकर सचमुच में दोनों हैरान हो जाते हैं। उनके सामने एक अद्भुत, विचित्र जंगल रहता है। वहाँ पर दिन की जगह रात रहती है, आसमान पर चाँद निकला रहता है और उसकी चाँदनी में पूरा जंगल नहाया रहता है, वहाँ पर ठंडी सुहावनी हवाएँ चलती रहती हैं। दोनों इस खूबसूरत नजारे को देखकर दंग रह जाते हैं।

सचमुच में यह तो विचित्र जंगल है, बाहर की दुनिया में तो दिन है, लेकिन यहाँ तो रात है, और आसमान पर वह चमकते हुए चाँद की चाँदनी में नहाया हुआ जंगल कितना खूबसूरत लग रहा है–जिक्की उस विचित्र जंगल की तारीफ करते हुए बोलता है।

हाँ सचमुच में यहाँ का नजारा तो बिलकुल अद्भुत है, ऐसा जंगल तो हमने अभी तक नहीं देखा–जैम बोलता है। तभी जिक्की का हाथ एक पौधे पर पड़ जाता है और उसका हाथ पड़ते ही वह पौधा एक बड़े से फूल की तरह खिल जाता है और उससे हल्की रोशनी निकलने लगती है।

अरे यह क्या, यह पौधा तो एकदम से तुरंत खिल गया और इससे रोशनी भी निकल रही है–जिक्की बोलता है। तभी जिक्की दूसरे पौधे को छूता है और वह भी उसी तरह खिल जाता है। यह पौधा नहीं है, बल्कि यह तो एक बड़े से फूल की तरह लग रहा है, शायद ये इस जंगल के फूल है–जैम उन बड़े पौधों की तरफ देखते हुए बोलता है। और फिर दोनों उस जंगल में आगे की तरफ बढ़ने लगते हैं। उन्हें अपने आस-पास वैसे बहुत से पौधे उगे हुए मिल रहे थे, जो देखने में मुरझाए हुए लग रहे थे, लेकिन उनको छूते ही वे एकदम से खिल उठते हैं और उनसे एक हल्की-सी रोशनी निकलने लगती है।

हमने तो सोचा भी नहीं था कि इस सुनसान घाटी में इतना अच्छा जंगल भी होगा–जिक्की बोलता है।

चलो अब हमें उस कुनकुन के पेड़ को ढूँढ़ना है–जैम बोलता है। और फिर दोनों आगे बढ़ जाते हैं। कुछ दूर चलने पर उन्हें कुछ पेड़ नजर आते हैं, लेकिन उन्हें समझ में नहीं आता है कि आखिर इनमें से कुनकुन का पेड़ कौन सा है।

यहाँ तो बहुत सारे पेड़ हैं, लेकिन इनमें कुनकुन का पेड़ कौन-सा हो सकता है–जिक्की उन पेड़ों की तरफ देखते हुए बोलता है। जैसा कि उस श्रापित पेड़ ने हमें बताया था कि कुनकुन का पेड़ सारे पेड़ों से अलग ही दिखेगा, जिसे हम देखते ही पहचान जाएँगे–जैम बोलता है।

लेकिन यहाँ तो सारे पेड़ लगभग एक ही तरह के दिख रहे हैं–जिक्की बोलता है।

चलो आगे चलकर देखते हैं, कोई पेड़ जो सबसे अलग दिखता होगा, उसे ढूँढ़ते हैं–जैम बोलता है।

और फिर दोनों उस पेड़ की तलाश में आगे बढ़ते हैं, जो सारे पेड़ों से अलग दिख रहा है। दोनों चलते-चलते अभी कुछ दूर ही गए थे कि उन्हें एक पेड़ दिखता है जिसके चारों तरफ से रोशनी निकल रही थी, ऐसा लग रहा था कि उस पेड़ के हर पत्ते पर भकजुगनियाँ बैठी हुई हो। उस चाँदनी रात में वह पेड़ काफी खूबसूरत लग रहा था। अरे देखो वह पेड़, उससे तो रोशनी फूट रही है–जिक्की उस पेड़ की तरफ देखते हुए बोलता है। दोनों उस पेड़ के पास जाते हैं, नजदीक जाने पर वे देखते हैं कि पेड़ के हर पत्ते से रोशनी फूट रही है।

अद्‌भुत यह तो चमत्कार है, देखो इस पेड़ के हर पत्ते से रोशनी फूट रही है–जिक्की अपने दाँतों तले अँगुली दबाते हुए बोलता है। ओह सच में, यह तो चमत्कार है, हो न हो मुझे तो लगता है यही कुनकुन का पेड़ है–जैम बोलता है।

तुम ठीक कह रहे हो, मैं भी यही कहने वाला था–जिक्की बोलता है। लेकिन इस पेड़ से पत्ते कैसे तोड़ें हम, यह पेड़ तो काफी ऊँचा है–जैम बोलता है।

मुझे लगता है इस पेड़ से पत्ते गिरने का इंतजार करना चाहिए, पत्ता पेड़ से टूटकर गिरेगा और हम उसे उठा लेंगे–जिक्की बोलता है। और अगर पत्ता नहीं गिरा तो–जैम सवाल भरी निगाहों से देखते हुए जिक्की को बोलता है।

तो फिर हमें पेड़ पर चढ़कर पत्ते तोड़ने होंगे–जिक्की झट से उसका जवाब देता है। फिर दोनों पेड़ से पत्ते गिरने का इंतजार करने लगते हैं। थोड़ी देर में पेड़ से एक पत्ता टूटकर चमकता हुआ नीचे गिरता है। दोनों उस पत्ते को उठाने के लिए आगे बढ़ते हैं, लेकिन यह क्या वह पत्ता जैसे जमीन से टकराता है, वैसे ही गायब हो जाता है। दोनों इस नजारे को आँखें फाड़कर देखते रह जाते हैं।

अरे यह क्या, यह पत्ता तो जमीन से टकराने के साथ ही गायब हो गया, अब मुझे समझ में आया–जिक्की अचरज से बोलता है।

क्या समझ में आया–जैम बोलता है।

यही कि जमीन पर इसके एक भी पत्ते गिरे हुए नजर क्यों नहीं आ रहे हैं, क्योंकि सारे पत्ते तो गिरने के साथ ही गायब हो जाते हैं–जिक्की बोलता है।

अच्छा तो अब बताओ, आगे क्या किया जाए–जैम, जिक्की से पूछता है।

अब हमें यही करना होगा कि कोई भी पत्ता पेड़ से टूटकर गिरता है, तो उसे जमीन पर गिरने से पहले हमें लपक लेना होगा–जिक्की उपाय बताते हुए बोलता है।

और अगर हम पत्ते को लपक न पाएँ तो–जैम फिर बोलता है। तो अन्त में एक ही उपाय है, हमें पेड़ पर चढ़कर पत्ते तोड़ने होंगे–जिक्की बोलता है।

ठीक है, अंतिम उपाय अपनाने से पहले हम पत्ते के गिरने का इंतजार कर लेते हैं–जैम बोलता है। और फिर दोनों पेड़ के ऊपर नजरें गड़ाकर खड़े रहते हैं कि जब भी कोई पत्ता टूटकर गिरेगा, वे उसे जमीन पर गिरने से पहले लपक लेंगे। तभी थोड़ी देर में एक पत्ता पेड़ से टूटकर नीचे गिरने लगता है, दोनों तेजी से दौड़कर उस पत्ते को लपकने की कोशिश करते हैं। वे दोनों जैसे ही पत्ते को लपकने के लिए उछलते हैं, धड़ाम से एक दूसरे से टकराकर जमीन पर गिरते हैं।

ओह, तुमने तो मार ही डाला–जिक्की अपनी कमर पर हाथ रखकर उठते हुए बोलता है। तभी उसकी नजर जैम के हाथ पर पड़ती है और वह जैसे चीख ही पड़ता है।

तुम्हारे हाथ में, तुम्हारे हाथ में–जिक्की एकदम चिखते हुए बोलता है। जैम भी अभी संभल कर उठ रहा था, उसने अभी तक अपने हाथ की तरफ नहीं देखा था, लेकिन जिक्की को चीखता देख वह भी अपनी हाथ की तरफ देखता है, तो जैसे वह भी खुशी से चीख पड़ता है। कुनकुन के पत्ते जैम के हाथ में रोशनी फेंकते हुए चमक रहे थे।

ओह विश्वास नहीं हो रहा है, मैंने आखिर कुनकुन के पत्ते को लपक ही लिया–जैम खुशी से बोलता है।

चलो अब वापस चलते हैं और उस श्रापित पेड़ को उसके श्राप से मुक्ति दिलवाते हैं–जैम फिर बोलता है।

फिर दोनों उस कुनकुन के पत्ते को लेकर वापस लौटने लगते हैं। थोड़ी ही देर में वे फिर उसी अंधेरे गलियारे के पास आ गए थे, जहाँ से उन्होंने उस जंगल में प्रवेश किया था। और कुछ ही देर बाद दोनों अंधेरे गलियारे से होते हुए दरवाजे के बाहर आ जाते हैं। बाहर दिन का उजाला था, दोपहर कुछ ढल चुकी थी, अब सूरज की रोशनी उतनी तेज नहीं थी। फिर दोनों कुनकुन के पत्ते को लेकर उस श्रापित पेड़ की ओर बढ़ने लगते है। काफी देर तक चलने के बाद आखिरकार दोनों उस पेड़ के पास पहुँच जाते हैं। उन्हें अपने पास वापस आता देख पेड़ काफी खुश होता है, और उनसे कहता है–दोस्तों तुम वापस आ गए, क्या तुम्हें कुनकुन के पत्ते मिल गए।

हाँ दोस्त हमने कुनकुन के पत्ते को ढूँढ़ लिया, वैसे हमें पूरी तौर पर पता नहीं है कि ये कुनकुन के पत्ते ही हैं या नहीं–जैम बोलता है। और फिर वह वे पत्ते श्रापित पेड़ को दिखाता है। उस पत्ते की चमक को देखते ही पेड़ जैसे झूम उठता है।

अरे यही तो कुनकुन के पत्ते हैं, तुम एकदम सही पत्ते लाए हो–पेड़ दोनों से झूमता हुआ बोलता है।

तो अब हमें कुनकुन के पत्ते का क्या करना है–जैम उस पेड़ से बोलता है।

तुम इस पत्ते को मेरी छाल के उस कटे हुए हिस्से पर लगा दो, जहाँ से लाल द्रव्य रिस रहा है–पेड़ बोलता है।

फिर जैम उस पेड़ के कहेनुसार उस पत्ते को पेड़ के कटे हुए हिस्से पर लगा देता है। वह जैसे ही उस पत्ते को पेड़ के कटे हुए हिस्से पर लगाता है, वैसे ही उस कटे हुए हिस्से से लाल द्रव्य रिसना बंद हो जाता है। अरे यह क्या, पेड़ के कटे हिस्से से लाल द्रव्य रिसना बंद हो गया–जिक्की अचरज होकर बोलता है।

हाँ, शायद उसे श्राप से मुक्ति मिल रही है–जैम बोलता है। पेड़ थोड़ी देर तक शांत रहता है और फिर बोलता है–शुक्रिया दोस्तों, अब मैं श्राप से मुक्त हो गया हूँ, अब मैं अपनी इच्छानुसार दूसरी जगह पर जा सकता हूँ।

इसमें शुक्रिया की कोई बात नहीं है, सच कहूँ तो मुझे तुम्हारी मदद करके काफी खुशी मिल रही है–जैम बोलता है।

वैसे मैं एक बात पूछना तो भूल ही गया, तुम दोनों इधर कहाँ जा रहे हो–पेड़ बोलता है।

हम दोनों अपने दोस्त रूनी रूज को ढूँढ़ने निकले हैं, जिसे कोई शैतान उठाकर ले गया है, हमें रास्ते में एक बुजुर्ग ने बताया कि इस घाटी में पत्थर के बुत हैं और उधर से ही शैतानों के पास जाने का रास्ता है। हमने पत्थर के बुत को ढूँढ़ लिया और उन बुतों के बताए गए निशान से हम शैतानों के पास अपने दोस्त को ढूँढ़ने निकले हैं–जैम बोलता है। तभी जिक्की उस पेड़ से पूछ बैठता है–क्या तुमने इस रास्ते से किसी को आते-जाते देखा है।

नहीं, वैसे तो मैं यहाँ जब से हूँ, तब से किसी इंसान को इधर से गुजरते हुए नहीं देखा है, लेकिन कभी-कभी रात में कुछ बड़े-बड़े विशाल पक्षियों को इधर से उड़ते हुए देखा है–पेड़ बोलता है।

ओह! मैं समझ गया, इसका मतलब हम सही रास्ते पर जा रहे हैं–जिक्की बोलता है।

यह बात बताने के लिए शुक्रिया दोस्त, क्योंकि हम असमंजस में थे कि हम सही रास्ते पर जा रहे हैं या नहीं, लेकिन तुम्हारी इस बात से पता चलता है कि उन शैतानों के पास यही रास्ता जाता है–जैम बोलता है। तभी जिक्की एक ओर चुपचाप खड़ा रहता है जैसे वह कुछ सोच रहा हो। जिक्की कुछ

देर बाद उस पेड़ से पूछता है–क्या तुम अभी भी लोगों के भविष्य बता सकते हो।

पर क्यों–पेड़ उसकी बात पर प्रतिक्रिया देते हुए बोलता है।

मैंने सोचा कि मैं अपना भविष्य जान लूँ–जिक्की बोलता है। मुझे श्राप से मुक्ति जरूर मिली है, लेकिन अब मेरी किसी के भविष्य को जानने की शक्ति खत्म हो गई है, इसलिए अब मैं किसी का भविष्य नहीं बता सकता हूँ–पेड़ बोलता है।

ठीक है दोस्त, अब हम यहाँ से निकलते हैं–जैम उस पेड़ की ऊँची टहनियों की तरफ सिर उठाकर बोलता है। पेड़ भी अपनी टहनियों को झुकाता हुआ दोनों को धन्यवाद देता है। और फिर दोनों वहाँ से आगे की ओर निकल जाते हैं। अब शाम भी हो चुकी थी, दिन भी ढलने वाला था। दोनों चलते-चलते उस पेड़ से काफी दूर निकल जाते हैं। धीरे-धीरे दिन ढल जाता है और अंधेरी रात हो जाती है, इसलिए दोनों कहीं पर रूककर रात बिताने की सोचते हैं और उस घाटी में एक जगह पर रूककर दोनों रात बिताते हैं।

13

नीली धरती

सुबह-सुबह दोनों अपनी आँख मलते हुए उठते हैं। तभी जिक्की की नजर एक ओर पड़ती है और वह खुशी से चीखते हुए बोलता है–अरे देखो वहाँ दूर, हरे-भरे मैदान नजर आ रहे हैं और काफी सारे पेड़ पौधे भी नजर आ रहे हैं।

इसका मतलब कि अब हम उस सुनसान घाटी से निकल चुके हैं–जैम बोलता है।

चलो अब जल्दी से आगे चलने की तैयारी करते हैं–जिक्की उत्सुकता से बोलता है, क्योंकि काफी देर बाद उसने हरे-भरे मैदान देखे थे। फिर दोनों कुछ फल खाकर आगे की ओर निकल पड़ते हैं और कुछ देर में वे उस हरे-भरे जंगल में प्रवेश कर जाते हैं। दोनों उस जंगल में चले जा रहे थे, वहाँ उन्हें बहुत सारे हरे-भरे पेड़ नजर आ रहे थे।

हमारे पास खाने के लिए फल भी खत्म हो चुके हैं, सबसे पहले हमें इस जंगल में फलदार पेड़ ढूँढ़कर उससे कुछ फल तोड़कर आगे खाने के लिए रख लेना चाहिए–जिक्की बोलता है।

ठीक है चलो पहले किसी फलदार पेड़ को ढूँढ़ते हैं–जैम बोलता है। और फिर दोनों ऐसे फलदार पेड़ की तलाश करने लगते हैं जिसका फल वे खा सकें, कुछ देर उस हरे-भरे जंगल में ढूँढ़ने के बाद उन्हें एक ऐसा पेड़ मिल जाता है, जिसमें काफी सारे फल लगे रहते हैं। दोनों उस पेड़ से कुछ

फलों को तोड़कर अपने पास रख लेते हैं, जो उन्हें आगे के सफर में खाने के काम आए। फिर दोनों उस अनजान हरे-भरे जंगल में आगे बढ़ने लगते हैं।

यह जंगल तो काफी घना है, क्या इसी जंगल से होते हुए वे शैतान कहीं जाते हैं—जिक्की, जैम की तरफ देखते हुए बोलता है।

ये भी हो सकता है, क्योंकि उस श्रापित पेड़ के बतायेनुसार वे शैतान इधर से ही उड़कर जाते हैं—जैम बोलता है।

कहीं ऐसा तो नहीं कि वे शैतान इसी जंगल में कहीं रहते हैं—जिक्की फिर बोलता है।

पता नहीं हो सकता है तुम्हारी बात भी सही हो—जैम बोलता है। दोनों बातें करते हुए जंगल में आगे बढ़ते जा रहे थे उन्हें कुछ समझ में नहीं आ रहा था कि आखिर वह अनजान रास्ता उस जंगल में कहाँ जा रहा था। जैसे-जैसे दोनों जंगल के अंदर चले जा रहे थे, वैसे-वैसे जंगल और घना होता जा रहा था।

यह जंगल तो काफी घना होता जा रहा है—जिक्की चलते-चलते बोलता है।

हाँ, हम जैसे-जैसे जंगल के अंदर चलते जा रहे हैं, जंगल काफी घना होता जा रहा है—जैम बोलता है।

मेरी तो कुछ समझ में नहीं आ रहा है कि हम किस दिशा में जा रहे हैं—जिक्की बोलता है।

हमें चौकन्ना होकर चलना होगा, पता नहीं इस जंगल में जंगली जानवर भी हों—जैम बोलता है।

इस जंगल में तो काफी हरे-भरे और घने पेड़ नजर आ रहे हैं—जिक्की बोलता है।

इसीलिए तो मैं बोल रहा हूँ कि हमें चौकन्ना रहना चाहिए, क्योंकि हो सकता है कि वे इन घने पेड़ों में कहीं भी छुपकर बैठ सकते हैं—जैम बोलता है।

ओह हाँ, शायद तुम ठीक कह रहे हो, हमें चौकन्ना रहना चाहिए–जिक्की इतना बोलता है और अपने कान खड़े कर लेता है और पैनी नजरों से इधर–उधर देखते हुए आगे बढ़ने लगता है।

दोनों उस जंगल में काफी सावधानी से चौकन्ना होकर आगे बढ़ते जा रहे थे, तभी उनके नथुनों से कुछ दूर से आती हुई एक भीनी–भीनी सी खुशबू टकराती है। जैसे ही वह खुशबू उनके नाक से टकराती है, दोनों चौंक जाते हैं।

अरे यह इतनी अच्छी खुशबू कहाँ से आ रही है–जिक्की अपने नथुनों से उस खुशबू को बार–बार सूंघते हुए बोलता है।

हाँ, इस सुनसान जंगल में इतनी अच्छी खुशबू कहाँ से आ रही है–जैम बोलता है।

मुझे लगता है यह खुशबू आगे कुछ दूर से आ रही है–जिक्की बोलता है। चलो आगे चलकर देखते हैं–जैम बोलता है।

और फिर दोनों आगे उस दिशा की तरफ बढ़ते हैं, जिधर से वह मनमोह लेनेवाली खुशबू आ रही थी। कुछ देर चलने के बाद आखिर दोनों उस स्थान के पास पहुँच जाते हैं, जहाँ से वह मनमोहक खुशबू जंगल की हवाओं में बिखर रही थी।

अरे यह तो पेड़ है–जिक्की उस पेड़ की तरफ देखते हुए बोलता है, जिससे वह खुशबू निकल रही थी।

और तुमने एक चीज पर ध्यान दिया, देखो उस पेड़ पर कुछ सांप भी लटक रहे हैं–जैम उस पेड़ पर लटकते सांपों को जिक्की को दिखाते हुए बोलता है।

यह कैसा पेड़ है, जिससे इतनी अच्छी खुशबू निकल रही है और उसमें सांप भी लटके हुए हैं–जिक्की उस पेड़ की तरफ अचरज से देखते हुए बोलता है।

मुझे लगता है यह चंदन का पेड़ है–जैम बोलता है।

तुम यह कैसे कह सकते हो कि यह चंदन का पेड़ है–जिक्की, जैम से सवाल पूछता हुआ बोलता है।

क्योंकि मैंने गाँव में कुछ बुजुर्ग लोगों से सुना है कि चंदन के पेड़ से काफी खुशबू निकलती है–जैम बोलता है।

लेकिन इस पेड़ में तो सांप भी लटक रहे हैं–जिक्की फिर बोलता है। शायद वे सांप उस पेड़ की खुशबू से आकर्षित होकर उसमें लटक रहे हों–जैम बोलता है।

या फिर यह भी हो सकता है कि वे सांप उस पेड़ पर लटक कर उसकी सुरक्षा कर रहें हों, ताकि कोई उस पेड़ को काट न ले–जिक्की बोलता है।

यह भी हो सकता है–जैम अपने कंधे उचकाते हुए बोलता है। दोनों अभी उस पेड़ के बारे में बातें कर ही रहे थे कि तभी उन्हें दूर से किसी के आने की जोरदार आवाज सुनाई देती है। कोई उस रास्ते से धम-धम करता हुआ आ रहा था। उस आवाज को सुनकर दोनों के कान खड़े हो जाते हैं। दोनों उस ओर देखने लगते हैं जिधर से वह आवाज आ रही थी, फिर दोनों एक घने पेड़ के पीछे छुप जाते हैं और उस तरफ अपनी नजरें गड़ाकर देखने लगते हैं।

ये कौन सी चीज धम-धम करते हुए इधर आ रही है–जिक्की बोलता है।

मुझे तो लगता है उधर से कोई जंगली जानवर आ रहा है–जैम बोलता है।

लेकिन यह कौन-सा जानवर हो सकता है, जिसके चलने की आवाज इतनी तेज हो–जिक्की बोलता है।

मुझे तो लगता है कि शायद वह कोई जंगली हाथी है–जैम बोलता है
ओह, मैंने सुना है, जंगली हाथी काफी खतरनाक होते हैं–जिक्की बोलता है।

फिर दोनों छुप कर उस जंगली जानवर के आने का इंतजार करते हैं जिसकी धम-धम की आवाज आ रही थी। जैसे-जैसे वह जानवर उनके करीब आ रहा था, वैसे-वैसे उसकी धम-धम की आवाज और तेज होती जा रही थी। थोड़ी ही देर में वह विचित्र-सा जानवर उनके काफी करीब आ जाता है। सबसे पहले तो उनकी नजर उसके पैरों पर पड़ती है। उसके दो पैर होते हैं जो इंसान के पैरों के जैसे ही रहते हैं लेकिन वे काफी बड़े-बड़े रहते हैं, फिर उनकी नजर उसके धड़ और सिर पर पड़ती है, जो इंसानों जैसा रहता है।

अरे यह कैसा जानवर है, यह तो इंसानों के जैसा लग रहा है–जिक्की धीरे से बोलता है।

मुझे यह कोई जानवर नहीं लग रहा है, बल्कि यह तो दानव जैसा लग रहा है–जैम बोलता है।

तुम्हारे कहने का मतलब कि यह कोई दानव है–जिक्की फिर बोलता है। शत प्रतिशत, यह जंगली दानव ही है–जैम अपनी बातों पर जोर देते हुए बोलता है।

वह दानव काफी लम्बा चौड़ा रहता है और उसकी तोंद निकली रहती है। वह जंगली हाथी के जैसे ही भारी-भरकम रहता है और हाथियों के जैसे ही धम-धम करता हुआ रास्ते पर चलता जा रहा था। उसके हाथों में एक मोटी लकड़ी की गदा होती है जिसके सिरे पर बड़े-बड़े कांटे उभरे रहते हैं, उस गदा से वह अगर किसी पर वार कर दे तो वह एक ही बार में ढेर हो जाएगा। दोनों ने पहले कभी ऐसे दानव को नहीं देखा था, इसलिए उसे देखकर दोनों की धड़कनें जोर-जोर से धड़कने लगती है। दोनों पेड़ के पीछे छुपकर उस दानव को जंगल के रास्तों पर जाते हुए देख रहे थे। ओह, यह दानव तो जंगली हाथी से भी ज्यादा खतरनाक लग रहा है–जिक्की थोड़ा सहमते हुए बोलता है।

लेकिन यह दानव इस रास्ते पर कहाँ जा रहा है–जैम उस दानव की तरफ देखते हुए बोलता है, जो अपने कंधे पर उस बड़ी सी लकड़ी की गदा को रखे हुए उस रास्ते पर जा रहा था, जिस रास्ते पर थोड़ी देर पहले दोनों चल रहे थे।

यह तो जंगल के अंदर की तरफ जा रहा है, जिधर हमें भी जाना है–जिक्की बोलता है। फिर थोड़ी देर तक दोनों छुपकर उस दानव को देखते रहते हैं, वह दानव धम-धम करता हुआ उस रास्ते से जंगल के अंदर चला जाता है।

हमें कुछ देर यहाँ रूकना चाहिए, क्योंकि उस दानव के पीछे चलना खतरे से खाली नहीं है–जैम बोलता है। दोनों कुछ देर वहाँ पर रूककर उस दानव के दूर जाने का इंतजार करते हैं। कुछ देर बाद उस दानव के धम-धम चलने की आवाज बंद हो जाती है।

मुझे लगता है, वह दानव हमसे दूर चला गया है, क्योंकि अब उसके चलने की आवाज नहीं आ रही है–जिक्की बोलता है।

हाँ तुम ठीक कह रहे हो, लेकिन हमें सुरक्षा की दृष्टि से कुछ देर और रूकना चाहिए, तब तक वह दानव हमसे काफी दूर चला जाएगा, उसके बाद हम यहाँ से निकलेंगे–जैम बोलता है।

ठीक है, यह आइडिया भी बढ़िया है–जिक्की इतना बोलकर चुप हो जाता है।

कुछ देर बाद जब दोनों आश्वस्त हो जाते हैं कि वह दानव उनसे काफी दूर निकल गया है तो फिर दोनों उस पेड़ के झुरमुट से बाहर निकलते हैं और आगे घने जंगल की ओर चल पड़ते हैं। दोनों डरते-डरते आगे बढ़ रहे थे कि कहीं वह विशाल दानव उन्हें न मिल जाए।

मेरा शक बिलकुल सही था, हो न हो वे शैतान इन्हीं जंगलों में कहीं रहते हैं–जिक्की रास्ते पर चलते हुए बोलता है।

यह तुम पूरी तरह से कैसे कह सकते हो कि वे शैतान इन्हीं जंगलों में रहते हैं–जैम बोलता है।

क्या तुम्हें उस दानव को देखकर ऐसा नहीं लगा कि वह इस जंगल की पहरेदारी कर रहा है, और यहाँ पर हर आने-जाने वालों पर नजर रख रहा है, और उसके हाथ में वह विशाल गदा, ऐसा लग रहा था कि वह यहाँ पर किसी अनजान व्यक्ति को देखते ही उस पर अपने गदे से हमला करके उसे खत्म कर देगा–जिक्की बोलता है।

तुम्हारे कहने का मतलब है कि वह दानव उन शैतानों से मिला हुआ है–जैम उसकी बात पर प्रतिक्रिया देते हुए बोलता है। हाँ, मुझे तो ऐसा ही लग रहा है–जिक्की बोलता है।

दोनों बातें करते हुए उस घनघोर जंगल में आगे बढ़ते चले जा रहे थे। उन्हें अपने आस-पास घनघोर जंगल के अलावा कुछ और नजर नहीं आ रहा था। दोनों को यही लग रहा था कि हो न हो वह शैतान जिसने उसके दोस्त को पकड़ा है, वह इसी जंगल में कहीं है। लेकिन उन्हें उस विशाल जंगल में कुछ समझ में नहीं आ रहा था कि आखिर वह शैतान कहाँ पर छुपा है। तभी चलते-चलते उन्हें कुछ दूर पर एक बड़ी सी चट्टान नजर आती है।

दोनों उस चट्टान के पास जाते हैं। उस चट्टान में एक बड़ा सा दरवाजा बना हुआ था, जिससे कोई भी उस दरवाजे के अंदर जा सकता था।

अरे इस चट्टान में तो काफी बड़ा दरवाजा बना है, इस दरवाजे से तो कोई हाथी भी आराम से इसके अंदर जा सकता है, और शायद वह दैत्य भी–जिक्की उस चट्टान के दरवाजे को देखते हुए बोलता है। हाँ, अभी तक हमने जंगलों में जितने मांद देखे हैं, यह उन सभी मांदों से बड़ा है–जैम बोलता है।

मुझे तो ऐसा नहीं लगता है कि यह किसी जंगली जानवर की मांद है–जिक्की बोलता है।

तो फिर तुम्हें क्या लगता है–जैम पूछता है जिक्की से।

तुमने एक चीज पर गौर किया, हमने जंगलों में अब तक जितने भी जंगली जानवरों के मांद देखे हैं उनके दरवाजे काफी छोटे थे, लेकिन इसका दरवाजा काफी बड़ा है, मुझे तो ऐसा लग रहा है कि यहाँ पर जंगली जानवर नहीं बल्कि कोई और रहता है–जिक्की बोलता है। अच्छा तो बताओ, यहाँ जंगली जानवरों के अलावा और कौन रहता होगा–जैम फिर बोलता है।

मुझे तो लगता है कि यहीं पर वह शैतान जादूगर रहता होगा–जिक्की बोलता है।

तुम यह कैसे कह सकते हो कि वह इसी जगह पर रहता होगा–जैम बोलता है।

इस बात को जानने के लिए हमें इस मांद में जाना होगा–जिक्की बोलता है। फिर दोनों उस अंधेरी गुफा के अंदर चले जाते हैं। अंदर काफी अंधेरा रहता है, उन्हें अंदर कुछ भी नजर नहीं आ रहा था। तभी जिक्की को कोने की तरफ हल्की सी रोशनी नजर आती है, दोनों उस रोशनी की तरफ चलते हैं, जैसे ही वह उस रोशनी के पास पहुँचते हैं, उन्हें वहाँ सीढ़ियाँ नजर आती हैं जो नीचे की तरफ जा रहीं थीं। दोनों उन सीढ़ियों से उतरते हुए नीचे तहखाने की तरफ बढ़ने लगते हैं।

ओह, यह तो किसी तहखाने की तरह लग रहा है–जिक्की उन बड़ी-बड़ी सीढ़ियों से नीचे उतरते हुए बोलता है। और नीचे तहखाने में रोशनी भी नजर आ रही है–जैम बोलता है। मेरा अनुमान सही था, नीचे

तहखाने में जरूर कोई न कोई रहता है–जिक्की बोलता है। फिर दोनों सीढ़ियों से उतरकर उस तहखाने में अंदर की तरफ बढ़ने लगते हैं। अंदर कई जगह पर छोटे-छोटे मशालों में हल्की रोशनी जल रही थी, जिससे उन्हें तहखाने के अंदर के रास्ते साफ नजर आ रहे थे। दोनों उन रास्तों से होते हुए उस तहखाने के अंदर प्रवेश करने लगते हैं। अभी वे तहखाने में कुछ दूर ही चले थे कि तभी उन्हें दूसरी तरफ से किसी के आने की जोरदार आवाज सुनाई देती है। कोई उन रास्तों से धम-धम करता हुआ उनकी तरफ आ रहा था। दोनों को वह आवाज कुछ-कुछ जानी पहचानी लग रही थी। दोनों एक अंधेरे कोने में छुप जाते हैं और उस ओर ध्यान से देखने लगते हैं, जिधर से वह आवाज आ रही थी। थोड़ी ही देर में एक बड़ा-सा दानव चलते हुए उनके सामने आ जाता है, जिसके चलने की धम-धम की आवाज उन्हें सुनाई दे रही थी। उसे देखते ही दोनों हक्का-बक्का रह जाते हैं। वह दानव कोई और नहीं था बल्कि वह वही था जिसे थोड़ी देर पहले उन्होंने जंगल में देखा था। दोनों उस कोने में छुपकर उस दानव को देखते रहते हैं, परन्तु दानव की नजर उन पर नहीं पड़ती है और कुछ देर में वह दानव चलता हुआ उस तहखाने से बाहर की ओर जाने वाली सीढ़ियों की तरफ चलता जाता है। दोनों समझ जाते हैं कि वह दानव उस तहखाने से बाहर निकल रहा है। उस दानव के तहखाने से बाहर जाते ही दोनों उस अंधेरे कोने से बाहर निकलते हैं और फिर उस हल्की रोशनी में तहखाने के अंदर के रास्ते की तरफ चल देते हैं। दोनों को उस तहखाने में पत्थर की बड़ी-बड़ी दीवारों के अलावा और कुछ नजर नहीं आ रहा था, लेकिन फिर भी दोनों अगल-बगल झांकते हुए उस पथरीले रास्ते पर आगे बढ़ते जा रहे थे।

यहाँ तो ऐसा कुछ नजर नहीं आ रहा है, जिससे यह लगता हो कि वह शैतान यहीं पर रहता हो, यहाँ तो सिर्फ पत्थर की दीवारें ही नजर आ रही हैं–जैम बोलता है।

शायद इस तहखाने के और अंदर जाने पर हमें कुछ पता चले–जिक्की बोलता है।

इस तरह दोनों उस तहखाने के अंदर के रास्ते पर चले जा रहे थे। कुछ देर चलने के बाद दोनों एक बड़े से हॉल में पहुँच जाते हैं, जो काफी बड़ा रहता है और उसकी छत भी काफी ऊँची रहती है। दोनों उस बड़े से हॉल

में पहुँचकर उसके चारों ओर निहारने लगते हैं, लेकिन उन्हें वहाँ पर कोई खास चीज नजर नहीं आ रही थी। वह बस एक साधारण हॉल की तरह लग रहा था जिसके चारों तरफ पत्थर की ऊँची-ऊँची दीवारें नजर आ रही थी, ऐसा लग रहा था कि पत्थरों को काटकर उस हॉल को बनाया गया है, तभी उन्हें उस हॉल के चारों तरफ कुछ छोटे-छोटे दरवाजे नजर आते हैं। चलो उन दरवाजों की तरफ चलकर देखते हैं, उनमें क्या है–जैम बोलता है। दोनों उन दरवाजों के पास जाकर देखते हैं, उन्हें उनमें सिर्फ छोटे-छोटे कमरे नजर आते हैं। दोनों यह सोचने लगते हैं कि आखिर इन छोटे-छोटे कमरों में कौन रहता होगा। तभी उन्हें उस हॉल में एक और दरवाजा नजर आता है, वह दरवाजा एक बड़े से गोलाकार पत्थर से बंद रहता है।

अरे इस कमरे का दरवाजा इस बड़ी-सी चट्टान से बंद क्यों है–जिक्की उस चट्टान को देखते हुए बोलता है।

पता नहीं, यह बात तो मेरी भी समझ में नहीं आ रही है कि आखिर इस कमरे का दरवाजा इस चट्टान से बंद क्यों किया गया है–जैम बोलता है। मुझे तो लगता है इस कमरे में जरूर कोई विशेष चीज रखी गयी है, जिसके चलते इसका दरवाजा चट्टान से बंद कर दिया गया है–जिक्की बोलता है।

लेकिन इसमें ऐसी क्या विशेष चीज रखी गयी होगी–जैम बोलता है। अभी दोनों आपस में बातें कर ही रहे थे कि तभी उन्हें किसी के कराहने की आवाज सुनाई पड़ती है। दोनों उस आवाज को सुनकर चौंक जाते हैं, और इधर-उधर देखने लगते हैं, पर आस-पास कोई भी नजर नहीं आ रहा था। तभी उनका ध्यान उस बड़े से पत्थर की तरफ जाता है, जो कमरे के दरवाजे पर लगा रहता है, वह आवाज उसी बंद कमरे से आ रही थी। दोनों उस बड़े से पत्थर के पास अपने कान लगाकर गौर से सुनते हैं और समझ जाते हैं, वह आवाज उसी बंद कमरे से आ रही थी।

ओह यह तो कुछ-कुछ इंसान जैसी आवाज लगती है–जैम बोलता है।

तुम्हारे कहने का मतलब है कि कोई इंसान इस बंद दरवाजे के अंदर कैद है–जिक्की बोलता है।

मुझे तो ऐसा ही लग रहा है–जैम बोलता है।

लेकिन तुम यह यकीन से कैसे कह सकते हो कि वह कोई इंसान ही है, हो सकता है वह कोई और भी हो–जिक्की बोलता है।

हाँ तुम्हारा कहना भी सही है–जैम बोलता है।

ठीक है, मेरे दिमाग में एक आइडिया है, अंदर में जो कोई भी है, हम आवाज देते हैं, अगर अंदर कोई इंसान है तो वह हमें जवाब जरूर देगा–जिक्की बोलता है।

हाँ, यह आइडिया भी सही है–जैम बोलता है। फिर जिक्की उस दरवाजे पर आवाज देता है।

अंदर कौन है–जिक्की बोलता है। पहले तो उसकी आवाज पर कोई प्रतिक्रिया नहीं आती है। फिर थोड़ी देर बाद अंदर से एक हल्की आवाज आती है–मुझे बचा लो, मुझे बचा लो। उस आवाज को सुनकर दोनों चौकते हैं, दोनों समझ जाते हैं कि अंदर कोई न कोई इंसान जरूर है।

तुम कौन हो, और यहाँ पर कैसे आए–जिक्की फिर बोलता है। मैं इस जंगल में भटककर आ गया, मुझे बचा लो, मेरी मदद करो–अंदर से आवाज आती है।

ठीक है तुम चिंता मत करो, हम तुम्हें इस बंद दरवाजे से बाहर निकालेंगे–जिक्की बोलता है। इतना कहने के बाद दोनों उस बड़ी-सी चट्टान को दरवाजे से खिसकाने की कोशिश करते हैं। लेकिन वह भारी भरकम चट्टान अपनी जगह से टस से मस नहीं होती है।

ओह यह चट्टान तो काफी भारी है, यह अपनी जगह से टस-से-मस भी नहीं हो रही है–जिक्की पसीने से लथ-पथ होता हुआ बोलता है।

चलो फिर से कोशिश करते हैं–जैम बोलता है।

देखो हम बाहर से चट्टान को खिसकाने की कोशिश कर रहे हैं, तुम भी अंदर से जोर लगाकर चट्टान को बाहर की तरफ ढकेलो–जिक्की उस दरवाजे के अंदर बंद अनजान व्यक्ति को बोलता है। फिर कुछ देर तक तीनों उस चट्टान पर जोर लगाकर खिसकाने की कोशिश करने लगते हैं। थोड़ी देर बाद वह चट्टान उस दरवाजे से थोड़ा खिसक जाता है।

चलो थोड़ा और जोर लगाते हैं, अब चट्टान खिसक रहा है–जैम चट्टान पर जोर लगाते हुए बोलता है।

थोड़ी देर बाद वह चट्टान उस दरवाजे से पूरी तरह खिसक जाता है। दरवाजे के अंदर अंधेरा रहता है। तभी उस दरवाजे से एक नौजवान बाहर निकलता है, जो काफी दुबला-पतला और कमजोर लग रहा था। ऐसा लग रहा था कि उसने कई दिनों से खाना-पीना नहीं खाया था। वह बाहर निकलते ही दोनों का शुक्रिया अदा करने लगता है। इस कालकोठरी से बाहर निकालने के लिए शुक्रिया दोस्तों–वह नौजवान दोनों का शुक्रिया अदा करते हुए बोलता है। नौजवान की आँखों से आँसू छलक रहे थे।

लेकिन तुम कौन हो और यहाँ पर कैसे आए–जैम उस नौजवान से पूछता है।

नौजवान बोलता है–मेरा नाम फ्रेंक है, मेरा गाँव यहाँ से काफी दूर है। मैं एक चरवाहा हूँ और अपने गाँव के जानवरों को चराने का काम करता था। एक दिन मैं अपने गाँव के पास वाले जंगल में कुछ जानवरों को चराने के लिए ले गया था, लौटते वक्त मैंने देखा कि मेरे कुछ जानवर कम हैं, मुझे लगा कि कुछ जानवर जंगल में इधर-उधर चले गए होंगे। मैं उन जानवरों को खोजने जंगल में निकल गया। उन जानवरों को ढूँढ़ते-ढूँढ़ते मैं जंगल में काफी दूर निकल गया, लेकिन उन जानवरों का कुछ पता नहीं चल रहा था। मुझे लगा कि उन जानवरों को जंगली जानवरों ने शिकार बना लिया होगा, अंत में मैं थक-हारकर वापस लौटने लगा। मैं उस जंगल में काफी दूर निकल गया था और लौटते वक्त रात हो गई। मैं रात में भी उस जंगल में चलता रहा, लेकिन काफी देर चलने के बाद भी मैं अपने गाँव वापस न लौटा, क्योंकि उस रात में मैं उस घने जंगल में भटक गया था। मुझे लग रहा था कि मैं उस जंगल में सही रास्ते पर जा रहा था, लेकिन असल में मैं रास्ता भटककर उस अंधेरी रात में गलत रास्ते पर चलने लगा था। मैं घबराहट में रात भर उस जंगल में चलता रहा और सुबह होने पर उस जंगल में भटककर काफी दूर कहीं और निकल गया। सुबह होने पर मुझे एहसास हो गया कि मैं उस जंगल में बुरी तरह भटक गया हूँ और भटककर दूसरी जगह आ गया हूँ, मुझे कुछ समझ में नहीं आ रहा था कि मैं किधर जाऊँ। मैं कई दिनों तक उन जंगलों में भटकता रहा और अन्त में यहाँ आ पहुँचा। उस जंगली दानव की नजर मुझ पर पड़ गई और उसने मुझे पकड़कर यहाँ पर कैद कर दिया, तब से मैं यहाँ पर कैद हूँ। इतना कहकर वह नौजवान गडेरिया चुप हो जाता है।

लेकिन तुम यहाँ कितने दिनों से कैद हो–जिक्की उस गड़ेरिया से पूछता है।

कुछ हफ्तों से–गड़ेरिया बोलता है।

लेकिन एक बात मेरी समझ में नहीं आई फ्रैंक कि उस दानव ने तुम्हें जान से मारा क्यों नहीं, बल्कि तुम्हें यहाँ पर कैद कर दिया, आखिर उसने तुम्हें यहाँ पर कैद क्यों किया–जैम बोलता है।

यह बात तो मेरी समझ में भी नहीं आई है–गड़ेरिया बोलता है।

तुम्हारी सेहत तो काफी खराब लग रही है, लगता है तुमने कई दिनों से कुछ खाया नहीं है–जिक्की बोलता है और अपने बैग से कुछ फल निकालकर उसकी तरफ बढ़ाता है। गड़ेरिया फल खाता है और उसकी आँखों में एक चमक आ जाती है क्योंकि अब वह आजाद हो चुका था।

वैसे मुझे यहाँ खाने-पीने की कोई कमी नहीं थी, वह दानव हमारे खाने के लिए फल लाता था, लेकिन मैं हदस के मारे कुछ नहीं खाता था, इसलिए शायद मेरी सेहत ऐसी हो गई है, मैं तो रात-दिन अपनी जान की खैर मनाता रहता था, आखिर ईश्वर ने मेरी सुन ली, और उसने तुम दोनों को दूत बनाकर भेज दिया–गड़ेरिया बोलता है।

चलो ठीक है, अब हमें इस तहखाने से बाहर निकलना चाहिए–जैम बोलता है। फिर तीनों उस तहखाने से बाहर की तरफ चल पड़ते हैं। थोड़ी देर बाद तीनों उस तहखाने से बाहर निकल जाते हैं।

ओह मैंने तो तुम्हारे बारे में कुछ पूछा ही नहीं, तुम दोनों का नाम क्या है और तुम कहाँ जा रहे हो–गड़ेरिया दोनों से पूछता है।

मेरा नाम जिक्की है और यह मेरा दोस्त जैम है, हम दोनों अपने दोस्त को ढूँढ़ने निकले हैं–जिक्की उस गडेरिया से बोलता है और फिर उसे अपनी सारी कहानी बताता है।

अच्छा तो तुम दोनों उस शैतान के पास अपने दोस्त को उसके चंगुल से छुड़ाने जा रहे हो, सच में तुम दोनों काफी बहादुर हो–गड़ेरिया दोनों की सारी बातें सुनने के बाद बोलता है।

क्या तुम्हें इस जंगल में इतने दिन रहने के बाद उन शैतानों के बारे मे कुछ पता चला–जिक्की गड़ेरिये से बोलता है।

नहीं मुझे उन शैतानों के बारे में कुछ पता तो नहीं है, लेकिन मैंने उस दानव को बार-बार एक बात बोलते हुए सुना है–फ्रैंक बोलता है। फ्रैंक की बात सुनकर जिक्की चौंकता है और वह उससे पूछता है।

हाँ तो तुमने उस दानव को क्या बोलते हुए सुना है–जिक्की चौंकते हुए उससे पूछता है।

वह बार-बार मुझसे यही कहता था कि पूरी चाँदनी वाली रात आने दो, उस दिन मैं तुम्हें अपने आका को सुपुर्द करूँगा, इससे मेरे आका मुझ पर बहुत खुश होंगे–फ्रैंक बोलता है।

इसका मतलब कि मेरा शक सही था–जिक्की अपनी भौंहे चढ़ाता हुआ बोलता है।

कैसा शक–फ्रैंक अचरज होते हुए बोलता है।

यही कि वह दानव उन शैतानों से मिला हुआ है–जिक्की बोलता है। और इसीलिए वह तुम्हें मार नहीं रहा था–जैम बोलता है।

ओह, तुम्हारे कहने का मतलब है कि वह दानव मुझे उस शैतान के पास भेजना चाह रहा था जिसके पास तुम जा रहे हो–फ्रैंक बोलता है। हाँ, तुमने सही सोचा–जिक्की बोलता है।

अब तुम आजाद हो, तुम चाहो तो अपने घर जा सकते हो–जैम, फ्रैंक की तरफ देखते हुए बोलता है।

हाँ दोस्त, आज तुम दोनों के चलते मैं उस दानव के चंगुल से आजाद हो पाया हूँ, मुझे समझ में नहीं आ रहा है कि तुम्हारे इस एहसान का बदला कैसे चुकाऊँ–फ्रैंक थोड़ा भावुक होते हुए बोलता है।

अरे कोई बात नहीं, यह तो हमारा फर्ज था, मुझे भी तुम्हारी जान बचाकर खुशी मिल रही है–जैम बोलता है।

अगर तुम चाहो तो मैं भी तुम्हारे साथ उस शैतान के पास लड़ने के लिए चल सकता हूँ–फ्रैंक बोलता है।

नहीं, नहीं, मैं अपने दोस्त के लिए तुम्हारी जान खतरे में नहीं डाल सकता, वैसे भी तुम्हारे परिवार के लोग काफी परेशान होंगे, तुम्हें अपने घर जाना चाहिए–जैम उसे समझाता हुआ बोलता है।

पहले तो गड़ेरिया उनकी बात नहीं मानता है, परन्तु दोनों के काफी समझाने पर वह अपने घर वापस जाने को तैयार हो जाता है। अंत में फ्रैंक दोनों को धन्यवाद देता हुआ अपने घर वापस लौटता है, जैम और जिक्की उस घनघोर जंगल में आगे की तरफ बढ़ जाते हैं।

मुझे लगता है उस दानव को शैतान के बारे में पता है–जिक्की उस घनघोर जंगल में चलते हुए बोलता है।

अगर उस दानव को शैतान के बारे में पता होगा भी तो हमें क्या फर्क पड़ता है, हम उससे जाकर पूछ तो नहीं सकते हैं–जैम बोलता है। हाँ तुम्हारी बात भी सही है, उससे हमें क्या फर्क पड़ता है, उस शैतान को हमें खुद ही ढूँढ़ना पड़ेगा–जिक्की बोलता है।

लेकिन हमें लगता है कि हम उस शैतान के काफी करीब आ गए हैं–जैम बोलता है।

कैसे–जिक्की पूछता है।

क्योंकि जैसा फ्रैंक ने हमें बताया है कि उस दानव को शैतान के बारे में पता है, उसके हिसाब से वह शैतान इस जंगल में ही कहीं छुपा बैठा है–जैम बोलता है।

मुझे तो लगता है कि वह शैतान इसी जंगल में कहीं पर धरती के नीचे छुपा है–जिक्की बोलता है।

धरती के नीचे क्यों–जैम बोलता है।

तुम भूल गए, सीमाँगा ने हमें क्या बताया था, उसने कहा था कि वह शैतान धरती के नीचे पाताल लोक में कहीं छुपा हुआ है–जिक्की बोलता है।

ठीक है चलो आगे चलते हैं और उस शैतान को ढूँढ़ते हैं–जैम बोलता है।

दोनों जंगल में आगे बढ़े जा रहे थे लेकिन उन्हें घने पेड़ों के अलावा और कुछ नजर नहीं आ रहा था। दोनों काफी देर तक उस जंगल में चलते रहते हैं और चलते-चलते थक जाते हैं फिर एक घने पेड़ के नीचे बैठकर वे आराम करने लगते हैं। दोनों उस घने पेड़ के नीचे बैठकर आराम कर रहे थे कि तभी उस पेड़ के सामने घनी झाड़ियों के बीच एक हलचल होने लगती है। झाड़ियों की तरफ खरखराहट होता देख दोनों सावधान हो जाते हैं

और अपनी नज़रें गड़ाकर उन झाड़ियों की तरफ देखने लगते हैं। उन झाड़ियों की तरफ कैसी खरखराहट हो रही है–जिक्की घनी झाड़ियों की तरफ देखता हुआ बोलता है।

मुझे लगता है उन झाड़ियों के पीछे जरूर कोई जंगली जानवर छुपा बैठा है–जैम बोलता है।

उन झाड़ियों के अंदर खरखराहट धीरे-धीरे बढ़ती जा रही थी, ऐसा लग रहा था कि कोई जंगली जानवर उन झाड़ियों में छुपता हुआ दोनों की तरफ बढ़ता चला आ रहा है। दोनों सावधान हो जाते हैं और अपने-अपने हथियार निकाल कर तैयार हो जाते हैं। जैम अपना खंजर निकालकर तैयार हो जाता है तो जिक्की अपनी गुलेल लेकर तैयार हो जाता है। दोनों उस अनजान जंगली जानवर से लड़ने के लिए तैयार हो जाते हैं। लेकिन तभी उन झाड़ियों से खरखराहट की आवाज बन्द हो जाती है। अरे यह, खरखराहट की आवाज एकाएक बंद क्यों हो गई–जिक्की बोलता है।

सावधान हो जाओ, शायद वह जंगली जानवार हम पर घात लगाकर हमला करने वाला है–जैम बोलता है।

कुछ देर तक उन झाड़ियों की तरफ खामोशी छाई रहती है। फिर दोनों को उन झाड़ियों के पत्तों में दो छोटे-छोटे खड़े कान नजर आते हैं, जो किसी जंगली जानवर के थे, फिर धीरे-धीरे वह जंगली जानवर अपने सिर को झाड़ियों से ऊपर उठाता है, अब दोनों को उस जानवर का सिर साफ नजर आ रहा था। वह एक खूबसूरत हिरन थी जिसके दोनों कान खड़े थे और वह दोनों को एकटक नजरों से देख रही थी। उसे देखकर दोनों की जान में जान आती है।

ओह यह तो जंगली हिरन है, हम तो खामखा डर गये थे, यह हम पर हमला नहीं कर सकती है–जिक्की उस छोटे से खूबसूरत हिरन की तरफ देखते हुए बोलता है।

काफी दिनों बाद जंगल में किसी हिरन को देख रहा हूँ–जैम भी उस हिरन की तरफ देखते हुए बोलता है।

सचमुच में वह हिरन कितनी सुन्दर लग रही है, सच कहूँ तो मुझे जंगली जानवरों में हिरन सबसे ज्यादा पसंद है–जिक्की बोलता है। लेकिन

वह हिरन एकटक नजरों से दोनों को देखती रहती है। पहले तो दोनों को लगता है कि वह हिरन उन्हें देखकर भाग जाएगी, लेकिन ऐसा नहीं होता है वह हिरन उन्हीं झाड़ियों में खड़ी रहती है। थोड़ी देर बाद वह हिरन उन झाड़ियों से बाहर निकलती है और धीरे-धीरे अपनी कमर को लचकाते हुए चलकर दोनों के पास आने लगती है। उस हिरन का ऐसा व्यवहार देखकर दोनों चौंकते हैं। वह हिरन चलती हुई उनके काफी करीब आ जाती है, और दोनों के पास खड़ी होकर अपनी कजरारी आँखों से उन्हें टुकुर-टुकुर देखने लगती है। दोनों हिरन को अपने सामने खड़ा देख स्तब्ध रहते हैं, उन्हें कुछ समझ में नहीं आ रहा था कि आखिर यह क्या हो रहा है?

तुम दोनों इंसान इधर क्या कर रहे हो–हिरन बोलती है। उस हिरन को बोलता देख दोनों के मुँह फटे के फटे रह जाते हैं। कुछ देर तो दोनों उस छोटे हिरन को एकटक देखते रहते हैं, फिर वे बोलते हैं।

लेकिन तुम कौन हो–जैम उस हिरन से पूछता है।

मेरा नाम सलोनी है–हिरनी बोलती है।

मैं जिक्की हूँ और यह मेरा दोस्त जैम है–जिक्की तुरंत बोल पड़ता है। परन्तु तुम दोनों इधर क्यों आए हो–हिरनी दोनों से पूछती है।

हम दोनों अपने दोस्त को ढूँढ़ने निकले हैं–जिक्की बोलता है।

तो क्या तुम्हारा दोस्त खो गया है–हिरनी फिर पूछती है।

नहीं उसे कोई शैतान उठाकर ले गया है–जिक्की बोलता है। ओह सच में तुम्हारे दोस्त के साथ बहुत बुरा हुआ–हिरनी अफसोस करते हुए बोलती है।

लेकिन तुम इंसानों की भाषा में बात कैसे कर लेती हो–जिक्की बोलता है।

यहाँ के लगभग बहुत से जानवर इंसानों की भाषा समझ सकते हैं और उनकी भाषा में बातें कर सकते हैं–हिरनी बोलती है।

लेकिन ऐसा कैसे हो सकता है–जिक्की अचरज से पूछता है।

हाँ यहाँ ऐसा ही है, क्योंकि यह मायावी जंगल है–हिरनी बोलती है। क्या तुम हमारी एक मदद कर सकती हो–जैम उस हिरनी से बोलता है।

कैसी मदद–हिरनी बोलती है।

हम दोनों अपने दोस्त को उस शैतान के चंगुल से छुड़ाने के लिए निकले हैं, हमें पता चला है कि वह शैतान इसी जंगल में कहीं छुपा हुआ है, क्या तुम हमें बता सकती हो कि वह शैतान इस जंगल में कहाँ है–जैम बोलता है। जैम के इतना बोलते ही वह हिरनी चुप हो जाती है, ऐसा लगता है जैसे उसे सांप सूंघ गया हो।

क्या हुआ सलोनी, तुम चुप क्यों हो गई–जिक्की उस हिरनी को चुप होता देख बोलता है।

नहीं मैं इस संबंध में तुम्हारी कोई मदद नहीं कर सकती–हिरनी बोलती है।

परन्तु तुम हमारी मदद क्यों नहीं कर सकती, आखिर तुम किससे डर रही हो–जैम बोलता है।

उस शैतान से, वह बहुत शक्तिशाली है, यहाँ तक कि उसने बहुत से जंगली जानवरों को भी अपने साथ मिलाकर रखा है, जो जंगल की हर खबर उस तक पहुँचाते हैं। जंगल का दानव भी उनसे मिला हुआ है, वह जंगल में उस शैतान के हर दुश्मन को ठिकाने लगाता है, मेरी मानो तो तुम यहाँ से लौट जाओ, तुम उस शैतान से नहीं लड़ सकते हो–हिरनी डरते हुए बोलती है। नहीं हम नहीं लौटेंगे, तुम अगर हमारी मदद नहीं करना चाहती हो तो कोई बात नहीं, हम उस शैतान को जरूर ढूँढ़ लेंगे–जिक्की बोलता है। ठीक है अगर तुम जानना चाहते हो तो सुनो, तुम जिस रास्ते पर जा रहे हो, इसी रास्ते से वे शैतान इधर आते हैं, मैं ज्यादा तो नही जानती, लेकिन मैंने सुना है कि उस तरफ एक बहुत बड़ी झील है, उधर ही वे शैतान रहते हैं–हिरनी बोलती है।

क्या तुम उस झील की तरफ गई हो–जैम बोलता है।

नहीं मैं कभी उस झील की तरफ नहीं गई हूँ, मैं क्या कोई भी जंगली जानवर उधर नहीं जाता है–हिरनी बोलती है।

पर तुम लोग उधर क्यों नहीं जाते हो–जिक्की बोलता है।

क्योंकि उधर जानेवाले रास्ते पर जंगली दानव का पहरा रहता है और उसके रहते हुए उधर कोई भी नहीं जा सकता है–हिरनी बोलती है। ठीक है सलोनी, यह सब बताने के लिए बहुत-बहुत धन्यवाद–जैम उस हिरनी को धन्यवाद देता हुआ बोलता है।

तभी जिक्की उस सुन्दर हिरनी की तरफ देखता हुआ बोलता है–अच्छा एक बात बताओ, क्या तुम्हें हमारे पास आने में डर नहीं लगा, मैंने अक्सर जंगल में हिरनों को, इंसान को देखते ही भाग जाते हुए देखा है।

तुम दोनों को देखने के साथ ही मैं समझ गई थी कि तुम नेक इंसान हो, और शायद इधर भटक कर आ गए हो, मैं तुम्हें सही रास्ता बताने के लिए तुम्हारे पास आई थी–हिरनी बोलती है।

अब हमें यहाँ से निकलना चाहिए–जैम बोलता है। और फिर दोनों वहाँ से आगे की तरफ निकल पड़ते हैं। अब दोनों को थोड़ा तसल्ली मिल रही थी, क्योंकि उन्हें उस काले जादू वाले शैतान जादूगर का पता मिल गया था। दोनों काफी सावधानी से उस रास्तें पर बढ़ते जा रहे थे, जिसके बारे में उस हिरनी ने बताया था। धीरे-धीरे अब दिन भी ढलने लगा था, परन्तु उन्हें आस पास कोई भी झील नजर नहीं आ रही थी। दोनों उस घनघोर जंगल में चलते जा रहे थे।

ओह यह जंगल तो खत्म होने का नाम ही नहीं ले रहा है, आखिर वह झील अब कितनी दूर है–जिक्की चलते-चलते बोलता है।

चलते रहो, शायद वह झील कुछ दूरी पर ही हो–जैम बोलता है।

अब तो दिन भी ढलने वाला है, पर उस झील का कुछ अता-पता नहीं चल रहा है–जिक्की बोलता है। कुछ देर बाद दिन ढल जाता है और जंगल में एक स्याह अंधेरा छा जाता है, लेकिन उस अंधेरे में भी दोनों चलते रहते हैं। तभी उन्हें रास्ते में कुछ अजीब-सी पट-पट की आवाज आती है। उस अजीब आवाज को सुनकर दोनों चौकन्ना हो जाते हैं और वहीं पर रूककर अपने आस-पास देखने लगते हैं, लेकिन उस अंधेरे में उन्हें साफ-साफ दिखाई नहीं पड़ रहा था।

मुझे लगता है, हमारे आस-पास कोई जंगली जानवर है–जिक्की उस पट-पट की आवाज को ध्यान से सुनते हुए बोलता है।

हाँ शायद तुम ठीक कह रहे हो, हमें पेड़ों के पीछे छुपकर देखना चाहिए कि आखिर कौन सा जंगली जानवर इधर आ रहा है–जैम बोलता है। चलो उन पेड़ों की ओट में छुप जाते हैं–जिक्की अपने पास वाले पेड़ की तरफ इशारा करते हुए बोलता है। फिर दोनों उस पेड़ की ओट में छुपकर

देखने लगते हैं, लेकिन उन्हें उन रास्तों पर कोई जंगली जानवर आता हुआ नहीं दिखता है, लेकिन वह पट-पट की आवाज उनके कानों में बार-बार आती रहती है। तभी जैम की नजर उस चौड़े रास्ते की तरफ जाती है, जिधर वे जा रहे थे, उसे उस रास्ते पर कुछ दूरी पर रास्ते के बीचों-बीच कोई बैठा हुआ नजर आता है। जैम अपनी नजरें गड़ाकर उधर देखने लगता है और थोड़ी देर बाद वह चौंकते हुए बोलता है—अरे यह तो वही दानव है, जिसे हमने दिन में देखा था। उसके इतना कहते ही जिक्की भी नजरें गड़ाकर उधर देखने लगता है।

अरे हाँ, तुमने बिलकुल सही पहचाना, यह तो वही दानव है—जिक्की भी उस दानव की तरफ देखते हुए बोलता है।

लेकिन वह यहाँ पर बीच रास्ते में बैठा क्या कर रहा है—जैम बोलता है। शायद वह यहाँ पर बैठकर पहरेदारी कर रहा हो, ताकि कोई भी उधर न जाए—जिक्की बोलता है।

उसके हाथ में कुछ है, जिसे तोड़-तोड़ कर वह खा रहा है—जैम बोलता है। इसका मतलब कि वह पट-पट की आवाज उधर से ही आ रही है—जिक्की बोलता है।

लेकिन वह क्या खा रहा है, जिससे पट-पट की आवाजें आ रही हैं—जैम दूर बैठे उस दानव की तरफ देखते हुए बोलता है।

मुझे तो लग रहा है कि वह जंगली कलमुंद खा रहा है, या फिर किसी जानवर की हड्डियाँ चबा रहा होगा, क्योंकि मैंने सुना है कि दानव सभी चीजों को खा जाता है, ये जिंदा जानवरों को मारकर उसे कच्चा ही खा जाते हैं—जिक्की बोलता है।

शायद तुम ठीक बोल रहे हो—जैम बोलता है।

लेकिन अब हम यहाँ से आगे कैसे जाएंगे—जिक्की फिर बोलता है।

हमें उस दानव के वहाँ से हटने का इंतजार करना होगा, तभी हम आगे जा सकते हैं—जैम बोलता है।

फिर दोनों उस पेड़ की ओट में छुपकर उस दानव के वहाँ से हटने का इंतजार करने लगते हैं। काफी देर हो जाती है, लेकिन वह दानव वहाँ से टस-से-मस नहीं होता है। दोनों अपनी आँखें फाड़-फाड़कर उधर ही देखते

रहते हैं कि वह दानव वहाँ से हटे और वे दोनों आगे जाएँ। इस तरह काफी रात हो जाती है लेकिन वह दानव वहाँ से कहीं नहीं हिलता है, अलबत्ता वह अपने पैर पसारकर उस पूरे रास्ते को घेरकर लेट जाता है।

हटना तो छोड़ो, उल्टा यह अपने पैर पसारकर पूरे रास्ते को घेरकर लेट गया है–जिक्की बोलता है।

चुप, चुप, देखें आगे वह क्या करता है–जैम जिक्की को हल्के से चुप कराते हुए बोलता है। थोड़ी ही देर में वह दानव वहाँ पर लेटकर जोर-जोर से खर्राटें भरने लगता है।

अरे यह तो सो गया–जिक्की धीरे से बोलता है।

हाँ यह सो गया है, लेकिन इसे गहरी नींद में जाने दो, उसके बाद हम आगे बढ़ेंगे–जैम बोलता है।

कुछ देर तक दोनों वहाँ पर खड़े होकर उस जंगली दानव को देखते रहते हैं। उस दानव के खर्राटे की आवाज दूर-दूर तक जा रही थी। जब दोनों को लगता है कि वह दानव गहरी नींद में सो गया है, तब वे उस पेड़ की ओट से बाहर निकलकर उस रास्ते पर बढ़ने लगते हैं और चलते हुए उस दानव के पास पहुँच जाते हैं। नजदीक पहुँचने पर वे उस दानव को देखते हैं, वह सच में काफी विशाल था। ऐसा लग रहा था कि उस रास्ते पर किसी ने विशाल पेड़ को काटकर रख दिया हो। दोनों काफी सावधानी से रास्ते पर सोए हुए दानव को फलांगते हुए दूसरी पार चले जाते हैं। उस दानव को पार करने पर दोनों की जान में जान आती है, फिर दोनों उस रास्ते पर जंगल की तरफ बढ़ने लगते हैं। और रात के अंधेरे में चलते-चलते काफी दूर निकल जाते हैं। अब वे उस जंगली दानव से काफी दूर निकल गए थे, लेकिन उन्हें थोड़ा डर भी लग रहा था क्योंकि उन्हें लगने लगता है कि अब वे शैतानों के इलाके में पहुँच गए हैं। दोनों काफी सावधानी से इधर-उधर देखते हुए बढ़ रहे थे कि आस-पास कहीं कोई शैतान तो नहीं है, लेकिन उन्हें वहाँ कोई भी नजर नहीं आ रहा था। उस जंगली रास्ते पर चलते-चलते काफी थक गए थे और रात भी काफी हो गई थी। उन्हें नींद की झप्पियां भी आ रहीं थीं, इसलिए वे किसी सुरक्षित जगह पर रूककर आराम करना चाहते हैं और फिर दोनों रास्ते के किनारे घने पेड़ों के नीचे जाकर बैठ जाते है। वहाँ बैठने के साथ ही उन्हें नींद आ जाती है और वे गहरी नींद में वहीं सो जाते हैं।

सुबह होने के साथ ही उनकी नींद टूटती है। दोनों उठने के साथ ही अपने आस-पास देखते हैं कि कहीं पर कोई शैतान तो नहीं है, लेकिन उन्हें वहाँ पर कोई भी नजर नहीं आता है। फिर वे कुछ फल खाकर आगे की ओर बढ़ने लगते हैं, दोनों उस बियावान जंगल में चलते जा रहे थे लेकिन अभी तक उन्हें कोई भी ऐसी अपरिचित चीज नजर नहीं आई थी।

हम इस मायावी जंगल में चलकर इतनी दूर आ गए हैं, लेकिन अभी तक हमें कोई भी शैतान नजर नहीं आया है–जिक्की बोलता है।

शायद हमें और चलना होगा–जैम बोलता है।

ओह! और कितना चलना होगा–जिक्की बोलता है।

इस तरह चलते-चलते दोनों उस झील के पास पहुँच जाते हैं। उन्हें सामने एक खूबसूरत नीली झील नजर आ रही थी, जो चारों तरफ से ऊँचे-ऊँचे पहाड़ों से घिरी हुई थी। उस झील को देखते ही जिक्की खुशी के मारे चीख पड़ता है।

हुर...रे आखिर हम झील के पास पहुँच ही गये–जिक्की उस नीली झील की तरफ देखते हुए चिल्लाता है।

अरे हाँ, यह तो सचमुच में बहुत बड़ी झील है–जैम बोलता है। दोनों वहाँ पर खड़े होकर झील के आसपास की खुबसूरती निहारते हैं।

उस झील के नीले पानी को देखो, सूरज की रोशनी में वह झिलमिल कर चमकता हुआ कितना अच्छा लग रहा है, दूर से ऐसा लग रहा है जैसे यह कोई चमकती हुई नीली धरती है–ज़िक्की उस झील की सुन्दरता को निहारते हुए बोलता है।

हाँ, वह सब तो ठीक है, लेकिन वे शैतान कहाँ हैं, वे हमें कहीं भी नजर नहीं आ रहे हैं–जैम बोलता है।

अरे हाँ, यहाँ तो कोई भी शैतान नजर नहीं आ रहा है–जिक्की बोलता है। मेरी तो कुछ समझ में नहीं आ रहा है, आगे रास्ते भी खत्म हो गये हैं, हमारे सामने यह नीली झील है और उसके चारों तरफ पहाड़ ही पहाड़ हैं, तो आखिर वह शैतान कहाँ है, उस हिरनी के कहेनुसार शैतानों की बस्ती इधर ही होनी चाहिए थी–जैम थोड़ा चिंतित होता हुआ बोलता है। अच्छा मुझे काफी जोरों की प्यास लगी है, पहले मैं इस झील का मीठा पानी पीऊँगा,

क्योंकि काफी दिनों बाद हमें झील का मीठा पानी पीने को मिल रहा है, उसके बाद देखूँगा कि वह शैतान किधर है–जिक्की इतना बोलने के बाद नीली झील की तरफ बढ़ता है।

जिक्की उस झील के पास पहुँचकर पानी पीने के लिए झुकता है। जैसे ही वह अपने चेहरे को पानी की तरफ झुकाता है, वह एकदम से चिल्लाता हुआ उछल पड़ता है।

अरे क्या हुआ, चिल्ला क्यों रहे हो, पानी में कोई मगरमच्छ दिख गया क्या–जैम दूर से ही खड़ा हुआ बोलता है।

मगरमच्छ नहीं दिख रहा है, लेकिन जो चीज पानी में दिख रही है, उसे देखने के बाद तुम्हारे भी होश उड़ जाएंगे–जिक्की बोलता है।

ऐसा क्या दिख गया पानी में–जैम इतना बोलता है और झील के पानी की तरफ बढ़ता है। वह झील के पास पहुँचकर जैसे ही झील के पानी में झांकता है, सच में उसके होश उड़ जाते हैं।

अरे यह क्या–इतना कहते ही उसका मुँह फटा का फटा रह जाता है। लेकिन यह कैसे हो सकता है–जैम फिर बोलता है। वही तो मैं भी सोच रहा हूँ–जिक्की बोलता है। दोनों को उस झील के पानी में सूरज और चाँद दोनों दिख रहे थे। लेकिन जब दोनों आसमान की तरफ नजरें उठाकर देखते हैं तो आसमान में उन्हें सिर्फ सूरज दिखता है चाँद नहीं। उस झील के नीले पानी में दोनों को ऐसा लग रहा था कि वे किसी दर्पण में सूरज और चाँद दोनों को साथ-साथ देख रहे हैं और उसमें एक से अधिक सूरज-चाँद दिख रहे थे। इस नजारे को देखकर दोनों हैरान थे।

इसका मतलब कि सुनहरी इबारत मे लिखी हुई बात सही थी, परन्तु इससे उन शैतानों का पता कैसे चलेगा, मुझे कुछ समझ में नहीं आ रहा है–जिक्की बोलता है।

अब मुझे उस कहावत का अर्थ कुछ-कुछ समझ में आ रहा है–जैम उस नीले पानी में सूरज और चाँद को देखते हुए बोलता है।

क्या समझ में आ रहा है, तुम्हें–जिक्की, जैम की तरफ देखते हुए पूछता है।

उस कहावत में नीली धरती का मतलब इस झील से है, हाँ तुमने थोड़ी देर पहले क्या कहा था–जैम बोलता है।

क्या कहा था मैंने–जिक्की बोलता है।

यही कि यह झील किसी चमकती नीली धरती की तरह लग रही है–जैम उसे याद दिलाता हुआ बोलता है।

हाँ, वह तो लग रहा है–जिक्की बोलता है।

उस कहावत के बतायेनुसार इस झील में जरूर कुछ राज छुपे हुए हैं, चलो इस झील के पानी में उतर कर देखते हैं–जैम बोलता है। फिर दोनों उस झील के पानी में उतर जाते हैं और धीरे-धीरे झील के पानी में आगे बढ़ने लगते हैं। जैसे-जैसे वे पानी में आगे बढ़ते जा रहे थे, पानी धीरे-धीरे गहरा होता जा रहा था।

तुम्हारे कहने का मतलब है कि वे शैतान इस झील में छुपे बैठे हैं–जिक्की पानी में आगे बढ़ते हुए बोलता है।

यह तो आगे चलने के बाद ही पता चलेगा–जैम बोलता है। लेकिन झील का पानी तो धीरे-धीरे गहरा होता जा रहा है–जिक्की बोलता है।

कोई बात नहीं जैसे ही हमें लगेगा कि हम डूबने वाले हैं, हम तैरना शुरू कर देंगे–जैम बोलता है।

दोनों उस झील के गहरे पानी में धीरे-धीरे आगे बढ़ते जा रहे थे। लेकिन तभी जिक्की को लगता है कि उसके पैरों के नीचे से जमीन एकाएक गायब हो गई हो, उसे संभलने का भी मौका नहीं मिला और वह उस झील के गहरे पानी में डूबने लगा।

जैम बचाओ, मैं डूब रहा हूँ–जिक्की एकाएक चिखते हुए बोलता है।

जैम जैसे ही जिक्की की चीख सुनकर उसकी तरफ मुड़ता है, तब तक जिक्की उस झील के गहरे पानी के अंदर चला जाता है। जिक्की को डूबता देख जैम को कुछ नहीं सूझता है और वह बिना एक पल भी गंवाए उस झील के गहरे पानी के अंदर छलांग लगा देता है। दोनों उस झील के गहरे पानी के अंदर नीचे डूबते जा रहे थे, वे तैर कर ऊपर आने की कोशिश कर रहे थे, लेकिन कोई फायदा नहीं, वे ऊपर आने के बजाय और नीचे डूबते जा रहे थे। उन्हें कुछ समझ में नहीं आ रहा था कि आखिर यह क्या हो रहा

है, वे ऊपर जाने के बजाय नीचे की ओर क्यों जा रहे हैं? थोड़ी देर बाद उस पानी में दोनों की सांसे फूलने लगती है, उनका दम घुटने लगता है, उनकी आँखों के सामने अंधेरा छाने लगता है कि तभी हवा का एक जोरदार झोंका उनके चेहरों से टकराता है। जैसे ही हवा का झोंका उनके चेहरों पर पड़ता है, उनकी जान में जान आती है, वह अपने सामने देखते हैं, उन्हें अपने सामने घने बादल नजर आ रहे थे। दोनों आसमान में घने बादलों के बीच हवा में तैरते हुए तेजी से नीचे की ओर गिर रहे थे। और फिर उनकी नजर नीचे की तरफ पड़ती है, उन्हें नीचे धरती नजर आने लगती है। दोनों तेजी से उस धरती की तरफ नीचे गिर रहे थे। दोनों के होश उड़े हुए थे कि अगर इसी तेजी से वे धरती पर गिरे तो उनका तो कचूमर निकल जाएगा। लेकिन जैसे-जैसे दोनों उस धरती के नजदीक आ रहे थे, वैसे-वैसे उनके गिरने की रफ्तार धीमी होने लगती है, और अन्त में जब वे धरती के करीब आ जाते हैं तो उनकी रफ्तार काफी धीमी हो जाती है और थोड़ी देर में दोनों के पैर धम से जमीन पर टकराते हैं और दोनों सही सलामत उस सुनसान धरती पर उतर जाते हैं।

वहाँ उतरने के साथ ही जिक्की बोलता है–क्या हम किसी दूसरी दुनिया में आ गए हैं।

नहीं, हम शैतानों की धरती पर आ गए हैं–जैम बोलता है।

14
रात का पहरेदार

जैम और जिक्की शैतानों की धरती पर पहुँच गए थे। दोनों अपने चारों तरफ नजरें उठाकर देखते हैं, उन्हें ऐसा लगता है कि वे किसी सुनसान टापू पर आ गए हैं, जहाँ कोई भी इंसान आता-जाता नहीं है। तभी जिक्की का ध्यान अपने कपड़े पर जाता है।

अरे यह क्या, मेरा कपड़ा तो पूरी तरह सूखा हुआ है, इसमें तो एक बूंद भी पानी नहीं है, यह गीला नहीं हुआ है–जिक्की अपने कपड़ों को छूता हुआ बोलता है।

अरे हाँ, हमारे कपड़े तो बिलकुल वैसे ही सूखे हुए हैं, जैसे उस झील में डूबने से पहले थे–जैम भी अपने कपड़ों को छूता हुआ बोलता है।

सीमाँगा ने ठीक ही कहा था, कि वह शैतान जादूगर कहीं पाताल लोक में छुपा हुआ है–जिक्की बोलता है।

हाँ, और उस सुनहरी इबारत में बताई गई बात भी बिलकुल सही थी–जैम बोलता है।

लेकिन सीमांगा ने तो कहा था कि वह दुष्ट जादूगर अपने काले जादू की शक्ति से लियोन को पाताल लोक में ले गया था–जिक्की बोलता है।

हाँ, उसने यही बताया था–जैम बोलता है।

तो इसका मतलब कि यह वही लियोन राज्य है, जिसे वर्षों पहले वह शैतान जादूगर धरती के नीचे ले आया था–जिक्की बोलता है।

शायद तुम ठीक कह रहे हो, लेकिन अब यह शैतानों की धरती है, और हमें यहाँ काफी सावधान रहना होगा–जैम बोलता है।

फिर दोनों उस सुनसान टापू पर आगे की ओर बढ़ जाते हैं। वहाँ भी दिन का उजाला था और आसमान पर सूरज चमक रहा था। वहाँ उन्हें आसपास सूखे हुए पेड़ों के अलावा और ज्यादा कुछ नजर नहीं आ रहा था। दोनों उस टापू के जंगलों में आगे बढ़ते जा रहे थे, लेकिन अभी तक उन्हें कोई जंगली जानवर नजर नहीं आया था, ऐसा लग रहा था कि उन जंगलों में कोई जंगली जानवर बचा ही न हो। इस तरह दोनों चलते-चलते उस उजाड़ जंगल में काफी दूर निकल जाते हैं, लेकिन अभी तक कुछ भी नजर नहीं आ रहा था। जंगलों में काले चीड़ के पेड़ ही ज्यादा नजर आ रहे थे, जो काले रंग के थे और लंबे–सीधे खड़े थे। देखने में ऐसा लग रहा था कि वर्षों पहले किसी ने इस हरे-भरे जंगल को जला दिया हो। उस जंगल में एक अजीब सी उदासी छाई हुई थी। दोनों वहाँ के खामोश नजारों को देखते हुए आगे बढ़े जा रहे थे।

इस जंगल को देखने में ऐसा लगता है कि वर्षों पहले किसी ने इस जंगल में आग लगा दिया हो–जिक्की उस अजीब से मुरझाए हुए जंगल की तरफ देखता हुआ बोलता है।

हो सकता है कि उस जादूगर ने इस राज्य पर हमला करने में इस जंगल में आग लगा दिया हो–जैम बोलता है। लेकिन इस जंगल में आग लगाने से उसे क्या फायदा हुआ होगा–जिक्की बोलता है।

यह भी तो हो सकता है कि उस वक्त यह जंगल न हो, यहाँ पर इंसानी बस्ती हो और उन्हें तबाह करने के लिए यहाँ पर आग लगा दिया हो–जैम बोलता है।

हाँ, यह भी हो सकता है–जिक्की अपने सिर को हिलाता हुआ बोलता है। तभी जिक्की को चलते-चलते अपने पैरों में भींगी हुई चटचटी मिट्टी लगती है। वह अपने पैरों की तरफ देखता है।

अरे यहाँ की मिट्टी भींगी हुई क्यों है–जिक्की अपने जूते में लगी चटचटी मिट्टी की ओर देखते हुए बोलता है। उसके इतना कहते ही जैम के कान खड़े हो जाते हैं, वह जिक्की को रूकने को बोलता है।

क्या हुआ तुम मुझे रूकने को क्यों बोल रहे हो–जिक्की बोलता है। क्योंकि आगे जरूर कोई न कोई खतरा है–जैम बोलता है। फिर दोनों वहीं पर रूककर अपने सामने वाले मैदान की तरफ देखते हैं, जो देखने में हल्का भींगा लग रहा था। जैम अपने हाथों में जमीन से एक बड़ा-सा पत्थर का टुकड़ा उठाता है और उसे उस भींगे मैदान की तरफ उछाल देता है। पत्थर जैसे ही उस भीगी मिट्टी पर गिरता है, वह धंसता हुआ जमीन के अंदर चला जाता है।

अरे यह क्या, वह पत्थर तो उस जमीन में ऐसे धंस गया जैसे वह किसी कीचड़ में धंस रहा हो–जिक्की उधर देखते हुए बोलता है। हाँ, तुमने ठीक कहा, क्योंकि हमारे सामने यह कोई जमीन नहीं है, बल्कि यह एक दलदल है–जैम बोलता है।

यानी हमारे सामने यह जो गीली मिट्टी का मैदान है यह एक दलदल है–जिक्की भी भौंचक्का होते हुए बोलता है।

हाँ, और अगर हम गलती से इस दलदल में चले जाते तो फिर कभी इससे बाहर नहीं निकल पाते–जैम बोलता है।

ओह अच्छा हुआ कि तुमने मुझे रोका, वरना मैं तो सीधे इस दलदल में ही जाता–जिक्की के बोलते हुए रोंगटे खड़े हो रहे थे।

हमें उस पार जाने के लिए इस दलदल को पार करना होगा–जैम बोलता है।

लेकिन हम इस दलदल को कैसे पार करेंगे–जिक्की बोलता है।

हमें कोई न कोई तरकीब तो ढूँढ़नी होगी, क्योंकि उस पार जाने के लिए कोई और रास्ता नहीं है–जैम अपने माथे पर सिकन डालते हुए बोलता है। फिर दोनों वहाँ पर खड़े होकर सोचने लगते हैं कि उस दलदल को पार कैसे करेंगे? तभी जिक्की को थोड़ी दूर जमीन पर उभरा हुआ एक सपाट आयताकार पत्थर नजर आता है, वह उस पत्थर के पास जाता है और गौर से उस पत्थर का मुआयना करने लगता है।

जमीन के ऊपर हल्का उभरा हुआ यह कैसा पत्थर है–जिक्की उस पत्थर की तरफ देखते हुए बोलता है।

जैम भी उस आयताकार पत्थर को देखता है। तभी जिक्की के मन में क्या आता है कि वह झुककर उस पत्थर को छूता है, पत्थर को छूते ही यह क्या, एक चमत्कार हो जाता है। उस पत्थर के आगे कुछ और उसी आकार के आयताकार पत्थर जमीन से ऊपर उभर जाते हैं। वे पत्थर इतने बड़े रहते हैं कि कोई भी उस पर अपने पांव रखते हुए उस दलदल को पार कर सकता है।

यह तो सच में एक चमत्कार है, इस पत्थर को छूते ही आगे उसी तरह के पत्थर उभरने लगे हैं, इसका मतलब कि वह शैतान इस दलदल को ऐसे ही पत्थरों पर चलते हुए पार करते होंगे–जिक्की बोलता है।

तुम ठीक बोल रहे हो, शायद इस दलदल को पार करने के लिए ही ये पत्थर हैं–जैम भी जिक्की की बातों से सहमत होते हुए बोलता है। तो फिर चलो, इन पत्थरों पर पांव रखते हुए इस दलदल को पार करते हैं–जिक्की बोलता है।

फिर दोनों उन उभरे हुए पत्थरों पर सावधानी से पांव रखते हुए उस दलदल को पार करने लगते हैं। जैसे-जैसे वे उस दलदल में आगे बढ़ते जा रहे थे, वैसे-वैसे ही उनके आगे उभरते हुए पत्थरों से रास्ते बनते जा रहे थे। वे दोनों बड़ी सावधानी से उन पत्थरों पर पांव रखते हुए चल रहे थे क्योंकि उनकी एक छोटी-सी भी गलती उन्हें उस जानलेवा दलदल में गिरा सकती थी। काफी देर तक दोनों उन उभरे हुए पत्थरों पर चलते हुए आखिरकार उस दलदल को पार कर जाते हैं। जैसे ही वे दलदल के उस पार पहुँचते हैं, वे अपने पीछे मुड़कर देखते हैं, और यह क्या उन्हें अपने पीछे कोई भी पत्थर नजर नहीं आ रहे थे। वे सारे पत्थर फिर से दलदल में समा गए थे।

सच में यह एक मायावी दुनिया है–जिक्की बोलता है।

मायावी नहीं बल्कि यह एक काले जादू की दुनिया है–जैम भी बोलता है। फिर दोनों उस दलदल को पार करने के बाद उस काले जादू की दुनिया में आगे बढ़ने लगते हैं।

यहाँ तो हर चीज में जादू नजर आ रहा है–जिक्की चलते हुए बोलता है।

हाँ तुम ठीक कह रहे हो, हमें यहाँ काफी होशियारी से चलना होगा, वरना हमारी एक गलती हमें मौत के मुँह में पहुँचा सकती है–जैम बोलता है।

दोनों उस बियाबान टापू पर चलते-चलते काफी दूर निकल जाते हैं, लेकिन अभी तक उन्हें शैतानों का कोई अता-पता नहीं चल पाया था। दोनों चलते-चलते काफी थक गए थे इसलिए दोनों कहीं पर बैठकर थोड़ा आराम करना चाहते हैं। वे दोनों एक सूखे चीड़ के पेड़ के नीचे बैठकर कुछ फलों को निकालकर खाते हैं और अपनी भूख मिटाते हैं।

तुम्हें क्या लगता है, अब उन शैतानों का इलाका और कितना दूर होगा–जिक्की बोलता है।

मुझे तो लगता है कि अब हम उन शैतानों के काफी करीब पहुँच गये हैं–जैम बोलता है। फिर दोनों वहाँ पर कुछ देर बैठकर अपनी थकावट मिटाते हैं और थोड़ी देर बाद वहाँ से आगे बढ़ जाते हैं। दोनों चलते-चलते एक ऐसी जगह पर पहुँच जाते हैं, जहाँ पर रास्ते खत्म हो जाते हैं, और उनके आगे एक बहुत गहरी खड़ी खाई रहती है। खाई के पार उन्हें पहाड़ों पर घने जंगल दिख रहे थे, लेकिन मुसीबत यह थी कि आखिर उस खाई को पार कैसे किया जाए क्योंकि खाई के दूसरी पार जाने का कोई दूसरा रास्ता नहीं था और वे उन खड़ी चट्टानों वाली खाई में नीचे भी नहीं उतर सकते थे। अब यह नई मुसीबत कहाँ से आ पड़ी, हम इस खाई के पार कैसे जाएंगे, यह खाई तो इतनी गहरी है कि मुझे नीचे देखने में भी डर लग रहा है–जिक्की बोलता है।

हो सकता है, इस खाई को पार करने के लिए भी कोई जादुई रास्ता हो, जो हमें नजर नहीं आ रहा है–जैम बोलता है।

लेकिन हम उस जादुई रास्ते को कैसे ढूँढ़ेगे– जिक्की बोलता है।

चलो उस रास्ते को ढूँढ़ने की कोशिश करते हैं–जैम बोलता है।

और फिर दोनों खाई के किनारों पर इधर-उधर घूम-घूम कर उस जादुई रास्ते को ढूँढ़ने की कोशिश करने लगते हैं, जो उन्हें खाई के पार ले जाए। तभी जिक्की का पैर खाई के किनारे वाले पत्थर पर पड़ता है, पैर पड़ते ही वह पत्थर धीरे-धीरे खरकने लगता है, जिक्की को कुछ समझ में आता उससे

पहले ही वह पत्थर खरखराता हुआ खाई में गिर जाता है। अपने पैरों के नीचे से पत्थर के गिरते ही जिक्की भी असंतुलित होकर खाई में गिरता है। इससे पहले कि वह उस गहरी खाई में गिरता, उसे लगता है कि किसी ने ऊपर से उसकी कलाई को पकड़ लिया है। वह अपनी नजरें ऊपर उठाकर देखता है, तो उसे जैम नजर आता है, जो उसकी कलाई को जोर से पकड़ा हुआ था, फिर वह अपनी नजरें नीचे की तरफ करके देखता है, नीचे उसे वह गहरी भयानक खाई नजर आती है, जिसे देखते ही उसके चेहरे पर हवाइयाँ उड़ने लगती है। वह खाई में बिना किसी सहायक के झूल रहा था, उसके पैरों के नीचे सिर्फ वह गहरी खाई ही नजर आ रही थी।

जिक्की घबराओ नहीं, मैंने तुम्हें कस कर पकड़ रखा है, अब धीरे-धीरे तुम्हें ऊपर खींचता हूँ, बस तुम शांत रहना–ऊपर से आवाज आती है, जैम उसे ऊपर की ओर खींचते हुए बोलता है। फिर थोड़ी देर में जैम उसे ऊपर की ओर खींच लेता है। जिक्की के डर के मारे अभी भी हाथ-पाँव कांप रहे थे। लेकिन तभी उनके सामने एक करिश्मा होता है। जहाँ से वह पत्थर खिसक कर नीचे गिरा था, वहाँ से एक रास्ता बनना शुरू हो जाता है, जो खाई के इस किनारे से होता हुआ दूसरे किनारे पर जाता है, और थोड़ी देर में उनके सामने लकड़ियों का झुलता हुआ पुल बनकर तैयार हो जाता है।

अरे यह तो सच में करिश्मा हो गया, देखो हमारे सामने ये जादुई पुल–जैम उस लकड़ी के पुल की तरफ देखते हुए बोलता है।

हरे हाँ, यह तो सचमुच में चमत्कार हो गया, हमारे सामने लकड़ियों का पुल है–जिक्की भी उस लकड़ी के झूलते हुए पुल की तरफ देखते हुए बोलता है।

तो फिर चलो, इस खाई के पार चलते हैं–जैम बोलता है। फिर दोनों उस लकड़ियों के झूलते हुए पुल पर चढ़कर उस खाई को पार कर जाते हैं। खाई के पार जाने पर उन्हें पहाड़ों पर घने जंगल मिलते हैं। दोनों उन घने जंगलों में चल पड़ते हैं। काफी देर तक चलने के बाद दोनों एक चटीले मैदान में पहुँच जाते हैं। घना जंगल खत्म हो गया था, उनके सामने दूर-दूर तक चटीले मैदान नजर आ रहे थे। फिर दोनों उस चटीले मैदान पर चलना शुरू करते हैं। दोनों काफी देर तक उस चटीले मैदान पर चलते रहते हैं। तभी उनकी नजर एक ऐसी चीज पर पड़ती है, जिसे देखकर दोनों चौंक जाते हैं।

अरे यह क्या–जिक्की उधर देखकर मुँह फाड़ता हुआ बोलता है। उनके सामने घने धुंध भरे बादल थे। ऐसा लग रहा था मानों उनके सामने जमीन पर आसमान से पूरे बादल उतर कर आ गए हों। उन घने धुंध भरे बादलों के पार कुछ भी नजर नहीं आ रहा था।

ओह यह क्या, सामने घने धुंध भरे बादलों से तो रास्ते का कुछ पता ही नहीं चल रहा है–जैम बोलता है।

सामने तो कुछ नजर ही नहीं आ रहा है, इन बादलों के अलावा–जिक्की बोलता है। आगे बढ़ने का दूसरा कोई रास्ता भी नहीं है–जैम बोलता है। मुझे तो लगता है कि इन धुंध भरे बादलों के अंदर ही शैतानों का डेरा है–जिक्की बोलता है।

इन बादलों के अंदर जाने के अलावा हमारे पास कोई दूसरा रास्ता है भी नहीं–जैम बोलता है।

तो फिर चलो इन बादलों के अंदर चलते हैं–जिक्की बोलता है।

फिर दोनों उन धुंध भरे बादलों के अंदर चले जाते हैं। बादलों के अंदर जाते ही उन्हें हल्की ठंडक का एहसास होता है। लेकिन बादल इतना घना रहता है कि उन्हें अंदर सफेद बादलों के अलावा कुछ भी नजर नहीं आ रहा था। दोनों को अपने पैरों के नीचे जमीन भी साफ-साफ नहीं दिख रही थी। दोनों एक दूसरे का हाथ पकड़कर उस घने बादलों वाली धरती पर आगे बढ़े जा रहे थे, उन्हें कुछ समझ में नहीं आ रहा था कि वे किस दिशा में जा रहे थे। उन्हें चलते-चलते यह भी डर सता रहा था कि कहीं फिर से एकाएक उनके पैरों से जमीन न खिसक जाए। तभी उन्हें बादलों के अंदर कुछ अजीब सी आवाजे सुनाई देने लगती है। उन्हें बादलों के अंदर से रोने, पीटने, चीखने-चिल्लाने जैसी अजीब-अजीब आवाजें सुनाई दे रहीं थीं। दोनों उन आवाजों को सुनकर काफी डर जाते हैं, लेकिन अब किया भी क्या जा सकता था, वे पीछे लौट नहीं सकते थे, क्योंकि वे चलते-चलते खुद उन बादलों में खो गए थे।

क्या हम इन बादलों से निकल पाएंगे भी या नहीं या फिर हम इसी तरह चलते हुए इन बादलों की धरती में खो जाएंगे–जिक्की बोलता है।

इन बादलों का कहीं न कहीं कोई छोर तो जरूर ही होगा–जैम बोलता है। मुझे इन बादलों में चलते हुए बहुत डर लग रहा है, ऊपर से ये अजीब-अजीब आवाजें–जिक्की बोलता है।

लेकिन कौन है जो इन बादलों में इस तरह से रो-पीट रहा है–जैम बोलता है।

मुझे तो लगता है वह जरूर कोई शैतान है–जिक्की बोलता है। या फिर यह भी हो सकता है कि वह हमें डराने की कोशिश कर रहा हो, ताकि हम यहाँ से लौट जाएँ–जैम बोलता है।

यहाँ तो कुछ भी दिखाई नहीं पड़ रहा है, यहाँ तक कि हमारे पैर भी सही से दिखाई नहीं पड़ रहे हैं–जिक्की बोलता है।

घबराओ नहीं, हम इस घने बादलों से सही सलामत निकल जाएँगे–जैम बोलता है।

दोनों उन बादलों में चलते हुए काफी दूर तक निकल जाते हैं, लेकिन घना बादल खत्म होने का नाम ही नहीं ले रहा था।

तभी जिक्की बोलता है–मान लो हमें इन बादलों में कोई शैतान मिल जाता है तो हम उसे कैसे देखेंगे?

हमें सावधान रहना होगा, हमें जैसे ही कोई आस-पास किसी अप्रिय चीज की आहट सुनाई देती है तो हमें उस पर हमले के लिए तैयार रहना होगा–जैम बोलता है।

ओह ये घने बादल तो खत्म होने का नाम ही नहीं ले रहे हैं, कहीं हम इन घने बादलों में भटक तो नहीं गए है–जिक्की बोलता है।

यह तो मुझे भी समझ में नहीं आ रहा है–जैम बोलता है।

इस तरह दोनों उस धुंध भरे बादलों में काफी देर तक चलते रहते हैं। तभी जिक्की को उन घने बादलों में एक हल्की धुंधली-सी रोशनी नजर आती है। दोनों उस रोशनी की तरफ बढ़ने लगते हैं। जैसे-जैसे वे रोशनी की तरफ बढ़ रहे थे, रोशनी धीरे-धीरे तेज होती जा रही थी। दोनों उस रोशनी के काफी पास पहुँचते हैं तो उन्हें धुंध भरे बादलों के पार कुछ-कुछ नजर आने लगता है।

लगता है ये धुंधभरे बादल छट रहे हैं–जिक्की खुशी के मारे बोलता है।

और थोड़ी देर में वे उस धुंध भरे बादलों से बाहर निकल जाते हैं, उन्हें सामने आसमान पर चमचमाता हुआ सूरज नजर आ रहा था। ओह यह तो सूरज की रोशनी थी, जो हमें धुंध भरे बादलों से नजर आ रही थी–जैम बोलता है।

दोनों के सामने एक सपाट मैदान था। दोनों उस सपाट मैदान पर आगे बढ़ने लगते हैं। अब दिन भी ढलने लगा था, और शाम होने लगी थी। तभी दोनों को दूर आसमान में उड़ता हुआ एक बड़ा–सा पक्षी नजर आता है, जो उड़ता हुआ उन्हीं की तरफ आ रहा था, दोनों उस पक्षी को देखते ही छुप जाते हैं। थोड़ी देर में वह पक्षी उड़ता हुआ उनके काफी करीब आ जाता है। जब दोनों उस पक्षी को पास से छुपकर देखते हैं तो दोनों के होश उड़ जाते हैं, क्योंकि वह एक बड़ा–सा विशाल पक्षी था, उसके पंजे इतने बड़े थे कि वह दोनों को अपने पंजे में दबोचकर आराम से आसमान में उड़ सकता था।

ओह सच में कितना विशाल और भयानक पक्षी है–जिक्की उस उड़ते हुए पक्षी की तरफ देखते हुए बोलता है।

यह कोई पक्षी नहीं है, बल्कि एक शैतान है–जैम बोलता है। लेकिन यह तुम कैसे कह सकते हो कि यह पक्षी नहीं, शैतान है–जिक्की बोलता है।

क्या तुमने उसकी खून जैसी लाल आँखें नहीं देखी, ऐसा लग रहा है कि जैसे वह इस टापू की पहरेदारी कर रहा हो, और बौनों के राजा ने भी अपनी कहानी में इसी तरह के पक्षी के बारे में बातें की थीं–जैम बोलता है।

ओह तो इसका मतलब कि यह पक्षी उस काले जादूगर का दूत है–जिक्की बोलता है।

मुझे तो ऐसा ही लग रहा है–जैम बोलता है। थोड़ी देर बाद वह विशाल पक्षी उड़ता हुआ वापस लौट जाता है, जिधर से वह आया था। दोनों उस पक्षी को लौटता हुआ देख रहे थे, और कुछ देर में वह पक्षी उड़ता हुआ उनकी नजरों से काफी दूर चला जाता है। जब वह पक्षी उड़ता हुआ उनकी नजरों से ओझल हो जाता है तो दोनों छुपी जगह से बाहर निकलते हैं। शायद हमें उन शैतानों तक पहुँचने का रास्ता मिल गया–जैम बोलता है।

वह कैसे–जिक्की बोलता है।

हमें उधर चलना चाहिए, जिधर वह पक्षी वापस लौटा है–जैम बोलता है।

फिर दोनों उस ओर बढ़ने लगते हैं जिधर वह पक्षी वापस लौटा था। काफी देर चलने के बाद उन्हें दूर एक बड़ा-सा द्वार नजर आ रहा था और उसके अगल-बगल ऊँची-ऊँची दीवार नजर आ रही थी। चूँकि अब अंधेरा छा गया था इसलिए उन्हें ज्यादा साफ-साफ नजर नहीं आ रहा था। दोनों चलते-चलते उस द्वार के काफी नजदीक पहुँच जाते हैं। फिर दोनों उस द्वार से कुछ दूरी पर रूक जाते हैं और द्वार की तरफ ध्यान से देखने लगते हैं।

यह कैसा दरवाजा है, यह तो काफी भव्य लग रहा है, ऐसा लग रहा है जैसे यह किसी किले का द्वार हो–जिक्की उस भव्य दरवाजे की तरफ देखते हुए बोलता है।

मुझे भी कुछ ऐसा ही लग रहा है–जैम बोलता है। लेकिन हम इस दरवाजे के पार कैसे जाएँगे, दरवाजा तो बंद है और दरवाजे के पास कोई नजर नहीं आ रहा है–जिक्की बोलता है।

हमें यहाँ खड़े होकर इंतजार करना चाहिए–जैम बोलता है।

मैं तो कहता हूँ, हमें दरवाजे के पास चलना चाहिए–जिक्की बोलता है। नहीं, ऐसा करने में खतरा है, पहले हम यह देख लें कि आखिर इस दरवाजे के पार कौन है–जैम बोलता है।

फिर दोनों उस दरवाजे से कुछ दूरी पर छुपकर उस अंधेरी रात में अपनी नजरों को उस दरवाजे के ऊपर गड़ाकर बैठ जाते हैं। काफी देर तक दोनों वहाँ बैठे रहते हैं, लेकिन अभी तक कोई भी उस दरवाजे के आसपास नजर नहीं आया था। आधी रात हो चुकी थी, दिन भर की थकान के कारण दोनों की पलकें झपकने लगी थी कि तभी उनके कानों से एक आवाज टकराती है और उनकी नींद टूट जाती है। यह आवाज उस बड़े दरवाजे की तरफ से आ रही थी। दोनों अपनी आँखों को मलते हैं और फिर आँखें फाड़कर उस बड़े दरवाजे की तरफ देखने लगते हैं। वह बड़ा दरवाजा चर-चर की आवाज करता हुआ धीरे-धीरे उस आधी रात में खुलने लगता है। जब दरवाजा खुल जाता है तो एक लंबी-चौड़ी आकृति उस दरवाजे से

बाहर निकलती है, वह ऊपर से नीचे तक काला लबादा पहने रहती है। फिर वह आकृति धीरे-धीरे उस चटीले मैदान की तरफ बढ़ने लगती है, उसके लंबे लबादे जमीन में घिसट रहे थे, लेकिन उस अंधेरी रात में उसका चेहरा साफ-साफ नजर नहीं आ रहा था। वह आकृति चलते-चलते धीरे-धीरे जमीन से ऊपर उठने लगती है और यह क्या थोड़ी देर में वह आसमान में उड़ने लगती है। कुछ देर में वह आसमान में उड़ती हुई उस अंधेरी रात में दोनों की नजरों से ओझल हो जाती है।

तो मेरा शक सही था, इस दरवाजे के पार उन शैतानों का डेरा है–जैम बोलता है।

तुम्हारे कहने का मतलब है कि वह काला लबादा पहना हुआ लंबा-चौड़ा आदमी एक शैतान था–जिक्की बोलता है।

हाँ, वह एक शैतान ही था, क्योंकि कोई आदमी इस तरह से उड़कर नहीं जा सकता है–जैम बोलता है।

तभी बड़े दरवाजे की तरफ से आती हुई आवाज से उनका ध्यान भंग होता है। और दोनों अपनी नजरों को आसमान की तरफ से हटाकर उस दरवाजे की तरफ देखते हैं। वह दरवाजा चर-चर की आवाज करता हुआ धीरे-धीरे बंद होने लगता है।

ओह! वह बड़ा दरवाजा तो बंद हो रहा है–जिक्की बोलता है। यह बढ़िया मौका है, इसके पहले कि वह दरवाजा बंद हो जाए, हमें उस दरवाजे के पार जाना होगा–जैम बोलता है। और फिर दोनों फुर्ती के साथ उस दरवाजे की तरफ बढ़ते हैं।

जल्दी करो कहीं दरवाजा बंद न हो जाए–जैम फुर्ती से दौड़ते हुए बोलता है। इससे पहले कि वह दरवाजा बंद होता, दोनों छलांग लगाते हुए उस दरवाजे के पार धड़ाम से गिरते हैं। उनके दरवाजे के पार जाते ही वह दरवाजा धम की आवाज करता हुआ बंद हो जाता है।

दोनों उठकर खड़े होते हैं और सामने देखते हैं, उन्हें कुछ दूर पर बहुत सारी टिमटिमाती रोशनियाँ नजर आती हैं, दोनों उन टिमटिमाती हुई रोशनियों की तरफ चल पड़ते हैं। चलते-चलते दोनों उन टिमटिमाती हुई रोशनियों के काफी करीब पहुँच जाते हैं। वहाँ का नजारा देखकर दोनों के मुँह फटे के

फटे रह जाते हैं। उनके सामने रोशनियों से जगमगाता एक खूबसूरत शहर था। लेकिन वहाँ एक अजीब-सी उदासी छाई हुई थी।

ओह तो यही लियोन है, काफी खूबसूरत है–जिक्की बोलता है। लेकिन यहाँ एक अजीब-सा सन्नाटा छाया हुआ है, ऐसा लगता है जैसे यहाँ कोई भी नहीं है–जैम बोलता है।

हो सकता है सारे शैतान अभी सो रहे हों–जिक्की बोलता है। हमें यहाँ काफी चौकन्ना रहना होगा–जैम बोलता है।

ठीक है चलो आगे बढ़ते हैं–जिक्की बोलता है।

फिर दोनों उस सुनसान रात में आगे की तरफ बढ़ने लगते हैं। अभी दोनों कुछ दूर आगे बढ़े ही थे कि उन्हें रास्ते मे बीचो-बीच एक बड़ा सा उभरा हुआ ऊँचा काला पत्थर दिखता है, जिसके चारों तरफ से पानी के झरने फूट रहे थे। लेकिन उस काले पत्थर में एक अजीब चीज दिखी, जिसे देखकर दोनों चौंक पड़ते हैं। उस पत्थर पर सुनहरे अक्षरों में कुछ शब्द लिखे हुए थे, जो उस रात के अंधेरे में भी साफ-साफ दिखाई दे रहे थे। दोनों उन शब्दों को ध्यान से पढ़ने लगते हैं।

वे शब्द कुछ इस तरह थे–

ये काले जादू की धरती है बड़ी महान,
यहाँ पर आपका स्वागत है श्रीमान।
अगर आप पाना चाहते हैं,
काले जादू का ज्ञान,
तो आपको करना पड़ेगा,
बहुत बड़ा बलिदान।
जो पूरी तरह पा लेता है,
काले जादू का ज्ञान,
उसकी मुट्ठी में होगा
ये जमीन और आसमान।
यहाँ का राजा है बहुत बलवान,
सारे काले जादूगरों में है वह महान।
सारे काला जादू करने वाले,

करते हैं उनका गुनगान,
विल जोडोन है उसका नाम।
जो भी करता है उसके आदेशों का नाफरमान,
उसे भुगतने पड़ते हैं, उसके परिणाम।

दोनों बड़े ध्यान से पत्थर पर लिखी उस इबारत को पढ़ते हैं। यह इबारत तो कुछ-कुछ उस सुनहरी इबारत की तरह ही दिख रही है–जिक्की उस पत्थर पर लिखे शब्दों की तरफ देखते हुए बोलता है। हाँ और यहाँ के झरने का पानी, ऐसा लगता है कि यह बहता हुआ उसी गुफा में जाता है, जहाँ पर हमने उस सुनहरी इबारत को पढ़ा था–जैम उस झरने के पानी की ओर देखते हुए बोलता है।

इस इबारत में एक शब्द पर तुमने गौर किया–जैम बोलता है।

कौन सा शब्द–जिक्की बोलता है।

वह, विल जोडोन–जैम उन शब्दों की तरफ जिक्की को दिखाते हुए बोलता है।

विल जोडोन, अच्छा तो यह यहाँ का राजा बन बैठा है, सीमाँगा ने ठीक ही कहा था कि यह काला जादूगर लियोन पर कब्जा करके अपने काले जादू के साम्राज्य को बढ़ाना चाहता है–जिक्की बोलता है। चलो अब हमें आगे बढ़ना चाहिए और रूनी रूज को ढूँढ़ने की कोशिश करनी चाहिए–जैम बोलता है।

और फिर दोनों वहाँ से आगे की ओर बढ़ जाते हैं। दोनों आगे सुनसान सड़क पर पेड़ों की ओट में छुपते हुए आगे बढ़ रहे थे। रास्ते के अगल-बगल मकान बने हुए थे, लेकिन वहाँ कोई भी नजर नहीं आ रहा था। दोनों इसी तरह चलते हुए काफी दूर निकल जाते हैं। तभी दोनों को अपनी तरफ किसी के आने की ठक-ठक कदमों की आवाज सुनाई देती है। उस आवाज को सुनकर दोनों सावधान हो जाते हैं और अपने सामने वाले रास्ते की तरफ देखने लगते हैं, जिधर से वह आवाज आ रही थी। तभी उन्हें दूर से काली परछाई दिखाई पड़ती है जो चलती हुई उनकी तरफ ही आ रही थी। जैसे ही वह काली परछाई सड़क के किनारे लगे हुए खम्भे की रोशनी में आती है, दोनों देखते हैं कि एक लम्बा-चौड़ा आदमी सिर से पांव तक काला लबादा पहने हुए उनकी तरफ आ रहा है।

ओह इससे पहले कि वह हमें देख ले, हमें कहीं छुपना होगा–जैम बोलता है।

लेकिन हम कहाँ छुपें, यहाँ छुपने के लिए कोई जगह भी नजर नहीं आ रही है–जिक्की थोड़ा घबराता हुआ बोलता है।

तभी जैम को रास्ते के किनारे एक सीढ़ीदारनुमा जगह दिखाई पड़ती है। दोनों उधर जाते हैं, जैसे ही वे उस सीढ़ीदारनुमा जगह पर पहुँचते हैं, उन्हें उस अंधेरे में एक बड़ा-सा पुराना खंडहर नजर आता है, जिसकी दीवारें टूट-फूट चुकी थीं। फिर दोनों उस खंडहर के पास वाली सीढ़ियों के पास जाकर छुप जाते हैं।

हाँ, यहाँ छुपना ठीक रहेगा–जैम उस सीढ़ीदारनुमा जगह की तरफ देखते हुए बोलता है। दोनों वहाँ छुपकर उस लंबे-चौड़े लबादे पहने हुए व्यक्ति की तरफ देखने लगते हैं।

यह तो वही लग रहा है, जो हमें उस बड़े दरवाजे के बाहर मिला था–जिक्की बोलता है।

हाँ देखने में तो यह कुछ-कुछ वैसा ही लग रहा है–जैम बोलता है। लेकिन यह इतनी रात को घूम क्यों रहा है–जिक्की बोलता है। मुझे तो लगता है कि यह रात में चारों तरफ घूमकर यहाँ की पहरेदारी कर रहा है–जैम बोलता है।

तभी वह लम्बा-चौड़ा शैतान चलता हुआ उस तरफ आने लगता है, जिधर वे छुपे थे।

अरे यह तो चलता हुआ इधर ही आ रहा है, कहीं इसने हमें यहाँ पर छुपते हुए देख तो नहीं लिया–जिक्की बोलता है। तभी जैम की नजर सीढ़ियों के नीचे की तरफ जाती है, वह देखता है कि अंधेरे में वे सीढ़ियाँ नीचे की तरफ जा रही है।

चलो नीचे की तरफ सीढ़ियों पर चलते हैं, अगर वह ढूँढ़ता हुआ इधर आ भी जाता है तो हमें ढूँढ़ नहीं पाएगा–जैम नीचे की ओर जा रही सीढ़ियों की तरफ देखते हुए बोलता है। फिर दोनों उन अंधेरी सीढ़ियों पर चलने लगते हैं।

ओह! यह सीढ़ी तो काफी नीचे तक गई हुई हैं–जिक्की उन अंधेरी सीढ़ियों पर चलते हुए बोलता है। वे दोनों उन सीढ़ियों से उतरते हुए काफी नीचे तक चले जाते हैं, उन्हें अंदर सिर्फ अंधेरा ही नजर आ रहा था।

यह जगह सुरक्षित है, अब वह शैतान हमें नहीं ढूँढ़ पाएगा–जैम बोलता है। दोनों चुपचाप एक जगह पर दुबक कर बैठ जाते हैं। तभी उन्हें वह ठक-ठक की आवाज फिर सुनाई देती है, दोनों उस जानी-पहचानी आवाज को सुनकर चौंक पड़ते हैं।

अरे यह क्या वह शैतान तो सीढ़ियों से उतरता हुआ नीचे हमारी ही तरफ आ रहा है–जिक्की उस ठक-ठक की आवाज को सुनते हुए बोलता है। फिर दोनों वहाँ से उठकर उन अंधेरी सीढ़ियों के और नीचे उतरने लगते हैं। वे आगे-आगे जा रहे थे और उनके पीछे वह ठक-ठक की आवाजे आ रहीं थीं, ऐसा लग रहा था कि जैसे वह शैतान उनका पीछा कर रहा हो। जब दोनों चलते हुए उन सीढ़ियों से सुरंग में काफी नीचे तक पहुँच जाते हैं तो उन्हें एक हल्की-सी रोशनी दिखाई पड़ती है। दोनों उन रोशनियों की तरफ बढ़ते हैं। जैसे ही दोनों उस रोशनी के करीब पहुँचते हैं, उन्हें सामने एक लंबा-चौड़ा गलियारा नजर आता है।

ओह यह हम कहाँ आ गए–जिक्की बोलता है। लेकिन उस सुरंगनुमा गलियारे पर बढ़ना उनकी मजबुरी थी, क्योंकि पीछे से वह शैतान अपने कदमों की ठक-ठक की आवाज करता हुआ आ रहा था।

यह शैतान तो हमारे पीछे ही पड़ गया है, यहाँ तो छुपने की कोई जगह भी नजर नहीं आ रही है–जिक्की उस सुरंगनुमा गलियारे पर तेज कदमों से चलता हुआ बोलता है।

चलो चलते रहो, शायद आगे कोई छुपने की जागह हो–जैम भी चलता हुआ बोलता है।

और दोनों उस रोशनदार सुरंग वाले रास्ते पर तेजी से आगे चले जा रहे थे। तभी उन्हें चलते-चलते गलियारे के बगल में एक अंधेरी कोठरी नजर आती है, दोनों उस शैतान की नजरों से बचने के लिए उस अंधेरी कोठरी में घुस जाते हैं और अपनी सांसों को रोककर उस कोठरी में दुबक जाते हैं। थोड़ी ही देर में पीछे से वह शैतान भी वहाँ आ जाता है और उस अंधेरी कोठरी के पास बिना रूके ठक-ठक की आवाज करता हुआ आगे की ओर

निकल जाता है। शैतान के वहाँ से जाते ही दोनों की सांस में सांस आती है। दोनों उस अंधेरी कोठरी में दुबक कर बैठे रहते हैं। जब तक कि उस शैतान का खतरा टल न जाए, दोनों उस अंधेरी कोठरी में ही सुरक्षित बैठे रहना चाहते हैं। दोनों उस कोठरी के एक कोने में दुबक कर बैठे ही थे कि तभी उन्हें वहाँ पर किसी के कराहने की आवाज सुनाई पड़ती है।

अरे यह कैसी आवाज थी–जिक्की चौंकते हुए बोलता है।

यह तो किसी के कराहने की आवाज लग रही है–जैम बोलता है। लेकिन इस अंधेरी कोठरी में यह किसके कराहने की आवाज हो सकती है, कहीं इस कोठरी में कोई शैतान तो नहीं है, मुझे तो बहुत डर लग रहा है–जिक्की बोलता है।

चुप हो जाओ, चलो उधर देखते हैं, जिधर से यह आवाज आ रही है–जैम बोलता है।

फिर दोनों उठकर उस अंधेरी कोठरी में उधर बढ़ने लगते हैं, जिधर से वह आवाज आ रही थी। दोनों उस अंधेरी कोठरी में दीवारों को टटोलते हुए आगे बढ़ने लगते हैं। थोड़ी दूर चलने पर उन्हें एक हल्की सी जलती हुई दिये की रोशनी नजर आती है। दोनों धीरे-धीरे चलते हुए उस दीये की रोशनी के पास जाते हैं। जैसे ही दोनों दीये की रोशनी के करीब पहुँचते हैं, दोनों चौंक पड़ते हैं। दीये की रोशनी के पास एक बहुत बूढ़ा आदमी जमीन पर लेटा हुआ कराह रहा था। उसके बाल पूरी तरह सफेद थे, चेहरे पर घनी सफेद बड़ी-बड़ी दाढ़ियाँ उगी हुई थीं और उसकी आँख के ऊपर बढ़े हुए सफेद भौहों से उसकी आँखें लगभग ढकी हुई थी। ऐसा लग रहा था कि वह सदियों से वहाँ पर लेटा हुआ था। दोनों उस बूढ़े आदमी को वहाँ पर ऐसी स्थिति में देखकर हैरान थे। यह कोई शैतान तो नहीं लग रहा है–जैम उस बूढ़े आदमी के चेहरे की तरफ देखते हुए बोलता है।

लेकिन यह बूढ़ा आदमी कौन है–जिक्की बोलता है।

यह बूढ़ा आदमी कोई भी हो, लेकिन यह बहुत बुरे हाल में यहाँ पर है–जैम बोलता है।

चलो इससे पूछते हैं कि आखिर यह कौन है और यहाँ पर कैसे आया–जिक्की बोलता है।

लेकिन मुझे तो यह लगता है कि शायद यह कुछ बोलने की स्थिति में भी नहीं है, ऐसा लग रहा है कि यह काफी दिनों से यहाँ पर बीमार पड़ा हुआ है–जैम बोलता है।

परन्तु कोशिश करने में क्या हर्ज है–जिक्की फिर बोलता है।

ठीक है, पूछ कर देख लो–जैम बोलता है।

फिर जिक्की उस बूढ़े आदमी के थोड़ा करीब जाता है और पूछता है–बाबा आप कौन हैं। जिक्की के इस सवाल का कोई जवाब नहीं मिलता है, ऐसा लगता है जैसे वह बूढ़ा आदमी कितने वर्षों से कोमा में है।

जिक्की फिर अपने सवालों को थोड़ा जोर से दुहराते हुए बोलता है। लेकिन दुबारा भी कोई जवाब नहीं आता है।

ओह शायद तुम ठीक बोल रहे हो, पूछने से कोई फायदा नहीं है–जिक्की, जैम की तरफ देखते हुए बोलता है। फिर जिक्की पलटकर वापस आने लगता है कि तभी वह बूढ़ा आदमी अपनी आँखों को धीरे-धीरे खोलने लगता है।

अरे देखो, वह अपनी आँखें धीरे-धीरे खोल रहा है–जैम उस बूढ़े आदमी के चेहरे की तरफ देखते हुए बोलता है। जिक्की भी उधर देखता है। फिर दोनों उस बूढ़े आदमी के सिरहाने पर जाकर खड़े हो जाते हैं। जिक्की फिर वही सवाल पूछता है–आप कौन हैं। जिक्की के इतना बोलते ही वह बूढ़ा आदमी लेटे-लेटे अपनी नजरों को उनकी तरफ करता है और दोनों की तरफ एक हसरत भरी निगाहों से देखते हुए बोलता है। इतने वर्षों बाद–वह बूढ़ा आदमी लड़खड़ाते हुए बोलता है और फिर चुप हो जाता है।

क...कौन आया है यहाँ पर–वह फिर थोड़ी देर पर लड़खड़ाते हुए बोलता है।

मैं जैम हूँ, और यह जिक्की है–जैम धीरे से बूढ़े आदमी की तरफ देखते हुए बोलता है।

लेकिन आप कौन हैं, और यहाँ पर कैसे आए–जिक्की फिर पूछता है। मैं..मैं मार्क्स सीजर–बूढ़ा आदमी लड़खड़ाते हुए बोलता है। यह नाम तो कुछ सुना-सुना सा लग रहा है, अरे हाँ सीमाँगा ने बताया था कि लियोन का राजा मार्क्स सीजर था–जिक्की बोलता है। इसका मतलब कि आप लियोन के राजा हैं–जैम हैरान होते हुए बोलता है।

हाँ–बूढ़ा आदमी धीरे से बोलता है।

ओह लेकिन आपकी यह हालत किसने की, किसने आपको यहाँ पर कैद करके रखा है–जिक्की बोलता है।

चले जाओ यहाँ से, वरना वह शैतान तुम्हें भी मार डालेगा–बूढ़ा आदमी कराहते हुए बोलता है।

मैं समझ गया, यह उस शैतान जादूगर की करतूत है, उसी ने इन्हें यहाँ पर बंदी बनाकर रखा है–जैम बोलता है।

लेकिन सीमाँगा ने बताया था कि उस जादूगर ने कई सौ वर्षों, लगभग ढाई सौ से तीन सौ वर्षों पहले लियोन पर कब्जा किया था, तो क्या वह इतने वर्षों से राजा को यहाँ पर कैद करके रखा है–जिक्की बोलता है।

यही तो मेरी भी समझ में नहीं आ रहा है कि अगर यह लियोन के राजा मार्क्स सीजर हैं तो फिर इतने वर्षों तक जिंदा कैसे हैं, यह तो आश्चर्य है–जैम भी थोड़ा आश्चर्यचकित होते हुए बोलता है। हो सकता है उस वक्त के लोग अधिक दिनों तक जिंदा रहते होंगे–जिक्की बोलता है।

या फिर यह भी हो सकता है कि उस जादूगर ने इन्हें अपने जादू से इतने वर्षों तक जिंदा रखा होगा–जैम बोलता है।

तभी जिक्की राजा की तरफ देखता हुआ धीरे से उनसे पूछता है–मि. सीजर आप यहाँ कितने वर्षों से कैद हैं?

पता नहीं सदियों बीत गये, अब तो मैं वर्षों की गिनती भी भूल गया–राजा थोड़ा भर्राते हुए बोलता है।

मि. सीजर हम आपकी मदद करना चाहते हैं, बताइये हम आपकी क्या मदद करें–जैम राजा से बोलता है।

अगर तुम हमारी मदद करना चाहते हो, तो लियोन को उस जादूगर के चंगुल से आजाद करवाओ, तब ही मेरी आत्मा को शांति मिलेगी और मैं चैन से मर सकूँगा–राजा धीरे-धीरे लड़खड़ाते हुए बोलता है।

हम कोशिश करेंगे कि लियोन को उसके चंगुल से आजाद करवाएं–जैम बोलता है।

इतना सुनने के बाद राजा अपनी आँखें बंद कर लेता है, ऐसा लगता है जैसे वह फिर चिरनिद्रा में चला गया हो।

मुझे लगता है कि इन्हें आराम करने देना चाहिए, इन्हें डिस्टर्ब नहीं करना चाहिए–जैम बोलता है।

हाँ तुम ठीक कह रहे हो, इन्हें बात करने में भी तकलीफ हो रही है–जिक्की बोलता है।

चलो अब यहाँ से चलते हैं–जैम बोलता है। फिर दोनों वापस अंधेरी कोठरी के दरवाजे पर आ जाते हैं और वहाँ पर खड़े हो जाते हैं। दोनों उस रोशनदार सुरंग के दायें-बायें देखते हैं, उन्हें आसपास कोई भी नजर नहीं आ रहा था।

मुझे लगता है वह शैतान वापस चला गया होगा, चलो अब इस सुरंग से बाहर निकलते हैं–जिक्की धीरे से बोलता है।

फिर दोनों उस अंधेरी कोठरी से बाहर निकलकर उस सुरंग के रास्ते पर चलने लगते हैं। गलियारे में अगल–बगल कई छोटे–छोटे गलियारे नजर आ रहे थे। ऐसा लग रहा था, जैसे वह कोई भूल–भूलैया हो। यह सुरंग तो किसी पुरानी भूमिगत जेल की तरह लग रही है, जहाँ पर कैदियों को रखा जाता होगा–जिक्की बोलता है।

ठीक है ध्यान से चलो कहीं हम रास्ता भटककर इस भूल–भूलैया में खो न जाएँ–जैम बोलता है।

दोनों उस सुरंगनुमा रास्ते पर चलते जा रहे थे। तभी एकाएक उनके सामने बगल वाले रास्ते से निकलता हुआ कोई आता है, उसे अपने सामने देखते ही दोनों एक जगह पर बर्फ की तरह जम जाते हैं। उनके सामने कोई और नहीं बल्कि काला लबादा पहने हुआ लंबा-चौड़ा वह शैतान खड़ा था।

तुम दोनों कौन हो और यहाँ पर क्या कर रहे हो–उनके सामने खड़ा वह लम्बा-चौड़ा शैतान उनसे पूछता है।

दोनों की तो छिग्घी बंध गई थी, उनके मुँह से कोई शब्द ही नहीं निकल रहे थे। तभी शैतान फिर गरजते हुए बोलता है–तुम दोनों यहाँ के तो नहीं लग रहे हो, इसका मतलब कि तुम हमारे राजा की इजाजत के बिना चोरी–छुपे यहाँ आए हो। तभी जैम थोड़ी हिम्मत दिखाता हुआ बोलता है।

हम अपने दोस्त को ढूँढ़ने आए हैं, जिसे तुम लोगों ने उठाकर यहाँ लाया है–जैम बोलता है।

अच्छा तो तुम दोनों अपने दोस्त को ढूँढ़ने यहाँ आए हो, तुम यहाँ पर आ तो गए हो, लेकिन अब तुम यहाँ से बचकर नहीं जा सकते हो—शैतान बोलता है।

और फिर वह शैतान अपनी लम्बी-लम्बी डेंगे भरता हुआ दोनों की तरफ बढ़ता है। उस शैतान को अपनी तरफ बढ़ता देख जैम और जिक्की भी जवाबी हमले के लिए तैयार हो जाते हैं। जैम झट से धारदार खंजर निकालता है तो जिक्की भी अपनी गुलेल निकाल लेता है। लेकिन इससे पहले कि दोनों अपने हथियारों से उस शैतान पर हमला करते, वह शैतान गोली की फूर्ती सी तेजी से दोनों तक आ पहुँचता है और दोनों को अपने पंजे से उठाता हुआ दूर उछाल देता है। दोनों उस सुरंग के गलियारे में दूर धड़ाम से जा गिरते हैं, और दर्द से कराहने लगते हैं। जैम को लगता है कि वे उस शैतान के सामने टिक नहीं पाएँगे इसलिए उसे जादुई लालटेन निकालनी चाहिए। वह अपने बैग से जादुई लालटेन को निकालने की कोशिश करता है कि तभी वह शैतान दनदनाता हुआ उसके पास आ पहुँचता है और अपने पंजे से उस पर वार करता है लेकिन जैम फुर्ती से नीचे झुकता हुआ उसके वार से बचता है। परन्तु वह शैतान अपने दूसरे पंजे से जैम को पकड़कर दूर फेंक देता है। एक जोरदार झटके के साथ जैम के कंधे से बैग वहीं गिर जाता है और वो अपने बैग से काफी दूर घिसटता हुआ चला जाता है। फिर वह लंबा-चौड़ा शैतान जिक्की की तरफ मुड़ता है। उसे अपनी ओर आता देख जिक्की के चेहरे पर हवाइयां उड़ने लगती है। जिक्की उस शैतान की पहुँच से दूर भागने की कोशिश करता है, लेकिन वह शैतान फुर्ती से उसके पास पहुँचकर उसकी टाँगों को पकड़ता है और उसे उल्टा लटकाते हुए उठा देता है। तभी जिक्की के बैग से एक कांसे का कड़ा टन की आवाज करता हुआ उस पथरीली जमीन पर गिरता है। शैतान का ध्यान उस कांसे के कड़े की तरफ जाता है। वह शैतान एकटक निगाहों से उस कड़े की तरफ देखने लगता है और जिक्की को एक तरफ खिलौने की तरह उछालकर फेंक देता है।

ओह मार डाला रे—जिक्की सुरंग की दीवारों से टकराकर कराहते हुए बोलता है।

जैम और जिक्की डर से कराहते हुए उस शैतान को देखने लगते हैं, वह शैतान उस कड़े को जमीन से उठाकर अपनी नजरों के सामने लाता है

और उस पर अपनी नजरें गड़ाकर देखने लगता है। वह उस कड़े को ऐसे देख रहा था, जैसे उसे पहचानता हो। उस कड़े को देखते-देखते वह शैतान थोड़ी देर में दर्द के मारे बिलख उठता है और अपने सिर को पकड़कर जमीन पर घुटनों के बल बैठ जाता है। दोनों दूर से शैतान की हरकत को देखकर आश्चर्य में पड़ जाते हैं कि यह क्या हो रहा है, आखिर उस कड़े में ऐसी क्या बात है जिसे देखकर वह शैतान दर्द के मारे बिलख रहा है। थोड़ी देर तक वह शैतान अजीब-अजीब हरकतें करता रहा, जैसे वह कभी अपने बाल नोंचता तो कभी अपने सिर को पकड़कर दर्द से कराहने लगता, ऐसा लग रहा था कि जैसे वह कुछ याद करने की कोशिश कर रहा हो।

थोड़ी देर बाद वह शैतान बिलखता हुआ बोलता है–यह कड़ा तुम्हें कहाँ मिला?

ये कड़ा हमें रास्ते में मिला–जिक्की बोलता है।

ओह! ऐसा क्यों लग रहा है कि इस कड़े से मेरी कुछ यादें जुड़ी हुई हैं–शैतान अपने सिर को पकड़कर दर्द से कराहते हुए बोलता है। तभी जैम बोल पड़ता है–यह कड़ा हमें रास्तें में बाँब शुल्ज नाम के एक बूढ़े आदमी ने दिया था।

हाँ यह कड़ा उनके बेटे का था, जिसे आज से 20 साल पहले शैतान उठाकर ले गए थे–जिक्की बोलता है।

जिक्की के इतना बोलते ही वह शैतान अपने सिर को पकड़कर नीचे की तरफ झुकाता हुआ एक जोरदार दर्द के साथ कराहने लगता है। ऐसा लग रहा था कि वह कुछ याद करने की कोशिश कर रहा था और उसका सिर दर्द से फटा जा रहा था। कुछ देर तक वह शैतान उसी तरह दर्द से कराहता रहता है, फिर वह अपने सिर को उठाता है, उसकी आँखों में आंसू भरे हुए थे।

मि. बाँब, बाँब शुल्ज, मेरे पिता–शैतान रोते हुए बोल रहा था। दोनों उस शैतान के मुँह से यह बात सुनकर जैसे उछल पड़ते हैं।

ओह! क्या तुम मि. बाँब शुल्ज के बेटे हो–जैम हैरत भरी नजरो से उस शैतान की तरफ देखते हुए बोलता है। यह कांसे का कड़ा तुम्हारे पिता ने हमें दिया था और हम से कहा था कि जहाँ भी उनका बेटा मिले उसे कांसे का यह कड़ा दे देना, लेकिन हमने सपने में भी यह नहीं सोचा था कि हमारी तुमसे मुलाकात इस तरह होगी–जैम बोलता है।

ओह! मेरे पिताजी, मुझे सब कुछ याद आ रहा है, मेरी माँ, मेरे भाई, कैसे हैं वे सभी–शैतान सुबकते हुए बोलता है।

ओह! लगता है उस जादूगर ने काले जादू से इसे शैतान बना दिया–जिक्की बोलता है।

और अब इसके ऊपर से काले जादू का असर कम होता जा रहा है, इसलिए इसे अपनी पुरानी बातें याद आ रही हैं–जैम बोलता है। तो इसे उस रात हुई घटना के बारे में बताना होगा, जो मि. बाँब ने हमें बताया था–जिक्की बोलता है। फिर दोनों उसे रात की घटना के बारे में बताते हैं, कि उस रात को शैतानी हमले में उसके परिवार में सिर्फ उसके पिता और उसका एक भाई बचा था। तुम्हें वे शैतान उठाकर यहाँ ले आए और अपने काले जादू से शैतान बना दिया। तुम्हारा बचा हुआ भाई तुम्हें ढूँढ़ने निकला था, लेकिन वह आज तक अपने गाँव वापस नहीं लौटा–जैम उस शैतान को सारी कहानी सुना रहा था। जैम के मुँह से अपनी सारी कहानी सुनने के बाद वह शैतान अपने सिर को झुकाकर रोने लगता है। थोड़ी देर बाद वह शैतान शांत होता है और अपनी नजरें उठाकर दोनों की तरफ देखता है।

ओह! मुझे माफ कर दो, मैंने तुम्हारे साथ बहुत बुरा सलूक किया–शैतान दोनों से माफी मांगता हुआ बोलता है।

कोई बात नहीं, यह तो तुमने उस काले जादू के नशे में किया–जैम बोलता है।

तुम दोनों कौन हो–शैतान उनकी तरफ देखते हुए पूछता है। मैं जैम हूँ और यह मेरा दोस्त जिक्की है–जैम बोलता है। लेकिन तुम यहाँ पर करते क्या हो–जिक्की उस शैतान से पूछता है। इस काले जादू की दुनिया में रात का पहरेदार हूँ–शैतान बोलता है।

तुम्हारा नाम क्या है–जैम पूछता है।

पता नहीं, मैं तो अपना नाम भी भूल चुका हूँ, बस यहाँ पर लोग मुझे रात के पहरेदार से ही जानते हैं–शैतान बोलता है।

थोड़ी देर बाद दोनों उस शैतान से यानी रात के पहरेदार से बातें करते हुए काफी घुलमिल जाते हैं, अब शायद उन्हें उससे डर नहीं लग रहा था।

तुमने थोड़ी देर पहले कहा था कि तुम अपने दोस्त को ढूँढ़ने यहाँ पर आए हो–रात का पहरेदार बोलता है।

हाँ, हम अपने दोस्त रूनी रूज को यहाँ से छुड़ाने आए हैं, जिसे उस काले जादूगर के शैतान ने यहाँ पर उठाकर लाया है–जैम बोलता है।

ओह लेकिन यह काफी मुश्किल है–रात का पहरेदार बोलता है। क्या तुम हमारी इसमें मदद कर सकते हो–जैम बोलता है।

मैं तुम्हारी मदद करने के लिए तैयार हूँ, लेकिन........–शैतान इतना बोलकर रूक जाता है।

लेकिन क्या–जिक्की बोलता है।

तुम्हारा दोस्त उन खतरनाक मोजेकों के कब्जे में होगा–रात का पहरेदार बोलता है।

ये मोजेक क्या होते हैं–जिक्की पूछता है।

मोजेक उस जादूगर के विशेष दूत हैं और उनके रहते हुए वहाँ कोई परिंदा भी पर नहीं मार सकता–रात का पहरेदार बोलता है। लेकिन वे हमारे दोस्त को यहाँ पर पकड़ कर क्यों लाए हैं–जैम बोलता है।

वह जादूगर अपने काले जादू की शक्ति से उसे कुछ दिनों में शैतान बना देगा–रात का पहरेदार बोलता है।

नहीं हम ऐसा नहीं होने देंगे–जिक्की बोलता है।

मैं तुम्हारी यही मदद कर सकता हूँ कि तुम्हें उन मोजेकों तक पहुँचने का रास्ता बता सकता हूँ–रात का पहरेदार बोलता है।

ठीक है तुम हमारी इतनी मदद कर दो–जैम बोलता है।

लेकिन मुझे एक बात समझ में नहीं आई कि आखिर वह जादूगर उसे शैतान क्यों बनाना चाहता है–जिक्की बोलता है।

जादूगर के शैतानी दूत अक्सर नौजवान लड़कों को पकड़कर यहाँ लाते हैं और वह अपने काले जादू की शक्ति से उसे शैतान बनाकर अपनी सेना में शामिल करता है–रात का पहरेदार बोलता है।

लेकिन वह जादूगर ऐसा क्यों करता है–जिक्की पूछता है।

ऐसा करके वह अधिक से अधिक लोगों को अपने साथ मिलाकर अपनी शैतानी शक्ति को बढ़ा रहा है–रात का पहरेदार बोलता है। तभी जिक्की उस रात के पहरेदार की तरफ देखते हुए पूछता है–क्या तुम अपने पिता के पास वापस जाना चाहते हो।

मेरे पिता जिंदा हैं यह जानकर मुझे खुशी हुई है, मैं उनसे मिलना चाहता हूँ, लेकिन जो भी यहाँ एक बार आ जाता है, वह यहाँ से वापस नहीं जा सकता है–रात का पहरेदार थोड़ा उदास होकर बोलता है।

पर क्यों–जिक्की बोलता है।

क्योंकि अगर मैं यहाँ से भागने में कामयाब हो भी गया, तो वह जादूगर अपने काले जादू की शक्ति से मुझे ढूँढ़ लेगा और मुझे मार डालेगा–रात का पहरेदार बोलता है।

लेकिन उसने लियोन के राजा को बंदी बनाकर क्यों रखा है–जैम पूछता है।

मैं इस बारे में ज्यादा नहीं जानता, बस इतना सुना है कि पहले यहाँ इंसान रहते थे। जादूगर ने अपने काले जादू के बलबूते यहाँ पर कब्जा कर लिया और यहाँ के लोगों को काले जादू से शैतान बनाकर अपना गुलाम बना लिया। जो लोग उसके साथ शामिल नहीं हुए उन्हें या तो मार दिया गया या उन्हें जबरन काले जादू से शैतान बना दिया गया–रात का पहरेदार बोलता है।

ओह सच में यहाँ के लोगों के साथ बहुत बुरा हुआ–जैम दुःख जताते हुए बोलता है। लेकिन अब हम अपने दोस्त को जादूगर के चंगुल से कैसे छुड़ाएँगे–जिक्की उस रात के पहरेदार से पूछता है।

जिक्की के इस सवाल पर थोड़ी देर के लिए वह पहरेदार चुपचाप होकर सोचने लगता है, फिर वह बोलता है–मुझे लगता है तुम दोनों काफी थक गए हो, पहले मैं तुम्हें एक सुरक्षित स्थान पर ले चलता हूँ, तुम वहीं पर रहना, मैं पहले पता कर लूँ कि उस जादूगर ने तुम्हारे दोस्त को कहाँ छुपा रखा है, उसके बाद सोचेंगे कि आगे क्या करना है?

ठीक है–उस पहरेदार की बात से सहमत होते हुए दोनों अपना सिर हिलाते हुए बोलते हैं।

चलो मेरे पीछे-पीछे आओ—रात का पहरेदार इतना बोलता है और सुरंग के रास्ते पर चलने लगता है। जैम और जिक्की भी उसके पीछे-पीछे चलने लगते हैं। वे उस सुरंग में कई सारे छोटे-बड़े गलियारों से होते हुए चलते जाते हैं। कुछ देर बाद वह पहरेदार उन्हें एक कमरे में लेकर पहुँचता है जो एक बैरकनुमा कमरे की तरह लगता है। जिसमें हल्की रोशनी जलती रहती है।

तुम दोनों के लिए यह जगह सुरक्षित है। तुम दोनों यहाँ पर आराम करो, मैं तुम्हारे दोस्त के बारे में पता करके फिर कल रात को यहाँ आऊँगा, और हाँ यहाँ से बाहर निकलने की कतई कोशिश मत करना, जब तक कि मैं ना आऊँ—रात का पहरेदार बोलता है।

फिर रात का पहरेदार दोनों को उस कमरे में छोड़कर वहाँ से चला जाता है और थोड़ी देर में वह सुरंग के रास्ते पर चलता-हुआ उनकी नजरों से ओझल हो जाता है। दोनों काफी थक चुके थे, इसलिए दोनों कमरे के एक कोने में लुढ़क जाते हैं। जमीन पर लेटने के साथ ही उन्हें गहरी नींद आ जाती है और दोनों बदहवास होकर वहीं पर सो जाते हैं।

15

बंद दरवाजे के पार

दोनों की नींद टूटती है, वे उठकर बैठ जाते हैं, लेकिन उस कमरे में उन्हें समझ में नहीं आ रहा था कि अभी दिन है या रात। तभी जैम को कमरे के ऊपर की दीवारों से एक छोटे से छेद से कमरे के अंदर दीवार पर रोशनी आती हुई नजर आती है।

यह तो सूरज की रोशनी की तरह लग रही है, जो बाहर से इस कमरे की दीवार पर आ रही है–जैम उस पतली लंबी-सी रोशनी की रेखा देखते हुए बोलता है।

इसका मतलब कि सुबह हो गई है–जिक्की बोलता है।

दोनों काफी देर तक उस कमरे में बैठे रहते हैं। जिक्की का मन उस कमरे में बैठे-बैठे उचटने लगता है।

इस कमरे में बैठे-बैठे मैं बोर हो रहा हूँ, चलो कमरे के बाहर चलते हैं–जिक्की बोलता है।

नहीं हमें कमरे के बाहर नहीं निकलना चाहिए, रात के पहरेदार ने हमें कमरे से बाहर निकलने को मना किया है, हो सकता है बाहर कोई खतरा हो–जैम बोलता है।

लेकिन हम इस कमरे में कब तक बैठे रहेंगे–जिक्की बोलता है। जब तक कि वह रात का पहरेदार हमारे पास दुबारा वापस नहीं आ जाता है–जैम बोलता है।

दोनों किसी तरह उस कमरे में बैठकर दिन काटते हैं और रात होने का इंतजार करते हैं। रात हो जाती है, अब दोनों रात के पहरेदार के आने का इंतजार करने लगते हैं। काफी देर इंतजार करने के बाद आखिर में उन्हें किसी के कदमों की ठक-ठक की आवाज सुनाई पड़ती है। थोड़ी देर में वह लम्बा-चौड़ा रात का पहरेदार उनके सामने आकर खड़ा हो जाता है।

क्या हुआ हमारे दोस्त का कुछ पता चला—जिक्की उस लंबे-चौड़े रात के पहरेदार की तरफ देखता हुआ पूछता है।

हाँ मैंने पता किया, मेरा अनुमान सही निकला, तुम्हारा दोस्त उन खतरनाक मोजेकों के कब्जे में है—रात का पहरेदार उनकी तरफ देखते हुए बोलता है।

लेकिन एक बात और पता चली है, जो शायद अच्छी नहीं है—रात का पहरेदार थोड़ा चिंतित होते हुए बोलता है।

कैसी बात—जैम पूछता है।

यही कि आने वाली पूर्णिमा की रात तक जादूगर उसे अपने जादू से पूरी तरह शैतान बना देगा—रात का पहरेदार बोलता है।

नहीं ऐसा नहीं हो सकता—जिक्की बोलता है।

पूर्णिमा की रात आने में कुछ ही दिन बचे हैं, तुम्हें अपने दोस्त को उससे पहले जादूगर के चंगुल से छुड़ाना होगा—रात का पहरेदार बोलता है।

इससे पहले कि पूर्णिमा की रात आए, हम अपने दोस्त को उसके चंगुल से छुड़ा लेंगे—जिक्की बोलता है।

तो ठीक है चलो हमारे साथ, मैं तुम्हें बताऊँगा कि उन्होंने तुम्हारे दोस्त को कहाँ छुपा रखा है—रात का पहरेदार बोलता है। फिर तीनों उस बंकरनुमा कमरे से बाहर निकलकर सुरंगनुमा रास्ते पर चलने लगते हैं और थोड़ी देर में सभी उस पुराने खंडहर से बाहर निकल आते हैं। बाहर अंधेरी रात थी, रात का पहरेदार आगे-आगे अपने काले लबादे पहने चल रहा था और उसके पीछे-पीछे दोनों चलते जा रहे थे। तीनों काफी देर तक उस अंधेरी रात में चलते रहते हैं। चलते-चलते वे एक किले के पास पहुँच जाते हैं। उनके सामने रोशनियों से जगमगाता एक आलीशान किला था।

तुम्हारे दोस्त को इसी किले में मोजेकों ने बंदी बनाकर रखा है–रात का पहरेदार उस आलीशान किले की तरफ अपनी उंगलियों से इशारा करता हुआ बोलता है।

लेकिन हम इस आलीशान किले में प्रवेश कैसे करेंगे–जिक्की बोलता है।

तुम मुख्य द्वार से इस किले के अंदर नहीं जा सकते हो, क्योंकि वहाँ पर जबरदस्त पहरा है, यहाँ तक कि मुझे भी इस किले में जाने की इजाजत नहीं है–रात का पहरेदार बोलता है।

तो फिर हम अंदर कैसे जाएँगे–जैम बोलता है।

मैं तुम्हें एक गुप्त रास्ते की तरफ ले चलता हूँ, तुम वहाँ से आसानी से इस किले में प्रवेश कर सकते हो–रात का पहरेदार बोलता है। फिर तीनों एक पतली पगडंडीनुमा रास्ते पर बढ़ जाते हैं, उस रास्ते पर चलते-चलते वे एक घनघोर जंगल में पहुँच जाते हैं और रात के अंधेरे में तीनों उस घनघोर जंगल के अंदर चलते जाते हैं। क्या तुम मोजेकों से कभी मिले हो–जिक्की चलते-चलते रात के पहरेदार से पूछता है।

बहुत कम–रात का पहरेदार बोलता है।

वे दिखने में कैसे लगते हैं–जिक्की बोलता है।

वे खूनी भेड़िये हैं–रात का पहरेदार बोलता है। मैं कुछ समझा नहीं–जिक्की बोलता है।

वह इंसान और भेड़िये दोनों का मिलाजुला रूप है–रात का पहरेदार बोलता है।

लेकिन मेरी समझ में एक बात नहीं आई कि आखिर उस काले जादूगर के शैतानी दूत पूर्णिमा की रात्रि में ही किसी पर हमला क्यों करते हैं–जैम पूछता है।

क्योंकि पूर्णिमा की रात्रि में वे काफी शक्तिशाली हो जाते हैं–रात का पहरेदार बोलता है।

लेकिन वह पूर्णिमा की रात्रि में इतने शक्तिशाली क्यों हो जाते हैं–जैम फिर पूछता है। क्योंकि उस दिन काला जादू अपने पूरे शबाब पर होता है और उस रात काले जादू की शक्ति को तोड़ना अर्थात हराना काफी मुश्किल होता है–रात का पहरेदार बोलता है।

जिक्की के मन में एक सवाल जो काफी देर से उमड़ रहा था, वह आखिर उस सवाल को पूछ बैठता है।

क्या तुम कभी उस काले जादूगर यानी कि इस काले जादू की धरती के सम्राट विल जोडोन से मिले हो–जिक्की रात के पहरेदार से पूछता है। उसके इस सवाल पर थोड़ी देर के लिए रात का पहरेदार उसकी तरफ ऐसा घूरता हुआ देखता है जैसे किसी ने उससे काफी बड़ा और भारी भरकम सवाल पूछ लिया हो।

कुछ ही बार मिला हूँ–रात का पहरेदार काफी खामोशी से बोलता है। क्या उसकी शक्ल भी भेड़ियों जैसी है–जिक्की फिर पूछता है। नहीं वह इंसानों की तरह ही दिखता है लेकिन उसकी काले जादू की शक्तियाँ उसे सबसे खतरनाक बना देती है–रात का पहरेदार शांति से बोलता है। लियोन के राजा मार्क्स सीजर इतने वर्षों तक जिंदा कैसे हैं, क्या उस वक्त के लोग इतने वर्षों तक जीवित रहते थे–जैम पूछता है।

उस वक्त के लोग अधिक दिनों तक जीवित रहते थे, लेकिन इतने वर्षों तक भी नहीं–रात का पहरेदार बोलता है।

तो फिर मार्क्स सीजर इतने वर्षों तक कैसे जिंदा हैं–जैम बोलता है। काले जादू की शक्ति से, उस जादूगर ने काले जादू की शक्ति से उन्हें अब तक जिंदा रखा है–रात का पहरेदार बोलता है।

तीनों इसी तरह बातें करते हुए उस अंधेरे जंगल में आगे बढ़ते चले जा रहे थे कि तभी पास के पेड़ों के बीच से हल्की हवा के झोंके की तरह किसी के आने की आवाज होती है। जैम और जिक्की दोनों उन पेड़ों की तरफ देखते हैं। अरे यह उन पेड़ों के बीच से हवा के झोंके की तरह कौन आ रहा है–जिक्की उन पेड़ों की तरफ देखते हुए बोलता है, जिसके पत्ते उन हवा के झोंकों से हिलने लगे थे।

ये आवारा जंगली भूत भी ना पता नहीं कहाँ-कहाँ भटकते रहते हैं–रात का पहरेदार बोलता है।

क्या कहा, जंगली भूत....जिक्की थोड़ा सहमते हुए बोलता है। तुम दोनों जल्दी से उन झाड़ियों की तरफ जाकर छुप जाओ—रात का पहरेदार बोलता है। दोनों बिना सवाल किये तुरंत पास की झाड़ियों में जाकर छुप जाते हैं और उधर देखने लगते हैं जिधर से हवा के झोंके आ रहे थे। थोड़ी देर में एक लम्बी सी काली परछाई उन पेड़ों के बीच से निकलती हुई आती है और वह रात के पहरेदार के सामने आकर खड़ी हो जाती है। दोनों झाड़ियों के पीछे दुबककर उस काली परछाई को देखकर सोचते हैं कि पता नही अब क्या होगा। उस परछाई से एक बुरी सी दुर्गंध भी आ रही थी जिससे बचने के लिए दोनों अपनी नाक ढंक लेते हैं।

अरे यार क्या बात है, आज रात में इन जंगलों की तरफ कैसे आना हुआ—वह लम्बी सी काली परछाई रात के पहरेदार के सामने आकर उससे पूछती है।

कुछ नहीं, बस हमें पता चला था कि इन जंगलों में कुछ अनजाने जानवर आ गए हैं, इसलिए इधर आया—रात का पहरेदार काली परछाई से बोलता है। लेकिन हमें तो ऐसा कोई भी जानवर नजर नहीं आया-काली परछाई बोलती है।

हो सकता है किसी ने कोई झूठी अफवाह उड़ाई हो, अच्छा छोड़ो यह बताओ आजकल कैसा चल रहा है—रात का पहरेदार बोलता है।

अपने तो मजे ही मजे हैं—काली परछाई बोलती है।

ठीक है अब मैं चलता हूँ, आज बहुत काम है—रात का पहरेदार बोलता है।

अरे यार छोड़ो काम-वाम, इतने दिनों बाद मिले हो, चलो दो-दो पैग हो जाए—काली परछाई बोलती है।

नहीं आज नहीं यार, और किसी दिन—रात का पहरेदार बोलता है। ठीक है जैसी तुम्हारी मर्जी, लेकिन आना जरूर, चलता हूँ, पता नहीं वह भूतनी कहाँ चली गई—इतना कहता हुआ वह काली परछाई उन पेड़ों की ओर सरसराती हवा की तरह चलता हुआ गायब हो जाता है। उस काली परछाई के वहाँ से जाते ही बुरी दुर्गंध भी चली जाती है। दोनों अपनी नाक से हाथों को हटाते हैं और चैन की साँस लेते हैं।

चलो बाहर आ जाओ–रात का पहरेदार उन झाड़ियों की तरफ देखता हुआ बोलता है, जहाँ दोनों छुपे हुए थे।

यह कौन था–जैम झाड़ियों से निकलते ही पूछता है।

यह जंगली भूत था–रात का पहरेदार बोलता है।

क्या जंगली भूत इतने बदबूदार होते हैं–जिक्की अपनी नाक-भौंह सिकोड़ते हुए बोलता है।

लेकिन ये भूत इन जंगलों में क्या करते हैं–जैम पूछता है।

ये इन जंगलों में पहरेदारी करते हैं और कोई भी अनजानी चीज नजर आने पर वह इसकी सूचना शैतान जादूगर को देते हैं–रात का पहरेदार बोलता है।

यानी कि यह भी उस शैतान जादूगर से मिले हुए हैं–जिक्की बोलता है। तुमने ठीक सोचा, इसलिए मैंने तुम दोनों को छुपने के लिए कहा, क्योंकि इन पर विश्वास नहीं किया जा सकता, हो सकता है यह तुम दोनों को देखकर इसकी चुगली जादूगर से कर देते–रात का पहरेदार बोलता है। और फिर तीनों वहाँ से आगे की तरफ उन जंगलों में चल देते हैं। कुछ देर चलने के बाद रात का पहरेदार एक जगह पर जाकर रूक जाता है, उसके सामने एक बड़ा-सा गटर से बहता हुआ पानी उस जंगल में आ रहा था। लो आखिर वह जगह आ गई, जहाँ से तुम्हें उस किले में जाना है–रात का पहरेदार उस गटर की तरफ दोनों को दिखाते हुए बोलता है। लेकिन यह तो गटर है जिससे बहता हुआ पानी इस घने जंगल में आ रहा है–जिक्की उस गटर की तरफ देखते हुए बोलता है।

हाँ यह गटर है जो उस किले से निकलकर इन जंगलों में आ रहा है और बस यही एक सुरक्षित रास्ता है जिससे होते हुए तुम उस किले में जा सकते हो–रात का पहरेदार बोलता है।

मैं इस गंदे गटर में नहीं जाऊंगा–जिक्की अपनी नाक-भौंव सिकोड़ते हुए बोलता है।

लेकिन इसके अलावा और कोई सुरक्षित रास्ता नहीं है, जहाँ से तुम इस महल में जा सकते हो–रात का पहरेदार जिक्की को समझाते हुए बोलता है।

अरे यार कुछ ही देर की तो बात है, उसके बाद हम इस गटर से निकलकर उस किले में पहुँच जाएँगे और वैसे भी हम अपने दोस्त की जान बचाने के लिए इतना तो कर ही सकते है–जैम भी जिक्की को समझाता है। अन्त में जिक्की दोनों की बात मानकर उस अंधेरे गटर में उतरने को तैयार हो जाता है।

ठीक है दोस्तों अब मैं चलता हूँ, मैं आशा करता हूँ कि तुम अपने दोस्त को उस जादूगर के चंगुल से बचाने में सफल हो जाओगे–रात का पहरेदार उनसे विदा लेते हुए बोलता है।

ठीक है दोस्त, हमारी मदद करने के लिए शुक्रिया–जैम बोलता है। और हाँ एक बात, उन खतरनाक मोजेकों से सावधान रहना–रात का पहरेदार बोलता है।

फिर रात का पहरेदार वहाँ से मुड़कर लौट जाता है और थोड़ी ही देर में वह उस अंधेरे जंगल में गायब हो जाता है। जैम और जिक्की धीरे-धीरे उस अंधेरे गटर में उतरते हैं। गटर काफी चौड़ा रहता है और इतना ऊँचा रहता है कि वह आराम से खड़े होकर उसमें चला जा सकता है। दोनों उस गटर के किनारे बने पत्थर की गलियारे पर चलने लगते हैं। अंदर काफी अंधेरा रहता है इसलिए जैम अपनी पाकेट टार्च निकालकर उस गोल गटर में रास्ते दिखाता हुआ आगे बढ़ने लगता है।

ओह यहाँ तो काफी अंधेरा है और उस पर से यह बदबू–जिक्की अपनी नाक बंद करते हुए बोलता है।

ध्यान से नीचे देखकर चलो, कहीं इस गटर के पानी में गिर न जाना–जैम आगे-आगे टार्च की हल्की रोशनी दिखाता हुआ पत्थर के पतले गलियारे पर चलते हुए बोलता है।

तुम्हें तो खुशी होगी, अगर मैं इस गटर के पानी में गिर जाऊँ–जिक्की बोलता है।

क्यों–जैम थोड़ा मुस्कुराते हुए बोलता है।

क्योंकि यहाँ पर नहाने के लिए कहीं साफ पानी भी नहीं है–जिक्की बोलता है।

दोनों उस गटर में धीरे-धीरे आगे बढ रहे थे कि तभी जैम को कुछ फड़फड़ाने की हल्की-सी आवाज सुनाई देती है। जैम के कान खड़े हो जाते हैं और वह टार्च की रोशनी इधर-उधर मारकर देखने लगता है, लेकिन जैसे ही वह टार्च की रोशनी सामने की तरफ मारता है, उसे एक उड़ती हुई काली चीज उनकी तरफ आती हुई दिखती है। जैम अभी उसे ठीक से देख पाता कि तभी वह चीज तेजी से उड़ती हुई जैम को पार करके जिक्की के चेहरे से पट से टकराती है।

अआआ आ आई.... –जिक्की दहशत के मारे चिख पड़ता है और अपना संतुलन खोकर गटर के पानी में गिरने ही वाला होता है कि तभी जैम उसके हाथ को पकड़ लेता है और उसे अपनी तरफ खींच लेता है। थोड़ी देर तक वह दहशत के मारे एक जगह पर खड़ा रहता है, उसके रोंगटे खड़े हो गए थे। कुछ देर बाद वह सामान्य होता है। वह क्या चीज थी जो मेरे चेहरे से टकराई–जिक्की जैम की तरफ देखते हुए पूछता है।

मुझे लगता है शायद वह कोई चमगादड़ होगा–जैम बोलता है। छी... गंदे चमगादड़–जिक्की अपने जीभ से थूकते हुए बोलता है। हाँ, क्योंकि चमगादड़ अक्सर ऐसी ही जगहों में छुपकर रहते हैं–जैम बोलता है।

मुझे चमगादड़ों से नफरत है, गंदे कहीं के–जिक्की बोलता है।

इस गटर के पानी से तो अच्छे हैं–जैम थोड़ा चुटकी लेते हुए बोलता है। ठीक है चलो अब आगे बढ़ते हैं–जिक्की फिर अपनी नाक भौं सिकोड़ते हुए बोलता है।

फिर दोनों काफी देर तक उस टार्च की हल्की रोशनी में गटर के किनारे बने उस पतले गलियारे पर चलते रहते हैं। धीरे-धीरे चलते-चलते वह गटर संकरा होता जाता है। अब दोनों के सिर उस गटर की छत को छूने लगते हैं।

ओह यह गटर तो धीरे-धीरे संकरा होता जा रहा है, लेकिन अभी तक इससे बाहर निकलने का कोई रास्ता नजर नहीं आ रहा है–जिक्की बोलता है।

हमें जब तक इस गटर से बाहर निकलने का रास्ता नजर नहीं आ जाता, तब तक चलते रहना है–जैम बोलता है।

ओह इस गटर की बदबू और कितनी देर झेलनी पड़ेगी–जिक्की काफी परेशान होता हुआ बोलता है। शायद अभी तक उसने जितनी भी यात्राएँ की थीं, यह उनमें सबसे कठिन थीं। उसका सिर बदबू से फटा जा रहा था। तभी चलते-चलते उन्हें गटर की छत के ऊपर एक गोलाकार चीज नजर आती है। अरे यह छत के ऊपर क्या है–जिक्की उस गोलाकार चीज की तरफ देखते हुए बोलता है। जैम टार्च की रोशनी उस गोलाकार चीज पर मारता है, फिर वह उस चीज को छूता है।

यह तो लोहे का ढक्कन है, मुझे लगता है यह गटर से बाहर निकलने का रास्ता है–जैम उस ढक्कन को छूते हुए बोलता है। तो फिर चलो इस ढक्कन को हटाते हैं–जिक्की बोलता है। दोनों ताकत लगाकर उस लोहे के ढक्कन को ऊपर की ओर धकेलते हैं। ढक्कन काफी भारी रहता है, लेकिन जोर लगाने से ढक्कन अपनी जगह से थोड़ा खिसक जाता है। जैम बाहर की ओर झांककर देखता है, उसे बाहर हल्की रोशनी नजर आ रही थी और सामने घास का बड़ा मैदान नजर आ रहा था। जब दोनों आश्वस्त हो जाते हैं कि आसपास कोई नहीं है तो फिर वे जोर लगाकर ढक्कन को उसकी जगह से खिसका कर उसके बाहर आ जाते हैं और ढक्कन को फिर उसी की जगह पर बंद कर देते हैं।

दोनों बाहर निकलते हैं और अपने आसपास देखते हैं, वे एक बड़े से आयताकार घास के मैदान में खड़े थे। जिक्की बाहर निकलकर ऐसी चैन की सांस लेता है, जैसे वह किसी नरक से निकलकर बाहर आया हो। दोनों अपने आस-पास की जगह का मुआयना करने लगते हैं, उस मैदान के चारों तरफ गलीयारे थे और उन गलियारों के बगल में कुछ कमरे भी नजर आ रहे थे। गलियारों के चारों तरफ गोल पाये थे, जिसमें हल्की पीली रोशनियाँ जल रही थी। अभी उन्होंने चैन की सांस भी नहीं ली थी कि उनके कानों से एक भयानक गुर्राने की आवाज टकराती है। वह आवाज इतनी भयानक थी कि उसको सुनने के बाद उनके जैसे फेफड़े सूख जाते हैं।

यह इतनी भयानक गुर्राने की आवाज किसकी थी–जिक्की ऐसे बोलता है, जैसे उसके मुँह से आवाज ही न निकल रही हो। फिर दोनों मैदान के चारों ओर देखने लगते हैं, उन्हें आस-पास कोई भी नजर नहीं आ रहा था, तभी जैम को मैदान के कोने पर बने एक ऊँचे टावर पर कोई खड़ा नजर

आता है, वह उस ऊँचे टावर की तरफ अपनी आँखें गड़ाकर देखने लगता है। उस टावर पर हल्की रोशनी जल रही थी और उस रोशनी में एक अजीब सा दिखने वाला प्राणी वहाँ पर नजर आ रहा था।

वहाँ पर कोई है–जैम उस ऊँचे टावर की तरफ देखते हुए धीरे से बोलता है। उसके कहने पर जिक्की भी उधर देखने लगता है और फिर दोनों अपनी आँखें फाड़कर उस ऊँचे दुर्ग की तरफ देखने लगते हैं। मुझे तो लगता है वह कोई शैतान है और अजीब-सी गुर्राने की आवाज भी शायद उसी की होगी–जिक्की अपने फेफड़े में हवा भरते हुए धीरे से बोलता है।

शायद तुम ठीक बोल रहे हो–जैम भी हुँकारी भरते हुए धीरे से बोलता है।

लेकिन वह तो काफी विचित्र दिख रहा है–जिक्की उस शैतान की तरफ देखते हुए बोलता है।

तुमने सही कहा, वह न तो इंसानों की तरह दिख रहा है और न ही पूरी तरह जानवर की तरह–जैम बोलता है।

जैम के इतना बोलते ही जिक्की डर के मारे सहमता हुआ बोलता है–कहीं वह मोजेक तो नहीं है। जिक्की के मुँह से यह शब्द सुनते ही जैम भी एकाएक चुप हो जाता है और वह जिक्की के चेहरे को देखता है, जो डर के मारे कांप रहा था।

क्योंकि रात के पहरेदार ने कहा था कि मोजेक काफी खतरनाक हैं और वे न तो पूरी तरह इंसानों की तरह दिखते हैं और न पूरी तरह जानवरों की तरह–जिक्की डर से कांपते हुए अपने थरथराते हुए लबों से बोलता है। जिक्की की बातों को सुनकर जैम भी थोड़ी देर के लिए जमे हुए बर्फ की तरह जम जाता है, उन्हें समझ में नहीं आ रहा था कि क्या करें, इससे पहले कि वह शैतान उन्हें देख ले, दोनों छुपने के लिए किसी सुरक्षित जगह की तरफ जाने का रास्ता देखने लगते हैं।

चलो इससे पहले कि वह शैतान हमें देख ले, हमें कहीं छुपना होगा–जैम अपनी चुप्पी तोड़ता है और धीरे से फुसफुसाते हुए जिक्की के कानों में बोलता है।

फिर दोनों वहाँ से धीरे-धीरे बिना कोई आवाज किए उन गोल पायों की तरफ बढ़ने लगते हैं। वे दोनों उस मोटे गोल पाये की आड़ में छुप जाते हैं, और छुपकर उस ऊँचे टावर की तरफ देखने लगते हैं, तभी उन्हें कोई आहट सुनाई पड़ती है, उस आवाज को सुनकर दोनों के कान खड़े हो जाते हैं।

ये आवाज कैसी है, लगता है कोई इधर आ रहा है–जैम बोलता है। लेकिन यहाँ तो कोई नजर नहीं आ रहा है–जिक्की अपने अगल-बगल झांकते हुए बोलता है।

जैम उस टावर की तरफ देखता है, टावर पर उसे वह शैतान अभी भी खड़ा नजर आ रहा था।

वह शैतान तो अभी भी टावर पर खड़ा है, फिर यह आहट कैसी है–जैम बोलता है। तभी जिक्की का ध्यान उस दरवाजे की तरफ जाता है जो उस बरामदे में था।

मुझे लगता है यह आवाज उस दरवाजे के अंदर से आ रही है–जिक्की उस लकड़ी के बने गहरे ब्राउन रंग के दरवाजे की तरफ देखते हुए बोलता है।

लेकिन इस दरवाजे के अंदर कौन हो सकता है–जैम बोलता है। हो सकता है उस दरवाजे के पार कोई शैतान हो–जिक्की बोलता है। चलो उस दरवाजे के नजदीक चलकर देखते हैं–जैम बोलता है।

नहीं हमें ऐसा नहीं करना चाहिए, हो सकता है वह शैतान हम पर हमला कर दे–जिक्की डरता हुआ बोलता है।

लेकिन यहाँ इस तरह खड़े रहना भी कोई समझदारी नहीं है, यहाँ पर भी हम खतरों से खाली नहीं हैं–जैम बोलता है।

फिर दोनों उस दरवाजे के नजदीक जाते हैं और अपने कान लगाकर उस दरवाजे के पार से आने वाली आवाजों को गौर से सुनते हैं। अंदर से खट-खट की हल्की आवाज आती रहती है, जैम धीरे से दरवाजे को धक्का देता है, दरवाजे का पल्ला हल्का खुल जाता है, परन्तु अंदर अंधेरे के सिवाय कुछ भी नजर नहीं आ रहा था। जैम दरवाजे को थोड़ा और खोलता है, दरवाजे का एक पल्ला पूरी तरह खुल जाता है लेकिन उन्हें अंदर सिवाय अंधेरे के कुछ भी नजर नहीं आ रहा था तभी जैम थोड़ा हिम्मत दिखाता हुआ

उस अंधेरे कमरे में प्रवेश कर जाता है, जिक्की भी उसके पीछे-पीछे उस अंधेरे कमरे में चला जाता है, उनके अंदर जाते ही दरवाजा भी चीं-चीं की आवाज करता हुआ खुद-ब-खुद बंद हो जाता है। दरवाजे को अपने आप बंद होता देख दोनों थोड़ा सहम जाते हैं। अब दोनों उस अंधेरे कमरे में थे, उन्हें वहाँ कुछ भी नजर नहीं आ रहा था, दोनों पीछे मुड़कर उस कमरे से निकलने की कोशिश करते हैं, लेकिन जैसे ही वे अपना हाथ उस दरवाजे की तरफ बढ़ाते हैं, उन्हें वहाँ खाली-खाली सा लगता है, जैसे वहाँ पहले कोई दरवाजा हो ही ना। यह देखकर दोनों घबरा जाते हैं। अरे यह क्या वह दरवाजा कहाँ गया, हमारे हाथ उस दरवाजे को छू क्यों नहीं पा रहे हैं—जिक्की थोड़ा घबराकर बोलता है। ओह लगता है वह कोई जादुई दरवाजा था जो सिर्फ छलावे के लिए था—जैम भी अपने हाथ को उस दरवाजे की तरफ बढ़ाता हुआ बोलता है जिसे वह भी छू नहीं पा रहा था।

अब हम क्या करें—जिक्की बोलता है। थोड़ी देर तक दोनों उस अंधेरे कमरे में शांत एक जगह पर खड़े रहते हैं।

चलो उस तरफ चलते हैं, जिधर से वह आवाज आ रही है—जैम चुप्पी तोड़ते हुए बोलता है।

मुझे डर लग रहा है, हो सकता है उधर कोई शैतान हो—जिक्की उस अंधेरे कमरे में जैम का हाथ पकड़ते हुए बोलता है।

यह तो उधर जाने के बाद ही पता चलेगा कि उधर क्या है—जैम बोलता है। फिर दोनों एक दूसरे का हाथ पकड़कर उस अंधेरे कमरे में उस ओर बढ़ने लगते हैं जिधर से वह अनजानी आवाज आ रही थी। दोनों डरते हुए अपने कदमों को आगे बढ़ा रहे थे, उस अंधेरे में उन्हें कुछ भी नजर नहीं आ रहा था, बस दोनों अनुमान लगाते हुए उस अनजानी-सी आनेवाली आवाज की दिशा की तरफ बढ़ते जा रहे थे। जिक्की का दिल काफी जोरों से धड़क रहा था। यह सोचकर कि पता नहीं एकाएक कोई शैतान उनके आगे आकर न खड़ा हो जाए, लेकिन अपने दिल को ढाढस बंधाता हुआ वह जैम की हथेली पकड़कर आगे बढ़ा जा रहा था।

लेकिन यह क्या, एकाएक वह आवाज बंद हो जाती है।

अरे यह क्या, वह अनजानी-सी आवाज एकाएक बंद क्यों हो गई—जिक्की थोड़ा घबराता हुआ बोलता है।

यही तो मैं भी सोच रहा हूँ, वह आवाज एकाएक बंद क्यों हो गई—जैम बोलता है।

कहीं उन शैतानों को हमारे आने का पता तो नहीं चल गया—जिक्की फिर घबराता हुआ बोलता है। जैम, जिक्की की घबराहट को समझ जाता है।

ज्यादा घबराओ मत, घबराने से कुछ नहीं होने वाला है—जैम, जिक्की की हथेलियों पर दबाव डालता हुआ बोलता है।

अब हम किधर जाएँ इस अंधेरे कमरे में—जिक्की थोड़ा सामान्य होता हुआ बोलता है।

जब तक कि कुछ नजर न आ जाए, बस ऐसे ही चलते रहो—जैम बोलता है।

और फिर दोनों उस निर्वात अंधेरे में आगे की ओर बढ़े जा रहे थे। उस अंधेरे कमरे में कुछ दूर चलने के बाद उन्हें दूर एक हल्की-सी रोशनी नजर आती है, दोनों उस रोशनी की तरफ धीरे-धीरे बढ़ने लगते हैं। उन्हें यह डर भी लग रहा था कि उस रोशनी के आस-पास कोई शैतान तो नहीं है। इसलिए दोनों काफी होशियारी से धीरे-धीरे उधर बढ़ते रहते हैं। कुछ दूर चलने के बाद वे दोनों रोशनी के काफी करीब पहुँच जाते हैं। ओह यहाँ तो कोई भी नहीं है—जिक्की उस रोशनी के पास पहुँचकर इधर-उधर झाँकते हुए बोलता है।

हाँ, परन्तु फिर भी हमें काफी होशियार रहना होगा—जैम बोलता है। लेकिन अब हम किधर चलें—जिक्की बोलता है।

चलो आगे चलकर देखते हैं कि आखिर यहाँ पर क्या है—जैम बोलता है। और फिर दोनों उस हल्की-सी जलती हुई रोशनी में आगे की ओर बढ़ जाते हैं। अभी वे कुछ ही दूर गए होंगे कि जैम को कुछ दूरी पर एक सीढ़ीनुमा रास्ता नजर आता है जो उस कमरे से ऊपर की ओर जा रहा था। दोनों उन सीढ़ियों की तरफ बढ़ते हैं और ऊपर की ओर जानेवाली सीढ़ी के पास पहुँचते हैं।

यह रास्ता कहाँ जा रहा है—जिक्की उस पत्थर की सीढ़ियों के पास पहुँचकर पूछता है।

यह तो इन सीढ़ियों पर चलने के बाद पता चलेगा–जैम बोलता है। फिर दोनों उन पत्थर की चौड़ी सीढ़ियों पर चलते हुए ऊपर की ओर चढ़ने लगते हैं। कुछ देर में वे सीढ़ियों पर चढ़कर उस अंधेरे कमरे से बाहर की ओर निकल जाते हैं। दोनों बाहर खुले आसमान में खड़े थे, वहाँ का मौसम सुहावना लग रहा था। दोनों आसमान की तरफ देखते हैं, आसमान पर चाँद चमक रहा था।

ओह हम उस अंधेरे कमरे से बाहर निकल गए हैं–जिक्की चैन की सांस लेते हुए बोलता है।

हाँ मुझे भी लग रहा है, हम खुले आसमान के नीचे खड़े हैं–जैम बोलता है।

देखो आसमान पर वह चाँद, जो लगता है कुछ ही दिनों में पूरी तरह गोलाकार हो जाएगा–जिक्की आसमान पर निकले हुए चाँद की तरफ अपनी उंगली उठाते हुए बोलता है।

यानी कुछ ही दिनों में पूरी पूर्णिमा की रात आने वाली है–जैम थोड़ा गम्भीर होता हुआ बोलता है।

अरे हाँ तुमने ठीक कहा, इससे पहले कि पूर्णिमा की रात आए, हमें अपने दोस्त को उन शैतानों के चंगुल से छुड़ाना होगा–जिक्की भी थोड़ा गम्भीरता से बोलता है।

फिर दोनों वहाँ से आगे की ओर बढ़ने लगते हैं। अभी दोनों कुछ ही दूर चले होंगे कि उन्हें सामने एक बड़ा-सा महल दिखाई पड़ता है। चाँद की दूधिया रोशनी में वह महल किसी दुल्हन की तरह खूबसूरत लग रहा था। दोनों के कदम उस खूबसूरत महल को देखकर रूक जाते हैं और वे एकटक नजरों से उस महल को खड़े होकर देखते रहते हैं।

तो यह है जादूगर का वह खुफिया महल–जिक्की उस महल की तरफ बिना पलकें झपकाए देखते हुए बोलता है।

काफी खूबसूरत महल है, ऐसा लग रहा है जैसे किसी ने इसे अभी ही बनाया हो–जैम भी उस महल की तारीफ में कसीदे पढ़ते हुए बोलता है। अभी दोनों खड़े होकर उस नायाब महल को निहार ही रहे थे कि उन्हें अपने बगल में पास की झाड़ियों से कुछ सरसराहट-सी आवाज आती हैं, दोनों उस

अनजानी-सी आवाज को सुनकर चौंकते हैं और फिर उन झाड़ियों की तरफ गौर से देखते हैं, जिधर से वह सरसराहट की आवाज आई थी।

लगता है उधर कोई है—जैम उन झाड़ियों की तरफ देखते हुए बोलता है।

शायद शैतान छुपा बैठा है—जिक्की डर के मारे धीरे से बोलता है।

फिर दोनों दबे पांव धीरे-धीरे उन झाड़ियों की तरफ बढ़ते हैं। जिक्की अपनी गुलेल निकालकर तैयार था तो जैम भी अपना खंजर निकालकर तैयार था कि अगर किसी ने उन पर हमला किया तो वे उसका जवाब देंगे। दोनों झाड़ियों के पास पहुँचते हैं, लेकिन वहाँ कोई नजर नहीं आ रहा था।

यहाँ तो कोई भी नहीं है—जिक्की उन झाड़ियों की तरफ देखते हुए बोलता है। जैम भी उन झाड़ियों में गौर से देखता है। परन्तु उसे भी कोई अनजानी चीज नजर नहीं आती है।

ओह लगता है हम खामख्वाह डर गए हैं—जिक्की फिर बोलता है और गुलेल को वापस अपने बैग में डालता है।

चलो अब हमें उस महल की तरफ चलना चाहिए—जैम खंजर को अपने बैग में रखते हुए बोलता है।

फिर दोनों उस महल की तरफ बढ़ने लगते हैं। दोनों चलते-चलते महल के काफी पास पहुँच जाते हैं। तभी दोनों को अपने पास की झाड़ियों से फिर सरसराहट की आवाज आती है, दोनों उस आवाज को सुनकर अपने कदम रोक लेते हैं और उन झाड़ियों की तरफ देखने लगते हैं। दोनों के रूकते ही झाड़ियों से सरसराहट की आवाज भी रूक जाती है।

लगता है कोई हमारा पीछा कर रहा है—जिक्की उन झाड़ियों की तरफ देखते हुए बोलता है।

लेकिन कौन हो सकता है जो हमारा पीछा कर रहा है—जैम बोलता है।

यही तो मेरी भी समझ में नहीं आ रहा है—जिक्की बोलता है।

दोनों ये बातें कर ही रहे थे कि तभी झाड़ियों से एक अनजाना सा जानवर निकलकर बन्दरों की तरह दौड़ता हुआ महल की तरफ भागते-भागते गुम हो जाता है। वह क्या था—जिक्की बोलता है।

मुझे तो किसी बन्दर की तरह लग रहा था–जैम बोलता है। लेकिन उसने हम पर हमला नहीं किया और सीधे भागता हुआ महल की तरफ क्यों चला गया–जिक्की बोलता है।

यही तो मेरी भी समझ में नहीं आ रहा है, अच्छा चलो अब आगे चलते हैं, हम महल के काफी करीब हैं, सावधान रहना–जैम इतना बोलता है और फिर दोनों महल की तरफ बढ़ जाते हैं। दोनों छुपते-छुपते महल के मुख्य द्वार के पास पहुँच जाते हैं। वे अपनी अगल-बगल झाँकते हैं कि कोई शैतान तो नहीं है। जब उन्हें लगता है कि वहाँ कोई भी नहीं है तो वे महल के अंदर प्रवेश कर जाते हैं। महल काफी शानदार रहता है, अंदर कई कमरे नजर आ रहे थे और हर जगह ऊँचे-ऊँचे गोल पाये नजर आ रहे थे। दोनों गोल पायों की ओट में छुपते हुए उस महल में आगे बढ़ते जा रहे थे। महल के हर मोड़ पर सावधानी से इधर-उधर चौकन्ना होकर देखते हुए दोनों आगे बढ़ते रहते हैं, उन्हें डर भी लग रहा था कि कहीं किसी मोड़ पर उन्हें कोई शैतान न मिल जाए, इसलिए दोनों पूरी तरह चौकन्ना थे।

तभी उनके कानों से एक आवाज टकराती है, ऐसा लगता है कि कोई बात कर रहा है, दोनों इधर-उधर देखते हैं, पर उन्हें कोई नजर नहीं आता है, तभी जिक्की को लगता है कि आवाज सामने वाले कमरे से आ रही है।

मुझे लगता है यह आवाज उस कमरे से आ रही है–जिक्की सामने वाले कमरे की तरफ इशारा करता हुआ बोलता है।

चलो चलकर देखते हैं कि आखिर कौन उधर बातें कर रहा है–जैम बोलता है। फिर दोनों उस कमरे की ओर बढ़ते हैं जिधर से वह आवाज आ रही थी। दोनों उस कमरे के नजदीक पहुँचते हैं और अपने कान लगाकर वहाँ की बातें सुनने लगते हैं, तभी जैम को उस कमरे के दरवाजे पर एक छोटा सा छेद नजर आता है, वह उस छेद से कमरे के अंदर झांकता है। उस कमरे के अंदर उसे एक अजीब-सा प्राणी नजर आता है, शायद उसने अभी तक इस तरह का जानवर नहीं देखा था। कमरे में एक साधारण बन्दर जितना बड़ा जानवर खड़ा था, उसके सिर पर कुछ एक बाल नजर आ रहे थे, उसके कान बड़े-बड़े थे और आँख बड़ी-बड़ी गोलियों की तरह गोल थी। थोड़ी देर के लिए जैम सोंच में पड़ जाता है कि आखिर यह किस तरह का जानवर है। उस अजीब से जानवर के चेहरे पर थोड़े डर के भाव दिख रहे थे, जो

उसके चेहरे को देखकर साफ पता चल रहा था। ऐसी क्या बात है कि तुम्हें अभी इस वक्त मेरे पास आने की जरूरत पड़ी–कमरे से कोई कड़क आवाज में बोलता है। जिसे जैम देख नहीं पा रहा था, क्योंकि छेद काफी छोटा था, जिससे वह सिर्फ बौने शैतान को ही देख पा रहा था।

गुस्ताखी माफ हुजूर, लेकिन बात ही कुछ ऐसी है कि इतनी रात को आपके पास आना पड़ा–वह अजीब-सा जानवर यानी कि वह बौना शैतान चिंचियाते हुए बोलता है।

क्या बात है–दूसरा शैतान बोलता है।

बहुत खास बात है हुजूर–बौना शैतान बोलता है।

पहेलियाँ मत बुझाओ, बताओ बात क्या है–कमरे में फिर एक जोरदार आवाज गूंजती है।

बात यह है....बात यह है.... कि – मैंने दो लड़कों को इधर आते हुए देखा है–बौना शैतान हिचकिचाते हुए बोलता है।

तुमने फिर आज चढ़ा ली होगी–दूसरा शैतान कड़क आवाज में बोलता है।

नहीं हुजूर, कसम से, मैंने आज शराब की एक बूंद भी नहीं ली है–बौना शैतान बोलता है।

तो फिर तुमने इसकी खबर मोजेकों को क्यों नहीं दी–दूसरा शैतान थोड़ा गुस्से से गरजता हुआ बोलता है।

वह मैं.... मैं यह देखना चाहता था कि वे यहाँ पर क्यों आए हैं और किसे ढूँढ़ने आए हैं, मैं तो उनका पीछा करके यह पता करना चाहता था–बौना शैतान अपनी नजरें नीचे करते हुए बोलता है। तो फिर वे किधर गए–दूसरा शैतान कड़क आवाज में पूछता है। वह इसी महल की तरफ आए हैं, हुजूर–बौना शैतान बोलता है। ठीक है इसकी खबर मोजेकों को दे दो, कोई भी अनजाना व्यक्ति यहाँ नजर आए तो वे उसे पकड़कर मेरे पास लाएँ–दूसरा शैतान बोलता है। ठीक है, हुजूर–बौना शैतान अपनी नजरें नीचे झुकाए हुए बोलता है। और हाँ, तुम जरा शराब पीनी कम करो, खासकर अपनी ड्यूटी के वक्त, वरना तुम्हें जंगलों में पहरेदारी करने भेज दूँगा–दूसरा शैतान उसे फटकार लगाते हुए बोलता है।

जी हुजूर–बौना शैतान बस धीरे से चिंचियाते हुए बोलता है। और फिर इतना बोलने के बाद कमरे से ठक-ठक की आवाज आती है, जैम और जिक्की को लगता है कि शैतान कमरे से बाहर आ रहा है। दोनों वहाँ से तुरंत हटकर एक गोल पाये की तरफ जाकर छुप जाते हैं, और उस कमरे के दरवाजे की तरफ नजरें टिकाकर देखने लगते हैं। थोड़ी देर में कमरे का दरवाजा खुलता है, लेकिन उससे सिर्फ वह बौना शैतान बाहर निकलकर आता है। वह बौना शैतान मायूस-सा नजर आ रहा था और धीरे-धीरे उस बरामदे में चलता जा रहा था।

पता नहीं लोगों को मेरी बात पर विश्वास क्यों नहीं होता है, मैं शराबी हूँ इसलिए, परन्तु कुछ भी हो जा जाए, मैं उन बदबूदार भूतों के साथ जाकर जंगल की पहरेदारी तो नहीं करूँगा–बौना शैतान धीरे-धीरे बुदबुदाता हुआ चला जा रहा था। और थोड़ी देर में वह जैम और जिक्की की नजरों से ओझल हो जाता है।

अब मुझे समझ में आ गया कि उन झाड़ियों के पीछे छुपकर हमारा पीछा कौन कर रहा था–जिक्की उस बौने शैतान के वहाँ से जाने के बाद जैम को बोलता है।

तुम्हारे कहने का मतलब क्या है–जैम जिक्की की तरफ देखते हुए पूछता है।

यही कि उन झाड़ियों के पीछे छुपकर जो अनजान चीज हमारा पीछा कर रही थी, वह कोई और नहीं बल्कि यही बौना शैतान था–जिक्की अपनी बातों को पुख्ता करते हुए बोलता है।

हाँ तुम ठीक कह रहे हो–जैम भी उसकी बातों से सहमति जताते हुए बोलता है।

परन्तु उस कमरे में दूसरा कौन था जिससे वह बौना शैतान बातें कर रहा था–जिक्की धीरे से जैम से पूछता है।

पता नहीं दूसरे शैतान को तो मैं देख नहीं पा रहा था, उस छोटे छेद से मैं सिर्फ बौने शैतान को ही देख पा रहा था–जैम बोलता है। उसकी बातों से ऐसा लग रहा था कि दूसरा बौने शैतान का सरदार है–जिक्की बोलता है।

मुझे भी कुछ ऐसा ही लगा–जैम बोलता है।

लेकिन दूसरा इस कमरे से बाहर क्यों नहीं निकला–जिक्की बोलता है। हो सकता है वह अंदर से ही किसी गुप्त रास्ते से चला गया हो–जैम बोलता है।

लेकिन उन्होंने हमारे दोस्त को कहाँ छुपा रखा होगा–जिक्की, जैम की तरफ सवाल भरी निगाहों से देखता हुआ पूछता है।

हो सकता है, कि उसने उसे इसी महल में कहीं छुपाकर रखा हो, क्योंकि रात के पहरेदार के बतायेनुसार उसे यहीं पर कहीं होना चाहिए–जैम बोलता है।

तो फिर चलो, उसे इन महलों में ढूँढ़ने की कोशिश करते हैं–जिक्की बोलता है।

हाँ चलो–जैम इतना बोलता है और फिर दोनों उस महल के चौड़े गलियारे में आगे बढ़ जाते हैं।

दोनों चलते–चलते महल के गलियारों में एक मोड़ पर पहुँचे ही थे कि मोड़ के दूसरी ओर से किसी के चलने की जोर-जोर से धम-धम की आवाज आती है। उस अनजानी आवाज को सुनकर दोनों रूक जाते हैं और एक गोल पाये की ओर जाकर छुप जाते हैं। थोड़ी देर में मोड़ के दूसरी ओर से एक अजीब-सा भयानक शैतान वहाँ पर चलता हुआ आता है। उसके सिर से लेकर पांव तक बाल उगे हुए थे। वह चल तो इंसानों की तरह रहा था लेकिन उसके धड़ के ऊपर का हिस्सा भेड़िये की तरह था। वह देखने में काफी डरावना और भयानक लग रहा था जैसे वह आदम भेड़िया हो। वह अपनी भेड़ियों जैसी आँखों से चारों तरफ घूर रहा था। शायद इससे पहले इतना खतरनाक जानवर दोनों ने नहीं देखा था। उसे देखकर जिक्की के मुँह से डर के मारे चीख निकलने ही वाली थी कि तभी जैम उसके मुँह पर कसकर अपनी पूरी हथेली रखता है और उसे अपनी ओर खींच लेता है। थोड़ी देर बाद वह आदम भेड़िया वहाँ से चला जाता है। उसके वहाँ से जाते ही दोनों की सांस में सांस आती है।

यह कैसा शैतान था, यह तो इंसानों की तरह चल रहा था, लेकिन इसकी शक्ल भेड़ियों की तरह थी–जिक्की अपनी सांसों को थामते हुए बोलता है।

शायद यही वह खतरनाक मोजेक हैं–जैम बोलता है।

यानी वे खूनी आदम भेड़िये, जिनके बारे में रात के पहरेदार ने बताया था–जिक्की ऐसे बोलता है, जैसे उसके बदन के रोंगटे खड़े हो गए हों। हाँ–जैम बोलता है।

सचमुच में भाई, ये तो काफी खतरनाक हैं, उनके बड़े से जबड़े को देख कर तो ऐसा लग रहा था कि अगर वे किसी को पकड़ ले तो उसे कच्चा चबा जाएंगे–जिक्की बोलता है। उसका बदन अभी भी डर से सिहर रहा था।

लगता है वह आदम भेड़िया हमसे दूर चला गया है, चलो अब निकलते हैं और ढूँढ़ते हैं कि मोजेकों ने हमारे दोस्त को कहाँ छुपा रखा है–जैम बोलता है।

लेकिन यहाँ तो और भी मोजेक होंगे–जिक्की डरता हुआ बोलता है। इसीलिए तो कह रहा हूँ, क्योंकि अब मुझे विश्वास होने लगा है कि हमारे दोस्त को इन मोजेकों ने इसी महल में कहीं छुपाकर रखा है–जैम बोलता है।

इसके बाद दोनों महल के गलियारे में पाये की ओट में छुपते हुए आगे बढ़ने लगते हैं। दोनों महल के चौड़े गलियारे में आगे बढ़ते जा रहे थे लेकिन उन्हें वहाँ ऊँची-ऊँची दीवारों और कुछ एक कमरों के अलावा और कुछ नजर नहीं आ रहा था। रास्तें में उन्हें कुछ मोजेक भी मिले, लेकिन वे उनकी नजरों से बचते हुए आगे बढ़ते जा रहे थे।

आखिर उन्होंने हमारे दोस्त को कहाँ छुपा रखा होगा–जिक्की चलते हुए पूछता है।

हो सकता है इस महल में कोई गुप्त जगह हो, जहाँ पर उन्होंने हमारे दोस्त को छुपा रखा हो–जैम बोलता है।

ओह यह महल कितना बड़ा है, यह तो खत्म होने का नाम ही नहीं ले रहा है, मेरे पैर तो अब चलते-चलते दुःखने लगे हैं–जिक्की ऐसे बोलता है जैसे वह थककर चूर हो रहा हो।

लेकिन हम यहाँ ऐसे रूक नहीं सकते हैं, क्योंकि यहाँ चारों ओर मोजेकों का जबदरस्त पहरा है–जैम बोलता है।

तो फिर चलो कहीं सुरक्षित जगह देखते हैं, जहाँ पर कुछ देर बैठकर आराम कर सकते हैं–जिक्की बोलता है।

वैसे तो जैम भी काफी थक चुका था, लेकिन वह उस खतरनाक महल में कहीं रूकना नहीं चाह रहा था। परन्तु जिक्की की थकान देखकर वह भी कहीं सुरक्षित जगह ढूँढ़कर कुछ देर के लिए अपने थके पैरों को आराम देना चाहता है। रात भी काफी हो चुकी थी, लगभग रात की तीसरी पहर चल रही थी, कुछ देर बाद सवेरा भी होने वाला था। दोनों उस महल में किसी सुरक्षित जगह की तलाश में जुट जाते हैं जहाँ कुछ देर बैठकर वे अपने पैरों की थकान मिटा सकें।

दोनों महल के चौड़े गलियारे पर आगे बढ़ते जा रहे थे। तभी दोनों को महल के एक कोने में एक रास्ता नजर आता है, जिसके गलियारे महल के नीचे की तरफ जा रहे थे। दोनों उस जगह पर पहुँचते हैं, उन्हें वहाँ चौड़ी पत्थर की सीढ़ियाँ नजर आ रही थी जो नीचे की तरफ जा रही थी और सीढ़ियों के नीचे अंधेरा छाया हुआ था। दोनों को लगता है कि वह एक सुरक्षित स्थान है, जहाँ पर बैठकर दोनों अपनी थकान को मिटा सकते हैं और खतरनाक मोजेकों की नजरों से भी बच सकते हैं।

मुझे लगता है शायद यह जगह सुरक्षित है, हम यहाँ पर बैठकर अपनी थकान मिटा सकते हैं और उन खतरनाक मोजेकों की नजरों से भी बच सकते हैं–जिक्की सीढ़ी के नीचे की तरफ उस अंधेरी जगह को देखते हुए बोलता है।

ठीक है तो नीचे चला जाए–जैम भी उसकी बातों में सहमति में सिर हिलाता हुआ बोलता है।

और फिर दोनों उन चौड़ी पत्थर की सीढ़ियों से नीचे उतरने लगते हैं। सीढ़ियों से नीचे उतरने के बाद वे एक घुप्प अंधेरे में पहुँच जाते हैं। उस घुप्प अंधेरे में कुछ भी नजर नहीं आ रहा था। दोनों उस घुप्प अंधेरे में आगे बढ़े जा रहे थे।

कहीं यह महल के नीचे बना कोई तहखाना तो नहीं है–जिक्की उस अंधेरे रास्ते पर चलते हुए बोलता है।

शायद तुम्हारी बात सही भी हो सकती है–जैम बोलता है। यह उन मोजेकों की नजर से बचने के लिए अच्छी जगह है–जिक्की बोलता है।

यहाँ पर कोई भी जगह सुरक्षित नहीं हो सकती है–जैम बोलता है। परन्तु यहाँ पर कुछ देर बैठकर आराम तो कर ही सकते हैं–जिक्की बोलता है।

और फिर दोनों उस अंधेरे तहखाने में आगे की ओर बढ़ने लगते हैं। परन्तु यह क्या, उन्हें कुछ दूरी पर एक हल्की-सी जलती हुई रोशनी नजर आती है।

अरे इस तहखाने में रोशनी नजर आ रही है–जिक्की दूर जलती हुई उस रोशनी की तरफ देखते हुए बोलता है।

अरे! हाँ, इस तहखाने में यह कैसी रोशनी है–जैम बोलता है। चलो चलकर उधर देखा जाए–जिक्की बोलता है। फिर दोनों उस हल्की-सी आती हुई रोशनी की तरफ बढ़ने लगते हैं। दोनों उस जलती हुई रोशनी के पास पहुँचते हैं। वहाँ का नजारा देखकर दोनों दंग रह जाते हैं। उन्हें वहाँ अगल-बगल बहुत से कमरे नजर आ रहे थे, जो किसी जेल की कालकोठरी की तरह लग रहे थे, उन कमरों के दरवाजे लोहे की सलाखों से बने हुए थे, ऐसा लग रहा था जैसे उन कोठरियों में कैदियों को रखा जाता हो।

अरे यह क्या, यह तो किसी जेल की कालकोठरी की तरह है–जिक्की उन कमरों की तरफ देखते हुए बोलता है।

अरे हाँ, ऐसा लग रहा है जैसे यहाँ लोगों को कैद करके रखा जाता है–जैम बोलता है।

लेकिन इन कैदखानों में कोई नजर नहीं आ रहा है, यह तो खाली है–जिक्की बोलता है।

चलो आगे चलकर देखते हैं–जैम बोलता है।

फिर दोनों आगे की ओर बढ़ते हैं, अब ऐसा लग रहा था मानो उनकी थकान कहाँ गायब हो गई, उन्हें पता ही नहीं चल रहा था। दोनों आगे बढ़ते जा रहे थे, उनके अगल-बगल बहुत सारी कालकोठरियाँ नजर आ रही थी लेकिन उनमें कोई भी नजर नहीं आ रहा था। तभी उन्हें चलते-चलते अपने बगल की कालकोठरी में कोई नजर आता है, दोनों वहाँ पर रूक जाते हैं और उस कालकोठरी की तरफ देखते हैं। कालकोठरी में एक नौजवान बालक एक मटमैला कंबल ओढ़कर जमीन पर सोया रहता है। जब दोनों उस बालक

के पास जाते हैं तो वे चौंक पड़ते हैं, वह कोई और नहीं बल्कि उनका दोस्त रूनी रूज रहता है। अरे यह तो हमारा दोस्त रूनी है–जिक्की चौकते हुए बोलता है। सी स....स–धीरे यहाँ ज्यादा शोर मत करो, क्योंकि यह जगह खतरों से खाली नहीं है–जैम बोलता है।

लेकिन यह तो गहरी नींद में सोया हुआ है, हमें इसे जगाना होगा–जिक्की धीरे से बोलता है।

रूनी..... रूनी.... उठ जाओ–अबकी बार जैम बोलता है। तभी रूनी रूज धीरे से अपनी आखें खोलता है और वह अपने दोस्त जैम और जिक्की की तरफ देखता है।

रूनी उठो देखों हम तुम्हारे दोस्त जैम और जिक्की–जैम धीरे से रूनी की तरफ देखते हुए बोलता है।

रूनी को ऐसा लग रहा था कि जैसे वह कोई सपना देख रहा हो, परन्तु वह फिर अपनी पूरी आँखें खोलता है और उठकर बैठ जाता है, और वह दोनों की तरफ एकटक नजरों से देखने लगता है।

रूनी देखो हम तुम्हें लेने आए हैं–जिक्की रूनी की तरफ देखते हुए बोलता है। लेकिन वह दोनों की बातों पर कोई प्रतिक्रिया नहीं दे रहा था, बस दोनों को एकटक नजरों से देखे जा रहा था। थोड़ी देर में रूनी रूज उठकर खड़ा हो जाता है और धीरे-धीरे चलता हुआ लोहे की सलाखों के पास आकर दोनों के सामने खड़ा हो जाता है। लेकिन वह ऐसी प्रतिक्रिया दे रहा था जैसे वह अपने दोनों दोस्तों को पहचान ही नहीं रहा हो।

अरे यार, हम तुम्हारे दोस्त जिक्की और यह जैम है, हम दोनों तुम्हें इस जादूगर के चंगुल से छुड़ाने आए है–जिक्की, रूनी की तरफ देखते हुए बोलता है। लेकिन रूनी उसकी किसी बात का जवाब नहीं दे रहा था। ओह इसे क्या हो गया है, यह तो हमें पहचान ही नहीं रहा है–जिक्की फिर बोलता है।

मुझे लगता है इस पर काला जादू हावी हो गया है जिससे यह हमें पहचान नहीं रहा है–जैम बोलता है।

तो फिर अब हम क्या करें इसे कैसे याद दिलायें कि हम इसके दोस्त हैं–जिक्की बोलता है।

अब इसका एक ही तरीका है, हमें इसे कोई ऐसी चीज दिखानी होगी, जिससे इसे कुछ पहले की बातें याद आ जाए–जैम बोलता है। लेकिन हम इसे ऐसी कौन-सी चीज दिखाएं–जिक्की बोलता है।

कोई ऐसी चीज जिसे यह पहचान पाए–जैम बोलता है। थोड़ी देर के लिए दोनों चुपचाप होकर सोचने लगते हैं।

ओह एक तरकीब मेरे दिमाग में आई है, इसे अपनी लकड़ी की गुलेल निकालकर दिखाते हैं–जिक्की बोलता है। फिर जिक्की अपने बैग से लकड़ी की गुलेल निकालता है।

रूनी देखो, यह गुलेल इससे हम जंगलों में पंक्षियों को निशाना बनाया करते थे, हम पेड़ों से फल गिराते थे–जिक्की रूनी को लकड़ी की गुलेल दिखाते हुए बोलता है।

रूनी लकड़ी की गुलेल को एकटक नजरों से देखने लगता है और कुछ देर बाद रूनी की आँखों से आँसू छलकने लगते हैं।

ओह मेरे दोस्त जिक्की और जैम–रूनी इतना बोलता है और उसकी आँखों से आँसू छलक रहे थे।

हाँ दोस्त, मैं जिक्की हूँ और ये जैम–जिक्की बोलता है। लगता है इसके ऊपर से काले जादू का असर खत्म हो रहा है–जैम बोलता है।

दोस्त हम तुम्हें यहाँ से आजाद कराने आए हैं–जिक्की बोलता है। अपने दोनों दोस्तों को देखकर रूनी की आँखों से आँसू रूक नहीं रहे थे। इतने दिनों के बाद अपने दोस्त रूनी रूज से मिलकर जैम और जिक्की की आँखों में भी आँसू डबडबा गये थे।

मुझे विश्वास नहीं था कि अब मैं यहाँ से जिंदा लौटूँगा–रूनी अपनी आँखों के आँसू पोंछते हुए बोलता है।

अब फिक्र करने की बात नहीं है, हम तुम्हें यहाँ से वापस लेकर जाएँगे–जैम अपने दोस्त रूनी को ढांढस बँधाता हुआ बोलता है। लेकिन यह जगह काफी खतरनाक है, क्या हम यहाँ से निकल पाएँगे–रूनी बोलता है।

जब हम इतने खतरों को पार करके यहाँ आ गए हैं तो यहाँ से वापस भी जरूर जाएँगे–जिक्की बोलता है। तो फिर चलो यहाँ से चलने के लिए तैयार हो जाओ–जैम रूनी को बोलता है।

इतना बोलने के बाद जैम उस कालकोठरी के लोहे की सलाखों पर लगी लोहे की कुंडी खोलने को अपना हाथ बढ़ाता है कि तभी उन्हें उस तहखाने में एक अजीब-सी धाड़-धाड़ की चलने की आवाजें आने लगती है। उस आवाज को सुनकर दोनों चौकन्ना हो जाते हैं। ओह वे खतरनाक खूनी भेड़िये इधर आ रहे हैं, तुम दोनों जल्दी से कहीं जाकर छुप जाओ–रूनी उस आवाज को सुनते हुए बोलता है।

रूनी के कहने पर दोनों उस कालकोठरी से दूर जाकर एक अंधेरे कोने में छुपकर बैठ जाते हैं। थोड़ी देर बाद एक भेड़िये की शक्ल का लंबा-चौड़ा शैतान आता है और वह उन कालकोठरियों का मुआयना करता हुआ रूनी रूज के कमरे के सामने पहुँचता है। रूनी रूज उस शैतान के आने से पहले ही अपना कंबल ओढ़कर जमीन पर लेट जाता है। थोड़ी देर तक वह शैतान इधर-उधर देखता है और फिर वापस चला जाता है। उसके वहाँ से जाते ही जैम और जिक्की अपनी जगह से उठकर रूनी के पास पहुँच जाते हैं। रूनी भी उस शैतान के वहाँ से जाने के बाद उठ जाता है।

यह कौन था–जिक्की उस शैतान के बारे में रूनी से पूछता है। यही वे आदम भेड़िये हैं जो पूरे महल की पहरेदारी करते हैं–रूनी बोलता है।

एक बात मेरी समझ में नहीं आई, यहाँ पर किसी भी कालकोठरी के दरवाजे पर ताला क्यों नहीं लगा है, यहाँ तक कि तुम्हारी कालकोठरी में भी ताला नहीं लगा है–जैम बोलता है।

क्योंकि यहाँ से कोई भी बाहर भागने का जोखिम नहीं उठा सकता है, यहाँ चप्पे-चप्पे पर उन खूनी आदम भेड़ियों का जबरदस्त पहरा है–रूनी बोलता है।

क्या किसी ने आज तक यहाँ से भागने की कोशिश नहीं की–जिक्की बोलता है।

हाँ कुछ लोगों ने ऐसा किया था, परन्तु वे आदम भेड़िये के हाथों पकड़े गए और मारे गए–रूनी बोलता है।

क्या यहाँ पर और भी लोग कैद हैं–जिक्की बोलता है।

हो सकता है, मुझे पूरा पता नहीं–रूनी बोलता है।

तो फिर चलो अब हम तुम्हें यहाँ से लेकर चलेंगे–जैम बोलता है। मुझे लगता है, अभी यहाँ से निकलना खतरे से खाली नहीं है–रूनी रूज बोलता है।

परन्तु क्यों–जिक्की बोलता है। क्योंकि उस आदम भेड़िये के आने का मतलब है कि अब रात ढल चुकी है और सुबह होने वाली है। ऐसे में हमारा यहाँ से निकलना खतरे से खाली नहीं है, हम उन खतरनाक भेड़ियों की नजर में आ जाएंगे और सभी मारे जाएंगे–रूनी बोलता है।

तो फिर अब क्या किया जाए–जिक्की बोलता है।

हमें रात होने का इंतजार करना होगा, क्योंकि आधी रात के बाद यहाँ पर कोई नहीं आता है और हम उस वक्त यहाँ से निकल सकते हैं–रूनी बोलता है।

ओह तो इसका मतलब कि आज पूरा दिन हमें इन कैदखानों में ही बिताना होगा–जिक्की बोलता है।

रूनी ठीक ही बोल रहा है, यहाँ से दिन में निकलने में खतरा है, हमें रात होने का इंतजार करना चाहिए–जैम, जिक्की की तरफ देखते हुए बोलता है। तुम दोनों कहीं किसी कोने में जाकर छुप जाओ, क्योंकि दिन में कई बार वे खतरनाक आदम भेड़िये इधर आएंगे–रूनी बोलता है।

रूनी के कहने पर दोनों उस कैदखाने से दूर जाकर एक अंधेरे कोने में छुप जाते हैं, जहाँ पर किसी की भी नजर उन पर नहीं पड़ सकती थी। दिन में कई बार वे खतरनाक मोजेक उस तहखाने में मुआयना करने के लिए आते हैं। दोनों किसी तरह अंधेरे कोने में छुपकर पूरा दिन गुजारते हैं। दिन ढल जाता है और रात हो जाती है।

काफी देर हो गई है, कोई भी मोजेक इधर नहीं आया है, लगता है रात हो गई है–जिक्की उस अंधेरे कोने में बैठे हुए बोलता है।

हाँ तुम ठीक बोल रहे हो, लेकिन हमें कुछ देर और रूककर आधी रात होने का इंतजार करना चाहिए–जैम बोलता है।

काफी देर बाद जब दोनों आश्वस्त हो जाते हैं कि आधी रात हो गई है, अब कोई भी मोजेक इधर नहीं आएगा तो फिर दोनों उस अंधेरे कोने से बाहर निकलते हैं और वे रूनी के कैदखाने के पास पहुँचते हैं। उनके आते

ही रूनी भी धड़ से उठकर खड़ा हो जाता है, जैसे वह दोनों का ही इंतजार कर रहा था।

चलो अब यहाँ से जल्दी निकला जाए–जिक्की उस कैदखाने की कुंडी खोलते हुए बोलता है। कुंडी खोलते ही रूनी रूज कैदखाने से बाहर निकल जाता है और फिर तीनों उस तहखाने से बाहर जाने वाले रास्ते की तरफ चल पड़ते हैं। थोड़ी देर में तीनों उस अंधेरे तहखाने से बाहर निकलकर महल के चौड़े बरामदे में आ जाते हैं।

देखो हमें मोजेकों की नजरों से बचकर चलना होगा–जैम दोनों को समझाते हुए बोलता है।

फिर तीनों काफी होशियारी से बरामदे के किनारे बने गोल पायों की आड़ में छुपते हुए आगे बढ़ने लगते हैं। तीनों के कान पूरी तरह से खड़े थे ताकि किसी भी आहट को सुन सकें। तीनों इसी तरह अपने कान और आँख को चौकन्ना किये हुए उस महल के चौड़े गलियारे में आगे बढ़ते जा रहे थे।

काफी देर हो गई, लेकिन अभी तक कोई भी मोजेक नजर नहीं आया है–जिक्की धीरे से बोलता है।

पता नहीं, लेकिन फिर भी हमें होशियार रहना होगा–जैम बोलता है। तीनों इसी तरह चलते हुए महल के भूलभूलैया गलियारे में काफी दूर निकल जाते हैं। दोनों इस बात पर आश्चर्य भी कर रहे थे कि अभी तक उन्हें कोई मोजेक नजर नहीं आया है। अभी दोनों मोजेकों के नजर न आने के आश्चर्य में डूबे ही थे कि तभी उन्हें दूर गलियारे से जोर-जोर से चीखकर बातें करने की आवाज आती है।

ये जोर-जोर से चीखकर बातें करने की आवाज किसकी है–जिक्की उस गलियारे की तरफ देखता हुआ बोलता है, जिधर से वह आवाज आ रही थी।

चलो उधर चलकर देखते हैं–जैम बोलता है। और फिर तीनों उस गलियारे की तरफ बढ़ते हैं जिधर से वे आवाजें आ रही थी। चलते-चलते वह उस गलियारे के एक कमरे के पास पहुँचते हैं जिसके अंदर से वह आवाज आ रही थी। तीनों उस कमरे के बाहर एक कोने में जाकर खड़े हो जाते हैं।

यह आवाज तो कुछ जानी-पहचानी सी लग रही है—जिक्की कमरे के अंदर तेज आवाज में बातें करते हुए शैतान की बात सुनकर बोलता है। हाँ यह आवाज तो कुछ-कुछ कल वाले शैतान की आवाजों से मिल रही है—जैम बोलता है।

अंदर क्या हो रहा था, उन्हें कुछ समझ में नहीं आ रहा था, तभी जिक्की को दीवार के ऊपर एक आयताकार छेद नजर आता है, परन्तु वह उतना ऊपर पहुँच नहीं सकता था। इसलिए उसने एक तरकीब सोची, वह जैम और रूनी के कंधों पर खड़ा होकर उस छेद से कमरे के अंदर होने वाली गतिविधियों को देखता है।

जब वह उनके कंधों पर खड़ा होकर कमरे के अंदर झांकता है तो वह वहाँ का नजारा देखकर एकदम अवाक् रह जाता है। कमरे के अंदर लोहे की जंजीरों में जकड़ा हुआ एक लंबा चौड़ा आदमी खड़ा रहता है, जिक्की को उसे पहचानते देर नहीं लगती, क्योंकि वह कोई और नहीं बल्कि रात का पहरेदार था जो उन्हें मिला था। रात के पहरेदार के इर्द-गिर्द खूनी आदम भेड़िये खड़े थे। लेकिन उससे भी चौंकानेवाली बात उसने देखी कि, एक बड़े से मंचनुमा फर्श पर एक व्यक्ति खड़ा था, जो किसी साधारण इंसान की तरह लग रहा था, और उसने एक चमचमाती खूबसूरत मेहरून रंग का लबादा पहना हुआ था, जो उसके कंधे से उसके पांव के नीचे तक था। उसकी आँखों में एक शैतानी चमक नजर आ रही थी, परन्तु वह गुस्से में तमतमाया हुआ था जिससे उसका चेहरा लाल पड़ रहा था। और वह ऊँची आवाज में रात के पहरेदार से बातें कर रहा था। उसके बात करने के हाव-भाव से ऐसा लग रहा था कि वह सारे शैतानों का सरदार है।

ओह यह क्या—उस नजारे को देखकर जिक्की के मुँह से बस इतने ही शब्द निकलते हैं। और फिर अंदर होनेवाली बातों को जिक्की ध्यान से सुनने लगता है।

मुझे उस बौने शैतान की बात पर विश्वास नहीं हुआ, लेकिन जंगली भूत झूठ नहीं बोल सकते, उन्होंने मुझे बताया है कि तुम्हें उस अंधेरे जंगल में दो लड़कों के साथ देखा गया है—सामने खड़ा मेहरून रंग का लबादा पहने वह इंसान तमतमाता हुआ बोलता है।

उसकी इस बात का रात का पहरेदार कोई जवाब नहीं देता है, वह बस चुपचाप लोहे की जंजीरों में बंधा किसी कैदी की तरह खड़ा रहता है। उसकी इस चुप्पी पर सामने खड़ा वह शैतानों का सरदार फिर दहाड़ें मारकर बोलता है।

इसका मतलब कि वे जंगली भूत सही कह रहे हैं, तुमने मेरे साथ गद्दारी करने की सोची भी कैसे, पता है इसका अंजाम क्या होगा–सामने खड़ा शैतानों का सरदार बोलता है।

मुझे सब पता चल गया है, तुमने मेरे परिवार को जान से मार दिया और मुझे यहाँ लाकर शैतान बना दिया–रात का पहरेदार गुस्से में बोलता है।

ओह तो इसका मतलब कि तुम्हारे ऊपर से हमारा काला जादू खत्म हो गया है, चलो अच्छा हुआ कि तुम्हें अपने परिवार के बारे में पता चल गया कि उन्हें हमने मारा है, अब तुम्हारा अंजाम भी वही होगा जो तुम्हारे परिवार का हुआ है–सामने खड़ा वह शैतान कुटिल अंदाज में मुस्कुराते हुए बोलता है।

लेकिन तुम्हें अभी नहीं मारूंगा, पहले उन दोनों लड़कों को ढूँढूंगा और फिर तुम सभी को एक साथ मारूँगा–शैतानों का सरदार बोलता है। तुम्हारी यह मंशा कभी पूरी नहीं होगी–रात का पहरेदार जंजीरों में लिपटे हुए चिंघाड़ते हुए बोलता है।

उन दोनों को तो मैं ढूंढ़ ही लूँगा, क्योंकि वे यहाँ आ तो गए हैं, लेकिन यहाँ से वापस नहीं जाएँगे–शैतानों का सरदार बोलता है।

उनकी यह सारी बातें तीनों उस कमरे के बाहर सुन रहे थे। जिक्की अब उनके कंधों से उतर जाता है।

ओह बहुत बुरा हुआ, आज हमारे चलते रात का पहरेदार पकड़ा गया, हमें किसी तरह उसे शैतानों के चंगुल से छुड़ाना होगा–जिक्की बोलता है।

लेकिन वह दूसरा कौन था, जो रात के पहरेदार से जोर-जोर से बातें कर रहा था–जैम पूछता है।

हो न हो, यह वही शैतान जादूगर है, जिसके बारे में सीमाँगा ने बताया था–जिक्की बोलता है।

यानी कि विल जोडोन–जैम बोलता है।

तुमने सही कहा सारे शैतानों का सरदार, विल जोडोन–जिक्की बोलता है।

लेकिन हम रात के पहरेदार को उनके चंगुल से छुड़ाएंगे कैसे–जैम बोलता है।

यही तो मेरी समझ में नहीं आ रहा है, क्योंकि वह उन खतरनाक मोजेकों के कब्जे में हैं–जिक्की थोड़ा चिंतित होता हुआ बोलता है।

तीनों खड़े होकर वहाँ अभी बात कर ही रहे थे कि तभी उनके कानों से किसी के उधर आने की जोर-जोर की आहट सुनाई पड़ती है।

ओह लगता है, कोई इधर आ रहा है, हमें कहीं छुपना होगा–जैम दोनों को सावधान करता हुआ बोलता है।

लेकिन कहाँ छुपे, यहाँ तो छुपने की भी कोई जगह नहीं है–जिक्की बोलता है।

धीरे-धीरे वह आवाज उनके और पास आती जा रही थी, तीनों उस आवाज को सुनकर घबराए से रहते हैं, उन्हें समझ में नहीं आ रहा था कि किधर भागें, तभी तीनों उस चौड़े से बरामदे के दूसरी ओर भागते हैं, और वह उस बरामदे में तब तक छीप-छीप कर भागते रहते हैं, जब तक कि वह आवाज उनके कानों में आनी बंद नहीं हो जाती है। थोड़ी देर बाद वे वहाँ से भागते हुए काफी दूर आ जाते हैं। जब उन्हें लगता है कि वे उस शैतान से काफी दूर आ गए हैं तो फिर तीनों एक जगह पर रूककर अपनी तेज धड़कनों को शांत करते हैं। लेकिन अभी खतरा टला नहीं था, वे अभी भी महल में घुमते हुए उन खतरनाक आदमभेड़ियों की नजर में आ सकते थे। अभी तीनों चैन की सांस ले ही रहे थे कि उन्हें फिर किसी के कदमों की जोर-जोर की आने की आहट सुनाई देती है।

लगता है इधर भी वे खतरनाक मोजेक हैं–जिक्की बोलता है। चलो ऐसा करते हैं, हम इस पाए के पीछे छुप जाते हैं–जैम बरामदे के गोल पायों की तरफ इशारा करता हुआ बोलता है। फिर तीनों उन गोल पायों की आड़ में छुप जाते हैं। तभी थोड़ी देर में एक खतरनाक मोजेक उस ओर आता है और वह सीधा इधर-उधर देखे बिना आगे निकल जाता है। उसके वहाँ से जाते ही तीनों पायों से बाहर निकलते हैं।

ओह उसने हमें देखा नहीं, वरना आज हमारी खैर नहीं थी–रूनी बोलता है।

मुझे तो लगता है कि ये हमें ही ढूँढ़ते होंगे, क्योंकि उस शैतान जादूगर को हमारे बारे में पता चल गया है–जिक्की बोलता है।

और सुबह होने पर उसे मेरे बारे में भी पता चल जायेगा–रूनी बोलता है।

सुबह होने से पहले हमें यहाँ से निकलना होगा–जैम बोलता है। लेकिन रात के पहरेदार का क्या होगा, क्या हम उसे उनके चंगुल में मरने को छोड़ दें–जिक्की बोलता है।

पता नहीं मेरी समझ में नहीं आ रहा है, अब हम क्या करें, चलो फिलहाल यहाँ से आगे चलते हैं–जैम बोलता है। और फिर तीनों महल के बरामदे में आगे की ओर बढ़ते हैं। कुछ दूर चलने के बाद गलियारे के एक कोने में जैसे ही वे मुड़ते हैं, वैसे ही अपने सामने का नजारा देखकर तीनों बुरी तरह से घबरा जाते हैं, क्योंकि उनसे कुछ दूरी पर सामने एक खतरनाक आदम भेड़िया खड़ा रहता है। आदम भेड़िया अपनी लाल आँखों से तीनों को खा जानेवाली नजरों से घूरता है। अपने सामने उस खतरनाक मोजेक को देखकर तीनों के पसीने छूटने लगते हैं। उन्हें समझ में नहीं आ रहा था कि अब क्या करें, उनकी आँखों के सामने उनकी मौत खड़ी नजर आ रही थी।

लेकिन फिर भी तीनों हिम्मत जुटाते हैं और मुड़कर पीछे की तरफ भागते हैं, अभी वे उस बरामदे में थोड़ी ही दूर भागे थे कि तभी उनके सामने एक और खूंखार मोजेक दूसरी गलियारे से निकलते हुए आता है। दोनों बुरी तरह से घिर जाते हैं, उनके आगे और पीछे दोनों तरफ खतरनाक मोजेक खड़े रहते हैं। अब वह न तो आगे भाग सकते थे औन न ही पीछे। जैम को समझ में आ जाता है कि अब यहाँ से निकलने का कोई रास्ता नहीं है, अगर वहाँ से निकलना है तो उन्हें उन खतरनाक मोजेकों से लड़ना ही होगा। लेकिन उन खतरनाक मोजेकों के पंजे के सामने उनके गुलेल और चाकू काम नहीं करेंगे, इसलिए वह तीव्र गति से अपने बैग से लालटेन निकालने की कोशिश करता है। लेकिन तब तक वे खतरनाक मोजेक उन पर दोनों तरफ से हमला बोल देते हैं।

जैम कुछ समझ पाता इससे पहले ही उसे एक मोजेक अपने पंजों में जकड़ लेता है। जिक्की अपनी गुलेल निकालकर उस मोजेक पर हमला करता, उससे पहले ही दूसरा खूंखार आदम भेड़िया उसे अपने खतरनाक पंजों में जकड़ लेता है। उधर दोनों को मोजेकों के पंजों में जकड़ा देखकर रूनी की सिट्टी-पिट्टी गुम हो जाती है। जैम और जिक्की भी समझ जाते हैं कि आज उनका अन्त निश्चित है। तभी एक मोजेक अपने दूसरे पंजे से रूनी को भी जकड़ लेता है। रूनी रूज को लगता है कि आज वह मोजेक अपने बड़े-बड़े दांतों वाले खूंखार जबड़ों से उसके टुकड़े-टुकड़े कर देगा।

लेकिन उन्हें यह देखकर हैरानी होती है कि उन मोजेकों ने उन्हें नुकसान पहुँचाने की कोशिश नहीं की, बल्कि उन्हें अपने पंजों में जकड़कर महल के गलियारे में एक ओर चल देते हैं। रूनी रूज अपनी आँखें बंद करके बस ईश्वर से प्रार्थना करता है कि "हे ईश्वर हम लोगों की रक्षा करना"।

थोड़ी देर में मोजेक तीनों को महल के एक बड़े से हॉल में लेकर पहुँचते हैं। जहाँ पहले से ही बहुत सारे मोजेक खड़े थे और उन सब के बीच में ही रात का पहरेदार भी खड़ा था। उन सभी के सामने एक ऊँचे मंच पर मेहरून रंग का लबादा पहने हुए एक इंसान खड़ा था। उन्हें यह समझते देर नहीं लगी कि यही वह शैतान जादूगर है जिसने काले जादू का साम्राज्य फैला रखा है। तीनों उस शैतान जादूगर के सामने बंदी बनकर खड़े थे। शैतान जादूगर कुटिलता भरी नजरों से तीनों को देखता है।

ओह तो यही हैं वह जिन्होंने हमारे इस खुफिया महल में घुसने की हिम्मत की—शैतान जादूगर अपने चेहरे पर एक चौड़ी सी मुस्कान बिखेरते हुए बोलता है।

मुझे तो उस बेवड़े की बात पर विश्वास नहीं हुआ था, परन्तु आज पहली बार उसने कोई सही जानकारी दी है—शैतान जादूगर उस बौने शैतान की तारीफ करते हुए बोलता है। बौना शैतान अपनी तारीफ सुनकर कोने में खड़ा मुस्कुराने लगता है।

शैतान जादूगर रूनी रूज को ध्यान से देखता है और फिर बोलता है—अच्छा तो तुम दोनों यहाँ पर इसे छुड़ाने आए थे, तुम लोगों की हिम्मत

की सच में दाद देनी होगी। आज तक हमारे इस खुफिया महल में किसी ने घुसने की हिम्मत नहीं की। शैतान जादूगर बोलता जा रहा था और तीनों चुपचाप खड़े होकर उसकी बात सुन रहे थे।

तुम्हें पता है, तुम लोग अभी तक जिंदा क्यों हो, क्योंकि मैं ऐसा चाहता था, वरना मेरे खतरनाक मोजेकों से कोई भी बच नहीं पाता है, यह तुम्हें कब का चीर-फाड़ दिये रहते परन्तु मैंने इन्हें तुम्हें जिंदा और सही सलामत लाने का हुक्म दिया था–शैतान जादूगर कुटील भरे अंदाज में बोलता है।

लेकिन आज हम तुम्हारे इस काले जादू के साम्राज्य का अंत कर देंगे–जैम गुस्से से चीखता हुआ बोलता है। उसके चीखते ही कुछ मोजेक उसकी तरफ गुर्रा कर बढ़ते हैं। लेकिन तभी शैतान जादूगर अपने हाथ से उन मोजेकों को रूकने का इशारा करते हुए बोलता है–इन्हें कोई नहीं छुएगा, इनकी मौत मेरे हाथों से होगी।

तुम मेरी माँ के कातिल हो, तुमने उसकी हत्या की है–जैम फिर चीखते हुए बोलता है।

तुम्हारी माँ का कातिल, मैं–शैतान अचरज भरी निगाह से जैम की तरफ देखते हुए बोलता है।

हाँ तुम मेरी माँ के कातिल हो, याद करो आज से 12 वर्षों पहले तुमने एक निहत्थी औरत का कत्ल किया था–जैम बोलता है। उसकी बात सुनकर जादूगर अपने दिमाग पर थोड़ा जोर डालता है। अच्छा तो तुम वही बालक हो जो मेरी मौत का कारण बनने वाला था। ओह बहुत अफसोस की बात है कि तुम बच गये, मैं तो समझता था कि मुझे मारने वाला बालक इस दुनिया से चला गया। लेकिन तुम्हें यह बात पता कैसे चली–शैतान जादूगर बोलता है।

मुझे सीमाँगा ने सब बता दिया है–जैम बोलता है।

अच्छा तो तुम उस गद्दार दैत्य से भी मिल चुके हो–शैतान जादूगर बोलता है।

मैं, किस्मत का बड़ा तेज हूँ, देखो जिसे मैं ढूँढ़कर मारना चाहता था, आज वह खुद चलकर मेरे पास आ गया है–जादूगर ठहाके मारकर हँसता हुआ बोलता है।

अब तुम्हारा खेल खत्म हुआ, अब तुम भी अपनी स्वर्गवासी माँ के पास जाने के लिए तैयार हो जाओ–शैतान जादूगर बोलता है।

इतना बोलने के बाद शैतान जादूगर अपने दाहिने हाथ को उठाकर जैम की तरफ करता है और फिर उसकी हथेली से एक तेज चमकदार सफेद रोशनी निकलती है और वह जैम की तरफ बढ़ती है।

नहीं..... तभी एक तेज आवाज उस बड़े से हॉल में गूंजती है। रात का पहरेदार जोर से चिल्लाता हुआ अपनी जंजीरों को तोड़कर जैम की तरफ दौड़ता है, इससे पहले कि वह चमकदार रोशनी जैम को छू पाती रात का पहरेदार जैम को उछलकर पकड़ता हुआ उसे उस रोशनी से दूर दूसरे कोने की तरफ लेकर धड़ाम से गिरता है। जैम समझ जाता है कि शैतान जादूगर ने उन पर हमला बोल दिया है, इससे पहले कि वह जादूगर उन पर दुबारा हमला करता, जैम फुर्ती से अपने बैग से चाँदी-सी चमचमाती हुई जादुई लालटेन निकलता है और उस पर एक जोरदार फूंक मारता है। फूंक मारते ही लालटेन तुरंत एक पल में चौंधिया देनेवाली रोशनी के साथ जल उठती है। जादुई लालटेन की चौंधिया देने वाली रोशनी देखकर शैतान जादूगर घबरा जाता है और वह घबराकर चिल्लाता है–"मोजेकों उन पर हमला करो, उन्हें मार डालो"।

शैतान जादूगर की एक आवाज पर सारे खूंखार आदम भेड़िये उन सभी पर हमला शुरू कर देते हैं।

लेकिन उस जादुई लालटेन की रोशनी में मोजेकों की काले जादू की ताकत कमजोर पड़ने लगती है वहीं जैम और जिक्की में एक जबरदस्त ताकत आ जाती है। दोनों फूर्ती से सारे मोजेकों पर अपने हथियार से हमले शुरू कर देते हैं।

जैम जहाँ अपने धारदार खंजर से मोजेकों पर हमले करने लगता है वहीं जिक्की भी अपनी गुलेल से उन आदम भेड़ियों को निशाना बनाने लगता है। वहाँ एक जबरदस्त जंग छिड़ जाती है। शैतान जादूगर को समझ में नहीं आ रहा था कि यह एकाएक क्या हो गया है। उस लालटेन की रोशनी में उसका काला जादू कमजोर पड़ता जा रहा था।

उस रात की लड़ाई एक तरह से अच्छी और बुरी ताकतों के बीच की लड़ाई बन गई थी। शैतान जादूगर के खतरनाक मोजेक कमजोर पड़ते जा रहे थे और उन पर जैम और जिक्की हावी हाते जा रहे थे।

मुझे बचाओ–रूनी रूज जोर से चिल्लाता है। जैम मुड़कर देखता है, रूनी को एक आदम भेड़िये ने अपने पंजे में जकड़ लिया था, तभी जैम हवा में उछलता हुआ अपने धारदार खंजर से उस मोजेक का काम तमाम कर देता है और रूनी उसके पंजे से आजाद हो जाता है।

काफी देर तक लड़ाई चलती है जिसमें जादूगर के खूंखार मोजेक एक के बाद एक ढेर होते जाते हैं। जादूगर को समझ में नहीं आ रहा था कि उसके शक्तिशाली योद्धा यानी कि खतरनाक मोजेक इतने कमजोर क्यों पड़ रहे हैं। लेकिन थोड़ी ही देर में जादूगर को समझ में आ जाता है कि उस लालटेन की रोशनी में उसका काला जादू कमजोर पड़ने लगा है। अपने काले जादू की शक्ति कमजोर होती देख शैतान जादूगर गुस्से से आगबबूला हो जाता है और वह पास में रखे एक लोहे का भाला फेंककर जैम को मारता है। जैम की नजर उस भाले पर नहीं जाती है लेकिन रात का पहरेदार उसे देख लेता है। इससे पहले कि वह भाला जैम के बदन को चीरता हुआ पार होता, रात का पहरेदार भाले के सामने आ जाता है और वह भाला उसके पेट को चीर डालता है। रात का पहरेदार धड़ाम से वहीं फर्श पर गिर जाता है। जैम पीछे मुड़कर देखता है, रात का पहरेदार फर्श पर गिरा हुआ रहता है और उसके पेट में वह भाला गड़ा रहता है।

यह तुमने क्या किया मेरे दोस्त, मुझे बचाने के लिए तुमने अपनी जान की बाजी लगा दी–जैम बोलता है।

मेरे दोस्त पता नहीं मैंने इस शैतान के लिए कितने बुरे काम किये हैं, आज खुशी हो रही है कि मैंने एक अच्छा काम किया है, मैंने एक नेक इंसान की जान बचाई है, अलविदा मेरे दोस्त–इतना कहने के बाद उसका सिर दूसरी तरफ लुढ़क जाता है। रात का पहरेदार हमेशा के लिए खामोश हो गया था।

उसके मरते ही जैम गुस्से से आगबबूला हो जाता है और अपने हाथ में धारदार खंजर लेकर उस शैतान जादूगर की ओर तेजी से लपकता है।

जैम अपने खंजर से शैतान जादूगर पर हमला कर देता है। जादूगर अपने ऊपर हुए एकाएक हमले से घबरा जाता है और वह बचने की कोशिश करता

है। वह अपने काले जादू की शक्तियों का इस्तेमाल करता है लेकिन उसका जादू कोई काम नहीं करता है। जैम के दुबारा हमले से वह जादूगर फूर्ती से बचता है लेकिन उसका खूबसूरत लबादा फट जाता है। अपनी हार निश्चित देख वह जादूगर अपने लबादे को लपेटते हुए वहाँ से भागने लगता है। जैम भी उसका पीछा करने लगता है।

जैम को अपना पीछा करता देख जादूगर कुछ मंत्र बुदबुदाता है और अपने हाथ को तेजी से जमीन की तरफ झटकता है। उसके ऐसा करते ही वहाँ चारों तरफ गहरा सफेद धुँआ छा जाता है। उस गहरे धुएं में जैम को अपने सामने कुछ भी नजर नहीं आ रहा था। जैम एका-एक रूक जाता है, उसके चारों तरफ एक गहरा सफेद धुएं का बादल छाया रहता है और उस गहरे धुंध भरे बादलों जैसे धुएं में एक दूर जाती हुई आवाज सुनाई दे रही थी। "*तुम मेरे काले जादू को खत्म कर सकते हो, लेकिन तुम मुझे मार नहीं सकते हो, मैं जा रहा हूँ लेकिन याद रखना मैं वापस आऊँगा*"–शैतान जादूगर की आवाज उस सफेद बादलों जैसे धुएं में गूंज रही थी।

थोड़ी देर बाद जैम को लगता है कि वह किसी बादलों में तैर रहा है, उसके पैरों के नीचे जमीन ही नहीं है और फिर कुछ देर में वह धड़ाम से जमीन पर टकराता हुआ नीचे गिरता है। सफेद धुँआ छँटने लगा था। कुछ देर बाद वह सफेद धुँआ पूरी तरह छंट जाता है और वह किसी अंधेरी सुनसान जगह पर पड़ा रहता है, वहाँ न तो कोई महल था और न ही कोई मोजेक। जैम नजरें उठाकर इधर-उधर देखता है। उसे थोड़ी ही दूर में जिक्की और रूनी रूज भी जमीन पर गिरे हुए नजर आते हैं और उनके पास ही कुछ दूरी पर वह जादुई लालटेन जलता रहता है जिसकी रोशनी अब थोड़ी मद्धम पड़ गई थी। रूनी रूज और जिक्की जैम को देखते ही उसके पास दौड़े आते हैं। तीनों को समझ में नहीं आ रहा था कि आखिर वे कहाँ आ गए हैं।

थोड़ी ही देर में सुबह की पौ फटने लगती है, पौ फटते ही लालटेन बुझ जाता है। जिक्की अपने आसपास देखता है और वह चौंक जाता है।

अरे यह तो वही झील है, जिससे हम इस पाताललोक के अंदर गए थे–जिक्की चौंकता हुआ बोलता है।

अरे हाँ, यह तो वही नीली झील है, लेकिन यह किनारा पहले वाला नहीं लग रहा है–जैम भी आश्चर्य से बोलता है।

हो सकता है, हम झील के दूसरे किनारे पर हों–जिक्की बोलता है।

तीनों उस झील के दूसरे किनारे पर आकर गिरे थे। वहाँ न तो कोई महल नजर आ रहा था और न ही कोई जादुई बगीचा। तीनों वहाँ से उठते हैं, जैम उस चाँदी-सी चमचमाती हुई लालटेन को उठाकर अपने बैग में डालता है और फिर तीनों वहाँ से आगे की ओर निकल पड़ते हैं।